隱墟堂
은허당

은하당 2

초판 1쇄 찍은 날 § 2009년 7월 17일
초판 1쇄 펴낸 날 § 2009년 7월 24일

지은이 § 김인숙
펴낸이 § 서경석

편집장 § 문혜영
편집책임 § 유경화
편집 § 조수희

펴낸곳 § 도서출판 청어람
등록번호 § 제1081-1-89호
등록일자 § 1999. 5. 31
어람번호 § 제5-0237호

주소 § 경기도 부천시 원미구 심곡 2동 163-2 서경B/D 3F (우) 420-822
전화 § 032-656-4452 팩스 § 032-656-4453
http://www.chungeoram.com
E-mail § eoram99@chollian.net

ISBN 978-89-251-1877-2 04810
ISBN 978-89-251-1875-8 (SET)

Chungeoram romance novel

隱墟堂

은허당

김인숙 지음

2

도서출판

청어람

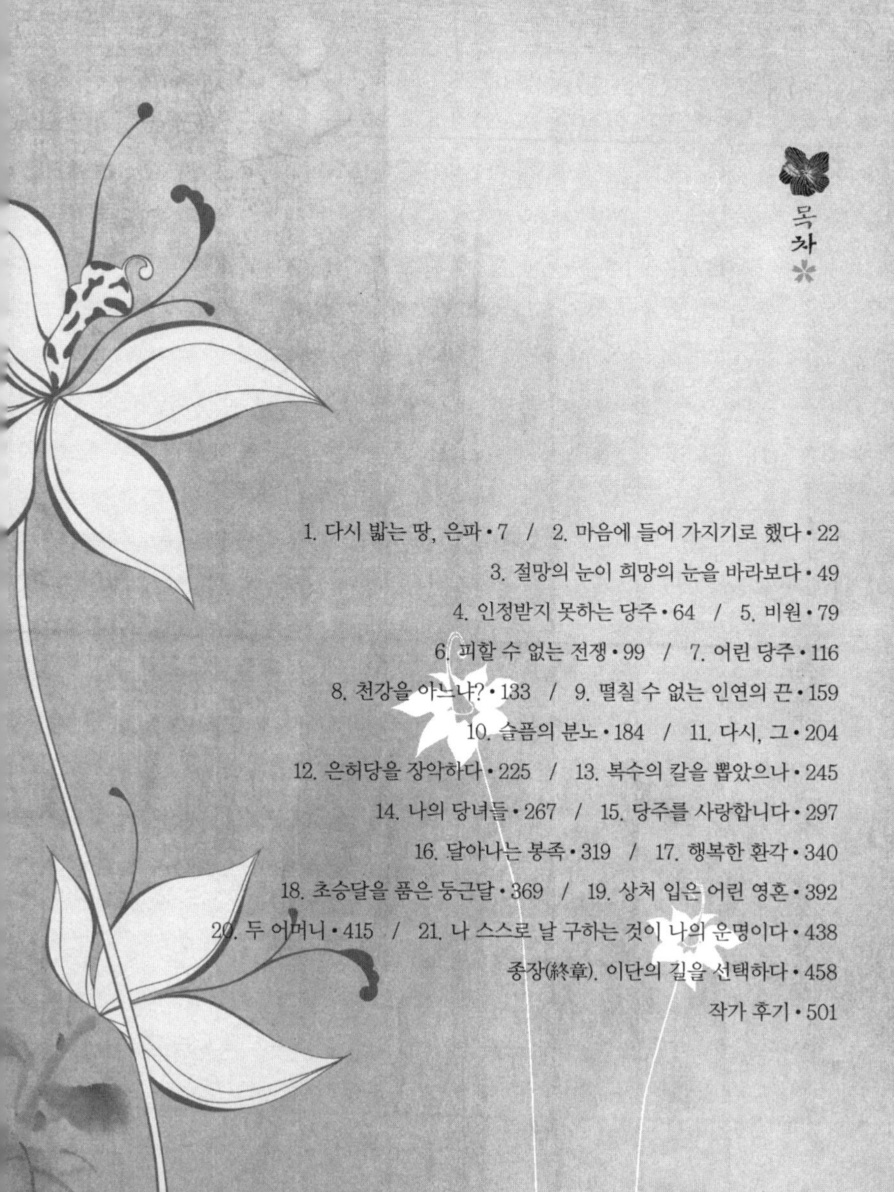

목차

1. 다시 밟는 땅, 은파

다시 밟는 땅, 은파
다시 밟는 땅, 은파

태대산에 눈이 내리고 스무 날쯤 지나자 갈왕산 자락에도 눈발이 흩날렸다. 산자락에 눈발이 흩날리면 사시사철 흰눈을 이고 있는 산꼭대기는 이미 혹한의 겨울이 시작되어 갈왕산은 더 이상 살아 있는 생명이 발을 들여놓을 수 있는 땅이 아니게 된다. 그래서 그 어느 누구도 그 산을 넘지 못할 거라고, 사람들은 모두 그렇게 생각했다.

그러나 죽음을 두려워하지 않는 자에게 갈왕산은 더 이상 넘을 수 없는 산이 아니다. 그래서 죽음이 두렵지 않은 그들은 다시 그 산을 넘어왔다.

조심스럽게 내딛는 발자국마다 뜨거운 기운이 다리를 타고 올라왔다. 스물두 해 만에 다시 밟는 은파 땅이다. 살아생전 다시는 밟지 못하리라 생각했던 그 땅에 다시 발을 들여놓은 것이다. 마른바람에 묻어오는 비릿한 이 내음은 스물두 해 전에 흩뿌려 놓은 용사들의 피 냄새일까? 몸속을 떠돌던 살아 있는 피들이 요동을 쳤다. 천강은 신음 같은 긴 한숨을 토해내며 바닥에 무릎을 꿇고 앉았다. 그리고 살 같고 피 같은 그 땅에 뜨거운 입을 맞추었다. 흙바닥에 닿은 그의 입술에서 조그만 소리가 새 나왔다.

"잘 있었느냐?"

눈시울이 뜨거워지고 코가 매웠다.

내가 왔다, 단성.

함께 전쟁에 뛰어들었으나 한 사람은 죽고 한 사람은 살아남았다. 살아남은 것이 죄가 되어 짊어졌던 짐은 너무도 무거웠다. 조상의 땅을 잃고 도망쳐야 했던 그 참담함을 죽은 자들은 모를 것이다. 그러나 그 어떤 고통도 어찌 죽음에 비견하겠는가.

가슴에 돌덩이처럼 얹혀 있던 죄책감이 뜨거운 눈물이 되어 흘러내렸다. 천강은 마른 흙을 한 움큼 움켜쥐었다. 반드시 되찾아서 그들의 혼령을 달래주어야 할 땅이다. 그래서 다시 찾아왔다.

매족의 비밀 훈련터인 유천골에 천강 일행이 들어섰다. 가한의 안내에 따라 그들은 유천골의 가장 비밀스러운 장소인 만장동굴로 들어갔다. 그 이름처럼 동굴 속은 너른 공터를 연상케할 만큼 넓고 깊었다. 동굴 구석구석 쌓여 있는 병장기들은 그들이 얼마나 철저히 전쟁을 준비하고 있는가를 말해주었다. 곳곳에 횃불이 밝혀진 좁은 통로를 따라 한참 들어가자 다시 너른 공간이 나왔다. 가운데에 탁자가 놓여 있고 그 주위에 의자들이 빙 둘러 놓여 있었다.

"촌장님!"

가한의 목소리가 동굴 속을 울렸다. 잠시 후, 반대편 통로 쪽에서 횃불이 일렁이는 것이 보였다. 횃불에 일렁이며 앞서 걸어오는 그림자는 다리를 심하게 절룩이는 사내다. 그림자가 일렁일 때마다 천강의 눈이 전율처럼 떨렸다.

사현?

건장한 청년들을 대동하고 들어선 촌장은 절룩이는 다리를 다급히 옮겨 가한의 앞으로 다가왔다. 가한은 머리를 숙여 예를 갖추었다.

"다녀왔습니다."

그는 가한을 비켜 뒤에 선 사내들 앞으로 다가갔다. 일렁이는 횃불 속에 그들의 얼굴이 환하게 드러났다. 자신보다 목 하나는 큰 건장한 사내가 상기된 얼굴로 그를 내려다보았다. 깎아놓은 듯한 이목구비도 여전하고 번득이는 눈빛도 여전하다. 매족 용사들을 한 덩어리로 만들어 전쟁을 이끌었던 검은 범.

"천강!"

떨리는 음성이 그의 입에서 흘러나오자 천강의 입가에 전율이 일었다.

"사현!"

그들은 뜨거운 손을 맞잡았다. 그간의 삶을 말해주듯 거칠고 마른 손이다. 칼을 잡았던 손에 농기구가 들리고 적을 향해 번득이던 눈에는 삶의 그늘이 들어찼다고 하던 유한의 말이 떠오르자 촌장 사현은 가슴이 울컥해졌다. 그러나 탁자에 마주 앉아 다시 바라보니 천강의 눈은 여전히 살아 있다.

"살아 있으리라고는 생각 못했네."

"그랬겠지."

나이 든 천강의 음성은 거침없던 젊은 날의 느낌이 사라지고 초연한 느낌이 든다.

"봉족군이 추격한다는 소리를 듣고도 우린…… 지원군을 보내지 못했네."

자괴감이 가득한 촌장의 음성은 떨렸고 천강의 눈을 바로 보지 못했다. 오로지 살아남기 위해 동족을 외면한 그 일은 지난 세월 내내 그를 떨칠 수 없는 죄책감에 시달리게 했다.

"천성계곡에서 전멸했다는 소리를 들었네. 계곡이 붉은 피로 물들었다는 소리도 들었어."

천강은 탁자 위에서 떨고 있는 사현의 주먹을 가만 잡았다. 그들이 지원군을 보내지 않아 다행이라 생각했다. 어차피 자신들은 은파에서 살 수 없는 사람들이었다. 비록 버러지 같은 삶을 선택했다고 그들을 비난했지만 한편으로는 남은 그들이 이 땅을 잘 지켜주기를 바랐었다.

"후일을 기약하며 이곳에 남겠다고 했으니 철저히 그리 살길 바랐었네. 만약 지원군을 보냈었다면 난 자넬 영원히 용서하지 못했을 거야."

지원군이 왔다면 싸움은 걷잡을 수 없이 커졌을 것이고 달아나던 매족도 남은 매족도 살아남지 못했을 것이다. 사현의 말처럼 천성계곡에서 많은 희생이 있었다. 행렬을 지체한 것이 치명적인 실수였다. 그런 실수를 범하면서까지 천강이 기다린 사람은 감울란이었다.

감울란이 서라연으로 찾아왔었다. 검고 마른 천강의 얼굴을 보자마자 감울란의 여린 눈에 눈물이 한가득 고였다.

저런 심성으로 어찌 칼을 휘둘렀을까?

천강은 감울란의 그 여린 눈이 걱정되었다. 전쟁은 막바지에 치달아 있었고 매족은 더 이상 물러날 곳이 없었다. 서라연을 내준다면 그다음은 은파다. 그곳에서 얼마나 더 버텨낼 수 있을지는 알 수 없었다. 장담할 수 있는 것은 아무것도 없다. 자신의 목숨마저도. 그래서 자신의 마음이 이미 그녀에게 닿아 있음을 말해줄 수 없었다. 한 자락의 마음이라도 보인다면 자신이 사라지고 말 세상에서 평생 자신만을 품은 채 슬픈 생을 살고도 남을 감울란이다.

여리고 따듯한 여자, 내 몸 어느 구석 상처 같은 여자…….

이 여자가 더 이상 힘든 삶을 사는 것을 원치 않는다.

"여긴 위험한 곳이니 어서 떠나시오. 그리고 다시는 오지 마시오."

까칠한 입술을 타고 흘러나오는 음성은 스스로도 놀랄 만큼 차고 메말랐다. 그 메마른 음성에 서운해진 감울란이 자신을 버려주기를, 그래서 다시는 생각하고 싶지 않은 사내로 인식되기를 바랐다. 자신처럼 모질고 못난 사내가 아닌 자상하고 잘난 사내를 만나 행복하게 살기를 바랐었다.

단성이 죽고 은파가 함락된 며칠 후, 어린 매화대원이 천성계곡으로 찾아왔다. 오갈 데 없는 매족을 이끌고 갈왕산을 넘을 결심을 했을 때였다. 매화대원은 감울란이 그의 아이를 낳았으니 함께 데리고 떠나라는 유현란의 말을 전했다. 이것이 매족 용사 천강에게 주는 유현란의 마지막 사랑이고 우정이라고.

천강은 그 자리에 주저앉고 말았다. 아기라니! 그 바보 같은 여자가 그 말을 하기 위해 지난가을, 서라연으로 찾아왔었던 모양이다.

노약자와 부상자, 그리고 어린아이들을 먼저 출발시키고 천강은 감울란을 기다렸다. 그녀를 만나면 서라연에서의 차가웠던 모습은 진심이 아니었다고 말해주고 싶었다. 따듯한 네가 좋다고, 비록 처음 시작은 사랑이 아니었지만 지금은 온전히 너를 사랑하게 되었다고 말해주고 싶었다. 그리고 오래오래 함께 살며 그 마음에 입었을 상처들을 치유해 주고 싶었다.

얼마 후, 아기를 안은 매화대원들이 수타계곡을 통해 천성계곡으로 오고 있다는 연락을 받았다. 수타계곡의 주산인 내원산에는 당주 부란이 봉족군의 포위에 갇혀 있었다.

매화대는 왜 내원산과 가장 가까운 수타계곡을 택했을까?

순간 섬광처럼 머리를 스치는 생각에 천강은 피가 거꾸로 치솟는 분노를 느꼈다. 그들은 부란을 무사히 구출하기 위해 봉족군의 눈을 돌릴 미끼가 필요했던 것이다. 봉족군이 눈에 불을 켜고 찾고 있는 사람이 천강이니 그의 아기라면 더없는 미끼가 아니겠는가!

천강은 수타계곡을 향해 달렸다. 수하들의 만류도 뿌리쳤다.

오로지 봉족군에 쫓기고 있을 감울란과 아기만 생각했다. 그 착해 빠진 여자가 유현란과 선원당녀들의 감언이설에 말려든 것이라고 생각했다.

유현란! 이 냉혈한 같은 여자!

전쟁이 한창이던 지난여름, 천강이 스스로 중간마을로 찾아가 감울란의 선택을 받아 그녀를 안던 날, 감울란을 가만두지 않겠다고 소리치던 유현란의 앙칼진 음성이 또렷이 기억난다.

"사람들은 모두 내가 감울란에게서 천강을 빼앗고 있다고 손가락질하지만 진짜 천강을 빼앗긴 사람은 감울란이 아니라 나야! 당신은 처음부터 내 거였어! 내 거였는데 감울란이 빼앗아갔잖아!"

자신의 아무것도 허락하지 않으면서 유현란은 여전히 자신이 천강의 모든 것을 가진 줄 알았다. 그러나 천강은 더 이상 그녀에게 줄 것이 없었다. 한 자락 남은 마음마저 이젠 유현란의 것이 아니다. 더 이상 그녀의 앙탈을 들어줄 마음도 없다. 그는 감울란의 따듯한 품이 그리웠다. 몸이 가면 마음도 간다는 걸 유현란은 진정 몰랐던 것일까?

"영원히 나만 사랑하겠다고 했잖아!"

그 소리에 잠시 멈칫했지만 자신을 기다리고 있을 감울란을 생각하니 마음이 급해졌다. 천강은 옷자락을 잡은 유현란의 손을 떼어내었다.

"약속을 지키지 못해 미안해, 현란."

"가만두지 않겠어! 감울란…… 그 앨 가만두지 않겠다고!"

돌아선 천강의 뒤에서 유현란의 앙칼진 음성이 울려 퍼졌다.

여전히 귓전에 울려 퍼지는 그 소리를 떨쳐 내며 천강은 수타계곡을 향해 달렸다.

수타계곡의 한가운데에서 봉족군에 쫓기고 있는 매화대원을 만났다. 그녀는 피로 물든 배냇저고리에 감싸인 짚불인형을 안고 있었다.

아기가 다쳤다고 했다. 삼칠일밖에 지나지 않은 그 핏덩이가 칼을 맞았다는 것이다. 그래서 다른 대원이 안고 달아났다고, 봉족군은 짚불인형을 안은 자신을 쫓고 있으니 아기는 안전할 거라고 했다. 배냇저고리는 피로 흥건히 젖어 있었다. 겨우 삼칠일 지난 핏덩이가 저 많은 피를 흘리고는 살아 있을 성싶지 않았다. 이성을 잃은 천강의 걸음은 아기를 안고 달아났다는 매화대원의 행적을 따라 달렸다. 몇 명의 봉족군을 만났는지 기억하지 못한다. 미친 듯이 휘두르던 칼에 쓰러져 간 봉족군의 숫자가 얼만지도 알지 못한다. 그는 이성을 잃은 범이 되어 감울란과 아기를 찾아 수타계곡을 헤맸다.

수타계곡의 끝자락에서 죽은 매화대원의 품에 안긴 아기를 찾았지만 감울란의 흔적은 계곡 안 어디에도 없었다. 감울란은 처음부터 이들과 함께하지 않았던 것이다.

그렇다면 그녀는 어디로 간 것일까?

갈왕산을 넘는 내내 그것이 의문이었다.

결국 감울란은 은허당을 버릴 수 없었던 것일까? 자신의 목숨보다 소중히 여기는 부란의 목숨을 구하기 위해 아기를 미끼로 쓴 것도 그녀였을까?

그럴 리가 없다. 천강은 고개를 흔들었다. 감울란은 그럴 만한 심성이 못 된다. 그러나, 어쨌든, 감울란은 천성계곡으로 찾아오지 않았다. 함께 떠나라는 말은 유현란의 거짓말이었는지, 아니면 나타나지 않았던 것이 감울란의 선택이었는지 알 수 없다.

잠시 침묵이 흐르는 사이 촌장 사현은 여전히 믿어지지 않는 듯 천강의 손을 꽉 움켜잡으며 그의 존재를 확인하곤 했다. 목숨을 걸고 같은 전쟁터를 누빈 사이다. 그래서 피를 나눈 형제보다 더한 유대감을 느낀다. 그의 존재는 여전히 태산처럼 높다. 천강이 돌아왔으니 매족이 다시 하나가 되는 것은 시간문제다. 지난 대전쟁보다 더한 단결력으로 매족은 하나가 될 것이다.

"유한은 아주 훌륭한 청년이야."

사현은 한껏 기분 좋은 표정으로 천강의 손등을 툭툭 두드렸다. 그러고 보니 유한이 보이지 않는다. 사현의 뒤에 선 젊은이들을 스륵 둘러보는 천강의 눈이 유한을 찾고 있었다.

"유한은 이곳에 없네."

고개를 갸웃하는 천강을 보며 잠깐 망설이던 사현이 고개를 숙여 나직이 속삭였다.

"은허당에 올라갔어."

순간 경직되는 천강의 눈에 연한 분기마저 느껴진다. 유한이 어떤 식으로든 그곳과는 연을 맺지 않기를 바랐다.

"대전쟁 이후 은허당은 이미 봉족의 손에 좌지우지되고 있다고 해도 과언이 아니네. 당주를 끼고 있는 사람은 유현란이지만 실질적인 모든 권력은 양월과 선원당녀들이 가지고 있어. 봉족을 등에 업고 축적한 부의 힘이지. 은파는 물론 태대산 너머 호족의 땅 절반이 선원당녀들의 것이라는 소문도 있네. 그들은 백성들의 고혈을 빨아먹는 봉족 관리들이나 다를 바 없어. 이젠 더 이상 예전의 은허당이 아니야."

부란의 부재가 은허당을 변질시킨 것인가?

흠, 천강에게서 옅은 한숨 소리가 들렸다. 마지막 보루였던 은허당마저 등을 돌려 버린다면 매족이 설 땅은 더더욱 좁아진다.

"허나 선원당녀들이 아무리 봉족 편에 섰다고 해도 매화대가 있는 한 당주의 권력은 건재할 것일세. 그래서 유한이 봉족군에 잠입한 것이네. 아직 매화대는 어느 쪽으로도 기울어지지 않았으니. 감울란을 회유하기는 쉽지 않겠지만……."

"감울란? 감울란이 매화대를 이끈단 말인가?"

천강의 눈매가 가늘게 떨렸다. 유현란이란 이름 앞에서도 담담하던 천강이 감울란이란 이름 앞에서 전혀 예상치 못한 반응을 보인다. 촌장은 천강의 마음을 가늠하기 어렵다.

"전쟁이 끝나고 부란이 매화대의 모든 권한을 감울란에게 맡겼다고 들었네."

그 소리에 천강의 동공이 멈췄다. 매화대의 모든 권한이라면 은허당의 권력을 절반은 차지했다고 해도 과언이 아니다. 매화대 대장이 서열상으로는 선원당녀들의 아래지만 실질적으로는 당주의 손과 발이며 매화대의 선택이 곧 당주의 선택이라 할 만큼 강력한 힘을 가진 것이 매화대다. 매화대가 힘을 잃으면 당주도 은허당도 힘을 잃고 말 것이라는 것을 모르지는 않을 터인데 어째서 부란은 그토록 막중한 자리를 그 마음 여린 여자에게 주었을까?

설마…… 아기를 이용해 부란을 살려낸 대가였던가!

아기를 자신에게 보낸 대신 감울란이 선택한 것은 은허당이었고 부란이었던 모양이다. 아니라고 부정하고 싶었지만 결과가 그것을 증명한다. 짐작은 했었지만 확인되는 사실은 씁쓸하다. 천강은 입가에 지어지는 떫은 미소를 지울 수가 없다. 울컥 깨무는 입술에 핏물이 번진다.

"상처에 대한 보상이었는지도 모르지."

몹시도 불편해 보이는 천강의 얼굴을 보며 사현이 중얼거렸다.

"상처에 대한 보상?"

"전쟁 중 감울란은 얼굴에 심한 상처를 입었다고 들었네. 두 번 보기 두려울 정도로 얼굴이 흉측하게 변했다는데 그것이 부란의 목숨을 구하다 입은 상처라는 말도 있지만 정확한 것은 알 수 없네. 어쨌든 감울란은 그 얼굴 탓에 20년이 넘도록 은허당 밖으로 나온 적이 없어. 중간마을에 살고 있는 당녀들조차 그 얼굴을 직접 대면한 사람이 드물다 하니……."

흉측하게 변한 감울란의 얼굴이 상상되지 않는다. 여리고 따듯한 느낌만 남아 있는데……. 그러나 그 얼굴의 변화만큼 그녀의 마음도 변했으리란 생각이 든다.

"그래서…… 유한이 감울란을 회유하기 위해 그곳에 올랐단 말인가?"

"유한은 은파에 얼굴이 드러나지 않았으니까 당녀들도 알아보지 못할 걸세. 그리고 유한 스스로 원한 일이기도 했네."

유한의 얼굴에 드리워진 천강의 그림자를 감울란이 발견하기를, 그래서 그녀의 마음이 움직이기를 바랐다는 말은 차마 할 수 없었다. 천강이 침묵하는 사이 사현은 그제야 천강의 뒤에 선 낯익은 얼굴들에게 인사를 건넸다. 나이 지긋해 보이는 그들은 대부분 젊은 날 한번쯤 스쳤던 얼굴들이다. 사현은 호기심 가득한 얼굴로 서 있는 청년들에게 그들을 편한 곳으로 안내하도록 지시하고 다시 천강과 마주 앉았다.

모두들 나가고 동굴 속에는 두 사람만 남았다. 천강은 예전보다 훨씬 초연해졌다. 불처럼 타오르는 열정은 수그러들었지만 그만큼 신중해졌다. 그래서 더욱 믿음이 간다. 더구나 이번엔 유한까지 있으니.

"이번 결정이 유한에게서 나왔다는 걸 아는가?"

갈왕산을 넘어온 미루로부터 이곳 상황과 유한의 결정을 전해 들었다. 그리고 자신 또한 유한과 같은 판단을 내리고 이렇게 돌아온 것이다. 고개를 끄덕이는 천강의 얼굴에 뿌듯함이 어린다. 사현은 내내 묻고 싶었던 말을 조심스럽게 꺼냈다.

"유한이 자네 아들이라고 해서 많이 놀랐네. 우린 전혀 모르던 일이라. 유현란이나 감울란은 아닐 테고…… 누구의 아이인가?"

천강은 쉽게 대답하지 못했다. 유한은 과연 누구의 아이일까? 누구의 간계였는지 모르겠지만 핏덩이의 몸으로 부란을 구하기 위한 미끼로 이용되었고, 봉족군의 칼에 맞아 죽을 고비도 넘겼다. 갈왕산을 넘어가서는 내내 동냥젖으로 자란 유한이다. 유한을 낳은 사람은 감울란일지 모르지만 그를 키운 사람은 갈왕산 너머 매족 마을의 여인들이고, 천강 자신이고, 매족의 정신이다.

그러므로 유한은…….

"유한은 매족의 아이야."

그리고 더 이상 묻지 말라는 듯 천강은 입을 다물어 버렸다.

유천골은 생각보다 훨씬 큰 규모였다. 사현은 은파 곳곳에 모화촌에 버금가는 매족 집단이 있으며 이런 규모의 비밀 훈련터도 두어 곳이 더 있다고 했다. 다만 그들을 한데 아우르는 구심점이 없어 흩어져 있을 뿐이다. 천강의 존재는 흩어진 매족을 단숨에 하나로 뭉쳐 줄 것이라 믿는다. 갈왕산을 넘어간 매족이 살아 있다는 자체가 은파의 매족들에게는 새로운 희망이고 꿈이 되어줄 테니까.

대전쟁 후 곳곳으로 흩어지고 끌려간 매족들의 삶은 그야말로 처참했다. 봉족은 사람을 금전으로 사고판다고 했다. 심지어는 집에서 기르는 짐승들과 맞교환되는 일까지 있다고 했다. 그것은 해족을 비롯한 다른 부족도 마찬가지였다. 스스로 하늘로부터 선택된 부족이라 여기는 그들, 봉족만이 인간의 삶을 허락받은 것이다. 천강은 주먹을 터질 듯 그러쥐었다. 예나 지금이나 봉족의 거만함은 구역질이 난다.

눈이 내리기 시작했으니 단우는 이제 은허당에 고립되어 있다. 짧게는 두 달, 넉넉잡아 넉 달 동안 남광은 조금만 흔들어주어도 지표 잃은 땅처럼 흔들릴 것이다.

천강은 도도하고 거만하다 못해 파괴적으로까지 보이던 단우를 떠올렸다. 매족의 씨를 말리기라도 하려는 듯 그의 부대가 스쳐 간 곳은 살아남는 생명이 없었다. 겨우 열다섯의 소년이었는데 그런 잔인성은 어디에서 온 것인지 두려울 지경이었다.

그러나 전쟁의 상처가 채 아물기도 전에 매족은 다시 부활을 꿈꾸었다. 뿔뿔이 흩어져 어느 하늘 아래에 있든 그들은 같은 꿈을 꾸었다. 그리고 그 꿈을 실현할 기회는 지금이다. 봉족에게 있어 여전히 절대적인 존재인 단우가 은허당에 고립되어 있는 바로 지금!

전쟁의 싹은 남광에서부터 먼저 돋아나고 있었다.

남광의 오래된 철광인 보타산 광산이 무너지면서 수십 명의 사상자가 났다. 그중에서도 매족 출신 노예들의 희생이 가장 컸다. 살아남은 사람들은 남은 가족들의 생계를 위해 보상을 요구했다. 그러나 애초에 그것은 받아들여질 수 없는 말이었다. 벌레보다 못한 노예에게 목숨 값이 있을 리가 없었다. 결국 보타산 광산의 노예들은 반란을 일으켰다. 반란 하루 만에 그들은 광산을 지키던 보타산 부대의 봉족군을 전멸시키고 산을 장악했다. 보타산은 3만의 봉족 정예병들에게 포위되었다. 그러나 워낙 험준한 산이라 쉽게 짓쳐 올라오지 못했다. 날은 점점 추워지고 식량은 이미 바닥을 보이고 있었다. 이대로 산에 갇혀 굶어 죽든지 뚫고 내려가든지 길은 두 가지뿐이었다.

그것이 단우가 남광을 떠날 즈음에 일어난 일이니 그들이 산에 갇힌 지는 이미 두 달이 되어간다. 만만찮은 그들의 저항에 봉족군은 당황했고 반란의 소식은 새로운 말이 보태어져 남광을 넘어 번지고 있었다.

단우가 남광을 비운 것은 반란의 기운 때문이라는 소문도 있었고, 실은 중병을 앓고 있어서 보이지 않는다는 소문도 떠돌았다. 어딘가에서 또 노예들이 반란을 일으켰다는 소문이 떠돌았다. 어느 땅에서는 돌림병이 돌아 수백 명이 목숨을 잃었다는 소식도 들렸다. 그 수많은 소문 중에 봉족군을 가장 두렵게 하는 것은 전설처럼 떠돌던 갈왕산 매족에 대한 소문이었다.

갈왕산으로 달아나 눈 속에 잠들어 있던 매족이 깨어났다는 것이다. 그들은 스물두 해 동안 얼음 속에 잠들어 있었던 몸이라 조금도 늙지 않았으며 온몸이 얼음덩이처럼 차고 푸른빛이 돈다고도 했다. 더구나 그들을 이끄는 장수가 단성이라는 것이다.

무서운 검술로 봉족군을 떨게 만들었던 단성, 그가 죽은 지 스물두 해가 지났지만 여전히 그에 대한 소문은 끊임없이 떠돌았고 남광의 저잣거리에서는 무서운 장수로 분한 단성의 인형놀이가 펼쳐지기도 했다.

은파 전투에서 죽은 줄 알았던 단성이 실은 죽지 않았으며 목숨이 붙어 있던 그를 매족들이 갈왕산 얼음 속에 파묻어두었던 거라고 했다. 소문은 꼬리에 꼬리를 물고 무서운 속도로 번져 갔다.

2. 마음에 들어 가지기로 했다

마음에 들어 가지기로 했다
마음에 들어 가지기로 했다

아직 동이 트기도 전인 새벽, 단우는 건평원 마당에서 지치도록 칼을 휘두르고 있었다. 도대체 마음대로 할 수 있는 것이 아무것도 없으니 답답함을 잠재울 길이 없다. 사냥을 다녀온 후 그의 마음은 조급해질 대로 조급해져 있었다. 눈이 쏟아지던 날, 비원에서 당주를 잠깐 만난 것이 오히려 독이 되었는지 초대를 미적미적 미루고 있는 은현의 행동을 참을 길이 없다. 아무리 머리를 굴려보아도 당주를 마음대로 만날 수 있는 뾰족한 방법이 떠오르지 않자 그는 신경질적으로 칼을 휘둘렀다. 마른 나뭇가지들이 우수수 잘려 마당으로 떨어졌다.

"헉! 헉! 헉!"

거칠게 토해내는 호흡에 실려 하얀 입김이 연기처럼 뿜어져 나온다. 이제껏 살면서 이렇게 답답했던 적은 없었던 것 같다. 언제나 거칠 것 없는 삶이었다. 원하는 것을 한 번도 놓친 적이 없다. 그의 생을 가장 슬프게 했던 단 한 가지를 빼고는.

그 단 한 가지란 바로 어머니 같았고, 친구 같았고, 영혼의 동반자 같았던 누이를 잃은 것이다. 누이는 그를 버리고 달아났다. 그것도 더러운 매족 노예와 함께!

순간, 단우의 눈에 불꽃이 튀며 눈앞의 무형의 상대를 향해 칼을 휘두르기 시작했다. 어깨를 가로지른 칼은 가슴을 난도질하고 사지를 자른다. 콸콸 쏟아지는 피를 보며 다시 튀어 오른 단우는 무서운 속력으로 직하하여 상대의 심장 깊숙이 칼을 박았다.

노예는 더러운 눈으로 감히 누이의 아름다움을 훔쳐보았다. 그리고 마음을 훔쳤다. 그들이 사라지고 반년 만에 자미대 무사들이 가져온 것은 소금에 절인 노예의 목뿐이었다. 누이의 흔적은 어디에도 없었다.

일찍 세상을 떠난 어머니를 대신해 그를 키워왔던, 단우에게는 누이이자 어머니였던 설하. 19년의 세월이 흐른 지금까지도 그 상실감이 치유되지 않았다.

두 번 다시 그 무엇도, 어느 누구도, 그렇게 허망하게 잃어버리는 일은 없을 거다!

"호위대장!"

건평원 마당을 울리는 느닷없는 고함 소리에 잠들어 있던 병사들이 놀라 뛰어나왔다. 푸릇한 새벽빛 속에 그들의 왕이 서 있었다. 다급히 옷을 차려입고 달려나오던 호위대장 반유는 단우와 눈이 마주친 순간 저도 모르게 움찔하며 그 자리에 멈춰 섰다.

사람의 눈이 야생의 짐승처럼 빛이 난다는 걸 처음 알았다. 그 빛이 뿜어내는 것이 열기인지 분기인지 가늠이 되지 않아 가까이 다가가기가 두려울 지경이다.

단우는 칼을 질질 끌면서 마당을 서성거렸다. 흡사 막 사냥을 끝내어 여전히 흥분이 가시지 않은 범의 모습 같았다. 반유는 멈추었던 걸음을 다시 떼어 단우에게 다가갔다.

"부르셨습니까?"

"당장 산을 내려가거라."

푸른 새벽빛처럼 음울한 목소리였다. 광채를 내던 눈이 은밀하게 다가왔다.

"은파로 가서 군사들을 몰고 와 당녀들이 살고 있는 중간마을을 장악해라."

"하지만……."

매서운 눈바람이 자신의 존재를 알리듯 건평원 마당으로 내리꽂혔다. 이 눈을 뚫고 산을 내려갈 수는 없다. 수백 년 이곳에 뿌리를 두고 살아온 이들조차 꼼짝도 못하고 갇혀 있지 않은가.

그러나 단우의 음성은 단호하다.

"명령이다, 반유!"

핏발이 선 붉은 눈이 울컥 다가왔다. 불복하고 왕의 칼에 죽든가, 아니면 산을 내려가다 눈 속에 갇혀 죽든가, 길은 두 가지뿐인 것 같다. 아니, 천운이 따른다면 명을 수행하게 될지도 모르겠다.

반유가 다섯 명의 병사를 차출하여 건평원을 빠져나가고 단우는 양월을 불렀다. 당주를 만나기 위해 인내심을 시험하는 쓸데없는 짓은 더 이상 하지 않기로 했다. 가지고자 마음먹은 이상 기다림은 무의미하다.

양월이 매화대를 대동하고 건평원으로 찾아왔다. 오동통하게 살이 찐 얼굴이 나이를 가늠키 어려울 정도로 기름이 자르르 흐른다. 산 아래 아낙들의 삶이 얼마나 거칠고 척박한지 사시사철 은허신만을 섬기며 나른히 살아가는 이들은 감히 상상도 못하리라.

단우는 이들이 누리는 부가 아니꼬웠다. 신의 이름을 빌고 봉족의 힘에 빌붙어 얻어내는 부다. 백성들의 고혈을 빨아먹는 못된 관리들과 무엇이 다른가? 신의 이름으로 내려주는 쥐꼬리만한 적선이 다 자신들의 고혈을 짜내어 마련된 것임을 모른 채 눈물 콧물을 짜내며 은허당을 경배하는 은파의 매족들이 얼마나 어리석은지 그들은 절대로 모르리라. 그러니 봉족이 매족을 미개한 족속이라 부르는 것이다.

양월이 맞은편에 앉자마자 기다렸다는 듯 차를 물처럼 후루룩 들이킨 단우가 입을 열었다.

"날 이곳으로 불러들인 그대의 목적을 달성하게 해주겠소."

"……?"

"당주와 혼인을 하겠다, 이 말이오."

찻잔을 입으로 가져가던 양월이 뜨악한 눈으로 바라보았다. 그 모습에 단우는 빙긋 웃었다.

"마음에 들어 가지기로 했소."

울컥 넘어간 차에 목이라도 덴 듯 양월이 호들갑을 떨며 기침을 쏟아내었다. 신의 여인인 당주와 혼인을 하겠다니! 단우가 뭘 잘못 알아도 한참을 잘못 알고 있구나 싶었다.

"당주님은 은허신의 여인입니다. 신탁에 의한 선택은 할 수 있어도 혼인은 불가하신 몸임을 모르십니까?"

동그란 눈으로 물어오는 양월은 어이없다는 표정이다. 천하의 봉족 왕이 겨우 한 번의 선택을 받기 위해 그 먼 남광에서 이곳까지 왔으리라고 생각하다니, 어이없기는 단우도 마찬가지다. 다급한 눈이 되어 바라보는 양월에게 단우는 대답하기 따분하다는 듯 손사래를 치고 자리에서 일어났다.

"눈이 녹을 때까지 기다리지 않겠소. 나 또한 남광을 오래 비워둘 수 없는 처지라서 말이오."

진지한 음성이 결코 농은 아니다 싶은 생각이 들자 양월의 얼굴에 당황한 빛이 역력하다.

이자가 도대체 무슨 마음으로 이런 말을 하는지 모르겠다. 당주와 혼인을 하고 은허당을 해체하기라도 하겠다는 뜻일까?

단우는 더 들을 말이 없다는 듯 뒷짐을 진 채 나른한 눈으로 태대산을 바라보고 서 있다. 도무지 어떤 말도 통하지 않을 것 같은 고집스런 모습이다. 그 등에 드리워진 봉족이라는 거대한 힘이 은허당을 덮쳐 오는 것 같아 양월은 겁이 더럭 났다. 일단은 달래놓고 보자 싶다.

"흠, 그런 건 제가 혼자서 결정할 수 있는 일이 아니라서 말입니다. 선원회의도 거쳐야 하고, 대모의 허락도 받아야 하고, 또 여러 당녀들의 의견도 물어야 하고, 무엇보다 당주님의 마음이 움직이셔야……."

"성가시군."

구구절절 핑계도 많다, 쯧.

단우는 짜증이 난다는 듯 혀를 차며 양월을 노려보았다. 혼인이라는 말이 그녀에게 생각보다 큰 충격을 준 듯하다. 사내와의 혼인은 곧 은허당을 떠나 파당녀가 된다는 뜻이라던가? 당주가 파당을 한다면 충격이 되긴 하겠다. 하지만 그것은 자신이 상관할 일이 아니라 생각한다.

그는 봉족의 왕, 그 조그맣고 귀여운 여자를 진심으로 원하니 가져 버리면 그만이겠지만 이런 성가심은 딱 질색이다. 양월과 선원당녀들이야 그네들의 부의 근간을 이루고 있는 땅을 빼앗아 버리겠다면 두말 않고 납작 엎드려 들어오겠지만 문제는 당주의 대모라는 유현란이다. 도무지 바늘로 찔러도 피 한 방울 나올 것 같지 않은 깐깐함이 느껴지던 여자. 젊었을 적에는 숨 막히도록 아름다웠으리라 짐작되는 얼굴에 자존심 또한 보통은 아닐 성싶었다. 그러나 중요한 것은 당주의 마음이겠지.

호피 속에서 반짝 빛나던 당돌한 어린 눈이 떠오르자 단우는 다시 쿡, 웃음을 흘렸다. 그 마음을 얻기란 결코 쉽지 않을 것이다. 쉬우리라 생각 들었으면 이리 안달도 나지 않았을 터, 이런 감정이 새삼스럽고 은근히 기대되기도 한다. 반유가 군사를 이끌고 올라와 중간마을을 장악하기 전까지 당주의 곁에서 안달을 내어보는 것도 재미날 것 같다.

"좋소. 기다려 주리다. 대신, 당주를 만날 기회를 주시오. 이거야 원, 하늘을 봐야 별을 따고 얼굴을 보아야 마음을 얻을 것이 아니오? 그 정도 힘도 가지지 못하고서야 어찌 함께 일을 하겠다고, 원……."

단우의 음성에는 양월에 대한 질책과 함께 은근한 협박도 들어 있었다. 계속 이런 식이면 자신은 다른 선원당녀를 선택할 수밖에 없다는 의미를 내포하고 있었다.

양월은 벌게진 얼굴로 건평원을 나왔다. 밋밋하게 굴다가는 단우에게 언제 내쳐질지 모른다는 불안감이 그녀를 다급하게 만들었다. 무슨 일이 있어도 지금의 부를 놓치고 싶지 않았다. 은파와 호족 땅에 깔려 있는 그 기름지고 너른 땅을 결코 포기할 순 없다. 설사 당주를 포기하는 일이 생길지라도.

"네 이년!"

살쾡이 같은 목소리에 고개를 드니 늙은 사혜가 다 펴지지도 않는 허리를 곧추세우고 지팡이를 눈앞으로 불쑥 들이밀었다.

"이년아, 어딜 다녀오기에 그렇게 죽을 인상이냐?"

느닷없이 들이미는 지팡이 끝에 까딱 잘못했다간 눈을 찔릴 뻔했다. 양월은 이마를 찌푸렸다.

이 늙은이는 어째 죽지도 않나?

퀭한 눈으로 내려다보는데 다시 지팡이가 제멋대로 눈앞을 휘젓는다.

"네년 속에 가득한 그 욕심이 언젠가는 이 은허당을 잡아먹을 거다. 이 나쁜 년."

"왜 이러시오? 눈이라도 찔리면 어쩌려고 그러오!"

양월은 신경질적으로 지팡이를 밀어내며 빽 소리를 질렀다.

"나야 어차피 죽어 자빠지면 그만이다만 여기가 세상의 전부인 줄 알고 사는 저 어린것들이 불쌍타, 이년아!"

사혜는 양월의 속내를 다 안다는 듯 모진 말을 내뱉었다. 무어라 더 반박을 하려던 양월은 상대할 가치가 없다는 듯 사혜를 비켜 걸음을 재촉했다. 사혜의 목소리가 귀가 따갑도록 뒤를 따라왔다.

"땅이 아까운 게냐? 권력이 탐나는 게냐? 그런 것들도 다 당주님이 계시니 가질 수 있는 것이다, 이년아! 당주님 없는 은허당을 봤더냐? 당주님을 그리 괄시하고서야 네년이 어찌 선원당 녀라 하겠느냐!"

늙으면 못 볼 것도 보인다더니 저 늙은 것이 제 속에 든 뭘 보았기에 저리도 요란스럽게 떠드나 싶어 양월은 마음이 찜찜하다. 거치적거리는 것들이 어찌 이리도 많은지 모르겠다. 눈엣가시 같은 유현란과 도무지 속내를 알 수 없는 감울란도 그렇고, 이미 죽어도 한참 전에 죽었어야 할 귀신같은 저 늙은 사혜도 다 거치적거리는 존재다.

"봉족 왕이 원하는 것은…… 당주님과의 혼인이야."

선원당 깊은 내실, 양월의 방 안에 모인 선원당녀들의 얼굴이 하얗게 질렸다.

"마, 말이 되는 소리를 해야지! 당주님이 어떻게 혼인을 하신단 말입니까?"

"그러게나 말일세! 이거야, 원. 봉족 왕이 아무리 남광에서 왔다지만 이렇게 무지할 수가 있는가? 쯧쯧."

이곳저곳에서 어이없다는 듯 불만 소리가 터져 나왔다. 단우의 요구는 용납할 수도, 이해될 수도 없는 요구다. 감히 신의 여인인 은허당의 당주와 혼인이라니! 은허신의 분노가 산을 넘고, 골을 메우고, 하늘을 찌를 일이다. 감히…… 감히!

분기 어린 얼굴들을 돌아보며 양월이 천천히 입을 열었다.

"못할 것도 없지."

선원당녀들의 얼굴이 일제히 양월에게로 향했다. 무슨 얘기냐는 듯 의문이 가득한 그 눈들을 돌아보며 양월은 다시 입을 열었다.

"당주가 사내를 택하는 건 신탁으로 이미 허락받은 일인데 무얼 두려워하는가? 신탁은 은허당의 선택을 받은 이가 이 땅의 왕이 된다고 했는데 그게 뭘 뜻하는지는 생각하기 나름이야."

생각하기 나름?

"지금 이 땅에 왕이 될 만한 자가 누가 있겠는가? 봉족 왕뿐이지 않은가? 봉족 왕 외에 누구도 왕이 되어서는 안 되네. 다른 누군가가 왕이 된다면……."

양월의 눈이 반짝 빛나며 음울한 음성이 흘러나왔다.

"또다시 전쟁이 일어날 거야."

그 말은 단우가 은허당의 선택을 받아야 하는 당위성을 의미했다. 그런 전쟁은 두 번 다시 겪고 싶지 않으니.

"당주가 이 땅의 왕이 될 봉족 왕과 혼인한다면 그 또한 세상의 어머니가 되는 길이네. 태대산에만 갇혀 있던 은허당이 드디어 산 아래세상으로 내려가는 것이지. 어차피 허수아비일 뿐인 당주야. 어느 곳에 있던 무슨 상관인가? 은허신의 고결한 뜻은 우리 선원들만으로도 충분히 지켜 나갈 수 있네!"

너무도 무엄한 말이 거침없이 쏟아져 나온다. 선원당녀들의 마음에 아무리 은현을 무시하는 마음이 있다고는 하지만 듣고 앉아 있기가 민망할 지경이다.

"은허당도 살고 우리도 살길은 그것뿐이야. 선택의 여지가 없네."

"하지만, 양월……."

"금영란! 호족 마을에 있는 자네 땅을 일구는 이가 파당녀 모술의 자식들이라지, 아마?"

순간 금영란이라 불린 선원당녀의 얼굴이 흙빛으로 변하며 입을 꼭 다물어 버렸다.

파당녀 모술은 금영란을 낳은 어머니다. 사내아이를 낳은 그녀는 금영란을 두고 파당을 해버렸다. 그래서 금영란은 중간마을의 당녀들 손에서 자랐다. 선원당녀가 되려면 고결한 몸을 가져야 함은 물론, 누구보다 고결한 피를 가져야 한다. 자신을 낳은 어미가 파당녀란 사실은 선원당녀인 금영란에게는 치명적인 상처다.

양월의 눈이 좌중을 스륵, 훑어보자 그녀의 눈을 피하는 선원들이 여남은 명은 된다. 양월은 피식 웃음을 흘렸다. 여기 모인 선원들 중 약점 없는 이가 몇이나 될까? 유현란처럼 티끌 하나 없이 고결한 것들은 처음부터 끼이지 않았던 자리다. 더 이상 반발이 없는 것을 확인한 양월은 비릿한 웃음을 흘리며 자리에서 일어났다.

"그럼 그리 알고 일을 진행하겠네. 우리의 결정이 은허당을 온전히 지켜내는 길임을 잊지들 말게."

당주가 변했다. 그 마음이 더 커버리기 전에 일을 진행시켜야 한다.

"호위대원을 다시 뽑겠습니다."

느닷없는 은현의 말에 한껏 올라간 감울란의 눈꼬리가 노여움에 깃든다. 감히 부란조차 건드리지 않았던 제 고유의 권한을 건드리려고 하는 것에 대한 노기다. 은현은 감울란의 노기를 빤히 바라보았다.

그녀의 노기가 두려워 한번 뱉은 말을 거둘 순 없다. 지금의 호위들은 향을 제외하고 온전히 감울란의 사람들이고 여전히 부란의 매화대다. 은현은 그들에게 제 목숨을 의탁하고 싶지 않았다.

온전히 내 사람들로 채워 나의 매화대에게 내 목숨을 지키라고 할 것이다.

"어려운가요? 아니면 그러면 안 될 특별한 이유라도 있는 건가요?"

동그란 눈으로 묻는 은현의 질문은 더 이상 자신을 감시하지 말라는 경고의 의미처럼 들렸다. 감울란의 볼의 흉터가 움찔하는 것을 보며 유현란이 나섰다.

"그들은 매화대원 중에서도 검술 실력이 가장 뛰어난 아이들로……."

"검술 실력은 향이가 판단하면 될 것이고, 나는 당주의 이름으로 그들을 다시 뽑겠다는 겁니다."

유현란의 말조차 무시한 채 그 말만을 남기고 은현은 나가 버렸다. 유현란은 바짝 굳은 몸으로 서 있는 감울란을 살폈다. 이번 일은 아무래도 은현이 너무 과했다 싶은 생각이 든다. 그러면서도 비어져 나오는 웃음을 참아내기가 힘들다. 은현이 드디어 매화대의 중요성을 깨달은 모양이다. 강력한 당주가 되려면 은허당에서 가장 먼저 장악해야 할 것이 매화대임을 깨달은 것이리라.

매화대를 관장하는 일은 부란이 감울란에게 준 절대적인 권한이다. 아기를 미끼로 내원산을 빠져나온 부란은 다시 돌아온 감울란에게 지금껏 어느 누구도 가져보지 못했던 권한을 주었다. 자신이 낳은 아기를 바쳐 은허당 당주의 목숨을 구한 그 충성심에 대한 보상이었다. 그러나 그날의 모든 일이 감울란의 동의 없이 이루어진 줄 알았다면 부란은 유현란을 살려두지 않았을 것이다.

은현은 곧장 매화원림으로 향했다. 노기 띤 감울란의 얼굴을 떠올리다가 고개를 흔들었다. 언제부턴가 감울란을 떠올리면 험악한 흉터의 두려움보다 아픔이 먼저 느껴진다. 그러나 그것마저 이젠 잠깐 접어두려 한다. 이 은허당의 모든 것을 손아귀에 틀어쥘 때까지 철저하게 냉정해져야 한다.

매화원림에 들어서자 향이 이미 50여 명의 매화대원을 추려두고 은현을 기다리고 있었다. 검술에서 뛰어난 것은 당연하고 은현의 명대로 자기 소신이 뚜렷한 대원들을 골랐다. 한마디로 고집들이 있다는 뜻이다. 향은 은현이 왜 이렇게 다루기 힘든 대원들을 원한 것인지 알 수 없었다.

뒷짐을 진 채 성큼성큼 걸어온 은현이 부동자세로 열을 지어 선 대원들 앞에 우뚝 섰다. 대부분 향의 나이 또래, 아니면 그 근처 아래위들이다. 나이가 많아 전 당주 부란의 기억이 뚜렷하지도 않고, 또 감울란의 명에 죽고 살 어린 나이들도 아니다. 지금의 호위들은 향을 제외하고 온통 감울란의 사람들이다. 그 눈들 앞에서 은현은 자유로울 수 없었다.

뒷짐을 지고 가장 오른편에 선 대원에게 성큼 다가간 은현은 나직한 음성으로 물었다.

"너의 주인이 누구냐?"

느닷없는 질문에 매화대원이 부동자세가 되어 답했다.

"당주님이십니다!"

"어느 당주를 말하는 것이더냐?"

잠깐 질문의 뜻을 가늠하던 대원이 다시 단호하게 대답했다.

"현 당주님이신 은현님이 제 주인이십니다!"

은현의 입가에 보일 듯 말 듯 미소가 지어졌다. 그렇게 은현은 한 사람 한 사람 앞을 돌며 답을 확인했다. 그들 중 수련이 가장 나이 어린 대원이었고, 명현도 그들 속에 끼어 있었다. 마흔일곱 명에 이르렀을 때 은현은 감울란만큼이나 음울한 눈빛을 가진 대원 하나와 맞닥뜨렸다. 각진 얼굴은 여인이라기보다는 사내의 느낌이 났고 체구 또한 대원들 중 가장 크다.

"이름이 뭐냐?"

"매량이라고 합니다."

흘러나오는 목소리도 굵직하다. 고집스럽고 담대한 눈빛이 은현을 바라보았다. 쉬이 피하지 않은 채 마주치는 눈이지만 은현에 대한 존중도 들어 있다. 오늘 만난 대원 중 가장 마음에 드는 대원이다. 은현은 그제야 만족스런 미소를 지었다.

여린 향의 눈과는 여러모로 대비된다. 향은 모든 면에서 뛰어나고 충성스럽지만 너무 여리다. 특히 은현의 말은 죽어도 거역하지 못할 사람이다. 그러나 때론 반대하고 거역할 줄도 알아야 한다. 당주도 인간인 이상 잘못된 판단을 할 수 있고, 그것을 바로잡아 줄 사람이 필요하다.

은현의 눈짓에 따라 서른 명의 대원이 당주의 새로운 호위대원으로 뽑혔다. 남은 스무 명의 대원에게 은현은 '너희들은 매화원림에 머무는 나의 호위대들이다' 라고 말했다.

감울란은 은현의 부름을 받고 은화원으로 향했다. 호위를 바꾸겠다고 선언한 지 한나절도 지나지 않아 은현은 향을 제외한 전 호위대원을 교체해 버렸다. 성큼성큼 걷는 그녀의 입가에 스스로도 알 수 없는 야릇한 미소가 지어진다.

열병을 앓고 일어난 후 은현은 확실히 변했다. 사냥을 결정하기 전 하대를 한 것을 시작으로 스스로 선원회의를 주재하였고, 수시로 매화원림을 찾아 매화대의 충성을 확인함으로써 자신이 은허당의 당주임을 노골적으로 드러내고 있다.

은허당의 당주가 가장 먼저 장악해야 할 권력이 매화대라는 것을 어느새 깨달은 것일까?

다시 입꼬리가 비틀리며 알 수 없는 미소가 흘러나온다. 감울란은 제 입가에 지어지는 미소의 의미를 아무래도 모르겠다. 드디어 당주의 면모를 갖춘 은현에 대한 뿌듯함이라고 하기엔 제 속에 가득한 분노들이 우습고, 권력의 씁쓸함이라고 하기엔 제 속 허무가 너무 크다.

드디어 때가 왔음을 기뻐하는 웃음쯤으로 생각하자. 그래, 드디어 때가 온 것이다.

자신의 눈치를 살피며 비어져 나오는 웃음을 삼키던 유현란의 얼굴이 떠오르자 저도 모르게 눈꼬리가 치켜 올라가고 뱃속에서 불이 화끈 일어난다.

은현은 따듯한 눈으로 감울란을 맞았다. 유현란의 옷자락에 매달려 있던 조그만 아이에서 어느새 은화원의 주인으로 훌쩍 자라 버린 은현을 바라보는 감울란의 마음이 착잡하다.

부란의 명에 따라 유현란의 곁에 머물며 자라나는 그 모습을 고스란히 지켜보아 온 은현이다. 당주를 향한 충성심도, 아이에 대한 애틋함도 가지지 않으리라 다짐하며 무심한 눈으로 지켜보았던 은현이다. 그러나 저도 모르게 간간이 이는 모성의 마음을 다 제어하진 못했었다. 그래서 이렇게 훌쩍 자라 버린 모습에 저도 모를 미소가 지어지는지도 모른다.

별 쓸데없는…….

"서운한가요, 감울란?"

은현에게서 따듯한 음성이 흘러나왔다. 언제나처럼 감울란이 표정 없는 얼굴로 은현을 바라보았다.

"내가 호위대를 다시 뽑은 것에 대해 묻는 겁니다."

"제가 어찌 그런 마음을 먹을 수 있겠습니까?"

무뚝뚝한 대답과 표정 없는 얼굴을 보고 있자니 감울란의 속내를 도무지 알 수가 없다. 검은 눈으로 빤히 바라보던 은현은 그러나 이내 그 눈길을 거두었다. 이렇게 또렷한 눈으로 흉측한 상처 속에 숨은 감울란을 살피는 것은 그녀에게 또 다른 상처를 줄 것 같아서다. 감울란은 지금껏 보아온 대로 흉측한 저 얼굴 속에 따듯한 마음이 숨어 있는 사람일 것이다. 화려한 말재주로 사람을 혹하게 할 줄도 모르고, 영악한 마음으로 잔머리를 굴릴 줄도 모르는 사람이다. 오로지 슬픔만 가득가득한 사람이다. 그 슬픔이 무언지 알 수 없지만.

"그래도 부란님이 주신 권한을 내가 거두었으니 섭섭했을 거예요."

다시 들려오는 은현의 따듯한 음성에 감울란은 그제야 은현의 얼굴을 똑바로 바라보았다. 은현은 진심으로 미안해하는 것 같았다. 그러나 그런 것은 당주가 가질 감정이 아니다.

단단히 여물어진 줄 알았더니 아직 감상이 남았나?

그런 감상 따위 던져 버리라고 말해주고 싶었지만 관두었다. 자신이 상관할 바가 아니라는 생각이 들어서다.

"이제 부란님의 시대는 끝이 나고 은현님의 시대가 되었으니…… 의지대로 하십시오. 그게 옳습니다. 부란님의 매화대는 그만……."

"내 사람이 되어주세요, 감울란."

검고 동그란 눈이 감울란을 향해 반짝였다. 감울란은 침울한 눈으로 무슨 뜻인지 물었다. 매화대는 처음부터 당주님의 것이었으니 자신 또한 당연히 당주님의 사람이 아니냐고 물었다. 은현은 씁쓸한 눈으로 감울란을 바라보며 말했다.

"당주는 나이나 감울란의 가슴에 있는 당주는 여전히 부란님 같습니다."

그리고 빤히 쳐다보는 그 눈을 감울란은 바로 볼 수 없었다. 은현의 말대로 자신을 지금껏 버티게 해준 것은 부란이다. 가슴에 살고 있는 당주도 부란이다.

수타계곡에서 미친 여자처럼 봉족군에 뛰어들었다가 얼굴에 화살을 맞고 의식을 잃었었다. 깨어나 보니 오랜 시간이 지난 듯 고요한 세상이 되어 있었다. 봉족군도 아기도 곁에 없었다. 피 묻은 배내옷만이 손에 들려 있었다. 그녀는 배내옷에 얼굴을 묻고 다시 눈물을 쏟았다. 아기의 피에 젖었던 배내옷이 감울란의 눈물에 흥건히 젖었다.

무슨 정신으로 이 먼 태대산까지 찾아왔는지는 기억이 나지 않는다. 다만 뚜렷한 한 가지 생각은 유현란과 양월을 죽이겠다는 것이었다. 자신에게 찾아와 달콤한 말을 전하며 날름거리던 양월의 그 더러운 혀를 잘라 버릴 것이다. 냉혈한 유현란, 이토록 비열하고 무서운 짓을 꾸민 그 머릿속을 파내고 심장을 도려내어 수타계곡에 던져 주리라.

그러나 태대산에서 그녀를 기다린 것은 부란의 눈물이었다. 부란은 화살이 꽂혀 반쯤 썩어 들어간 기괴한 얼굴로 찾아온 감울란을 품어 안아주었다.

"가엾은 것…… 이젠 이 어미가 널 지켜주마."

하늘 같고 땅 같았던 부란이 감울란의 기괴한 얼굴에 천상의 눈물을 떨구었다.

부란은 감울란이 가질 수 있는 모든 것을 주었다. 유현란을 죽이고 양월을 죽이고 선원당녀들마저 모두 죽여 은허당을 끝장내어 버리리라 달려온 감울란에게 매화대의 모든 권한을 줌으로써 당신의 목숨까지 감울란에게 맡긴 것이다. 그래서 아무것도 할 수 없었다.

그런데 부란의 마지막 명이 끝나는 그날을 눈앞에 두고 있는 지금, 새로운 당주 은현은 자신의 목숨을 노리고 있는 감울란에게 다시 제 사람이 되어달라고 한다.

"난 감울란이 필요해요. 부란님이 아닌 나의 매화대가 되어줘요."

은현은 진심 어린 부탁을 하고 있었다. 이제 막 세상 밖으로 나온 새끼 범이 의지처를 찾고 있었다. 또다시 감울란의 가슴 깊은 곳에 잠들어 있던 모성이 꿈틀, 고개를 든다. 저도 모르게 이마가 찌푸려졌다.

"난 지켜야 할 것이 많아요, 감울란."

순간, 감울란의 침울한 눈이 은현의 눈과 마주쳤다. 접질린 발목을 만져 주던 매족 청년의 무뚝뚝한 그 손이 떠올랐다.

무사할까?

당주가 지켜야 할 많은 것들 속에 그 청년도 들어 있을 것이다. 그 사실을 자신이 알고 있다고 하더라도 은현은 부탁을 멈추지 않을 기세였다. 그만큼 절박하고 간절해 보였다. 모성을 자극하는 얼굴로 하는 부탁은 단호한 명령보다 더 무서웠다.

감울란은 천천히 고개를 끄덕였다. 얼마간이나 지켜줄지 모를 약속이지만, 그리고 결국은 거짓이 되고 말 약속이지만 고개를 끄덕여 주었다.

"예, 그러지요. 전 은현님의 매화대입니다."

건평원 문이 열리고 매화대에 둘러싸인 은현 일행이 안으로 들어섰다. 은현과 유현란, 그리고 감울란이 단우의 초대를 받아 건평원을 찾은 것이다. 군사들이 열을 지어 그들을 맞았다. 번쩍

이는 칼들이 순식간에 하늘을 향하며 예를 갖추자 단우가 앞으로 걸어나왔다. 그는 유현란에게 가볍게 목례를 하고 은현에게 예를 갖추었다.

"귀한 걸음을 해주시니 영광입니다, 당주님."

유현란은 은현에게 내리꽂히는 단우의 눈을 두려운 마음으로 바라보았다. 저런 눈빛의 사내를 견뎌내기란 스무 살 여자아이에겐 버거운 일이다. 더 이상 만남을 방관해선 안 될 것 같다.

은현은 소매 속에 숨은 주먹을 꼭 그러쥐었다. 단우의 빈들거리는 웃음을 대할 때마다 몸속으로 무언가가 스멀스멀 기어드는 것 같다. 두려움인지, 거부감인지 모를 참을 수 없는 불편함이 느껴진다. 은현은 그 눈을 피해 단우의 뒤편을 재빠르게 살폈다. 그러나 열을 지은 군사들 틈에서 유한을 찾아내기란 쉽지 않다.

단우의 안내를 받아 들어간 방에서 긴 탁자를 사이에 두고 은현의 양옆에 유현란과 감울란이 앉았고 단우는 그 맞은편에 앉았다. 유현란은 찔러도 피 한 방울 나오지 않을 것 같은 여자고, 감울란은 얼굴의 상처 탓인지 왠지 모를 섬뜩함이 느껴진다. 저런 상처를 입고 어떻게 살아났을까 싶을 만큼 깊은 상처이니 그녀의 삶 또한 녹록치 않았을 성싶다. 그 여자들 가운데에 앉은 은현은 여전히 갓 세상에 나온 겁 모르는 새끼 범 같다. 그 새끼 범이 무슨 짓을 할지 몰라 안절부절못하는 유현란의 모습이 재미있었다.

자신들이 하늘처럼 받든다는 당주를 두고 왜 저러는지? 결국 당주도 그저 평범한 보통의 여인일 뿐이라는 것을 저 여자는 알고 있는 것이리라.

"봄이 오면 성년식을 치르신다고요?"

단우의 질문에 은현은 고개를 까딱하며 차를 입으로 가져갔다. 남광의 차는 맛이 진하다. 그러나 그 차 맛이 혀끝에 당도하기도 전에 사그라져 버린다. 은근하고 긴 여운을 남기는 은허당의 차와는 확연히 다르다.

차 시중을 드는 병사들 사이에도 유한의 모습은 보이지 않았다. 그러다가 다시 그들 사이에 유한이 없어 다행이라는 생각이 들었다. 끝없이 따라다니는 단우의 저 눈빛 앞에 앉아 있는 자신의 모습을 유한에게 보여주고 싶지 않았다. 이 방에 들어서는 순간부터 도무지 달아날 구석을 찾지 못할 만큼 단우의 눈은 은현을 따라다니고 있다.

단우는 차를 마시기 전 찻잔을 유심히 살피는 은현을 보며 남광에 가면 최고의 도공을 불러 그녀의 마음에 꼭 드는 찻잔을 만들어주리라 다짐하고, 차를 음미하던 그녀의 이마가 살짝 찡그려지는 것을 보며 이곳의 차나무를 남광에서도 키울 수 있을까를 생각했다. 그녀를 가져야겠다고 마음먹은 이후, 단우에게는 일상의 모든 것을 은현과 연관지어 생각하는 버릇이 생겼다. 남광의 화려한 꽃 모양을 흉내 낸 화과자를 입으로 가져가는 것을 보며 다시 빙긋 웃음을 짓던 단우는 유현란의 따가운 눈길을 받고서야 은현에게서 눈을 거두었다.

"헌데 어쩌다가 그리 큰 상처를 입으셨소?"

느닷없는 단우의 질문에 감울란에게서 일순간 싸한 기운이 뿜어져 나왔다. 긴 머리를 늘어뜨려 가리고 있어도 흉측한 모습은 언제나 타인의 호기심거리가 된다. 감울란의 얼굴보다 더욱 날카로운 유현란과 은현의 눈길을 받으며 단우는 자신이 해서는 안 되는 질문을 했음을 깨달았다.

"아, 이런. 상처가 되었다면 미안하오. 난 그저 궁금했을 뿐인데……."

순간, 그때껏 단 한 마디도 하지 않고 앉아 있던 감울란의 입에서 음울한 목소리가 흘러나왔다.

"봉족군이 쏜 화살에 맞았소."

유현란의 찻잔이 딸각, 소리를 내며 접시 위로 떨어졌다. 시중을 들던 병사가 얼른 다가와 찰랑, 흘러넘친 찻물을 닦아주었다. 무심한 눈으로 그 모습을 살피던 감울란이 다시 입을 열었다.

"수타계곡에서였지요."

그제야 단우는 고개를 끄덕끄덕했다. 감울란은 대전쟁 때를 얘기하는 모양이었다. 수타계곡에서도 여러 번의 전투가 있었다고 들었다. 자신도 한 번 그곳으로 뛰어든 적이 있었다. 천강이라는 자였던가? 매족을 이끌던 그자의 어린 아들이 그곳으로 달아났다는 정보를 접한 직후였던 것 같다.

"흠, 그때는 은허당이 쓸데없는 일에 관여를 했었소. 어차피 이곳은 아래세상과는 별개의 세상인데. 그렇지 않습니까, 당주님?"

빙긋 웃는 그의 얼굴에 승자의 거만이 가득하다. 은현은 저도 모르게 발끈한 눈이 되어 단우를 바라보았다.

은현은 청화루에서 늙은 사내를 피해 도망쳐 나오던 혜수를 떠올렸다. 떡판을 훔쳐 달아나다 칼을 맞던 아이를 떠올렸다. 그리고 움막투성이의 모화촌을 떠올렸다. 사람을 금전으로 사고팔고, 떡 한 판에 목숨을 걸고, 비바람만 겨우 가린 움막 속에서 하루하루 힘겨운 목숨을 연명해 가는 그곳은 사람이 사는 땅이 아니었다.

한쪽은 불야성을 이루는 밤거리를 가졌고, 다른 한쪽은 목숨을 연명하기 위해 떡을 훔치고 자식을 판다.

전 당주 부란이 매족의 편에 섰던 진정한 이유를 이제야 조금 알 것 같다. 거만이 가득한 단우의 얼굴을 빤히 바라보던 은현의 눈꼬리가 슬쩍 올라갔다. 그리고 독특한 긴장감이 깃든 음성이 흘러나왔다. 전에 없이 단호하고 또렷한 음성이다.

"별개의 세상이나 또한 별개가 아닌 것이 우리 은허당과 아래 세상의 관계입니다. 우리는 태대산에 뿌리를 둔 모든 부족이 평등히 사는 것을 원합니다."

단우의 얼굴이 일순간 일그러졌다. 내내 흘러넘치던 웃음기도 사라졌다. 태대산을 뒤덮은 눈보다도 더 차고 날카로운 그의 눈이 은현을 노려보았다. 아버지 화강에게 매족을 살려주라고 농간을 부리던 늙은 여우 부란이 저 조그만 여자아이 속에 들어앉아 있는 것 같다. 핏속에 잠들어 있던 차가운 분노가 번져 올랐다. 그의 눈에 붉은 기가 도는 것을 보며 은현은 탁자 아래에서 주먹을 꼭 그러쥐었다. 그러나 그 눈은 여전히 단우를 노려보고 있다.

볼이 빨갛게 달아오른 조그만 목각인형이 두 눈을 동그랗게 뜨고 자신을 바라보고 있다.

"이건 나고 이건 너야. 내가 이렇게 언제까지나 우리 단우 곁에 있어줄게."

누이 설하의 음성이 따듯하게 들려왔다. 그제야 목젖까지 차올라 온 불덩어리가 서서히 가라앉았다. 그는 평정을 되찾으려 노력했다. 다시 보는 은현의 동그란 눈동자는 여전히 상처 없이 순결하다. 그는 안도의 한숨처럼 조그맣게 웃음을 흘렸다. 상처 난 인형은 싫다.

"흠, 그건 아주 복잡하고도 어려운 문제입니다. 여러 부족이 한데 어울려 사는 너른 땅에서는 더더욱 말이죠."

다시 무슨 말인가를 하려던 은현은 탁자 아래에서 가만히 잡아오는 유현란의 손을 느끼며 입을 다물었다. 유현란은 얼른 자리에서 일어났다.

"오늘은 그만 가보아야겠습니다. 곧 선원회의가 있어서 말입니다."

눈짓으로 은현과 감울란을 다그쳐 그곳을 나오며 유현란의 입가에 미소가 지어졌다. 예상하지 못했던 은현의 모습을 발견한 것이다. 자신마저 움찔했던 단우의 붉은 눈앞에서 은현은 조금도 수그러들지 않았다. 이제 어느 누구도 은현을 만만히 대하지 못하리란 확신이 생겼다.

문을 열고 나오니 봉족군은 여전히 부동자세로 열을 지어 서 있다. 오십 명의 군사의 위용이 이 정도면 오백은 가히 두려움을 느끼게 할 것 같다는 생각이 들 정도로 한눈에 보아도 봉족군은 잘 훈련된 최정예 병사들 같았다.

은현을 따라 방을 나와 계단을 막 내려서던 감울란의 몸이 갑자기 휘청했다. 순간, 곁에 선 매화대의 손보다 더 빠른 손이 다가와 그녀의 팔을 붙잡았다.

"괜찮으십니까?"

그리고 재빨리 무릎을 구부리고 다가앉아 그녀의 발목을 살피는 그는 지난번 사냥에서 만났던 매족 청년 유한이다.

"무슨 일인가?"

돌아선 유현란의 눈에 쪼그리고 앉은 봉족군사가 눈에 들어왔다. 그는 크고 단단한 손으로 가죽신을 신은 감울란의 조그만 발을 움켜잡고 이리저리 돌려보더니 안심한 얼굴로 일어났다.

"조심하십시오. 한 번 접질린 발목은 두고두고 말썽을 부리는 법입니다."

귀에 익은 서글하고 굵직한 음성이 들려오자 은현의 몸이 재빠르게 돌아섰다. 유한이 너무도 평화로운 얼굴로 단우의 곁에서 있었다.

"유……."

밖으로 나오지 못한 소리가 목 안으로 숨어들었다. 단우 앞에서도 내내 꼿꼿하던 그녀의 눈이 순식간에 흔들렸다. 조금 떨어진 곳에서 단우의 음성이 들렸다.

"이 병사를 아십니까?"

감울란의 대답 소리도 들렸다.

"지난번 사냥 때 접질린 제 발목을 치료해 준 잡니다."

"아……."

두 사람의 대화가 아주 먼 곳의 소리처럼 들렸다. 어느새 유한도 은현을 응시하고 있었다. 은현의 눈에는 침엽수 같은 남자 단우의 곁에 선 유한이 너무도 위험해 보였다. 그러나 유한의 단호한 눈이 흔들리는 은현의 눈을 붙들었다.

겁먹지 마.

유한…….

난 괜찮아.

"당주님, 당주님?"

부르는 소리에 정신을 차려보니 어느새 유현란이 곁에 다가와 있었다.

"그만 가시지요."

고개를 끄덕이며 은현은 천천히 돌아섰다. 그리고 마지못한 걸음을 떼었다. 침엽수처럼 거대한 남자 옆에, 한 사람 한 사람이 모두가 일당백으로 보이는 봉족군 속에 유한을 두고 돌아서는 은현의 마음은 천 길 낭떠러지 위를 걷는 듯 불안하다. 유한을 믿지 못해 드는 마음은 아니다. 그를 믿는다. 그러나 사랑하기 때문에, 내 것이기 때문에, 유일한 것이라 여겨지기 때문에 더욱 불안하고 두려운 것이다.

"어떠냐?"

건평원 문을 빠져나가는 매화대의 꼬리를 보며 단우가 물었다.

"예?"

"저 어린 당주 말이다."

유한은 질문의 뜻을 알 수 없어 그를 빤히 바라보았다. 단우의 입가에 전에 없던 기분 좋은 웃음이 번져 있었다.

"아주 당돌하고 냉정해서 이곳의 매운바람을 대하는 듯하지만……."

단우는 더 이상 뒷말을 잇지 않은 채 입을 다물어 버렸다. 그의 눈은 이미 닫혀 버린 건평원 문을 뚫어지게 바라보고 있었다.

'당돌하고 냉정한' 그것은 은현과는 어울리지 않는 말이지만 유한이 알지 못하는 은허당 당주로서의 또 다른 은현의 모습일 것이다. 그런데 단우는 그것 외에 또 무엇을 은현에게서 발견한 것일까?

소년처럼 감상에 젖은 눈과 입가에 지어진 잔잔한 미소가 유한을 불안하게 한다.

저 눈이 스쳤을 은현의 몸과 저 미소를 맞닥뜨렸을 은현의 눈은 무엇을 느끼고 무얼 보았을까?

문득 드는 생각에 살들이 경직된다. 유한은 저도 모르게 주먹을 가만 그러쥐었다. 사냥 이후, 단우에게서는 더 이상 술 냄새가 나지 않는다.

3. 절망의 눈이 희망의 눈을 바라보다

절망의 눈이 희망의 눈을 바라보다
절망의 눈이 희망의 눈을 바라보다

건평원을 다녀온 후 내내 뒷짐을 진 채 방 안을 서성거리던 은현이 감울란을 불러들였다. 아침까지 화색이 돌던 은현의 얼굴이 순식간에 수척해져 있다.

유한이란 자 때문일까?

건평원에서 유한을 발견한 은현의 눈이 순식간에 흔들리던 모습을 감울란은 보았다. 신성한 은허당의 당주로서, 그것도 성년도 되기 전인 어린 몸으로 은현이 사내를 안았다는 것에 대해 감울란은 여전히 당혹스럽다. 유한을 향하던 그 눈의 흔들림은 더더욱 당혹스럽다. 단순한 호기심이 아니다. 은현은 정말 사랑이라는 걸 하고 있는 것 같았다.

은허당의 당주가 사랑에 빠졌다. 그것이 어떤 의미인지 알까?

은현을 바라보는 감울란의 눈빛이 불안하게 흔들렸다. 두 사람은 아직 어리다. 이제 막 눈뜬 사랑이 얼마나 감당 못할 바람처럼 밀려들지, 사랑이라는 것이 사람을 얼마나 눈먼 바보로 만드는지 그들은 알지 못한다. 당주도, 그 청년도 이것이 해서는 안 될 위험한 놀이라는 것을 깨닫기는 힘들 것이다. 상처투성이로 끝이 나기 전까진. 그전에 자신의 칼에 끝이 나는 것이 오히려 다행일지도 모를 일이다.

섬뜩한 생각을 하며 감울란은 은현을 바라보았다.

"감찰당녀 중에 믿을 만한 사람이 있나요, 감울란?"

"무슨 말씀이신지……?"

"양월과 선원당녀들에게 휘둘리지 않을 만한 사람이 있는가 묻는 겁니다."

감울란은 자신과 비슷한 나이 또래인 율란을 떠올렸다. 그녀는 성격이 괴팍하고 고집이 세서 친구도 없다. 한 번도 사내를 선택하지 않았으니 선원당녀가 될 수도 있었지만 그 또한 괴팍한 성격 때문에 좌절되었었다.

"한 사람 있습니다."

"그래요?"

은현은 다시 생각에 잠긴 듯 오래오래 말이 없었다. 뒷짐을 진 채 어슬렁거리는 모습이 유현란의 말처럼 정말 범이라도 된 듯한 느낌이 든다.

유현란의 소원처럼 정말 부란을 닮은 범이 될 수 있을까?

생각하다가 결국은 이 모든 것이 부질없어져 버릴 것이라는 것을 조금도 모르고 있는 유현란이 떠올라 참을 수 없는 조소가 흘러나왔다. 그런데 은현을 바라볼 때마다 마음 한 켠이 아릿해지는 이 마음은 또 뭘까?

은현의 걸음이 뚝, 멈추었다.

"그 사람을 데려오세요. 은밀히."

감울란을 따라 들어온 감찰당녀는 깡마르고 조그만 체구에 감울란보다 조금 더 나이가 들어 보였다. 그녀는 난생처음 마주하는 당주 앞에서도 고개를 수그리지 않았다.

"예를 갖추시게!"

감울란의 다그침을 듣고서야 겨우 고개를 까딱했다.

"율란이라고 합니다."

은현은 그녀의 모습이 당혹스러웠다. 은허당의 당녀라면 누구나 자신 앞에서는 고개를 수그리는데 이 여자는 겨우 감찰당녀의 신분으로 고개를 빳빳이 들고 은현을 관찰했다. 눈에도 얼굴에도 불만이 가득하다. 금방이라도 터질 듯한 불룩한 얼굴을 보고 있자니 은현은 제 마음마저 불룩해지는 것 같다. 선원당녀들이 무시를 하니 한낱 감찰당녀마저 자신을 무시하는가 싶은 생각이 들자 은현의 얼굴에 노기가 깃든다. 감울란을 잠깐 돌아보던 은현은 망설임없이 물었다.

"감찰당녀로 있은 지 얼마나 되었느냐?"

"스물도 되기 전에 들어갔으니 서른 해쯤 됩니다."

"그럼 은허당의 재정은 속속들이 알겠구나?"

그 말에 대답은 하지 않은 채 율란은 은현을 빤히 올려다보았다. 저 어린 여자가 무얼 알고 싶어 날 불렀나, 가늠하는 모양이었다. 그 모습에 은현은 저도 모르게 웃음을 흘렸다. 도무지 속을 알 수 없는 유현란이나 감울란, 그리고 양월과 선원당녀들과는 다른 사람 같다. 속을 알 수 없는 사람에게는 속을 보이지 말아야 하지만 속이 다 보이는 이런 사람에게는 속을 보여주어야 얘기가 통한다. 그래서 은현은 거리낌없이 제 속을 내보였다.

"난 양월과 그 무리들이 가진 부의 정도를 알고 싶다. 그들을 꺾을 수 있는 방법과 약점도 함께 말이다."

어린 당주의 입에서 나오는 너무도 직설적인 말에 율란은 물론 감울란도 놀란 눈으로 바라보았다. 철권을 휘두르던 부란도 그들을 휘어잡지 못했었다.

"어떠냐? 해보겠느냐?"

다시 한 번 의향을 묻는 은현의 눈은 아이처럼 호기심에 반짝이는 것 같기도 하고, 늙은 여우 유현란의 눈처럼 간교하기도 하고, 죽은 부란의 눈처럼 검은 회오리가 들어 있는 것 같기도 하다. 은현을 살피던 율란은 오싹한 기운을 느끼며 감울란을 돌아보았다. 길게 늘어뜨린 머리칼 사이 섬뜩한 흉터가 눈에 들어왔다. 감울란은 당주의 명 외에는 앞도 뒤도 돌아볼 줄 모르는 매화대다. 당주의 제의를 거절하고 돌아섰다가는 저 무식한 칼에 쥐도 새도 모르게 목이 달아나고 말 것이다. 도망칠 길이 보이지 않았다.

고개를 돌려 눈을 마주치자 은현이 다시 의향을 물었다. 어리지만 겁없고 당돌한 눈을 가진 당주다. 도무지 속내를 가늠할 수 없던 부란과는 확연히 다른 직선적인 눈. 당주는 정말 선원들과 싸울 모양이다. 기고만장하는 양월의 무리가 어린 당주의 손에 한순간에 떨려 나가는 꼴을 보는 것도 재미있을 것 같았다. 불룩하던 율란의 얼굴에 심술궂은 웃음기가 번졌다.

"예, 해보겠습니다. 하지만 크게 기대하진 마십시오. 그것들이 워낙 간교하여……."

뒤를 쉬이 캐기 힘들지도 모른다는 말을 하려 했지만 은현은 그녀의 뒷말을 다 듣지 않은 채 고개를 끄덕였다.

"어려운 일이 있을 시엔 감율란에게 도움을 청해라."

은화원을 나온 율란은 뭐가 그리 즐거운지 히죽히죽 웃음을 흘렸다. 감율란은 의아한 눈으로 율란을 바라보았다. 어린 날 이후 율란이 저리 신나하는 모습은 처음이다.

"양월이 고것이 살찐 엉덩이를 실룩거리며 돌아다니는 꼴이 눈이 시려 죽겠더니만 잘됐네. 설마 당주님이 오히려 뒤통수를 맞으시는 건 아니겠지?"

"말조심해라, 율란. 이 일이 새나갈 시에는 네 목이 가장 먼저 달아날 거란 걸 모르는 건 아니겠지?"

음울한 음성이 어둠을 타고 들려왔다. 모난 구석 하나 없이 생글생글 잘 웃고, 아무도 놀아주지 않던 율란에게 유일한 친구가 되어주었던 착한 감율란이 왜 이렇게 변해 버렸는지 율란은 아직도 모르겠다. 아이를 가졌으니 천강을 찾아가겠다고 파당을 선언하고 은허당을 떠나던 날, 자신의 방에 찾아와 통곡을 하던 일이 엊그제 같은데 벌써 스물두 해를 넘어 스물세 해째를 맞고 있다. 그때 산을 내려가서 천강은 만났는지, 그 아이는 어떻게 되었는지, 모든 것이 내내 궁금했지만 물을 수가 없었다. 은허당에 내려진 부란의 함구령 때문이었다.

"근데, 언제 저렇게 자라셨지? 여전히 겁쟁이 울본 줄 알았는데."

은화원을 돌아보며 하는 율란의 말이 몹시도 불손하다.

"율란……."

"유현란이 모질게도 다그치더니 제법 가르치긴 했어?"

"율란!"

"등신같이…… 네가 뭐가 모자라 유현란한테 굽실거리고 지내는 거야? 젊은 날 그렇게 당했으면 됐지 늙어서까지 당하고 살래?"

"……."

"이번에 양월이 패거리를 제거하면서 유현란도 함께……."

속삭이는 율란의 목으로 조그만 단도가 스륵 올라왔다.

"한 번만 더 떠들면 피를 볼 줄 알아. 그만 떠들고 돌아가. 가서 당주님 명이나 잘 수행해!"

볼의 흉터보다도 더 섬뜩한 눈이 코앞으로 다가와 번들거렸다. 감울란은 확실히 변했다. 몸속에 흐르는 붉은 피까지 섬뜩한 빛깔로 변했을 것 같다.

"아, 알았어. 알았으니까 이거나 치워."

율란은 단도를 쥔 감울란의 손을 밀쳐 내고 옷매무새를 고쳤다.

"넌 어째 늙을수록 못나지는 것 같다. 심술궂고, 괴팍하고, 화도 잘 내고……. 그러지 마. 나같이 마음이 모난 것들이나 그리

살지. 너 예전엔 참 따듯한 사람이었는데, 그래서 내가 이 은허당에서 유일하게 좋아했던 친구였기도 했고……."

씁쓸한 기운이 감도는 말을 남기고 율란은 바쁜 걸음으로 사라졌다.

산자락에서 한줄기 눈바람이 몰아쳐 내려왔다. 살갗에 닿는 바람이 모질게도 차갑다. 그러나 아무리 차갑다 한들 이 몸속을 흐르는 피만큼이야 차가울까. 온몸을 스멀스멀 기어다니는 이 얼음덩이들만큼이야 하겠는가.

스멀 기어온 그것이 순식간에 심장으로 침투해 아귀 같은 손으로 심장을 틀어쥐었다. 더 이상 살아 움직이지 못하는 그 심장을 움켜쥐고 감율란은 다시 걸음을 옮겼다.

건평원을 한 바퀴 돌며 매화대를 격려하고 돌아서던 그녀는 문득 걸음을 멈추었다. 그리고 무심한 눈으로 굳게 잠긴 건평원 문을 바라보았다.

"괜찮으십니까?"

곁에 선 매화대의 손보다 더 빠르게 다가와 자신의 팔을 움켜잡던 유한의 단단한 손이 떠올랐다. 발목을 살피던 걱정스런 얼굴과 이상없음을 확인하고 안심한 표정으로 짓던 그 서글한 웃음도…….

목적을 위해서가 아니라 진심으로 자신의 발목을 걱정해 주는 느낌이 들었다. 얼어 있던 차가운 심장에 따듯한 온기가 스민다.

유한은 봉족군과 어울리며 남광의 사정과 그들의 군 상황에 대해 조금씩 알아내었다. 전쟁의 상처는 매족뿐 아니라 봉족에게도 치명적이어서 그것을 복구하는 데만도 수년의 세월이 걸렸고, 나라의 형태를 채 갖추기도 전에 다시 단우가 술에 빠지면서 약간의 혼란을 겪고 있는 모양이었다. 게다가 남광의 남쪽 국경은 그쪽에서 밀려오는 또 다른 부족의 공격에 시달리고 있다고 했다.

"그런데 왕께서는 어째서 매족을 그리도 증오하실까요?"

유한의 질문에 한경은 눈을 바짝 가까이 가져와 속삭였다.

"유한이 너, 매족 노예에게 검술을 배웠다고 해서 혹시라도 왕이 계신 앞에서 매족 검술을 칭찬하는 얘기는 함부로 꺼내지 마라. 쥐도 새도 모르게 목이 달아날 테니. 이유는 모르겠지만 어쨌든 왕은 매족 얘기만 나오면 경기를 일으키시는 분이라 들었다."

단우가 매족을 증오하는 만큼 유한과 매족의 청년들도 봉족을 증오한다.

"매족 칼에 어머님을 잃었다던가? 누이를 잃었다던가……?"

한경이 중얼거리는 소리가 들렸다. 미루는 봉족의 칼에 부모를 잃었고, 자신은 얼굴도 모르는 어머니를 잃었다. 유한은 분노를 느끼며 입술을 깨물었다. 산을 내려가기 전, 그자의 목을 자신의 칼로 베어버릴 수만 있다면 그보다 더 좋은 일은 없을 것이다.

감울란은 매일 은현과 유현란 사이를 오가며 은화원 소식을 유현란에게 보고하고 있었다. 부란의 마지막 명의 시효가 아직

끝난 것이 아니니 따지자면 매화대에 대한 명령권은 여전히 유현란이 쥐고 있기 때문이다.

"당주님은 뭘 하시는가?"

지난번 건평원에 다녀온 후 내내 감울란의 눈을 피하던 유현란이 오늘은 제법 담담해졌다. 수타계곡 얘기가 나오는 순간 뻣뻣해지던 유현란의 모습이 떠오르자 감울란은 저도 모르게 얼굴이 움찔거렸다.

"사혜와 함께 천풍루에 오르셨습니다."

"나이도 많으신 분이 무슨 험한 꼴을 당하시려고 그곳을 오르시는지, 원……."

다리에 힘도 없으면서 그 높은 계단을 오르다 미끄러지기라도 하면 어쩌려고 올랐는지 모르겠다. 그러나 실은 사혜에 대한 걱정보다 은현 앞에서 그런 꼴을 당할까 봐 더 걱정이다. 늙은 사혜야 죽으면 그만이지만 은현이 마음에 상처를 입을 테니…… 쯧.

"그래, 다른 일은 없고?"

은현에게 율란의 보고가 바쁘게 올라오고 있다. 누구도 모르게 은밀히 진행되는 일이기 때문에 향이조차 눈치 채지 못하고 있다. 지난번 은현이 호위대원을 바꿔 버린 후 은화원에서 유현란에게 올라오던 보고마저 끊겼을 것이다.

"이 일은 대모님께도 비밀입니다. 그분은 아직도 꿈을 꾸고 계신 분이라……."

은현은 유현란이 더 이상 자신이 기댈 언덕이 되지 못한다는 걸 깨달은 것 같았다. 그리고 유현란이 결코 양월을 내치지 못할 것이라는 것도 알고 있었다. 유현란은 부란이 그랬듯 양월을 내치기보다는 끌어안고 가길 원한다. 그러나 은현의 뜻은 그것이 아니다.

대담한 건지, 어리석은 건지……?

생각에 잠긴 감울란에게 다시 유현란의 음성이 들렸다.

"무슨 일이라도 있는가?"

"아무 일도 없습니다."

흠, 긴 숨을 내쉬며 유현란은 고개를 끄덕였다. 이렇게 답답하게 선원당에 들어앉아 감울란의 보고를 받을 것이 아니라 예전처럼 은화원으로 달려갈 수도 있지만 그러지 않을 작정이다. 사혜의 말처럼 은현을 조금씩 떼어내며 지켜볼 생각이다. 지난번 건평원에서 단우를 대하는 모습을 보고 이젠 그리해도 되겠다는 희망을 발견했기 때문이다. 자신은 이미 쓰러져 가는 나무다. 고고히 쓰러졌으면 좋겠지만 추해져도 상관없다. 그저 은현이 자랄 그 나무에 거름이 될 수만 있다면 그 모습이 어떠하든 상관하지 않는다.

음울한 감울란의 얼굴이 눈에 들어왔다. 허리에 분신처럼 차고 있는 칼도 눈에 들어왔다.

설사 저 칼에 목숨을 잃는다 해도…….

"자네만 믿겠네."

감울란은 무심한 얼굴로 목례를 하고 그곳을 나왔다. 유현란의 초연한 얼굴이 눈에 거슬린다. 거칠게 걷는 걸음에 떨쳐 내지 못할 분노 같은 바람이 감긴다.

뭘 건드려 줄까? 뭘 건드려야 네가 불안에 떨까?

아무리 머리를 굴려 생각을 해도 당주밖에 없다. 감울란은 신경질적으로 발을 굴렀다. 왜 갑자기 스스로에게 화가 나는지 알 수가 없다.

휘적휘적 걸어 매화원림으로 향하던 그녀의 걸음이 갑자기 방향을 바꿨다. 선원당을 벗어나고 천상연을 돌아 건평원 앞에서 걸음이 우뚝 멈추었다. 굳게 닫힌 건평원 문을 노려보던 감울란은 한참 만에 보초를 서고 있는 매화대원에게 명했다.

"봉족 왕에게 가서 여쭈어라. 지난번 발목을 치료해 준 보답을 하고 싶은데 유한이라는 자를 잠깐 내보내 줄 수 없으신가 하고 말이다."

왜 느닷없이 그 청년이 보고 싶어진 건지 모르겠다.

한참 만에 건평원 문이 열리고 매화대원을 따라 나오는 유한이 보였다. 건장한 체구와 입가에 지어진 서글한 미소가 빛나 보였다. 젊음이란 저런 걸 거다. 어디에 있든, 어떤 처지에 있든 당당함 하나만으로도 빛나 보이는 것.

"감울란님!"

그의 얼굴은 약간 상기되어 있었다. 제 부탁에 대한 답을 기대하고 나온 것이리라. 그러나 감울란은 아직 유한에게 줄 답이 없다. 반가움 때문인지 기대감에서인지 모를 서글한 그의 웃음을 가만 바라보던 감울란은 저도 모르게 풀어지는 마음을 다잡으려 이마를 찌푸렸다.

"따라오너라."

유한은 돌아서 성큼성큼 걷는 그녀의 걸음을 따라 걸었다. 매화대 대장이라는 이름에 걸맞게 감울란의 걸음은 절도있다. 단정한 걸음걸이에서 올곧은 그녀의 심성이 엿보이기도 한다.

감울란이 들어간 곳은 매화원림의 바깥에 있는 조그만 전각이었다. 안에서도 밖이 훤하게 보일 정도로 벽이 트여 있어 바람이 불어들었지만 그리 춥다는 생각은 들지 않았다.

감울란은 차를 끓여오고 화과자와 말린 육포를 내어왔다. 유한은 길게 늘어뜨린 머리칼 사이로 언뜻언뜻 스치는 섬뜩한 흉터를 훔쳐보았다.

"무서우냐?"

고개도 돌리지 않은 채 차를 마시며 감울란이 물었다.

"아, 아닙니다. 그냥…… 어쩌다가 입은 상처일까 궁금했습니다."

"봉족군의 화살에 맞았다."

"아."

"여름이라 벌레가 설고 썩어 들어갔지."

유한이 이마를 찌푸리자 감울란은 피식 웃음을 흘렸다. 흉터에 대한 기억은 누구 앞에서도 꺼내지 않던 말인데 이상하게 유한 앞에서는 말이 술술 잘 나온다.

"고통스러우셨겠습니다."

글쎄, 고통스러웠던가?

화살을 뽑아내고 상처를 치료하는 동안의 고통은 기억에 없다. 대신 심하게 앓았던 젖몸살에 대한 고통은 또렷이 남아 있다. 탱탱하게 불어 오른 젖가슴이 어찌 그리도 아팠던지…….

왠지 슬퍼 보이는 감울란의 얼굴을 바라보며 유한이 말했다.

"저의 어머니도 봉족군의 칼에 돌아가셨습니다."

"그래?"

"제가 겨우 삼칠일이 지났을 때라고 들었습니다."

찻잔을 든 감울란의 손이 바르르 떨리는 것이 보였다. 뜨거운 차를 후룩 마시며 그녀는 무언가를 참아 넘기려 애쓰는 것 같았다.

목젖까지 차오른 분노를 고통스럽게 참아 넘기며 감울란은 유한을 바라보았다. 이 청년은 삼칠일 만에 어미를 잃었고, 자신은 삼칠일 지난 아들을 잃었다. 참 묘한 인연도 다 있다 싶다.

자신은 그 고통으로 피멍이 든 가슴에 섬뜩한 짐승을 들여앉혀 두고 살고 있다. 사시사철 먹장구름이 낀 얼굴로 그 짐승을 독려한다. 언젠가 그 짐승은 발톱을 세우고 이빨을 드러낼 것이다. 그런데 이 청년의 눈은 너무도 맑다. 아무 상처가 없다. 희망만이 가득하다. 끝을 향해 내달리는 침울한 눈과 새로운 시작을 향해 걸음을 내딛는 맑은 눈이 부딪혔다.

"네 아버님이…… 널 참 잘 기르신 것 같구나."

"고맙습니다."

그것이 자신을 향한 칭찬 같아 유한은 기분이 좋았다. 유한의 얼굴에 환하게 지어진 웃음이 감울란의 마음마저 가볍게 했다. 유현란을 만나고 나오며 스스로에게 잔뜩 돋아 있던 화들이 어느새 다 사라져 버렸다.

"두렵지 않느냐? 단우의 곁에 있는 것이 말이다."

유한은 싱긋 웃으며 의자에서 일어나 휜하게 뚫린 벽으로 다가갔다. 그리고 저만치 아래에 펼쳐진 천상연을 내려다보며 대답했다.

"두렵진 않은데 걱정은 됩니다."

"……?"

"이곳으로 올라온 목적을 이루지 못하면 어떡하나? 그로 인해 우리 매족의 꿈마저 꺾여 버린다면……."

다시 희망의 눈이 절망의 눈을 바라보았다.

"내가 이 두려운 전쟁에서 도망칠 수 없는 이유가 뭔지 아시오?"

세 번째로 천강을 선택하고 밤을 보낸 후, 새벽같이 일어난 그가 중간마을을 떠나며 물었다. 그러나 감울란은 그 답을 알 수 없었다. 이미 모든 부족이 봉족에게 무릎을 꿇었지만 매족만은 여전히 굴복을 하지 않고 있다.

"그건 희망 때문이오. 이길 수 있다는 희망, 사람답게 살고 싶다는 희망, 그리고 여전히 살아 있다는 희망."

천강의 눈이 처음으로 따듯하다고 느꼈던 날이었다. 자신의 선택을 받은 그 자리에서 유현란을 보고 오겠다며 천강은 은허당으로 올라갔었다. 가슴속으로 비릿한 핏물이 고여드는 것을 느끼며 그가 다시 내려오기를 기다렸다. 다시 내려온 천강은 밤과 새벽에 걸쳐 두 번씩이나 격하게 감울란을 안았었다. 무언가에 화가 난 듯도 했고, 흥분한 듯도 했다.

유현란과 싸운 걸까?

생각에 잠긴 얼굴 위로 천강의 손이 스륵 올라왔다. 그리고 마지막 인사 같은 말을 했다.

"너에겐 언제나 미안했어, 감울란. 하지만 이젠 미안해하지 않겠어."

볼을 쓰다듬던 손이 스륵 떨어져 나가고 천강은 안개 속으로 사라졌다.

천강의 손이 스치던 그 볼은 기괴한 흉터를 남기고 사라져 버렸다. 감울란은 늘어진 머리칼 사이로 손을 넣어 그 흉터를 스륵 만져 보았다. 볼을 스치던 천강의 그 손길에서 약간의 희망을 느꼈는지도 모른다. 그래서 아기를 가진 것을 안 순간 파당을 하고 서라연까지 찾아갈 용기가 생겼던 건지도……. 역시나 한낱 꿈일 뿐이었지만.

감울란은 천천히 걸음을 옮겨 유한의 곁으로 다가갔다. 저만치 아래에 보이는 천상연에서 아지랑이 같은 김이 피어오르고 있었다.

"매화대가 매족 편에 서겠다는 답을 줄 순 없지만……."

감울란에게서 느리고 음울한 음성이 흘러나왔다.

"봉족 편에 서지도 않겠다는 약속은 하마."

4. 인정받지 못하는 당주

인정받지 못하는 당주
인정받지 못하는 당주

은현을 따라 천풍루에 오른 사혜는 그때껏 제 팔을 부축해 올라온 매량의 손을 매몰차게 떨쳐 내었다.

"젊은것이 거치적거려 죽겠구나. 그렇게 잡아당기니 내가 어찌 편히 걷겠느냐! 네년의 몸이 무거워 내 걸음이 자꾸 늦다. 쯧쯧."

눈치없고 힘만 센 매량이 한심해 보인다는 듯 혀를 찼다. 서너 번은 오르내리고도 남았을 시간이 걸려 이곳에 오른 것이 다 자신을 잘못 부축한 매량의 탓이라는 듯 사혜는 허풍을 떨어댔다. 사혜의 핀잔에 어쩔 줄 몰라 쩔쩔매는 매량을 보며 은현이 다시 까르르 웃음을 터뜨렸다. 이리해도 타박이고 저리해도 타박이니 한번쯤 짜증이 날 만도 하건만 매량은 그저 묵묵히 사혜를 돌볼 뿐이다.

"매량이 처음이라 그래요. 사혜가 이해하세요."

따듯하게 달래는 은현의 말에 사혜는 금방 아이처럼 입이 헤벌쭉하게 벌어졌다.

"예. 당주님이 그러라면 그래야지요. 저것들이 당주님 한 뼘만 닮아도 편히 눈을 감을 터인데 저런 미련한 것들을 당주님 곁에 두고 제가 어찌 눈을 감겠습니까?"

"맞아요, 사혜. 그러니 오래오래 사세요. 오래오래 제 곁에 남아서 우리 은허당도 지켜주시고 저도 지켜주셔야 해요. 아셨죠?"

"에구구, 늙은 것이 오래 살아 뭐에 쓰려고요."

말은 그렇게 하면서도 은현의 말이 듣기 좋은지 잔뜩 기가 살아서 허풍을 떠들어대었다.

"금년은 우리 당주님께서 성년이 되시는 해이니 천상연이 아주 뜨겁게 끓어오를 겁니다. 은허신들이 모두 깨어나실 터이니 말입니다."

"천상연이 정말 끓어올라요, 사혜?"

해마다 봄과 가을이면 천상연이 끓어 은허신이 깨어난다고 했다. 그때가 바로 당녀들의 선택의 시기인 것이다. 그러나 은현은 지금껏 천상연이 정말 끓어오르는 것을 한 번도 보지 못했다. 선원당녀들과 유현란이 그렇다 하니 그런가 보다 생각했을 뿐이다.

"그럼요, 당주님. 이 늙은 것이 소싯적에는 정말 가마솥에 물이 끓듯 보글보글하는 걸 보기까지 한 걸요."

사혜의 허풍이 또 시작되었다. 은허당에 대한 신비한 이야기들의 절반은 아마 사혜의 입에서 나온 허풍이 분명할 거다.

"우리 당녀들의 피부가 이리 곱고 잘 늙지 않는 것이 다 천상연의 물로 목욕하고 소세하기 때문일 겁니다. 부란님이 돌아가시던 날도 그 얼굴이 여전히 스물인 듯 서른인 듯 꽃 같았지 않습니까? 당주님도 그러실 겁니다. 아무리 나이가 드셔도 이 모양 이대로 꽃같이……."

끝없이 이어지는 사혜의 말을 들으며 은현의 눈은 천상연에 머물러 있었다. 건평원에서부터 천상연을 빙 돌아 걷고 있는 사람은 감율란 같다. 그런데 그 뒤에 따라가고 있는 자는 누굴까? 멀리서 가늠하여도 봉족 병사인 것은 분명한데 걷는 걸음이 몹시도 눈에 익다.

두 사람은 천상연을 돌아 다시 매화원림 쪽으로 방향을 잡더니 이내 사라져 버렸다. 그리고 전각들에 가려졌던 그들의 모습이 다시 얼핏 드러나는 순간, 은현은 그가 유한이라는 걸 알아차렸다. 은현의 눈이 동그래지며 자세히 보려 했지만 그들은 다시 사라졌다.

유한…….

"매량아……."

은현이 들릴 듯 말 듯 조그만 소리로 매량을 불렀다. 무슨 일인가, 다가온 매량의 눈이 의아하다.

"예, 당주님."

"사혜를 모시고 먼저 내려가거라. 난 좀 생각할 것이 있으니."

그 말만 남긴 채 은현은 다시 골똘한 생각에 빠진 사람처럼 동그란 눈으로 천상연만 노려보고 있다.

돌아서서 계단을 내려다보다 다시 사혜를 돌아보던 매량은 다짜고짜 그녀를 들쳐 업었다.

"아니, 이년이? 당장 내려놓지 못하겠느냐! 나 혼자서도 얼마든지 내려갈 수 있다, 이 흉악한 년! 늙은 사람에게 어찌 이리 수모를 주느냐? 내려라! 내려라, 이년아!"

매량은 동동거리며 등을 두드려 대는 사혜를 무시한 채 달리듯 계단을 내려갔다. 소리가 멀어지자 은현은 심호흡을 하며 다시 천상연 쪽을 내려다보았다.

감울란이 왜 유한을 데려간 걸까? 왜……?

굳어버린 사람처럼 서 있는 은현에게 향이 다가왔다.

"몸이 좋지 않으십니까?"

"향아."

"예, 당주님."

"너 혹시 내게 숨기는 것이 있느냐?"

밤처럼 검은 눈이 향을 응시했다. 온전히 자신의 사람이라 생각하는 향이 그럴 리는 없겠지만 무언가 미심쩍다. 자신의 사람이기도 하지만 감울란의 사람이기도 한 향이니.

향은 기겁을 하며 고개를 흔들었다.

"그럴 리가 있겠습니까? 제가 어찌 당주님을……?"

"감울란이 유한을 어찌 아느냐?"

"그, 그야, 지난번 사냥 때 그 사람이 감울란님의 다친 발목을 치료해 주었다고……."

그 말은 지난번 건평원에서 은현도 들었다. 그러나 단순히 그 일로 감울란이 유한을 만나지는 않았을 거란 생각이 든다.

"혹시…… 감울란이 우리의 일을 아느냐?"

순간, 향의 눈에 살얼음이 들어찼다.

고자질을…… 한 것이냐?

은현의 눈동자에 노기가 서렸다. 향이 어릴 적 보았던 노한 부란의 눈이다. 향의 몸이 사시나무처럼 떨렸다.

"너……."

"아닙니다. 아닙니다, 당주님! 감울란님은 이미 모든 걸 짐작하고 찾아오셨습니다. 그래서 제가 말씀드렸습니다. 전 감울란님을 속일 재간이 없었습니다."

"모두 다 말했느냐? 내가 그를 안은 것도?"

"……예."

대답을 하며 향은 눈을 꼭 감아버렸다. 은현에게서는 숨소리조차 들리지 않았다. 이대로 은현에게 목숨을 잃는다 해도 할 말이 없다. 다만 혼자 남을 은현이 걱정되었다. 그래서 살려달라고 매달리고 싶었다.

눈물을 쏟으며 꿇어앉으려는데 은현의 음성이 먼저 들렸다.

"뭐라 하더냐, 감울란이?"

"화를 내다가 나중엔 누구에게도 들키지 말라고 했습니다. 본인에게조차 들키지 말라고 했습니다."

들키지 말라고?

모든 것을 알고도 함구하고 있는 감울란의 뜻은 무엇일까? 은현조차 눈치 채지 못할 만큼 감울란은 철저히 모른 척했다. 조용한 걸 보면 유현란에게조차 입을 다물고 있는 것이 분명하다.

은허당의 당녀가, 그것도 대모의 명령권 안에 있는 매화대 대장이 당주의 부정을 눈감고 있다. 그들의 사고로는 결코 용납되어서도, 용납될 수도 없는 이 엄청난 부정을 말이다.

나에 대한 충성이라고 하기엔 감울란 속에 들어 있을 부란의 존재가 너무 크고…… 뭘까?

아무리 생각해도 의문이 풀리지 않는다. 길게 늘어뜨린 검은 머리칼 속의 기괴한 흉터와 표정 없는 얼굴, 섬뜩한 눈빛. 그래서 어릴 적부터 도무지 그 속내를 알 수 없던 감울란이었다.

유현란이 갑작스럽게 병석에 누운 일로 한동안 은허당이 어수선했다. 유현란에게 변고가 생기기 전에 당주의 성년식을 치르자는 측과 천상연이 깨어나기 전에는 불가하다는 측이 팽팽히 맞섰다. 결국, 선원회의에서는 제단을 차려 기도를 올리자는 결정이 났다. 은현도 참석시키지 않은 채 일사천리로 진행된 선원회의였다. 이 혹한의 겨울에 제단에 올라 기도를 올린다니, 누가 들어도 경악할 일이지만 아무도 반대하는 사람은 없었다. 기도는 당주의 의무다. 은허당에 죽음의 기운이 드리울 때마다 당주의 기도는 영험을 발휘해 왔다.

"거부하십시오."

감울란이 찾아와 은현을 말렸다. 이것은 양월의 패거리들이 의도적으로 결정한 일이 명백하다. 그들에게 은현은 여전히 자격이 의심스러운 당주이고, 어떤 식으로든 꼬투리를 잡으려는 것이다. 그러나 그것이 두려워 목숨을 건 기도를 감행하는 것은 어리석은 일이다.

"대모님을 위한 기도예요. 제가 어떻게 거부하겠어요?"

거부할 빌미가 없다. 그리고 거부할 생각도 없다. 신의 힘을 빌어서라도 유현란의 목숨을 지키고 싶은 것이 은현의 마음이다. 은현은 사혜와 감울란으로 하여금 유현란의 병석을 지키라 명하고 선원회의의 결정에 따라 제단을 차려 기도에 들어갔다.

은허당에서 가장 높은 누각인 천풍루보다 더 높은 곳에 위치한 제단은 그야말로 태대산의 눈 속 한가운데에 있다. 밤이 되자 매서운 칼바람이 몰아쳤고 제단에 올려놓은 성수는 순식간에 꽁꽁 얼어 고드름이 뿔처럼 뾰족이 솟아올랐다. 당녀들이 은현에게 호피를 덮어씌우고 활활 타오르는 횃불로 그 주위를 감쌌다. 그러나 그 무엇도 추위를 줄여주지는 못했다.

딱딱, 이 부딪히는 소리가 들리고 한쪽에서는 추위를 이기지 못한 당녀들의 신음 소리도 들려왔다. 은현은 정신을 놓지 않으려 애썼다. 선원들은 스스로 해결나지 않는 일이 생기면 언제나 이렇게 당주의 기도를 요구했다. 아무리 힘센 당주라도 기도를 거부할 수는 없다. 더군다나 대모인 유현란의 목숨을 붙잡는 기도가 아니던가.

죽음과 같은 밤이 지나고 아침이 되자 은현의 곁을 지키는 당녀들이 교체되었다. 온몸이 푸른빛으로 얼어버린 당녀들이 제단 아래로 실려 내려왔다. 그러나 선원들은 누구 하나 제단을 치우자는 말을 하지 않았다. 혹한 속의 기도는 부란도 종종 해왔던 일인지라 크게 개의치 않았다.

향이 더 많은 호피를 챙겨 올라와 은현의 손과 발은 물론 눈만 남겨놓은 채 온몸을 호피로 감싸주었다. 호피를 이리저리 감싸는 내내 향은 눈물바람이다. 유현란이 조금만 정신이 있었어도 절대로 허락하지 않았을 기도다. 독하고 모진 선원당녀들. 저들에게 은현의 존재는 과연 뭘까?

"울지 마라!"

은현은 단호한 눈으로 말했다. 온몸을 몇 겹의 호피로 두르고, 횃불로 몸을 데우고, 그 주위는 장막까지 씌워놓았으니 견디지 못할 정도는 아니었다. 다만 그 바깥에 있는 당녀들이 걱정되었다.

"조금만 참으십시오. 사혜가 최선을 다하고 있으니 유현란님은 금방 깨어나실 것입니다."

은현은 고개를 끄덕끄덕했다.

돌아가시지 마세요, 어머니. 저는 아직 어머니가 필요합니다.

호피 속에서 꼭 쥐는 주먹에 열기가 피어올랐다.

하루면 치워질 줄 알았던 기도가 이틀이 지나고 사흘째 밤까지 계속되자 드디어 선원당 마당에 사혜의 고함 소리가 울려 퍼졌다.

"이 미친년들아! 당장 멈추지 못하겠느냐! 당주님을 저리 함부로 대하다니 네년들이 이러고도 선원이냐? 신께서 노하실 거다! 네년들을 불에 지져 하늘길 벼랑 위에서 던지실 거다, 이년들아!"

지팡이를 땅땅 굴리며 소리치던 사혜는 앞을 가로막는 당녀들을 밀치고 선원회의실 문을 박차고 뛰어들어 갔다.

"이렇게 후끈거리는 방에 처박혀 있으니 사람이 죽어나는 것도 모르겠느냐? 유현란이 왜 그리 아등바등 모질게 살았는지 내 이제 알겠다. 네년들 눈엔 아직도 당주님이 당주님으로 보이지 않는다 이거구나? 그래서 어찌 돼도 상관없다 이거냐!"

지팡이를 들어 탁자를 땅땅 쳐대는 사혜의 기세에 잠깐 움찔해 있던 양월이 노기 띤 음성으로 소리쳤다.

"당장 그만두지 못하겠습니까! 감히 의당녀 주제에 여기가 어딘 줄 알고 뛰어들어 이리 행패를 부리시는 게요!"

"그래 네년들은 얼마나 대단한 선원들이라 이리 후끈한 방에 처박혀 있고, 우리 당주님은 저 추위에 떠셔야 하는 것이냐?"

사혜는 양월의 눈을 찔러댈 듯 지팡이를 휘둘러 대며 소리쳤다. 의당녀 주제에 감히 선원회의실에 뛰어들어 입에 담지 못할 험한 말을 쏟아부었으니 파당을 당해 쫓겨날 일이지만 그녀와는 상관없었다. 이미 죽을 때가 다 되었으니 쫓겨나는 게 대수랴? 아무 힘 없는 어린 은현이 겪고 있는 일을 생각하니 억장이 무너지고 피를 토할 일이다. 당주가 되던 그 순간부터 지금까지 선원들은 단 한 번도 은현을 진정한 당주로 인정하지 않았다. 만약 유현란이 잘못되기라도 하면 이들이 은현을 어찌 대할지는 불을 보듯 뻔하다.

다시 소리라도 지를 요량으로 지팡이로 탁자를 땅땅 치는데 탁자 끝에 앉은 선원이 퀭한 눈으로 쏘아붙였다.

“제단은 내일 아침에 치울 예정이니 그만 돌아가세요!”

그러잖아도 자신들이 너무했다 싶은 생각이 들어 제단을 그만 거두자는 회의를 하던 중이었다.

“지금 당장 치워라!”

사혜는 다시 지팡이로 탁자를 땅 내려치며 소리쳤다. 그러나 그 말은 받아들여지지 않았다. 아무리 나이 많은 사혜라도 봐줄 수 있는 정도가 있다. 양월은 매서운 눈으로 밖을 향해 소리쳤다.

“뭣들 하느냐? 당장 들어와 이 늙은 것을 끌고 나가거라!”

젊은 당녀들에게 질질 끌려 나가면서도 사혜는 다시 욕지거리를 퍼부었다.

못된 것들. 저것들이 언젠가는 우리 당주님을 잡아먹을 거다. 당주님을 팔아 제 욕심을 챙길 것들이다. 부란님! 부란님!

유한은 주먹을 쥔 채 건평원 마당을 서성이고 있었다. 은현이 제단에 올라 기도를 하고 있다는 말을 오늘 낮에야 들었다. 산 중턱에서 밤새 횃불이 일렁이던 것이 그 때문이었던 모양이다. 이 혹한의 겨울에 저들은 도대체 무슨 짓을 벌이고 있는 것일까? 그 추위 속에서 밤을 견뎌낼 사람은 아무도 없다. 지금껏 은현이 이런 곳에서 살고 있었다는 것이 믿어지지 않았다. 누구나 우러러 받들고 귀한 보살핌을 받았을 줄만 알았다. 그녀는 은허당의 당주가 아니던가. 어떻게 죽음을 불사하는 저런 무모한 기도를 할 수 있단 말인가!

당장 뛰어올라 가 그녀를 끌고 내려오고 싶을 만큼 가슴이 펄떡대었다. 그러나 어쩔 도리가 없다. 어떻게 해줄 수가 없다!

유한은 울컥한 마음을 감당하지 못하고 입술을 깨물었다. 이런 고통을 겪으면서까지 은현은 기어이 당주의 자리를 지키고 싶은 것일까? 자신은 지금이라도 은현을 데리고 이곳을 떠날 수 있다. 은파의 주인이 되겠다는 결심도, 매족 부활의 꿈도 모두 접어둔 채 은현만을 안고 정말 바다 끝까지라도 갈 용의가 있다.

흥분한 범처럼 마당을 어슬렁거리던 유한은 다시, 은허당의 당주로서 그를 사랑하고 그의 여자로서 은허당도 지켜내겠다던 은현의 말을 떠올렸다.

달아나지도 숨지도 않겠다는 뜻이다. 은현은 운명과 맞서 싸우려는 것이다!

유한은 고개를 번쩍 들어 횃불이 일렁이는 산등성이를 바라보았다. 붉게 일렁이는 그것이 운명에 맞서 싸우려는 은현의 작은 몸짓처럼 느껴졌다. 유한은 저도 모르게 주먹을 불끈 쥐었다. 그래, 운명은 이끌려 가는 것이 아니라 싸워서 쟁취하는 것이라고 했다. 바위굴에서의 짧은 만남 때 은현이 제게 전하려 했던 마음을 유한은 그제야 확연히 느낀다. 불끈 쥔 주먹에 열기가 번진다.

서성이는 유한의 곁으로 어슬렁, 다가오는 그림자가 있었다.

"뭐 하느냐?"

단우다.

유한은 정신을 가다듬으며 예를 갖추었다. 어슬렁어슬렁 다가온 단우는 뒷짐을 진 채 산 중턱에서 일렁이는 횃불을 응시했다. 당주가 저 혹한의 추위 속에서 밤을 새워 기도를 한다고 했다. 뒷짐을 진 그의 손이 어둠 속에서 부르르 떨렸다.

이것은 분명 양월이 저지른 일일 것이다. 은허당의 당주가 얼마나 신에 묶여 있는 존재인지 보여주고 싶었을 것이다. 자신이 당주와 혼인하겠다 선언한 후 양월은 도망치듯 달아나 이때껏 얼굴 한 번 비치지 않고 있다. 거부할 수도 없고, 그렇다고 쉬이 들어줄 수도 없는 부탁이니 그가 하루빨리 당주의 존재를 인식하고 스스로 물러나 주기만을 바라는 것이리라. 그러나 이젠 정말 그럴 수가 없을 것 같다. 은현을 더 이상 이곳에 두고 싶지 않다. 그녀 스스로 원한다 하더라도.

"가련하지 않느냐?"

어둠 속에서 단우의 음성이 느릿느릿 들렸다.

"저 어린 당주 말이다."

제단이 있는 산 중턱에서는 여전히 횃불이 일렁인다. 그 횃불처럼 일렁이는 음성이, 어둠 속을 노려보는 범의 눈동자처럼 예민함을 실어 느릿느릿…… 유한의 심장을 할퀴고 갈 말을 들려주었다.

"내가 다 가져야겠다. 은허당도…… 저 여자도……."

매운바람이 휘몰아쳐 유한의 귓전을 때렸다. 단우는 먹이를 포착한 짐승처럼 일렁이는 횃불을 노려보고 있다. 달빛에 길게 드리워진 단우의 그림자가 건평원 마당을 삼켰다. 그것처럼 그의 거대한 힘에 꿀꺽 삼켜질 은허당과 은현이 상상되자 유한은 무엇에 얻어맞은 듯 가슴이 화끈 달아올랐다.

"은허당의 당주는 가질 수 있는 여인이 아닙니다!"

저도 모르게 불쑥 튀어나온 말이다. 순간, 어슬렁거리던 단우의 걸음이 멈추는가 싶더니 성큼 걸어 유한에게로 다가왔다. 달빛 사이로 단우의 얼굴이 스륵 다가왔다.

"뭐라 했느냐?"

나직한 음성, 그러나 눈 속에는 서늘한 노기가 들어앉아 있었다. 그 노기 어린 눈을 바라보며 은현은 감히 당신이 욕심낼 수 있는 여자가 아니라고 단호히 말해주고 싶었다. 은허당과 은현을 가져야겠다는 그 말속에 든 단우의 감정에 유한은 분노가 일었다. 불끈 쥔 주먹 속에 뜨거운 열기가 번져 오른다. 그러나 살을 에는 차가운 바람이 격한 감정에 날을 그으며 지나갔다. 그것이 차가운 이성을 일깨웠다. 유한은 흔들리는 눈에 장막을 씌우고 끓어오른 분기를 어둠에 숨겼다.

"당주는 신의 여인이라 들었습니다."

노기 띤 눈앞에서 유한의 순한 음성이 들렸다. 달빛에 드러난 그 눈 또한 순진한 애송이의 눈이다. 단우는 그 눈을 내려다보며 빙긋 웃었다.

"신을 믿나?"

유한은 잠깐 망설였다. 봉족은 처음부터 신의 존재를 거부했다. 하늘 아래 오로지 봉족만이 선택받은 부족이라는 선민사상에 젖어 있다. 자신들이 곧 신이고, 하늘이고, 전부인 오만한 부족.

유한은 대답했다.

"믿지 않습니다."

그 대답에 만족한 듯 단우는 다시 빙긋 웃었다. 그리고 다시 한 번 각인시키듯 나직이 속삭였다.

"세상에 봉족 왕이 가지지 못할 것은 아무것도 없다."

나직한 그 음성 속에 오만과 이기, 독선으로 똘똘 뭉친 파괴자 단우가 느껴졌다. 그런 생각으로 은파를 파괴하고 다시 건설했듯, 은허당과 은현도 이자의 손에 그런 식으로 파괴되고 다시 건설될까? 유한은 고개를 흔들었다. 그리고 돌아서는 그를 향해 다시 말했다.

"여인은 가지는 것이 아니라 지켜주는 것입니다."

단우는 걸음을 우뚝 멈추었다. 여자를 지켜본 적이 없다. 어머니도, 누이도…… 그들은 허락없이 떠나 버리고, 달아나 버렸다. 누이는…… 정말이지 지켜주고 싶었는데. 가져 버렸다면 달아나지 못했을까? 가져 버렸다면…… 가져 버렸다면……?

옷깃을 파고든 바람이 심장을 긁고 지나간다. 이곳의 바람은 간간이 이렇게 살을 엘 듯 아프다.

"꽤나 순진하군."

긴 호흡 끝에 단우는 그렇게 말했다. 고이고이 지켜주었더니 엉뚱한 곳으로 눈을 돌려 버린 누이, 그것이 여자란 족속들의 생리다. 처음부터 가져 버렸다면 다른 곳으로 눈을 돌릴 생각은 감히 하지 못했겠지?

단우는 회오리처럼 불어닥치는 생각에 정신이 혼란스러웠다. 누이를 사랑했었다. 어미가 달랐으니 가지지 못할 것도 없었다. 그러나 상처 입을까 봐, 마음을 다칠까 봐 건드릴 수 없었다. 고이고이 아껴만 주었다. 그런 누이가 더러운 노예를 마음에 담고, 눈에 담고, 급기야 달아나 버렸다. 누이를 닮은 아내를 얻고 온 마음을 다 주어도 치유되지 않던 그 상처…….

"그만…… 들어가라."

감당되지 않는 이 분기가 칼을 뽑을지도 모르니까.

침엽수 같은 단우의 몸이 바람에 휘청 흔들리는 것을 보며 유한은 돌아섰다. 저 파괴적인 사내에게서 은현을 온전히 지켜낼 수 있을까, 문득 두려움이 울컥 밀려든다.

5. 비원

비원

몸져누웠던 은현은 이틀 만에 거뜬히 털고 일어났다. 선원들이 다음에는 또 어떤 요구를 해올까? 거부하면 당주의 자질을 의심할 것이고 수용하기엔 참기 힘든, 아마도 그런 요구들이 끊임없이 계속될 것이다. 그동안 유현란이 혼자서 얼마나 힘들게 버텨왔는지를 이제야 알 것 같다. 자신을 그토록 모질게 다그쳤던 이유도 알 것 같다.

몸을 조금 추스르자 은현은 유현란을 들여다보기 위해 선원당에 있는 그녀의 처소로 향했다. 선원당 마당에서 한바탕 난리를 친 사혜는 선원들에 의해 유현란의 처소 외에 어디도 나다니지 못하도록 근신령이 떨어졌다고 했다. 이리저리 돌아다니며 잘난 척하고 잔소리하길 좋아하는 사람을 그리 가두어두었으니 머잖아 생병을 낼 것이다. 은현은 내일 아침 일찍 당주의 명으로 사혜의 근신령을 풀어주리라 다짐하며 걸음을 재촉했다.

유현란의 처소는 조용했다. 긴 마루를 지나 방문 앞에 이르자 지키고 있어야 할 당녀들이 그림자조차 보이지 않는다.

아직 초저녁인데 무슨 일일까?

다가가던 은현의 걸음이 문득 멈추어졌다. 조금 열린 방문 틈 사이로 그림자 하나가 일렁이는 것이 보였다. 침상 주변을 어슬렁거리는 사람은 감울란이다. 반가운 마음에 성큼 들어가려던 은현이 다시 멈칫 섰다. 침상 위의 유현란을 물끄러미 내려다보고 있는 감울란에게서 왠지 모를 서늘한 기운이 느껴졌다. 어두웠지만 형체는 또렷이 보였다. 그렇게 한참을 노려보고 있던 감울란이 갑자기 칼을 빼어 들었다.

헉!

은현은 두 손으로 입을 막았다. 매화대의 세검은 어둠 속에서도 무서운 날을 번득였다. 칼은 순식간에 유현란의 목으로 향했다. 그러나 잠시 후 다시 거두어졌다. 두어 번 똑같은 행동을 계속하던 감울란은 다시 칼집에 칼을 꽂았다. 은현은 숨소리를 죽인 채 벽에 바싹 기대어 있었다.

낮에 잠깐 눈을 떴던 유현란은 두려움에서 더욱 멀어진 눈으로 감울란을 향해 초연한 미소를 지었다. 그것이 감울란의 마음을 조급하게 했나. 목숨이 붙어 있을 때 목을 베어버릴까 생각하며 칼을 빼 들었지만 이대로 죽여 버리기엔 너무 분하고 억울했다. 가슴에 남아 있는 통증은 너무 컸고, 기다려 온 시간 또한 너무도 길다.

감울란은 빼어 들었던 칼을 다시 천천히 칼집에 꽂아 넣었다.

일어나라, 유현란. 너의 이기는 정말 감당이 안 돼. 넌 이렇게 죽을 자격 없어. 당주님이 무사히 성년식을 치르실 때까지, 당당히 자리 잡으실 때까지 꼿꼿해야지. 이렇게 가버리면 내가 너무 억울하잖아. 안 그래?

감울란은 이불을 끌어당겨 덮어주고 방을 나왔다. 양심이 있다면 저대로 죽진 않을 것이다.

감울란이 방을 나가고서야 은현은 조심조심 그 방으로 들어갔다. 늘 태산같이 버티고 있던 유현란이 조그만 몸으로 침상에 누워 있었다. 이마를 스륵 짚어보던 은현은 다시 유현란의 목을 스륵 만져 보았다. 그 목에 닿아 있던 칼날이 떠올라 손끝이 섬뜩했다.

감울란의 행동을 도무지 이해할 수 없었다. 어릴 적부터 보아 온 두 사람은 한쪽은 명을 내리고 또 한쪽은 말없이 그 명을 수행하는, 그것 외에는 서로에게 어떤 감정도 드러내지 않는 무뚝뚝한 사이였다. 그러나 서로에게 나쁜 감정을 가졌다고 느낀 적은 한 번도 없었다.

유현란이 기적처럼 깨어나고 은허당은 다시 아슬하고도 팽팽한 균형을 유지하고 있었다. 그러나 은현의 눈에 그것은 더 이상 균형이 아니었다. 유현란은 곧 빠질 주춧돌이고 감울란 또한 이제는 언제든 빠져나갈 수 있는 주춧돌이 되어버렸다. 그날, 유현란의 목에 닿아 있던 감울란의 서늘한 칼날이 곧 자신의 목에도 닿을 것만 같다. 그에 비해 양월과 선원당녀 세력은 너무도 견고하다.

천풍루에 올라 생각에 빠져 있던 은현은 병사들이 오락가락하고 있는 건평원 마당을 뚫어지게 내려다보았다. 서성이는 저 병사들 속에 유한이 있을까, 생각하다가 다시 봉족 왕을 떠올렸다. 따듯하고 달콤한 유한을 떠올리며 미소를 짓다가 뜨겁게 내리꽂히던 단우의 눈이 떠오르자 가슴이 덜컥했다. 그는 유한에 비해 모든 것이 강한 사람이다. 은현이 다 알지 못하는 사내로서도 아마……. 그러나 은현에게 강한 사람은 언제나 유한뿐이다. 은현을 무너뜨릴 수 있는 유일한 사람도 유한이다.

객잔에서 처음 만났던 낯선 유한…… 모화촌에서의 조심스럽던 손길과 떨리던 입술…… 그리고 어색하고 서툴렀지만 영원히 잊을 수 없는 그들의 첫 밤…… 죽어버려도 좋겠다 생각했던 동굴 속에서의 뜨거웠던 정사…….

그것이 은현이 가진, 그녀가 알고 있는 사내의 전부다.

"향아."

넋을 놓은 듯 건평원을 내려다보던 은현이 향을 불렀다. 다가온 향이 다음 명을 기다렸지만 은현에게서는 아무 소리도 들리지 않았다. 향은 은현의 눈이 향한 쪽을 바라보았다. 역시나 그곳은 건평원이다. 저곳 어딘가에 은현의 혼을 빼앗아가 버린 유한이 있을 것이다.

"당주님."

향의 부름에 그제야 정신이 든 듯 은현이 명을 내렸다.

"곧장 건평원으로 가서 감울란이 유한을 좀 보잔다고 전해라."

"예?"

"그리고 비원으로 데리고 와."

향은 경악을 감추지 못한 얼굴로 은현을 바라보았다. 이렇게 밝은 대낮에 은허당의 한가운데에서 그런 위험한 만남을 시도하는 은현을 감당할 수가 없다. 아무리 마음 약한 향이라도 이번만은 들어줄 수가 없는 모양인지 고개를 절레절레 흔들었다.

"안 됩니다. 할 수 없습니다."

"지난번에 감울란이 유한을 불러내는 걸 보았다. 가능할 거다."

"대낮입니다."

"비원에 들어가 버리면 아무도 몰라."

"감울란님이 아시면 가만있지 않을 것입니다."

"이미 모든 걸 알고도 눈감고 있는 감울란이다. 새삼스러울 것도 없다."

"당주님!"

"데려와! 데려다 줘!"

은현은 막무가내처럼 떼를 썼다. 은현은 이제 향의 앞에서는 더 이상 신비스러운 당주가 아니다. 이렇게 떼를 쓰고 윽박지르고 화를 내다가 곧 눈물로 호소를 해올 테고, 향은 결국 그 눈물 앞에 또다시 무너지고 말 것이다.

"안 됩니다, 당주님. 너무 위험합니다."

"당주의 명이다!"

"제가 다른 길을 찾아볼 테니 제발……."

"너조차 나를 무시하느냐? 당주의 명이라 하지 않느냐!"

발을 쾅쾅 굴리던 은현의 눈에 드디어 눈물이 맺히기 시작했다. 눈물을 보이기 전에 좀 더 강력한 만류가 필요했다. 은현을 꼼짝도 못하게 옭아맬 말이.

"이곳은 은허신의 심장이 잠들어 있는 곳입니다. 잊으셨습니까?"

신의 이름 앞에서 당주는 절대 자유로울 수 없다는 것을 향이 노린 것이다. 딱딱하게 굳은 얼굴로 향을 노려보는 은현의 눈에 노기가 서렸다.

그래, 내 존재는 언제나 그것에 묶여 있지. 신의 이름이 아니면 내가 이곳에 존재할 이유는 없어. 너 또한 선원당녀들처럼 이곳에서 나고 자란 사람이니…….

그러나 자신은 이미 신의 경계를 넘어와 버린 사람이다. 이젠 더 이상 그런 말이 두렵지가 않다. 은현의 얼굴에 노기가 거두어지며 야릇한 조소가 흘렀다. 세상 무서운 줄 모르는 어린 범의 눈이 새빨간 불을 담고 향의 눈앞으로 다가와 이글거렸다.

"유한은 내가 사랑하는 사람이니 신께서도 용서하실 거다. 용서치 않으시면…… 내가 그 신을 버릴 거다."

당돌하고 교만한 음성으로 어렵고도 두려운 말을 서슴없이 내뱉었다. 빤히 바라보는 그 눈은 도무지 자신이 알던 은현 같지가 않다. 은현의 사랑을 다 이해했다 생각했는데 전혀 아니었던 모양이다. 은현이 원하는 것은 향이 생각하는 것보다 더 높고 먼 곳까지 가 있는 것 같다. 정녕 그 사랑을 위해 은허당마저 버릴 마음이 있는 것인지?

은현의 눈은 어느새 아이처럼 기대에 부풀어 반짝인다.

"당주님……."

"얼른 가."

살짝 미는 등에 닿은 손이 태대산의 거친 바람인 듯, 무언가 알 수 없는 힘에 떠밀려 향은 계단을 뛰어 내려갔다.

유한은 감울란이 찾는다는 보초병의 전갈을 받고 단우의 허락을 얻어 건평원 밖으로 나왔다. 그런데 놀랍게도 그를 기다리는 사람은 감울란이 아닌 향이었다.

"따라오시오."

그 말만 남긴 채 향은 재빠르게 돌아섰다. 건평원을 지나 달리듯 빠른 걸음으로 천상연에 다다른 그녀는 재빠르게 주위를 살피더니 방향을 바꾸어 천상연 뒤편에 있는 숲으로 뛰었다. 유한도 주위를 살피며 그녀를 따라 달렸다. 나직나직한 나무 사이를 이리저리 달리던 향이 넝쿨이 우거진 좁은 소로에서 순식간에 사라져 버렸다. 당황한 유한은 주위를 두리번거렸다. 길은 대여섯 갈래로 뻗어 있어 어느 쪽으로 가야 할지 판단이 서지 않는다. 우선 이곳을 나가야겠다고 판단한 유한이 걸음을 내디디려는데 뒤편에서 허리를 울컥 안아오는 손이 있었다.

"유한……."

등 뒤에서 조그맣게 부르는 그 음성이 떨렸다. 유한은 허리를 꼭 안고 있는 그녀의 손을 움켜쥐었다. 은허당의 한가운데에서 겁도 없이 이런 만남을 감행한 은현을 감당할 수 없었다.

돌아선 유한이 무어라 입을 열기도 전에 은현이 웃음을 머금으며 유한의 손을 당겼다. 은현은 좁고 구불구불한 길을 따라 달렸다. 유한은 손을 잡힌 채 그녀를 따라 달렸다. 길은 다시 여러 개의 조그만 길로 갈라졌고, 그 길은 또 갈라지고, 또다시 갈라졌다. 마치 모화촌에서 만났던 은현처럼 잡히지 않는 안개같이 번진 길이다. 한참을 달리던 은현이 드디어 멈추었다. 그리고 유한에게 위를 올려다보라며 눈짓을 했다. 나직나직한 나무들과 그 위를 뒤덮은 덤불 사이로 조각난 햇살이 스며들어 보석처럼 반짝였다.

"여긴 아무도 들어올 수 없어."

은현의 얼굴도 그 빛만큼이나 반짝였다. 유한은 그 빛을 향해 손을 뻗었다. 약간은 차가운 듯, 보드라운 피부가 만져지자 그의 심장은 격하게 뛰었다. 천천히 다가온 은현의 입술이 유한의 입술에 가만히 닿았다. 그리고 그 입술 위에 뜨겁고도 조그만 소리를 흘렸다.

"정말…… 보고 싶었어, 유한."

유한의 입술이 그 소리를 삼켰다. 유한을 격하게 만든 후끈한 열기가 순식간에 입속으로 건너오자 은현은 호피 속까지 파고들었던 혹한의 추위가 그제야 온전히 물러나는 것을 느꼈다. 붉고 뜨거운 혀가 건네주는 안타까움과 격함, 그리고 부드럽고 달콤한 여운은 은현의 온몸을 저리게 했다. 은현의 손이 목을 감아오자 유한은 그녀의 허리를 꺾을 듯 당겨 안았다.

어둠 속에서 일렁이던 산자락의 횃불들이 그의 가슴에서 일렁거렸다. 어둠 속 단우의 음성도 그의 가슴에서 꿈틀거렸다. 가슴이 터질 것 같은 이 안타까움도, 안개처럼 덮어오는 두려움도 완전히 떨쳐 낼 방법이 쉬이 떠오르지 않았다. 그 앞에 혼자 내던져진 여자를 당장 어쩌지 못하는 제 처지가 한순간 원망스러웠다.

숨 막힐 듯 안겨 있던 은현이 고개를 들어 그를 빤히 올려다보았다. 그녀는 유한의 눈 속에 가득한 안타까움을 보았다. 혹한의 추위 속에서 죽음을 불사한 기도를 올려야 하는, 그것을 거부조차 할 수 없는 그녀의 처지를 유한이 알아차린 모양이었다.

"난 괜찮아."

그녀의 밝은 음성에도 유한의 얼굴에 가득한 안타까움은 사라지지 않는다.

"향이가 호피를 얼마나 꽁꽁 싸맸는지 땀이 다 났는걸?"

정말이라는 듯 은현은 손부채까지 흔들어댔다.

"그리고 내겐 유한만큼이나 소중한 대모님을 위한 기도였어. 선원들이 요구하지 않았으면 내가 먼저 나섰을 거야."

그것은 진심이었다. 유현란을 살리기 위해서라면 무슨 짓이든 했을 것이다. 유한은 알았다는 듯 다시 그녀를 안으며 등을 다독였다. 일곱 살 이후 그녀가 겪었을 당주로서의 긴긴 시간들이 어땠을지 짐작이 갔다. 외롭고, 두렵고, 때로는 혼란스러웠을 것이다. 그 무게에서 도망치고 싶었을 것이다. 그는 은현의 그 어린 날들을 위로해 주고 싶었다.

"향이, 그 사람이 당신 곁에 있어서 정말 다행이야."

은현은 향이 외에도 은허당에는 자신을 너무나 아끼고 사랑해주는 사람이 많다는 걸 알려주었다. 은현 외에는 누구도 겁내지 않는 허풍쟁이 사혜와 수많은 당녀들, 대모인 유현란과 매화대, 그리고 감울란까지. 반짝이는 눈으로 종알거리는 은현을 보며 유한은 그녀가 진심으로 은허당을 사랑하고 있다는 것을 알았다. 그녀가 사랑하는 이 땅을 지켜주고 싶다.

이곳을 파괴해서라도 은현의 운명을 깨뜨려 주겠다고 결심했던 어린 치기는 지난번 바위굴에서 은현을 만났을 때, 당주로서 그를 사랑하고 그의 여자로서 이곳을 지키겠다고 하던 은현의 말을 들으며 이미 흔들렸었다. 그리고 힘으로 이곳을 가지겠다는 단우의 오만한 말을 듣는 순간, 생각을 바꾸었다. 봉족의 무지한 힘 앞에 무방비로 드러나 있는 그녀와 그녀의 세상을 지켜주리라고, 삼켜 버림으로써 가지는 것이 아니라 존중하여 지켜주는 것, 그것이 진정한 사랑일 거라고 생각한다.

유한은 파릇한 풀 위에 은현을 앉히고 그녀의 손을 꼭 잡았다.

"난 다시 은파로 내려갈 거야."

은현의 눈이 한순간 가뭇, 꺼져 내렸다. 선원들의 기세가 아무리 대단해도 유한이 있어 예전처럼 무섭지 않다. 엉큼한 야욕을 드러내며 빈들거리는 단우가 두렵지 않은 것도 유한이 있어서다. 유한이 사라지고 나면 자신은 또다시 겁먹은 어린아이처럼 유현란의 치마폭으로 숨어들까?

봉족군과 단우를 파악하는 것은 이것으로 충분하다. 그들의 군력도 파악되었다. 그리고 걱정했던 감울란의 마음도 잡아두었으니 더 이상 이곳에 머물 이유는 없어졌다. 이곳에서는 자신이 할 수 있는 일이 아무것도 없다.

아래세상에서는 이미 전쟁이 시작되었는지도 모른다. 얼른 그곳으로 가고 싶었다. 가서…… 힘을 가지고 싶다. 봉족군과 단우에게 맞설 힘! 사실은 은현을 잃을까 봐 무섭다. 은허당과 은현이 봉족의 무력 앞에 꺾일까 봐 두렵다.

그는 다시 은현의 손을 꼭 잡았다. 그리고 내내 망설이던 말을 힘겹게 꺼냈다.

"그자가 당신과 은허당을 원해."

은현은 가늘게 떨리는 유한의 눈동자를 응시했다. 그가 알지 못했으면 하는 일을 다 알아버린 모양이다.

상처 입었을까?

설핏 돌아보는 유한의 얼굴은 그러나 여전히 맑다. 그래서 안심이 되었다. 은현은 제 맘속에 있는 유한의 존재가 어떤 건지 말해주고 싶었다. 조금 부끄럽긴 하지만…….

"있지, 유한……."

"응?"

은현은 무릎을 당겨 안은 채 한참을 망설이다가 약간 수줍은 음성으로 중얼거렸다.

"은파로 내려가기 전까지 난 내가 알아야 할 세상은 이곳이 전부인 줄 알았어. 은허당은 모든 세상의 중심이고, 세상을 관장하는 곳도 이곳이니까. 내게 아래세상은 그저 호기심의 대상일 뿐이었어."

유한은 흥미로운 눈으로 은현을 바라보았다. 그녀의 눈에 비친 아래세상이 어떤 모습이었는지 궁금했다. 은현은 잠깐 뜸을 들이다가 말했다.

"은파에 내려가서 내가 본 세상은…… 유한이야."

유한이 고개를 갸웃하자 은현의 얼굴이 빨갛게 달아올랐다.

아, 역시나 이런 고백은 부끄럽다.

붉어진 은현의 얼굴을 빤히 내려다보던 유한은 그제야 은현의 말이 무엇을 뜻하는지 알아차리고 말문이 막혀 버렸다.

태어나서 지금껏 그녀의 모든 것을 지배해 왔던 은허당이라는 절대적인 세상과 함께 은현 속에 들어선 또 다른 세상, 유한. 자신이 아는 것은 그것뿐이라는 것. 은현은 지금 그것을 얘기하고 있는 것이다.

유한은 그녀의 어깨를 당겨 안았다. 아무 말도 할 수 없었다. 어떤 말로도 그녀의 마음에 답할 수 없었다. 은현에게 정말 크고 큰 세상이 되어주고 싶다. 그녀가 아는 유일한 세상이었던 이 은허당마저 함께 품어주는 큰 세상.

"여기서 안으면 당신의 신께서 노하시겠지?"

그녀의 어깨를 떼어낸 유한이 뜨거운 눈으로 내려다보았다. 울렁, 흔들리는 목젖이 그의 목마름을 말해주었다. 아무리 비밀스런 숲이라 하나 바깥에는 매화대가 둘러싸고 있고, 은허신의 심장이 잠든 천상연을 코앞에 두고 있다.

은현의 떨리는 손이 앞가슴에 닿았다. 손바닥에 전해오는 유한의 심장 소리에 은현은 행복한 미소를 지었다. 은현은 그 심장을 움켜쥐듯 주먹을 꼭 그러쥐었다. 그리고 유한의 입술에 제 뜨거운 입술을 살짝 대었다.

"……다음에."

그리고 발딱 일어나 그의 손을 잡아끌며 다시 좁은 길을 따라 걸음을 옮겼다. 끙, 한숨을 내쉬고 절망스런 얼굴이 되어 따라 걷는 유한을 보며 은현이 키득 웃었다. 그 모습이 귀여워 유한도 따라 웃었다. 어느새 걱정도 두려움도 사라져 버렸다. 무섭도록 휘둘러 대던 단우의 칼도, 침엽수 같은 장대한 그의 키도, 봉족이라는 저 거대한 힘도 두렵지 않았다. 자신에겐 그런 것들이 감히 대적할 수 없는 은현의 사랑이 있다.

아기자기하게 생긴 조그만 길들은 촉촉이 젖어 있었고 길가에는 놀랍게도 싱그런 풀들이 자라고 있었다. 밖은 혹한의 겨울인데 이곳은 만물이 막 소생하는 봄이다. 앞서 걷는 은현에게서 다시 말소리가 들렸다.

"난 당당한 당주가 될 거야. 진짜 당주 말이야."

은현은 동그란 눈으로 돌아서 뒷걸음을 걸으며 종알거렸다.

"제 뱃속 채우기에 바쁜 선원당녀들을 몰아내고, 매화대도 장악하고…… 아주 힘센 당주가 될 거야."

힘센 당주가 되어 그 힘으로서 제 소원을 이루겠다는 것일까?

"그래서 저들에게 자유를 줄 거야."

"자유?"

"젊었을 때 사혜는 아기를 낳아서 버렸대, 사내아이라서. 은허당에서는 사내아기를 키울 수 없으니까. 그리고 수련이는 어머니가 그 앨 버리고 가버렸어. 동생을 낳았는데 사내아기를 낳았거든. 그래서 그 아기를 안고 아기 아버지가 있는 해족 마을로 갔대.

그 후, 수련인 한 번도 어머니를 보지 못했어. 그리고 난 음…….”
은현의 얼굴에 문득 그늘이 졌다.
“난 내가 누군지 몰라. 어디에서 왔는지 누구의 아이인지……. 날 낳으신 분은 나보다 먼저 낳아서 버렸던 아들이 그리워 떠나가 버린 당녀였을까?”
은현의 눈가에 물기가 어렸다. 자신이 알던 신성한 여인의 땅이 실은 슬픈 여인들의 땅 같다. 유한은 그녀의 손을 당겨 안았다. 은현이 말하는 ‘자유를 주겠다’ 는 말의 의미를 알 것 같다. 그녀 속에는 또 다른 세상이 자라고 있다. 그녀가 꿈꾸는 은허당, 그 속에서 은현은 진정한 당주가 되고 싶어한다. 모화촌에서 보았던 신비롭고 여린 여자는 이제 뚜렷한 제 세상을 가진 강인한 여인으로 자라난 것 같다.
“내가 일곱 살 이후로 한 번도 친구를 가져본 적이 없다고 말했던 거 기억나?”
“응.”
“그래서 난 내내 여기 들어와서 혼자 놀았어. 은허당에서 이곳을 나만큼 속속들이 아는 사람은 없을 거야. 여긴 잘못 돌아다니다간 길을 잃기 십상인 곳이거든.”
유한의 눈앞으로 얼굴을 바짝 들이댄 은현이 반짝이는 눈으로 장난스럽게 속삭였다. 아무도 없는 숲에서 내내 혼자 놀았을 조그만 아이가 그 눈 속에 들어 있었다. 은현은 어느새 동심으로 돌아간 듯 유한의 손을 잡고 더욱 짙은 숲으로 이끌었다. 숲은 봄과 겨울이 공존하는 공간 같았다. 간간이 녹지 않은 눈이 있는가 하면 연록의 풀들이 뾰족뾰족 돋아나기도 했다.

"아, 찾았다!"

유한을 이끌고 이리저리 헤매던 은현이 나무 사이에 있는 조그만 바위를 발견하고 다가갔다. 그리고 그 아래 흙을 파헤치기 시작했다. 유한은 그 속에서 무엇이 나올까, 궁금한 눈으로 지켜보았다. 한참을 파헤치자 아주 오래된 듯한 가죽 보자기가 나왔다. 그것은 너무 오랜 기간 흙 속에 묻혀 있어 삭은 듯했다. 은현은 잔뜩 흥분한 얼굴로 돌돌 말린 보자기를 펼쳤다. 보자기에서 나온 것은 초승달을 품은 둥근달 모양의 목걸이였다.

유한은 눈앞에서 달랑거리는 그것을 궁금한 눈으로 바라보았다.

"버려진 아기의 강보에 들어 있던 목걸이였대."

이것은 아주 어릴 적 유현란이 '네 어미의 흔적' 이라며 은현의 손에 쥐어주었던 목걸이다. 그러나 은현이 당주로 지목받던 날, 유현란은 그것을 버리라고 했다.

"이제 당주님은 은허신의 자손이시며 은허신의 여인이시니 인간 세상의 인연은 모두 잊으십시오."

그러나 은현은 어린 마음에도 이것만은 버릴 수 없었다. 그래서 이곳에 숨겨두었던 것이다. 유한은 그 목걸이를 은현의 목에 걸어 옷깃 속에 숨겨주었다.

"당신을 낳으신 분은 당신에게 표식을 해두고 싶으셨던 거야. 이 예쁘고 사랑스러운 아기는 내 아기라고 말이야."

유한의 말은 철든 이후, 내내 은현의 가슴에 맺혀 있던 상처를 치료해 주는 것 같았다. 목걸이는 이 아기가 밉거나 필요없어서 버리는 것이 아니라 피치 못할 사정으로 잠깐 은허당에 맡겨두는 거라고, 언젠가는 꼭 찾아올 것이라고 남겨둔 제 어머니의 표식 같다.

은현은 옷 속에 든 목걸이를 꼭 쥐었다.

"그렇겠지?"

유한은 고개를 끄덕끄덕했다. 은현의 얼굴에 환한 웃음이 지어지더니 순식간에 다가와 유한의 볼에 입을 맞추었다.

"유한은 신비한 능력을 지녔어."

그리고 쿡쿡 웃었다. 그 신비한 능력이 무언지 말해주지도 않은 채 은현은 저만치 달아나 얼른 따라오라는 손짓을 했다. 숲에서 보는 은현은 장난꾸러기 같다. 은현은 유한이 따라가기 무섭게 또 저만치 달아났다. 은현을 따라 달리는 숲길은 분명히 한 번 지나왔던 길 같은데 주변 풍경은 늘 새로웠다.

잠깐 주변을 살피는 사이 순식간에 은현이 사라져 버렸다. 은현이 있던 곳으로 달려갔지만 그곳에는 나무를 칭칭 감은 덤불과 대여섯 갈래로 뻗은 길만 혼란스럽게 이어져 있었다. 주위를 두리번거리던 유한은 눈에 익은 길 하나를 택해 달렸다. 그러나 길은 이내 또다시 여러 길로 갈라져 방향을 분간할 수 없었다. 은현의 손을 잡고 걸을 때는 단순하고 쉬워 보였던 길이 순식간에 복잡한 미로가 되었다.

"은현!"

소리를 죽여 외쳐 보지만 은현은 나타나지 않았다. 한참을 정신없이 달리던 유한은 은현이 목걸이를 숨겨두었던 바위를 발견했다. 유한은 그곳에 서서 다시 길을 가늠했다. 그리고 그는 빛이 새어드는 쪽 길을 향해 걸었다. 그러나 금방이라도 끝을 드러낼 것 같던 길은 다시 짙은 숲으로 이어지고 방향을 가늠할 수 없는 길들이 펼쳐졌다.

장난꾸러기 같은 은현이 어디선가 숨어 자신을 훔쳐볼 것만 같았다. 기다려 볼까 생각하던 유한은 다시 터벅터벅 걸음을 옮겼다. 그리고 드디어 빛이 환하게 새어드는 길 하나를 발견하고 반가운 마음에 그곳을 향해 달렸다. 막 숲 밖으로 뛰어나가려던 유한은 길을 가로막고 선 커다란 그림자 하나를 발견하고 얼른 나무 뒤로 몸을 숨겼다. 길을 막고 선 커다란 그림자는 단우였고, 그 앞에 놀란 토끼마냥 눈을 동그랗게 뜬 은현이 숨을 헐떡이며 서 있었다.

유한의 볼에 입을 맞추고 달아나며 장난기가 발동했다. 이 숲이 얼마나 신비로운 곳인지, 얼마나 많은 길이 미로처럼 얽혀 있는지 유한에게 가르쳐 주고 싶었다. 그래서 그가 잠깐 눈을 돌린 사이 얼른 몸을 숨겼다. 그리고 당황한 유한의 뒤를 따라다니며 놀래켜 줄 기회를 찾고 있었다. 목걸이를 숨겼던 바위 앞에 잠깐 서 있던 유한이 숲 밖으로 향하는 길을 잡아 걷는 것을 보고 은현은 다른 길을 통해 먼저 밖으로 빠져나갔다. 그리고 유한이 달려나올 길을 향해 막 뛰어들려는 순간 커다란 그림자 하나가 앞을 가로막았다. 재미난 구경거리를 발견한 듯 호기심 어린 눈으로 다가오는 그는 봉족 왕 단우였다.

어슬렁어슬렁 숲을 거닐고 있는데 은현이 어디선가 토끼처럼 뛰어나왔다. 흙장난을 하고 나오는 아이처럼 옷자락에는 흙이 묻어 있었고, 옷매무새도 머리칼도 조금은 흐트러진 모습이다. 어딜 그렇게 급하게 뛰어왔는지 숨을 할딱거렸고, 그를 발견한 순간 눈은 토끼처럼 커져 버렸다.

"여, 여긴 어떻게……?"

못된 장난을 치다 들켜 버린 아이처럼 말까지 더듬는다. 단우는 터져 나오려는 웃음을 참아 넘기느라 주먹을 쥐고 침까지 꿀꺽 삼켜야 했다.

"당주님이야말로 어이 그런 모습으로 나오셨는지요?"

점잖은 얼굴로 묻고 있지만 그 속에 숨긴 빈들거리는 웃음이 훤히 보였다. 그제야 은현은 흐트러진 제 모습을 발견했다. 목걸이를 찾아내느라 옷자락도 손도 온통 흙투성이에 숲을 뛰어다니느라 옷매무새도 머리칼도 흐트러져 있다. 단우가 그런 제 모습을 비웃는다 생각하자 화가 치밀었다. 은현은 주먹을 발끈 쥐었다.

"운동 삼아 숲을 거닐었습니다."

"아, 운동 삼아 뜀박질을 하셨군요?"

그는 허리를 구부린 채 은현을 빤히 내려다보며 물었다. 뜀박질은 아무래도 체통이 안 서니 남광에 데려가면 검술을 가르쳐야겠다.

스륵 다가온 단우의 손이 피할 사이도 없이 은현의 옷자락에 묻은 흙을 털어내었다. 그리고 다시 그 손이 흐트러진 머리칼로 다가오는 것을 보며 은현은 움찔 뒤로 물러났다. 문득 멈추어진 그의 손은 은현의 조그만 머리를 다 덮어버릴 만큼 크다.

바짝 날이 선 눈으로 노려보는 은현을 보고서야 단우는 무안한 듯 얼른 손을 내렸다.

"이런……."

저도 모르게 손이 다가갔다. 막지 않았으면 목간통까지 달랑 안고 들어갔을지도 모른다.

잠깐 난감해하는 사이 뒤편에서 부스럭 소리가 들렸다. 단우의 몸이 재빠르게 뒤로 도는 것을 보며 은현이 소리쳤다.

"살쾡입니다!"

다시 몸을 돌린 단우가 의아한 눈으로 바라보았다. 은현의 눈이 왠지 불안해 보였다.

"무슨……?"

"숲에…… 살쾡이가 많습니다."

"아……."

끄덕이며 돌아서는 단우의 뒤에서 숲으로 숨어드는 유한의 옷자락이 보였다. 은현은 주먹을 그러쥐고 한 움큼의 긴장을 꿀꺽 삼켰다.

"혹, 이곳이 당주님의 놀이 공간입니까?"

단우가 다시 장난스런 눈으로 물었다. 이곳에서 만나는 은현은 은허당의 늙은 여우들 틈에서 조용하고 표정 없는 얼굴로 앉아 있던 당주가 아니다. 달빛에 숨어들어 눈물을 짓던 신비로운 모습도, 호피 속에서 반짝이던 눈도, 그리고 약간은 흐트러진 장난꾸러기 같은 모습도. 그것은 어쩌면 비원에서만 볼 수 있는 은현의 참모습이 아닐까 하는 생각이 든다.

"예. 이곳은 당주만이 드나드는 당주의 숲입니다."

은현의 눈에 거부감이 가득하다. 이 숲에 들어와 있는 단우의 모습이 몹시도 불쾌하다는 표정이다.

비원이 당주만이 들어올 수 있는 공간이라고 딱히 정해진 것은 아니지만 언제부턴가 이곳은 은현만이 드나드는 숲이 되었다. 그곳에 느닷없이 찾아든 불청객이 은현은 몹시도 마음에 들지 않는다. 그는 나직나직한 비원의 나무들과 앙증맞은 풀들과는 절대로 어울리지 않는 그림의 사내다. 눈바람 몰아치는 침엽수 숲에나 가져다 놓으면 딱 어울릴 것 같은 남자.

왜 괜한 장난을 시작했을까?

그로 인해 유한과의 시간을 빼앗겨 버린 것이 억울해 눈물이 다 날 지경이다. 단우의 뒤편 숲에서는 더 이상 유한의 흔적이 느껴지지 않았다.

"남광에 돌아가면 비원과 꼭 닮은 숲을 하나 만들어야겠습니다."

그래서 마음껏 들어가 놀게 해주겠다.

"숲이 너무 마음에 들어서 말입니다."

빙긋 웃는 그 웃음에 들어 있는 비릿한 의미를 은현이 알 리 없다.

6. 피할 수 없는 전쟁

피할 수 없는 전쟁
피할 수 없는 전쟁

율란의 보고를 들으며 은현은 입술을 앙다물고 있었다. 양월과 선원당녀들의 부가 생각했던 것보다 훨씬 대단하다. 대대로 물려 내려오는 은허당 소유의 땅은 겨우 명맥만 유지하는 정도이고 나머지 대부분의 땅은 선원당녀들의 사유지다. 그들은 그것으로 은허당 내의 권력을 사고팔고, 당녀들의 마음을 샀다.

"호족 마을의 절반이 양월의 땅이라는 말도 떠돌지만 워낙 교묘히 숨기고 있어서 다 파악해 내지 못했습니다. 그건 눈이 녹은 뒤 직접 내려가 확인해 봐야 알 수 있습니다. 은파 땅도 은허당의 이름으로 경작되는 땅은 현저히 줄었습니다. 그것이 다 선원당녀들의 사유지로 넘어갔습니다. 그들의 부는 봉족 관리들조차 따르지 못할 지경입니다."

은현은 사람을 사고팔고, 굶주림을 이기지 못해 떡을 훔치던 아이를 떠올렸다. 그것이 다 봉족의 횡포 탓이라 여겼었는데 아니었던 모양이다.

"그들의 부가 없으면 은허당은 어찌 되겠는가?"

율란은 버릇없이 은현을 빤히 바라보았다. 자신이 계산한 바로는 은허당이 가진 땅으로는 그저 당주를 보호하고 받드는데 쓰면 딱 맞을 정도다. 선원당녀들의 사유지가 없다면 중간마을은 고사하고 매화대조차 유지하기 힘들 지경이다.

이 지경이 되도록 유현란은 뭘 했을까? 하긴, 맹한 질문을 하는 저 어린 당주를 끼고 버티는 것도 힘들 지경이었을 테니.

"존속이 힘들겠지요."

율란의 입에서 나오는 말은 조심성이 조금도 없다. 은현에게서 옅은 신음 소리가 들렸다. 율란의 보고를 듣고 있자니 당주는 그저 아무 힘도 능력도 가지지 못한 이름뿐인 허수아비 같다. 생각에 잠긴 은현을 힐끗 올려다보던 율란이 은근한 음성으로 속삭였다.

"원칙적으로 우리 은허당의 땅에서 나는 곡물을 수확하면 삼등분하여 그 하나는 은허당이 가지고 나머지 둘은 경작한 백성이 가집니다. 그것은 오래된 관습이고, 은허당이 존경받는 이유이기도 합니다. 하온데 선원당녀들의 사유지는 그 수확을 어찌 나누는지 아십니까?"

"어찌 나누느냐?"

"그들은 수확의 구 할을 챙기고 경작한 자에게는 겨우 일 할을 남겨줍니다."

율란의 이야기는 경악스럽다.

"어찌 그런 날강도 같은 짓을 한단 말이냐?"

은현의 입에서 '날강도' 란 말이 나오자 율란은 갑자기 신이 났다. 제가 꼭 하고 싶은 말이 그것이었다. 그러나 당주 앞에서 감히 선원당녀들을 그리 표현할 수 없어 말을 참느라 분통이 터지던 중이었으니까.

"날강도보다 더하다고 봐야지요, 당주님. 모질기로 소문난 봉족 관리들조차 그리 빼앗아가진 않습니다. 하지만 그것조차 경작하지 않으면 굶어 죽는 수밖에 없으니 울며 겨자 먹기로 하는 거지요."

결국 아래세상 백성들의 고혈로 당주의 권위를 유지하고 은허당의 당녀들이 먹고산 것이나 마찬가지다.

"이제 많은 사람들은 은허당을 숭배하지 않습니다. 그들에게 선원당녀들은 봉족 관리들이나 다를 바 없는 사람들이니까요. 어리석은 백성들이나……."

'어리석은 백성들이나 아직도 은허당에 목을 매지요' 라고 말하려던 율란은 섬뜩한 눈으로 자신을 노려보는 감울란을 의식하고 그만 입을 다물어 버렸다. 그러나 여전히 그 말이 하고 싶어 입이 근질거린다.

"그래, 어리석은 백성들이나 여전히 은허당을 숭배하겠지?"

가려운 데를 긁어주듯 자조 섞인 은현의 말이 들려오자 무안해진 율란은 입을 뾰로통히 내밀었다. 당주에 대한 존중은 눈을 씻고 찾아봐도 없고, 은허당을 아끼고 사랑하는 마음 또한 조금도 없어 보이는 율란이다. 곤경에 처한 은현의 모습이나, 은허당이나, 어쩌면 곧 곤경에 처할 양월과 선원당녀들의 일까지. 율란은 그저 그런 일들을 즐기는 것 같다. 은현은 이미 그 속내를 다 간파하고 있었다.

곤경에 처한 은허당과 당주의 모습을 실컷 보았으니 이젠 선원당녀들을 곤경에 빠뜨릴 답을 내놓을 차례겠지?

은현은 조소 어린 눈으로 율란을 바라보며 어서 그 답을 말하라고 종용했다. 잠깐 망설이던 율란이 다시 입을 열었다.

"금영란이라고, 호족 마을에 아주 많은 땅을 가진 선원당녀가 있는데 제 땅의 수확량을 겨우 삼 할만 챙기고 나머지는 모두 경작하는 자들에게 넘긴다고 합니다."

"후한 사람이냐?"

"그 땅을 경작하는 자들의 어미가 모술이라고 은허당을 떠난 파당녀 출신인데 바로 금영란의 어미입니다. 그러니까 금영란은 파당녀 어미를 가졌으니 원래 선원당녀의 자격이 없는 사람이란 말입니다. 그런데 양월에게 뇌물을 먹이고 그 자리를 얻은 것입니다."

"그래?"

"양월의 부의 절반은 그렇게 거둬들인 뇌물들입니다. 금영란 같은 처지에 있는 선원당녀들이 한둘이 아닙니다. 지금도 그들은 자리를 보존하기 위해 끝없이 양월에게 뇌물을 바치고 있습니다."

"증거가 있느냐?"

"그게 아직…… 하지만 한두 사람만 족치면 줄줄이 나올 것입니다. 그리고 또……."

말을 이으려던 율란이 갑자기 소리를 죽이며 한 발 가까이 다가왔다. 그리고 반짝이는 눈으로 속삭였다. 그녀의 입에서 흘러나오는 이야기는 너무도 놀랍다. 은현이 기다리던 답이 되어주고도 남을 만큼 충분한.

율란의 보고를 받은 후 은현은 은화원에서 두문불출하고 있었다.

선원당녀들을 끌어안을 것인가? 내칠 것인가?

은현은 그것을 고민하고 있었다. 끌어안고 간다면 은허당은 무사할 것이다. 지금처럼 적당히 은혜도 베풀고, 덕분에 적당히 존경도 받으며 명맥을 유지할 것이다. 그러나 그것은 은현이 알고 있는 은허당의 모습이 아니다. 은허당은 세상의 어머니다. 제 몸과 마음을 바쳐 자식을 품어야 하는 어머니. 그러나 지금의 은허당을 두고 누가 어머니를 떠올리겠는가? 자식의 고혈을 짜내어 제 배 불리는 어머니를 보았던가? 은허당은 은파의 정복자인 봉족과 다를 것이 없다.

은현은 주먹을 발끈 쥐며 입술을 깨물었다. 용서할 수 없었다. 용서하고 싶지 않았다. 그것은 선원당녀들에 대한 분노에 앞서 은허당에 대한 분노이고, 이곳의 당주인 스스로에 대한 분노이기도 했다.

대전쟁 때 부란이 무엇을 위해 싸웠는지, 그리고 무슨 마음으로 출신조차 모호한 자신을 선택해 은허당을 맡겨두고 떠났는지를 생각했다.

당화연에서부터 부란까지, 어쩌면 선대의 모든 당주들은 지금 자신과 같은 고민을 했을지도 모르겠다. 어느 시대든 지금의 선원당녀들과 같은 무리가 없었겠는가? 그럼에도 그들은 은허당을 굳건히 지켜왔다. 그들이 어느 쪽을 택하고 어떤 방식으로 이곳을 지켜왔는지 은현은 알지 못한다. 그러나 자신이 어느 쪽을 택할지는 안다. 유현란이 알면 분명 반대하겠지만, 사혜도 감울란도 반대하겠지만, 그리고 자신의 깊은 속 어딘가에서도 반대의 목소리가 고물고물 올라오지만, 은현은 선원당녀들을 내치는 쪽을 택했다. 그들을 내치고도 이곳을 지켜낼 수 있다면 자신은 정말 유한에게 말했던 힘센 당주가 되는 것이고 그 반대라면 은허당의 일곱 번째 당주 은현은…… 더 이상 존재하지 않는 이름이 될 것이다.

두문불출하고 있던 은현이 드디어 감울란을 불렀다. 그림자처럼 따라다니던 향이조차 내보낸 은밀한 부름이었다.

길게 늘어뜨린 머리칼 너머의 섬뜩한 흉터와 음울한 눈동자가 은현이 알지 못하는 어느 먼 날의 비밀을 간직한 채 무뚝뚝하게 바라보았다.

"감울란."

은현의 음성은 조심스럽고 단호했다. 그녀가 얼마나 많은 고심을 했으며 힘든 결정을 내렸는지 느껴졌다. 감울란은 은현이 어떤 결정을 내렸을지 몹시도 궁금했다. 과연 저 어린 입에서 무슨 말이 나올지……?

은현의 말은 감울란의 생각을 자르며 빠르게 흘러나왔다.

"선원당녀들을 내치려고 합니다. 끌어안고 가기엔 내 화가 너무 커요. 선원당녀의 자격을 따지기에 앞서 그들은 은허당의 당녀로서의 자격조차 없다는 것이 내 생각입니다. 당주로서 그들을 용서할 수 없습니다."

예상치 못한 말이다.

도대체 무슨 용기인지…… 아니면 뭘 모르는 건지?

감울란은 은현의 속내를 다 파악할 수 없었다. 선원당녀들을 내친다는 것이 무슨 뜻인지 모르진 않을 터인데 은현의 눈에는 두려움조차 없다.

"좀 더 신중히 생각해 보심이……?"

"충분히 생각했습니다."

"섣불리 건드렸다가 오히려 역공을 당하실 수도 있습니다."

"두려우세요?"

까만 눈으로 묻는 물음에 감울란은 실소를 터뜨릴 뻔했다. 도대체 무얼 믿고 이렇게 거침없는지 모르겠다.

"전 감울란이 있어 아무것도 두렵지 않습니다."

감울란은 말문이 막혀 버렸다. 제 목숨을 노리고 있는 사람을 앞에 두고 은현은 당주의 운명을 건 도박을 하려 하고 있다.

말려야 할까?

감울란은 본능처럼 불끈 이는 마음을 끌어 앉혔다. 은현은 감울란이 가장 원하는 방향으로 길을 잡은 것 같다. 그러니 자신은 명령을 받들어 즐기면 되리라.

도무지 뜻을 알아챌 수 없는 무뚝뚝한 감울란의 얼굴을 보며 은현은 다시 조심스런 말을 이었다.

"매화대의 칼에…… 선원들의 피를 묻힐 수도 있습니다."

순간, 감울란은 허리에 차고 있던 세검을 불끈 쥐었다.

"피를 묻히는 일은 모두 제 몫입니다."

감울란이 처음으로 얼굴에 감정을 드러내었다. 마치 빼앗길 수 없는 무언가를 발견한 사람처럼 음울하던 눈이 반짝이고 얼굴은 생기마저 돈다.

"감울란!"

설득하기가 쉽지 않을 것이라 생각했던 감울란이 의외로 쉽게 동조하며 적극성마저 띠자 은현의 얼굴이 환해졌다. 이번 일은 감울란의 동조 없이는 절대 불가능한 일이다. 은현의 매화대가 되겠다고 약조까지 한 감울란이지만 아직까지 매화대의 직접적인 명령권자는 유현란이니 명령을 거부한다면 은현으로서도 어쩔 수 없는 일이 되고 만다.

잘못 본 것일까? 목례를 하고 나가는 감울란의 입가에 묘한 웃음기가 보인다. 은허당을 지키는 매화대의 칼에 선원들의 피를 묻힐 일이 생길지도 모른다는 말을 듣고도 전혀 동요의 빛이 없다. 오히려 스스로 그 일을 하겠다고 자처를 했다.

은현은 다시 유현란의 목에 닿아 있던 감울란의 세검을 떠올렸다. 그 칼에 들어 있던 감정이 무엇인지 몹시도 궁금하다. 유현란에 대한 감울란의 감정이 무엇인지, 유현란은 감울란을 어찌 생각하는지. 언제나 함께였지만 또 따로 있는 듯 그저 무뚝뚝한 모습으로 서로를 대하던 두 사람. 생각해 보니 한 번도 두 사람이 다정히 눈을 마주치는 것을 보지 못했다. 은허당에서 나고 자라 함께 지내온 세월이 만만찮은데 어떻게 그럴 수 있을까?

어쩌면 감울란의 칼에 묻힐 선원들의 피 중에 유현란의 피도 들어 있지 않을까 하는 생각이 문득 들자 은현은 화들짝 놀라며 의자에서 일어났다.

선원당녀들이 내린 근신령이 은현에 의해 단 하루 만에 풀려버리자 사혜는 잔뜩 기가 살아서 지팡이를 콩콩 찍으며 은허당을 휘젓고 다녔다. 덕분에 은현으로부터 사혜를 돌보라고 명령받은 매량만 죽을 맛이다.

지금도 매량은 사혜를 데리고 천풍루에 올라오라는 은현의 명을 받고 급하게 들쳐 업고 올라왔다가 욕을 바가지로 들어먹는 중이다.

"칼질만 배우지 말고 사람 맘 읽는 것도 좀 배워라, 이년아!"

업혀 올라온 것이 자존심 상해 죽겠는 모양이다. 몸은 여든을 넘어 죽을 날을 바라보는데 마음만은 여전히 팔팔하던 스무 살에 머물러 있는 사혜다. 은현은 애틋한 마음으로 사혜가 하는 양을 지켜보았다. 팔팔한 고함 소리와 욕지거리를 들으니 사혜가 아직은 몇 해는 더 살 것 같아 다행이다. 묵묵히 그 욕을 다 듣고

서 있는 매량이 고맙다.

"수고하였다, 매량. 사혜와 긴히 할 얘기가 있으니 잠깐 자리를 비켜주겠느냐?"

매량을 내려보낸 은현은 그림자처럼 달고 다니던 향마저 내려보냈다. 무슨 일인지 은현에게서 긴장감이 돌았다.

"사혜."

부르는 목소리 또한 전에 없이 진지하게 들린다.

"예, 당주님."

"사혜는 우리 당녀들 중 가장 연장자시니 은허당의 일을 모르는 것이 없으시겠죠?"

"그럼요, 당주님. 이 은허당을 저만큼 속속들이 아는 사람도 없을 겁니다. 제가 중간마을에 살다가 열 살에 의당녀로 뽑혀 이곳으로 올라왔으니 벌써 칠십 년도 훨씬 넘었습니다. 저기 저 비원에 돋아나는 풀 한 포기조차 이 사혜의 눈을 거치지 않은 것이 없을 정도로……."

또 한바탕의 자랑과 허풍이 쏟아져 나온다. 사혜의 말이 멎기를 기다린 은현이 다시 물었다.

"그럼 당녀들에 대해서도 다 아시겠네요?"

그 물음에 사혜가 갑자기 말을 멈추고 은현을 빤히 올려다보았다. 은현이 갑자기 이런 질문을 하는 저의가 뭘까, 가늠하는 것 같았다. 쉴 틈 없이 많은 말을 쏟아내는 사혜지만 또한 사혜만큼 입이 무거운 사람도 드물다는 걸 안다. 그토록 온 은허당을 쏘다니면서 간섭을 하지만 그 어떤 당녀에 대한 험담도 사혜의 입을 통해 나온 적은 없었으니까. 하지 말아야 할 말이라면 목에 칼을 들이대어도 하지 않을 사혜란 걸 알기에 은현은 단도직입적으로 물었다.

"대모님과 감울란 말입니다. 예전에 두 분 사이에 무슨 일이 있으셨나요?"

순간 사혜의 늙은 얼굴이 딱딱하게 굳었다.

"이, 일은 무슨…… 어떤 모자란 것들이 턱도 없는 말을 당주님 귀에 넣었는지 모르지만……."

"아뇨, 아무도 나한테 무슨 말을 들려준 사람은 없어요."

은현이 뭘 알아서 묻는 물음이 아니라는 생각이 들자 사혜의 말이 다시 많아졌다.

"유현란이 좀 차갑습니까? 그 냉골 같은 년이 누구하곤들 편히 지냈겠습니까? 그리고 감울란 그년도 무뚝뚝하기가 나무토막보다 더하니 아무리 오래 보고 지내도 사이가 서먹서먹할밖에요. 한번도 다정히 눈을 마주치는 일이 없었으니 이상하게 보이신 모양인데……."

떠들어대는 수다가 왠지 평소의 사혜와는 다르다. 은현은 사혜가 분명 무언가를 숨기고 있다고 생각했다. 사혜의 수다를 더 듣고 싶은 생각이 없어졌다. 그래서 직선적으로 물었다.

"지난번 대모님이 앓아누워 계실 때 감울란이 칼을 뽑아 대모님의 목에 들이대는 걸 봤어요, 사혜."

순간 사혜의 얼굴이 하얗게 질렸다. 숭숭 빠진 이 사이로 헛바람이 새어 나온다. 감울란, 이년이 드디어 일을 저지르려는 모양이다.

은현의 단호한 음성이 들렸다.

"난 두 사람 모두 잃고 싶지 않아요."

그러니 아는 대로 모두 말하라고 했다. 사혜를 바라보는 은현의 눈이 처음으로 엄해졌다. 사혜는 더 이상 도망칠 곳이 없음을 알았다. 짐짓 엄한 표정을 짓고 있지만 여전히 어린기가 가득한 은현의 맑은 눈을 보며 사혜는 자신이 알고 있는 사실을 들려주기가 마음 아팠다. 어린 당주가 은허당의 아름답고 숭고한 모습만을 기억하기를 바랐는데 자신의 입으로 내뱉을 말을 듣고 얼마나 큰 충격을 받을까, 걱정되었다.

망설이던 사혜가 드디어 입을 열었다. 그리고 은허당이 숨겨온, 숨기고 싶은 슬프고도 비열한 이야기를 띄엄띄엄 들려주었다.

감울란은 긴 머리칼을 드리운 채 생각에 잠겨 유한이 다가오는 것도 모르고 있었다.

"감울란님!"

반가운 마음에 목소리까지 높아진다. 그때 한번 만난 후 처음 보는 것이다. 다시는 볼 수 없을 줄 알았는데 느닷없는 부름이 의아하고 반갑다.

"잘 있었느냐?"

음울하고 흉측한 얼굴에 어울리지 않는 온화한 음성이 흘러나왔다. 그 목소리가 왠지 내내 자신을 생각하고 있었다는 것처럼 들려서 유한은 기분이 좋았다.

"따라오너라."

앞서 걷는 감울란의 뒷모습이 오늘따라 왠지 쓸쓸해 보인다. 은현에게 들은 이야기 때문인지도 모르겠다.

비원의 깊은 숲에서 만난 은현이 문득 중얼거렸다.

"가엾은 사람이야."

"누구?"

"감울란. 대전쟁 때 아기를 잃었대. 얼굴의 상처도 그때 생긴 거고."

아, 그래서 늘 그렇게 어두운 얼굴이었던가 보다.

"겨우 삼칠일밖에 지나지 않은 아기였다는데……."

"신기하네? 나도 삼칠일 만에 봉족군에게 어머니를 잃었는데."

"봉족군이 아니라……."

"봉족군에게 잃은 게 아니었어?"

"모르겠어. 아기의 목숨을 앗은 것이 과연 누구인지……."

은현은 더 이상 말을 잇지 않았다. 그녀의 얼굴은 왠지 씁쓸해 보였고 화가 난 듯도 보였다.

감울란은 지난번 차를 나누었던 곳으로 유한을 이끌었다. 유한에게 탁자에서 잠깐 기다리라 말하고 다과를 준비하며 감울란은 스스로에게 의아한 마음이 들었다. 자신이 왜 유한을 찾아갔는지 모르겠다. 선원당녀들을 공격하기 위한 은현의 행보가 빨라지면서 자신도 드디어 행동에 나설 때가 되었음을 직감하며 마음이 복잡해졌다. 결심을 후회하는 것도 아니고, 멈추고 싶은 마음이 있는 것도 아닌데 무언가 혼란스러웠다. 마음이 몹시도 복잡한 순간 누군가와 얘기를 나누고 싶었고, 떠오른 사람이 유한이었다. 이곳 은허당에 마음을 나눌 만한 사람이 단 한 사람도 없어서였을까?

“목적은 얼추 달성한 듯하니 그만 산을 내려가는 것이 어떠냐? 아무리 눈으로 막혔다고는 하나 아예 못 내려갈 곳은 아니다. 원한다면 내가 중간마을까지 안내해 줄 용의가 있다.”

찻잔을 딸각 놓아주며 감울란은 걱정스런 마음으로 말했다. 그녀는 유한이 이렇게 단우의 곁에 있는 것이 진심으로 걱정되었다. 이곳에서 발각되는 날에는 정말 달아날 구멍조차 없다.

“말씀은 고맙지만 혼자 내려갈 방도를 알아보겠습니다.”

유한의 단호한 말을 들으며 감울란은 안타까운 마음이 들었다. 유한이 걱정되는 것은 단우 때문만은 아니다. 이대로 있다가 은현과의 일이 발각되는 순간 그는 정말 죽음을 면하지 못할 것이다.

이런 위험한 놀이를 언제까지 지속할 수 있으리라고 생각하는 것인지……?

자신이 일을 벌이기 전에, 무언가 도움을 줄 수 있는 지금, 진심으로 그만두고 내려가라고 유한에게 충고해 주고 싶었다.

“너 말이다.”

“예?”

그러나 감울란은 아무 말도 할 수가 없다. 은허당에 대해 가진 마음이 아무것도 없으니 당주의 위험한 놀이도 자신이 상관할 바가 아니라는 생각이 들었다. 사실을 알고 피 토하며 절규할 유현란을 상상하니 오히려 즐거워해야 할 일이다. 아무 상관 없는 청년에게 마음 쓸 필요도 없다.

"아니다. 차나 마시고 그만 가보아라."

할 말이 가득한 얼굴 같은데 감울란은 끝내 아무 말도 하지 않았다.

가벼운 마음으로 차를 마셨고, 가벼운 웃음까지 흘렸다. 아기를 잃은 후 처음으로 자신의 웃음이 혐오스럽게 느껴지지 않는 날이다. 유현란을 향해, 그리고 선원당녀들과 은허당을 향해 끊임없이 불타오르던 분노가 실은 스스로를 향한 것이기도 했다는 것을 감울란은 깨달았다. 현명하고 똑똑하지 못한 어미라 아기를 지키지 못했다는 자괴감이다.

잠깐 웃음기가 흐르던 감울란의 얼굴이 다시 어두워지자 유한은 자리에서 벌떡 일어나 제 검무를 한번 보지 않겠느냐고 했다. 그리고 감울란의 대답을 듣지 않은 채 가운데에 놓인 탁자를 번쩍 들어 치우고 의자를 옮겼다. 멀뚱히 서 있는 감울란을 끌어다 의자에 앉힌 후 가벼운 목례와 함께 유한의 검무가 시작되었다.

갈왕산 너머 척박한 그 땅에서 매족의 부활을 꿈꾸며 검술을 익히는 아이들.

몸도 마음도 상처투성이의 부상자가 되어 부족의 땅을 떠나온 매족 용사들.

그들의 절망과 꿈을 보고 자란 유한은 그들의 희망이 되어 갈왕산을 넘었다.

칼끝에 흐르던 분노와 절망은 점점 희망으로 변하고 거칠던 칼날은 부드럽지만 강렬한 의지를 품고 있었다.

아름다운 달빛 아래, 아름다운 강변에, 아름답게 피어나던 사랑.

칼은 그 사랑을 쫓아 달려가지만 그들에게 얽힌 운명의 굴레는 너무도 무겁다.

과연 이 사랑이, 그들의 꿈이, 어떤 식으로 끝을 맺을지 칼은 답을 보여주지 않았다.

다만, 바르르 떨리는 그 끝에 담긴 것은 희망이었다.

칼의 떨림이 멈추고 칼끝에 닿아 있던 유한의 눈도 거두어지며 드디어 화려한 검무가 끝이 났다.

유한은 칼을 거두며 감울란을 돌아보았다.

"너무 오랜만이라……."

이마에 맺힌 땀을 닦아내는 유한의 얼굴이 붉어졌다. 갈왕산 너머 매족 마을에 있을 때 어른들 앞에서 수시로 선보였던 건데 마치 난생처음 검무를 추어본 사람처럼 쑥스럽고 부끄러웠다.

감울란은 기꺼운 마음으로 박수를 쳐주었다. 마치 아이가 어미 앞에서 재롱을 부리듯 유한이 저를 위해 검무를 춰주었다는 것을 알았다.

"훌륭한 솜씨였다."

"부끄럽습니다."

다가오는 서글한 웃음이 감울란의 가슴에 박혀왔다. 살았으면 유한만 한 나이의 청년이 되었을 그 아기, 그 울음소리…… 오물거리던 작은 입이 파고들던 젖무덤이 아파왔다.

복잡하던 마음이 순식간에 정리되었다.

살려두지 않겠다. 선원들도, 유현란도, 그리고…….

"그만 가보아라."

머뭇거리던 유한이 돌아서 나가려는데 감울란이 다시 불러 세웠다.

"유한."

어쩌면 이것이 마지막일지 모른다. 다시는 부를 일도 없을 테고, 그럴 시간 또한 없을 테니.

"조심해라."

따듯하고 진심 어린 음성이다. 유한은 왠지 마음이 따듯해졌다. 산을 내려가기 전에 한 번 더 보았으면 좋겠지만 그럴 기회가 주어질지 모르겠다.

"예. 감울란님도 건강하십시오."

그리고 얼굴에 드리워진 어두운 그림자도, 가슴에 쌓였을 한도 그만 지워졌으면 좋겠다. 유한은 공손하게 목례를 하고 돌아섰다. 감울란은 훤하게 트인 벽으로 다가가 천상연을 돌아 건평원 쪽으로 성큼성큼 사라지는 유한을 바라보았다. 생의 마지막 즈음에 저 청년이 스쳐 가서 참 다행이라는 생각이 든다.

위로가 되었다.

7. 어린 당주

어린 당주
어린 당주

유현란을 선원당 뒤편에 있는 오래된 전각인 유천궁에 영원히 감금시킨다는 느닷없는 은현의 명이 떨어지자 온 은허당이 술렁거렸다. 유천궁은 은허당에서도 가장 후미진 곳에 위치하고 있고 일 년 내내 해조차 들지 않는 어두운 곳이다. 예부터 은허당의 중죄인들을 가두어두는 곳으로 한 번 들어가면 죽는 날까지 다시는 세상 밖으로 나올 수가 없는 곳이다.

"네가 잘못 들은 것이다. 당주님께서 그런 명을 내리시다니, 그게 말이 되느냐?"

은현의 명을 전하는 어린 당녀를 보며 유현란은 어이없다는 듯 헛웃음을 지었다. 어린 당녀가 다른 이의 이름을 잘못 듣고 온 것이라고 생각했다.

"그런데 정말 그런 큰 벌을 받을 당녀가 누군지 모르겠구나? 무슨 연유로 당주님께서 그리 진노하셨는지 내가 가서 알아봐야겠다."

문을 나서려는 유현란의 앞을 어린 당녀가 막았다.

"나가실 수 없습니다."

"이게 무슨 짓이냐!"

유현란의 엄한 목소리에 어린 당녀는 울상이 되어버렸다.

"이 방에서 꼼짝도 하지 말라는 당주님의 명이십니다."

어린 당녀가 하는 짓이 점점 어이가 없어진 유현란은 거친 손으로 당녀를 밀어내고 문을 벌컥 열었다. 문 앞에 건장한 체격의 매화대원들이 버티고 서 있었다.

"무, 무슨 일이냐?"

"유천궁으로 옮기실 때까지 한 발짝도 움직일 수 없습니다. 당주님의 명이십니다."

유현란은 자신의 귀를 의심했다. 모두들 하나같이 귀가 어떻게 된 모양이다. 은현이 그런 명을 내릴 리가 없는데 왜 다들 이곳으로 몰려온 것일까?

"너희들이 뭘 잘못 안 모양이다. 내가 당주님께 가서 무슨 일인지 알아보아야겠다."

그러나 매화대는 여전히 길을 열어주지 않았다. 유현란의 눈이 노여움을 띠는 것을 보자 오히려 그녀를 방으로 밀어 넣고 문까지 닫아 걸어버렸다. 순식간에 방으로 밀려 갇혀 버린 유현란은 노기 띤 음성으로 소리를 질렀다.

"이게 무슨 짓이냐? 당장 문을 열지 못하겠느냐! 당주님을 뵈러 갈 것이다. 당장 문을 열어라!"

그러나 그것은 누구에게도 닿지 않을 허망한 메아리일 뿐이다.

느닷없는 소식에 양월과 선원당녀들도 놀라기는 마찬가지였다. 당주의 유일한 버팀목인 유현란을 당주 스스로 쳐내어 버린 것이다. 선원회의조차 거치지 않은 채 말이다.

"자네들은 어찌 생각하는가?"

미심쩍은 눈으로 묻는 양월의 말에 모두들 꿀 먹은 벙어리처럼 앉아 있었다. 아무리 생각해도 은현의 조처를 도무지 이해할 수 없었다.

"죄목이 뭐라던가?"

"부란님께 물려받은 은허당 소유의 땅이 절반으로 줄어버린 것에 대한 책임이랍니다. 그리고 지난 13년간 대모란 이름으로 당주를 능멸해 온 죄랍니다."

덮어씌운 죄목조차 도무지 어이가 없다. 땅이 준 것은 은허당의 살림이 워낙 곤궁하니 유현란으로서도 어쩔 수 없었던 일이고, 당주를 능멸한 죄란 또 뭔가?

"유현란이 그동안 당주를 좀 다그쳤습니까? 지긋지긋했을 겁니다."

탁자 끝에 앉은 선원이 하는 말을 들으면서도 양월은 고개를 갸웃할 뿐이다.

아무리 그래도 그렇지, 당주가 조금만 생각이 있는 사람이라면 이런 일은 저지르지 않을 터인데?

"어쨌든 우리로서는 좋은 일 아닙니까? 눈엣가시 같은 유현란이 뽑혀 나갔으니 이제 거칠 것이 없게 되었습니다."

그래, 이제 아무것도 거리낄 것이 없어졌다. 당주만 휘어잡으면 감울란이야 그 명을 따를 수밖에 없는 사람이니.

"당주가 모자라긴 정말 모자란가 봐?"

누군가 속삭이는 소리가 들렸다.

유현란의 짐들이 유천궁으로 옮겨졌다.

"이게 무슨 짓이야? 왜 이러느냐? 왜 이래! 당주님을 뵙게 해다오. 당주님!"

유현란은 미친 듯이 소리 지르며 짐을 옮기는 당녀들에게 매달리고 매화대원들에게 사정했다. 하는 양을 보니 은현의 명이 떨어지긴 정말 떨어진 것 같은데 도무지 믿어지지 않는다. 누군가 뒤에서 은현을 조종하는 것일지도 모른다는 생각이 들었다. 자신이 한동안 앓아누워 있는 사이 은현의 마음을 차지한 사람이 있는 모양이다. 아직 어린 은현이 그자의 말에 혹하고 있는 것이리라. 그것이 스스로를 벼랑으로 몰고 가는 길인지도 모른 채.

언제든 은현에게서 밀쳐지는 것은 생각해 왔던 일이다. 그러나 아직은 아니다. 비록 기력을 다한 대모지만 선원들을 이겨낼 수 있는 사람은 여전히 유현란, 자신뿐이다. 제 욕심을 위해서라면 은현의 목숨까지 요구할 선원들이다. 그러니 성년식을 치르고 그들을 이겨낼 힘을 기를 때까지 자신은 은현의 곁에 있어야 한다. 가장 급박한 순간, 은현이 자신을 방패막이로라도 이용하려면 그 곁에 있어야 한다.

아직은 내 힘이 더 필요해!

"감울란! 감울란은 어디 있느냐?"

"감울란님은 당주님의 명에 따라 매화대를 재정비 중이십니다."

도대체 무슨 일이 벌어지고 있는 것인지……?

순식간에 짐들이 옮겨지고 유현란은 매화대원들에게 양팔이 압박당한 채 유천궁으로 끌려갔다. 많은 당녀들이 믿을 수 없는 눈으로 그 모습을 지켜보았다.

"당주님! 당주님!"

발광하듯 소리치는 유현란의 음성이 선원당에 울려 퍼졌다. 당혹한 눈들과 질시하는 눈들, 기회를 포착한 삶의 눈을 한 당녀들. 그 수많은 눈들이 한 덩어리가 되어 은현을 향해 덤벼드는 형상에 유현란은 치를 떨 듯 고개를 흔들었다.

은현아…… 안 돼! 아직은 날 밀어내면 안 돼!

유현란을 유천궁으로 옮기라는 은현의 명을 끝낸 매량이 그 결과를 보고하러 왔다.

"잘 모셨느냐?"

"예."

"나쁜 일은 없었느냐?"

저항하던 유현란의 모습을 전하는 매량의 말을 듣던 은현은 그 말을 끝까지 듣지 못한 채 매량을 내보냈다. 문이 닫히고 탁자 위에 올려져 있던 은현의 주먹이 떨리는가 싶더니 눈물 한 방울이 그 위로 툭 떨어졌다.

명현은 혼란스러운 마음으로 그 모습을 지켜보았다. 은현이 왜 갑자기 어머니 유현란을 이런 식으로 내치는지 이해할 수 없었다. 모질고 무섭게 대하시긴 했지만 그것이 곧 어머니의 사랑이었다는 것을 은현은 정말 모르는 것일까? 20년 한결같이 곁에서 지켜준 어머니를 이토록 모질게 버리는 은현이 무서웠다. 아무리 당주가 되었다고는 하지만 어머닌 어머니인 것을.

"명현."

은현의 부름에 명현이 다가섰다.

"예, 당주님."

방금 흘렸던 눈물은 거짓인지 명현을 바라보는 은현의 눈은 너무도 건조하다.

"오늘부터 네게 유천궁을 맡기겠다."

느닷없는 은현의 명에 명현은 입술을 깨물었다.

죄인으로 갇힌 어머니를 감시하라는 명인가?

명현의 눈에 슬픔이 깃드는 것을 보며 은현은 다시 명을 내렸다.

"나의 직접적인 명이 없이는 그 어떤 사람도 그곳을 드나들지 못하게 해라. 그 누구도……. 이건 당주인 내가 네게 주는 권한이다.”

은현의 명령은 왠지 비장함이 느껴졌다.

“그리고 어떤 경우에도 대모님이 유천궁 밖으로 나서시는 것을 허락하지 마라. 곁을 비우지도 마라. 뒷간 가는 시간조차 혼자 두지 마라.”

그제야 명현은 은현이 유현란을 가둔 것은 무언가 다른 이유가 있다는 것을 알았다.

“당주님.”

궁금증이 가득한 명현의 눈이 이유를 물었지만 은현은 어떤 설명도 해주지 않았다.

“유천궁을 믿고 맡길 만한 사람은 명현밖에 없어.”

그 한마디로 대답을 대신했다.

감울란은 유현란을 유천궁에 가둬 버린 은현의 처사에 대해 마치 뒤통수를 얻어맞은 듯한 느낌이 들었다. 자신에게 매화대를 재정비하라는 명을 내리고 은현은 모든 일을 순식간에 끝내 버렸다. 이렇게 허망하게 유현란의 몰락을 볼 수는 없다. 게다가 지금은 선원당녀들과의 싸움부터 먼저 생각해야 할 시기다. 선원당녀들은 유현란 없이 은현 혼자서 이겨낼 수 있는 상대가 아니다.

감울란은 바쁜 걸음으로 은화원으로 향했다. 은현은 아무 일도 없었다는 듯 말짱한 얼굴로 감울란을 맞았다.

“어쩌시려고 유현란님을 내치셨습니까?”

"전 당연한 벌을 내린 것뿐입니다."

"은허당의 땅이 줄어든 것은 유현란님의 잘못이 아니란 걸 잘 아시지 않습니까! 그리고……."

"당주는 나예요, 감울란!"

차가운 음성이 감울란의 귓전에 울렸다. 늘 검은 회오리를 담고 있던 그 옛날 부란의 눈이 성큼 눈앞으로 다가왔다.

"지금부터 매화대는 당주인 나의 명만을 따를 것이며 그에 대한 반발은 용서치 않겠습니다. 부란님께서 대모님께 주신 매화대의 명령권을 이제 그만 거두어들이겠다, 이 말입니다."

당황한 감울란의 얼굴을 스륵 훑어보던 은현의 눈이 다시 멀어졌다.

"나를 믿지 못하시는 겁니까, 감울란?"

자신이 선원당녀들을 이겨내기에 부족한가 하는 물음이다. 감울란은 얼른 대답을 하지 못했다. 즈음의 은현이 많이 자랐다는 걸 느낀다. 당주로서도 손색이 없다. 그러나 상대가 너무 크다. 감울란은 은현의 눈을 보며 망설임없이 말했다.

"유현란님 없인 힘드십니다."

은현은 탁자 아래에서 주먹을 그러쥐었다. 아무리 힘들어도 유현란을 다시 부를 생각은 없다. 어머니를 감울란의 저 칼 앞에 무방비로 세워둘 수는 없다. 감울란의 저 아픈 분노를 지켜만 볼 수도 없다.

"감울란이 있지 않습니까?"

무한한 믿음이 깃든 음성이 들렸다. 자신이 있어 아무것도 겁나지 않는다고 말하는 은현의 눈을 보며 감울란은 두려움이 일었다. 또다시 무언가에 발목이 잡히고 말 것 같은 두려움…….

"우선 양월에게 등을 돌릴 만한 선원당녀가 있는지부터 알아보세요. 서두르세요. 눈이 녹기 전에 이 일을 마무리 지으려고 합니다. 중간마을에도 선원들을 따르는 무리가 많을 테니 굳이 그들의 힘까지 보탤 필요는 없지 않겠습니까?"

부란처럼 대범한 듯, 유현란처럼 이기적이고 간교한 듯, 세상의 때가 묻지 않은 어린 용기인 듯…… 감울란은 반짝이는 은현의 눈을 가늠할 수 없다.

감울란이 데려온 선원당녀는 파당녀 모술을 어머니로 두었다는 금영란이었다. 마흔 안팎의 나이에 여전히 아리따운 몸매와 아리따운 이목구비를 지녔다. 여느 선원당녀와 마찬가지로 그녀 또한 고개를 빳빳이 들고 은현을 마주 보았다. 당주에 대한 존중이라고는 눈을 씻고 찾아봐도 없는 딱 선원당녀들의 모습 그대로다. 은현은 버릇처럼 주눅이 들려는 마음을 다잡았다.

금영란의 뒤편에 서서 은현을 지켜보고 있던 감울란이 잠깐의 멈칫거림도 없이 칼을 뽑아 금영란의 목에 들이대었다.

"예를 갖추십시오. 당주님이십니다!"

"무, 무슨 짓이냐, 감울란! 당장 칼을 치우지 못하겠느냐!"

목소리는 카랑하지만 금영란의 눈은 이미 겁을 먹었다. 감울란은 유현란의 밑에서 죽은 듯 명령만 수행하던 그때와는 확연히 달라졌다. 매화대에 대한 명령권을 가진 유현란이 유천궁에 갇혀 버렸으니 어린 당주 밑으로 들어온 감울란은 이제 좀 더 제 목소리를 낼 것이다. 감울란이 어떤 식으로 나올지는 아무도 예측할 수 없다. 나이 든 선원들이 쉬쉬하며 나누던 이야기만으로도 오싹 몸이 움츠려진다. 금영란은 비록 상관없는 일이지만 당시의 선원들과 이미 한배를 탔으니 자신 또한 감울란의 분노로부터 자유로울 수 없다.

잔뜩 힘이 들어간 금영란의 눈을 보고도 감울란은 표정 변화가 전혀 없었다. 자신은 앞도 뒤도 돌아볼 줄 모르는 당주의 매화대라는 것을 확인시키듯 무뚝뚝하니 같은 말만 되풀이했다.

"예를 갖추십시오!"

움푹 꺼진 흉터가 실룩거리자 결국 금영란의 고개가 수그러졌다. 그제야 은현의 음성이 들렸다.

"칼을 치우세요, 감울란."

그 말과 동시에 목에 닿아 있던 서늘한 칼날이 순식간에 치워졌다.

"금영란."

검은 회오리를 담은 부란의 눈이 금영란을 내려다보고 있었다. 흠칫 놀라 달아나는 금영란의 눈을 붙드는 음성이 다시 들렸다.

"선원당녀가 된 지 몇 해나 되었느냐?"

당당히 하대를 하며 묻는 사람은 겁먹은 얼굴로 눈빛이 떨리던 어린 당주가 아니다. 그제야 금영란은 은현의 얼굴을 찬찬히 살폈다. 검은 회오리가 일렁이던 부란의 눈도 어느새 거두어지고 무표정하고 어둡던 얼굴도 한층 밝아져 있다. 그 밝은 기운에서 유현란을 유천궁에 가두어 버린 단호한 위엄이 느껴졌다.

"금영란."

"예? 예, 당주님."

"선원당녀가 된 지 몇 해가 되었느냐고 물었다."

"올해로 십 년째입니다."

은현은 무엇을 가늠하는지 한동안 말없이 금영란을 살폈다. 어린아이의 호기심인지, 썩은 속을 들여다보는 노여움인지 모를 따가운 눈빛과 금방이라도 무슨 말이 흘러나올 것만 같은 조그만 입술은 그러나 그저 조소 같은 미소만 머금고 있을 뿐이다. 그것이 묘하게 사람의 마음을 불안하게 만들었다. 바싹바싹 타는 제 속을 감추지 못한 채 결국 침을 꼴깍 삼키는 순간, 느릿느릿한 은현의 음성이 들렸다.

"그 세월이면…… 어미도 형제들도 살 만해지지 않았느냐?"

"예?"

"호족 마을에 있는 그대 땅 얘기다. 십 년간 수확량의 칠 할을 남겨주었으니 그 땅을 경작하는 네 어미와 형제들은 살 만해지지 않았겠느냐 묻는 것이다."

금영란의 얼굴이 백지장처럼 하얗게 질렸다. 뒷짐을 진 은현이 그 앞으로 성큼성큼 다가왔다. 그리고 까만 눈을 금영란의 코앞으로 스륵 가져갔다.

"자격이 없으니 당장 선원의 지위를 박탈하고 싶지만 그러지 않을 생각이야. 왜냐면……."

까만 눈이 유난히 반짝인다.

"난 그대의 마음이 가상해, 금영란. 아래세상의 어미와 형제는 그대의 지위를 위해 숨기고 외면하고 싶은 사람들이었을 텐데 그대는 오히려 그들을 돌봤어. 그런 건 아무나 할 수 있는 일이 아니지."

은현의 말은 따듯했고 그 눈은 진심이었다. 금영란의 얼굴은 그 눈을 피해 달아났다. 누구에게도 들키고 싶지 않았고, 말하고 싶지 않았던 진실. 그것이 탄로났을 때 양월은 은근한 협박으로 그녀에게 족쇄를 채웠다. 시치미를 떼고 당당히 살 수도 있었다. 그러나 노예로 팔려가 짐승처럼 살고 있는 어머니와 동생들을 외면할 수 없었다. 비록 파당을 하고 은허당을 떠났지만 모술은 어머니였고, 그 몸에서 태어난 아이들은 피를 나눈 형제였다.

"난 금영란의 마음을 이해해."

금영란은 은현에게서 쏟아지는 따듯함을 감당할 수 없어 고개를 흔들었다. 살아남기 위해 당주를 외면하고 음해하는 데 앞장섰다. 존중하는 마음은 눈곱만큼도 없었다. 신도 두렵지 않고 당주도 두렵지 않았다. 다만 움켜쥔 재물을 잃을까 봐, 그것만 두려웠다.

그런데 지금 금영란은 자신의 마음을 이해한다는 은현이 처음으로 두렵다. 조그맣고 모자라던 당주가 갑자기 왜 이렇게 커 보이는 것일까? 이해한다는 따듯한 그 한마디가 자신을 이렇게 흔들어 버릴 줄은 몰랐다.

감울란은 은화원을 나가는 금영란을 어두운 눈으로 바라보았다. 이런 모습을 상상하며 금영란을 은현에게 데려온 것은 아니다. 부란처럼은 아니어도 적어도 간담을 서늘케 하는 단호함은 보여줄 줄 알았다. 감히 선원당녀인 금영란의 목에 칼을 들이대었던 자신만큼 비장함도 있을 줄 알았다. 그 정도 마음 없이 일을 벌이지는 않았으리라 생각했으니까. 그러나 은현의 모습은 감울란의 예상을 완전히 뒤엎어 버렸다.

그 마음을 이해한다라니! 기다리겠다라니!

선원당녀의 지위를 무기로 벼랑까지 몰아 당주의 편에 서겠다는 확답을 받았어야 했다. 기어이 거부할 시에는 피를 볼 수밖에 없는 것, 그것이 감울란이 생각하는 선원들과 은현의 싸움의 답이다.

도대체 인간의 무엇을 믿으며 무엇을 기다릴 수 있단 말인가? 금영란이 은현의 뜻을 알고 갔으니 선원당녀들의 검은 손이 언제 은현의 목을 죄어올지 모른다. 겨우 스무 해 남짓 산 은현이 세상의 무엇을 알겠는가?

인간의 마음이 결코 곧은 직선으로만 흐르지 않는다는 것을…… 추악하고 더러운 욕망으로 가득한 이 은허당의 진실을…….

감울란은 얼어붙은 달빛을 더듬어 선원당으로 숨어들었다. 성큼성큼 걸어 금영란의 처소에 이른 그녀는 망설임없이 문을 열고 들어갔다.

제 목에 닿아 있는 서늘한 것이 칼날이라는 것을 금영란이 깨달은 것은 눈을 뜨고도 한참 지난 후였다. 스며든 달빛에 비치는 그림자는 커다란 삿갓이다.

"가, 감울란!"

새 나오는 목소리를 짓누르듯 서늘한 칼날이 지그시 목을 눌렀다.

"확답을 받으러 왔습니다."

"뭐, 뭘 말이냐?"

"당주님입니까? 양월입니까?"

금영란은 입술을 잘근 깨물었다. 낮에 보았던 당주 또한 결국은 의심 많고 겁 많은 보통의 사람이었던가? 그 크고 높은 마음 앞에 한순간 무너졌던 제 마음이 우스워 헛웃음이 다 날 지경이다.

"그렇게 두려웠으면 애초에 날 윽박질러서라도 확답을 받으실 일이지 왜 그런 감당하지도 못할 관용을 베푸셨을까?"

금영란은 어느새 두려움보다 아니꼬운 마음이 앞섰다. 모자란 당주가 대범한 척 후한 말로 사람의 마음을 혹하더니 한나절도 지나지 않아 속내를 다 드러내고 있구나 싶었다. 이런 마음으로 제깟 것이 어찌 우리 선원들을 이겨내?

켕한 마음에 일어나 앉으려는데 다시 칼날이 목을 짓눌렀다.

"당주님과 저는 다릅니다. 그분이 믿는 세상이 사실은 얼마나 믿을 곳이 못 되는지 전 잘 압니다. 특히나 고결하신 선원들의 마음을…… 말입니다."

이렇게 칼을 들고 찾아온 것이 당주의 뜻이 아니라는 말이었다. 금영란은 그제야 안도의 한숨을 내쉬었다. 자신의 마음을 한순간에 무너뜨려 버리던 어린 당주의 모습이 거짓이 아닌 실체라는 사실을 다시 확인하며 결심을 굳혔다.

"칼을 치워라, 감울란."

"먼저 대답부터 하시지요."

"목에 칼을 들이대고 듣는 대답은 거짓이다. 설마 거짓말을 들으려고 날 찾아온 건 아니겠지?"

칼이 조금 느슨해진 것을 느끼며 금영란은 침상에서 일어나 앉았다. 달빛에 비쳐 일렁이는 삿갓의 그림자와 여전히 목에 닿아 있는 칼이 두려웠지만 그녀는 짐짓 태연한 척 옷매무새를 고쳤다.

"당주님께서 자네에게 대단한 권한을 주신 모양이네? 기다리시겠다는 당주님의 뜻을 어기고 이렇게 찾아와 내 목에 칼을 들이댈 정도면 말이야."

그것은 매화대의 본분을 망각한 감울란을 은근히 꾸짖는 말이기도 했다. 당주의 명에 죽고 사는 것이 매화대다. 그 뜻이 자신과 맞지 않는다 하여 그 뜻에 반하는 행동을 서슴지 않고 저지르는 감울란 또한 당주를 인정하지 않는 선원들과 다를 게 뭔가?

"당주님이 아직 세상의 비열함을 모르시니 제가 나서는 것뿐입니다."

삿갓 속에서 섬뜩한 눈이 번득였다. 그 눈이 간파하는 세상은 온통 비열과 더러움, 그리고 분노로 점철되어 있으리라. 금영란은 두려운 마음으로 제 뜻을 전했다.

"흠, 그걸 아시는 분이었다면 나 또한 그리 대할 수밖에 없었겠지. 하지만 당주님은 세상의 비열함은 모르시지만 사람의 마음을 사는 법은 아시는 분이시더군?"

목에 닿아 있던 칼이 움찔 흔들렸다.

"그걸 좀 더 일찍 알았더라면 그분을 그리 힘들게 하진 않았을 텐데 말이야. 난…… 어떡하든 이곳에서 살아남아야 했으니까. 내 어미와 형제들…… 그 사람들이 목숨 줄처럼 붙들고 있는 그 땅을 지켜야 했으니까. 어느 누가 날 이해할 수 있었겠어? 이해 따위 바라지도 않았어. 양월의 곁에 있으면 어쨌든…… 정당한 척 살 수 있었으니까. 하지만 난 한 번도 당당하지 못했어. 제단에 오르는 것이 두려웠고, 당녀들 보기가 부끄러웠고…… 그래서 누구보다 앞장서서 당주님을 깎아내리고 더 독하게 굴었는지도 모르지……."

어설픈 감상인 듯 깊은 회한인 듯 목소리를 흐리며 금영란은 긴 침묵에 잠긴 채 어둠 속을 응시했다. 얼마나 흘렀을까? 칼집에 칼을 꽂아 넣는 소리가 들렸다. 금영란의 회한에 젖은 말들이 감울란에게 답이 된 것일까?

"자네!"

가볍게 목례를 하고 문을 나가는 감울란을 금영란이 불러 세웠다.

"내게 칼을 들이댄 진짜 이유가 궁금해. 당주님에 대한 충심이었나, 아니면 자네 속에 가득한 분노였나?"

무어라고 대답해 줄까? 충심이라고 해도 거짓이 아니고 분노라고 해도 거짓이 아니다. 은현이 타인의 손에 다치는 것은 절대 원치 않는다. 그것은 매화대 대장으로서 용납할 수 없다.

언제부턴가 감울란의 마음은 혼란에 빠져 버렸다. 은현을 향한 제 마음이 무언지 알 수가 없다. 유현란을 내친 자리에 자신을 앉혀두고 무한한 믿음으로 기대어오는 은현의 그 마음이 두렵게 느껴지기도 한다. 은현이 다칠까 두려워 선원당녀의 목에 칼을 들이댄 이것이 충심 때문이었는지, 제 복수에 차질이 생길까 봐 달려온 건지…… 모든 것은 분노의 종지부를 찍는 날 알게 될 것 같다.

감울란은 스며드는 달빛을 피해 삿갓 깊숙이 얼굴을 숨겼다. 그리고 금영란이 바라고 있을 대답을 했다.

"충심입니다."

8. 천강을 아느냐?

천강을 아느냐?
천강을 아느냐?

사흘 만에 금영란이 은현을 찾아왔다.

"지금까지의 제 삶이 어미와 형제들, 그리고 저 자신을 위한 것이었다면 앞으로 제 남은 생은 당주님과 은허당을 위해 바치겠습니다. 부디 부란님을 뛰어넘는 훌륭한 당주님이 되어주십시오."

그리고 호족 마을에 있는 너른 땅마저 은허당에 바친다고 했다.

"당주님 말씀처럼 제 어미와 형제들은 그만하면 이제 살 만합니다."

"금영란!"

"생각해 봤습니다. 당주의 재목이란 과연 무얼 두고 일컫는 말일까? 신비한 능력을 선보이고, 뛰어난 예지로 미래를 예측하고, 강력한 힘으로 당녀들을 이끌어가는 것. 과연 그런 것만이 당주가 지녀야 할 덕목일까 하고 말입니다."

은현은 금영란이 말한 것 어느 것도 가진 것이 없다. 아주 간간이 나타나는 치유의 능력 외엔. 그것도 제 의지로 끌어낼 수 있는 것이 아니다. 그래서 언제까지나 모자라고 모자란 당주일 수밖에 없다.

"우리 모두가 알 듯…… 당주님은 그런 능력을 지니지 못하셨습니다."

은현은 주먹을 가만 그러쥐었다. 금영란의 입에서 나오는 말들이 아프다. 그것은 언제나 그녀를 주눅 들게 하고 아프게 했던 말이다.

굳은 얼굴로 앉아 있는 은현을 바라보는 금영란의 눈이 따듯하다.

"그러나 당주님은 그런 것보다 더 특별한 것을 지니셨습니다."

그 소리에 은현의 얼굴이 갸웃 기울어졌다. 의심없는 맑은 눈이 그것이 무어냐고 물었다. 그 모습이 귀여워 금영란은 빙긋 웃음을 흘렸다.

"따듯한 마음입니다. 이해하고 용서하는 마음, 사람을 사랑하는 마음 말입니다. 당주님께서 얼마나 애틋한 마음으로 당녀들을 바라보시는지 저는 압니다. 당주님은 언제나 힘있고 잘난 당녀들보다 어리고, 못나고, 늙고 병든 당녀들을 가까이하셨습니다. 한때는 모자라 보였던 그 모습이 사실은 얼마나 큰마음인지 이제야 깨달습니다. 언젠가는 그것이 그 어떤 능력보다 큰 힘을 발휘할 것이라는 것을 믿습니다."

금영란의 거창한 칭찬에 은현은 부끄러움을 느꼈다. 풍전등화 같은 은허당을 지키기에 자신의 능력은 너무도 미약하다. 그럼에도 불구하고 은현은 선원당녀들이 지켜주려는 은허당을 거부한다. 그것은 자신이 생각하는 은허당이 아니기 때문이다. 은현은 본연의 의미를 지닌 은허당을 원한다. 그것이 옳기 때문이다. 은허당의 형체를 잃더라도 이름만은 잃지 않겠다는 무서운 결심까지 하고 있다.

"금영란, 난 어쩌면…… 은허당을 지켜내지 못할지도 모른다."

그것은 은현이 가장 두려워하는 말이지만 또한 진실이기도 했다. 선원당녀들을 이겨낸다 하더라도 봉족군이라는 거대한 산을 온전히 넘을지는 장담할 수 없다. 그러나 최선은 다할 것이다.

금영란은 그 말뜻을 가늠하려는 듯 한동안 은현의 얼굴을 살폈다. 그리고 은현이 시작하려는 이 싸움이 어떤 의미인지 어렴풋이 깨달았다. 당주는 어리지만 또한 크다. 자신이 생각하는 그 이상으로……. 그래서 자신의 선택이 잘못되지 않았다는 확신이 섰다.

"그러나 우리들은…… 당녀들은 지켜주실 것입니다."

두 사람은 마주치는 눈빛으로 서로의 생각을 보았다. 금영란의 미소에 답하듯 은현의 입가에도 조그만 미소가 지어졌다.

가끔, 은현의 마음이 감당되지 않을 때가 있다. 지금이 바로 그런 순간이다. 은현은 선원당녀인 금영란을 앞에 두고 은허당을 지켜내지 못할지도 모른다고 말했다. 그것은 해서도 안 되고, 할 수도 없는 말이다. 그러나 은현은 너무도 당당히 그런 말을 한다. 순진한 건지 당돌한 건지 분간이 가지 않는다. 과연 은현이 생각하는 은허당의 의미는 어떤 것일까?

은허당을 생각하는 은현의 마음은 무조건적이고 맹목적인 것은 아닌 것 같다. 결정적인 순간, 은허당보다는 당녀들을 먼저 챙길 은현이다. 허울 같은 그 이름에 맹목적으로 매달리지는 않을 것이라는 얘기다. 유현란이 안다면 아주 위험한 당주라 생각할 사상들이 은현 속에 자리 잡고 있다는 생각이 들었다.

은현의 그런 모습들이 감울란의 마음을 혼란스럽게 했다. 은현을 당주로서 사랑해 버릴 것 같아 두려웠다. 그리되면 자신은 또다시 아무것도 할 수 없을지도 모른다. 또다시 아무것도 할 수 없게 된다면 스물세 해를 품어온 독이 결국은 제 가슴을 태워 죽일 것이다.

은화원을 나온 금영란이 감울란의 곁으로 바짝 다가왔다.

"긴히 할 얘기가 있네."

매화원림의 깊은 곳에 위치한 감울란의 처소에 들어온 금영란은 조그맣고 소박한 방을 휘, 둘러보았다. 대단한 권력을 가진 매화대의 대장이 머무는 공간이라고 하기엔 너무도 협소하고 보잘것없는 방이다. 당장 버린다 해도 미련을 가질 것이 아무것도 없는, 잠을 잘 수 있는 낡은 침상과 조그만 탁자 하나가 전부인 조그만 방. 허망한 그녀의 속내를 보는 듯 서늘한 기운이 감돈다.

"무슨 말씀이신지 해보시지요."

딸각, 탁자 위에 찻잔을 내려놓으며 감울란이 물었다. 무심하고 섬뜩한 얼굴이 스륵 다가오자 움찔하며 물러나던 금영란은 조그맣게 한숨을 내쉬었다. 앞으로 머리를 맞대고 많은 일들을 의논해야 할 사이인데 내내 저런 섬뜩하고 어두운 얼굴을 대해야 한다고 생각하니 가슴이 답답하다.

"당주님께 말씀 못 드린 것이 있네."

"무슨?"

"건평원에 있는 봉족 왕 말일세. 그자가 원하는 게 뭔지 아는가?"

"그야…… 당주님의 선택을 받는 것이 아닙니까?"

"그자는 당주님과의 혼인을 원해."

볼의 흉터가 움찔하더니 감울란의 얼굴이 순식간에 일그러졌다.

"게다가 양월은 그 요구를 받아들일 모양이야. 그러니까 당주님은 이름뿐인 당주로 남겨두고 은허당의 모든 권력은 자기들이 차지하겠다는 거지."

듣고 있자니 어이가 없다. 은허당이야 어찌 되든 상관할 바가 아니지만 양월과 선원당녀들의 행태는 듣고 있기가 거북하다. 감울란은 선원당에서 은현을 처음 만나던 날의 단우의 눈빛을 떠올렸다. 얘기를 나누는 내내 은현의 눈을 따라다니고 손끝 하나하나의 움직임까지 놓치지 않고 안타깝게 따라다니던…… 그것은 분명 사내의 눈빛이었다.

"어떠하실 생각이십니까?"

"당주님이 어찌 생각하실지……."

"원치 않으실 겁니다!"

감울란은 단호하게 말했다. 이미 몸도 마음도 주어버린 사내를 두고 은현이 다른 선택은 하지 않을 것이다. 그렇게 단정 짓는 이 마음은 어쩌면 제 바람인지도 모른다. 어느새 자신 속에 안타까운 얼굴로 들어와 있는 유한을 떠올리며 감울란은 생각했다.

바랄 수 없는 사람을 사랑한다는 것이 얼마나 아픈 일인지, 눈 맑은 그 청년이 알지 못했으면 좋겠다. 언제까지나 상처 없는 눈으로 희망을 품고 살아갔으면 좋겠다.

금영란을 보내고 매화원림을 나와 성큼성큼 걷는 그녀의 걸음은 어느새 건평원으로 향하고 있었다.

유한을 만나 당장 산을 내려가라고 해야겠다. 당주와 은허당에 불어닥칠 혼란을 겪기 전에 자신의 세상으로 돌려보내야겠다. 더 깊이, 오래 알아버리면 은현도 유한도 힘들 것이다.

"감울란이 유한이란 자를 좀 보잔다고 전해라."

번을 서는 매화대원을 안으로 들여보내고 잠깐 기다리는데 들어갔던 대원이 이내 고개를 갸웃하며 걸어나왔다.

"왜 그러느냐?"

"저쪽 병사 말이 유한은 방금 전 감울란님의 부름을 받고 건평원을 나갔답니다."

"무슨 소리냐?"

"방금 교대를 한지라 저도 알지 못하는 일입니다."

산을 내려간 것일까?

긴 머리칼 너머 흉터가 움찔한다.

"저……."

서성이는 곁으로 다가온 매화대원이 머뭇거리며 입을 열었다.

"당주님의 호위대장인 향이가 가끔 그자를 불러냈습니다. 감울란님의 심부름이라며……."

흉터가 움찔하더니 그녀의 눈이 무섭게 번득였다. 감울란은 급하게 몸을 돌려 은화원으로 향했다. 대담하게도 자신의 이름을 대고 유한을 불러내다니, 시킨 은현이나 그 말을 따른 향이나 도대체 무슨 생각으로 그런 일을 저지른 건지 모르겠다.

겁도 없이!

불끈한 마음으로 뛰어올라 온 은화원에는 은현도 향도 없었다. 호위대원 누구도 그들의 행방을 알지 못했다. 정신없이 뛰어올라 간 천풍루도 텅 비어 있다. 아래를 휘, 둘러보는데 비원으로 성큼성큼 걸어 들어가는 사람이 보였다. 봉족 왕 단우다. 순간, 감울란의 얼굴이 하얗게 질렸다.

정신없이 달려 내려오던 감울란은 선원당 근처를 올라오고 있는 향을 발견하고 다짜고짜 팔을 잡아끌었다.

"당주님은 어디 계시느냐?"

"가, 감울란님."

"어서 말해라!"

옷소매를 거칠게 잡아당기자 향의 얼굴이 감울란의 코앞으로 울컥 딸려갔다. 무서운 흉터보다 더 섬뜩한 눈이 무섭게 일렁거렸다.

무슨……?

"유한을 안내해 준 곳이 어디냔 말이다!"

두려움이 깃든 향의 눈이 비원으로 향하는 순간 감울란은 천상연을 향해 달려 내려갔다. 단우에게 발각되는 순간 유한의 목숨은 없다. 그자의 고요한 눈 속에 숨어 있는 광기를 뚜렷이 기억한다.

은현은 유한의 손을 잡고 깊은 숲으로 숨어들었다. 수십 갈래로 번진 길을 달려 햇빛조차 스며들지 못하는 짙은 숲에 이르러서야 걸음을 멈추었다. 그와 동시에 두 사람은 한 몸이 되어 서로를 꼭 끌어안았다.

은파로 내려갈 계획을 잡으면서 서로에 대한 마음이 더욱 애틋해지고 있다. 당주의 운명을 걸고 지키고 싶은 은허당, 그리고 그 운명을 붙들고 함께하고 싶은 유한. 둘 중 하나라도 잃게 된다면 은현은 자신이 더 이상 숨을 쉬고 있지 못하리라는 것을 안다.

며칠 만에 안아보는 은현은 비원의 마른 풀처럼 바싹거린다. 그 조그만 몸을 유한은 으스러져라 품었다. 지금 이 순간, 너른 가슴으로 다 품어 안아 보호해 줄 처지가 되지 못하는 스스로에 대한 자괴감에 미안하고 마음이 아팠다. 그러나 언젠가는 그녀는 물론 그녀의 세상인 이 은허당마저 품어줄, 크고 큰 세상이 되어줄 자신이 있기에 슬프지는 않다.

"피곤해 보여."

커다란 손이 그녀의 볼을 감싸 올렸다. 눈도 충혈되었고 입술도 까칠하게 말라 있다. 그러나 입가에 지어지는 미소는 어느 때보다 환하다.

"며칠 잠을 설쳤어."

"힘든 일 있었어?"

"간절히 내 편이 되어주었으면 하는 사람이 있었는데 그 사람의 답을 기다렸어. 분명히 내 편이 되어줄 거라 확신했지만, 만에 하나 그렇지 못할 경우…… 죽여야 할지도 모르니까."

은현의 눈동자가 가늘게 떨렸다. 그녀는 유한이 생각하는 것보다 훨씬 큰 싸움을 시작한 것 같다. 작고 여리지만 강인한 여자다. 두고 내려가도 걱정이 되지 않을 만큼…….

"곧 산을 내려갈 거야. 내일이든, 모레든."

은현의 눈빛이 흔들렸다. 유한은 그 눈을 붙들 듯 은현의 손을 꼭 잡았다.

"난 은파의 주인이 되겠어."

그 소리에 은현의 입가에 조그만 미소가 지어졌다. 모화촌 강둑에서 보았던 환영이 정녕 거짓은 아니었던 모양이다. 거대한 갈왕산이 은파로 뚜벅뚜벅 걸어와 은파를 내려다보던 모습. 드디어 유한의 마음에 조그만 불씨가 일어나고 있는 모양이다.

"당신은 분명 은파의 주인이 될 거야."

은현은 확신에 찬 음성으로 말했다.

건평원에 있는 단우가 걱정되었지만 은현의 곁에는 매화대가 있으니 큰 걱정은 없다. 그를 이곳에 고립시켜 놓은 상태에서 매족이 봉족군을 상대로 얼마나 큰 승리를 일궈내느냐, 그것이 관건이었다. 매족이 은파를 장악할 때까지 이 눈이 녹지 않기를,

그리고 은현이 잘 버텨주기를 바랄 뿐이다.

안타까운 마음으로 은현을 내려다보던 유한이 말했다.

"그자의 눈앞에 당신을 두고 가는 것이 괴로워."

지금 이 순간, 유한의 가장 진실한 속마음이다. 단우의 그 음흉한 눈이 사내의 마음을 담고 은현을 훔쳐볼 거라 생각할 때마다 피가 거꾸로 치솟을 것 같다. 유한의 눈은 처음으로 참을 수 없는 질투를 드러내며 흔들렸다. 은현의 팔이 재빠르게 목을 감싸며 안았다.

"기다릴게, 빨리 돌아와야 해?"

그 질투가 상처가 되기 전에…….

가슴에 매달린 은현이 떨고 있었다. 사람들에게 비친 그녀는 세상의 어머니, 신성한 땅 은허당의 당주지만 유한에게는 그저 작고 여린 여자일 뿐이다. 이 깊은 곳에…… 앞일이 가늠되지 않는 이곳에 제 여자를 두고 가야 한다는 것이 사내로서 감당이 되지 않는다.

숲이 울컥 흔들렸다. 유한의 뜨거운 입술이 은현의 숨을 막았다. 밖에서 기다리고 있을 매화대도 걱정되지 않았고, 고요히 잠들어 있을 은허신의 심장도 두렵지 않았다. 할 수만 있다면 펄떡이는 이 심장 속에 그녀를 감춰두고 싶었다. 두근거리는 그녀의 심장 속으로 형체도 없이 숨어들고 싶었다.

은현은 어느새 풀 위에 뉘어지고 장대한 유한의 몸이 그 위를 덮었다. 뜨거운 입술이 목덜미에 박혔다. 은현은 오그라드는 심장을 어쩌지 못한 채 그를 안았다. 목을 더듬어오는 유한의 입술이 너무 간절해서 눈물이 날 것 같았다.

"유한……."

유한의 입술이 가슴을 파고드는 순간, 바스락 소리가 들려왔다. 은현은 본능처럼 귀를 쫑긋 세웠다.

다시 바스락, 그리고 스륵스륵 다가오는 소리…….

은현은 가슴께에 머물고 있는 유한의 머리를 꼭 안았다. 그리고 움직이지 말라는 신호를 보냈다. 숲에 서식하는 짐승의 발자국 소리도 아니고, 여인들의 걸음 소리는 더더욱 아니다. 성큼성큼, 크고 거친, 숲을 가르는 걸음 소리…….

뭐지?

묻는 유한의 눈을 보며 은현은 고개를 가만 흔들었다. 수십 갈래로 뻗은 숲길 어딘가를 거친 걸음으로 휘저어대는 발걸음은 태대산 침엽수 숲에 몰아치던 바람처럼 거침없고 바쁘다. 바로 옆인 듯 가깝던 소리가 조금 멀어지는가 싶더니 다시 순식간에 지척처럼 들렸다. 맞닿아 있는 은현의 심장이 요동치듯 콩닥거리는 것을 느끼며 조심스럽게 몸을 일으키던 유한이 다시 재빠르게 은현의 가슴을 덮었다.

거친 걸음 소리와 함께 숲이 울컥 흔들렸다. 넝쿨 사이로 스며들던 햇살이 검은 그림자에 가려 넝쿨 숲은 순식간에 어두워졌다. 불안하게 콩닥거리는 가슴과 유한의 무게에 눌려 은현의 얼굴은 하얗게 질렸다. 유한이 제 무게를 들어주려 팔꿈치를 세우려는 순간 은현이 다시 움직이지 못하도록 꼭 안았다. 그녀의 눈은 불안하게 흔들렸고 등을 꼭 안고 있는 팔은 바짝 긴장한 채 떨렸다. 유한은 천천히 고개를 돌려 숲을 흔드는 존재를 살폈다.

넝쿨 사이로 스며드는 햇살을 가리며 일렁일렁 흔들리는 커다란 그림자는 침엽수 같은 사내, 단우다!

유한의 커다란 손이 본능처럼 올라와 은현의 입을 막았다. 무언가를 찾는 듯 숲을 휘저어대는 서슬 푸른 단우의 기운이 곧이라도 넝쿨을 뚫고 들어와 덤벼들 것 같다. 두리번거리는 시선이 한 치만 비켜나도 그들의 눈과 맞닥뜨릴 것 같다. 은현은 눈을 감아버렸다. 조그만 손이 유한의 옷자락을 꼭 움켜쥐었다.

숨조차 쉴 수 없는 짧은 그 순간이 억겁의 시간처럼 느껴졌다. 더 이상 숨을 참을 수 없을 만큼 얼굴이 파랗게 질렸을 즈음, 입을 가렸던 유한의 손이 천천히 떨어져 나갔다. 은현의 눈도 천천히 떠졌다. 일렁이던 그림자도 사라졌고, 숲 속 가득 흐르던 서슬 푸른 기운도 사라졌다.

은현은 소리를 죽여 긴 숨을 토해내었다. 유한은 재빠른 손길로 옷매무새를 고쳐 준 뒤 그녀를 일으켰다. 이 숲의 특성상 잠시 길을 헤맨 그는 다시 이곳으로 나타날 것이다. 그전에 빠져나가야 한다. 그들은 동굴처럼 우거진 넝쿨 숲을 빠져나왔다.

길은 거미줄처럼 엉켜 화가 나도록 복잡하다. 성큼성큼 걷는 눈앞에 방금 스쳐 갔던 길이 또다시 나타나자 단우는 거친 손길로 나뭇잎을 후려졌다. 순식간에 꺾인 가지가 그의 마음처럼 덜렁거린다.

유한을 찾는다는 병사의 보고가 연달아 두 번째 올라오던 순간, 생각이 정지되어 버린 머리와는 달리 그의 눈에서는 동물적인 감각이 번득였다.

마흔이 훨씬 넘어 오십을 바라보는 늙은 여자가 피비린내도 가시지 않은 스물세 살짜리 청년을 사흘이 멀다 하고 불러낸다. 물론 접질린 발목을 보아준 인연으로 만나 인간적 교분까지 쌓을 만큼 생각이 통하는 사람들일 수도 있다. 아니면 나이를 불문한 남녀의 만남으로 발전했을 수도 있다. 그것도 아니면……?

감울란이 둘인 것도 아니고…… 앞이든 뒤든 둘 중 하나는 거짓이다. 꼬리에 꼬리를 물고 달리던 생각은 급기야 은현에게로까지 뻗었다. 이 은허당에서 겁도 없이 거짓으로 감울란의 이름을 걸고 유한을 불러낼 만한 사람은 어린 당주뿐이다. 생각이 거기에 이르자 단우는 바람처럼 비원으로 향했다. 언젠가 흐트러진 모습으로 숲에서 뛰어나오던 당주의 모습도 떠올랐고, 지나친 경계로 자신을 대하는 모습도 새삼 의심스러웠다. 말도 안 되는 상상이란 걸 알면서도 걸음은 멈추어지지 않았다.

고요하고 신비로운 비원의 숲이 한순간 거짓처럼 느껴졌다. 자신이 상상하고 품어왔던 당주에 대한 환상도 어쩌면 거짓인지 모른다. 견딜 수 없는 화가 치밀었다. 숲으로 들어선 그는 지금까지 한 번도 들어가 본 적이 없는 깊은 숲으로 거침없이 걸어 들어갔다. 잘못 들어갔다간 길을 잃기 십상이라던 양월의 말처럼 대여섯 갈래로 뻗은 길은 순식간에 방향감각을 잃게 만들었다. 분명히 다른 길이라 생각했지만 매번 같은 길을 맴맴 돌고 있었고, 같은 길을 맴맴 돌고 있다고 생각하는 순간 눈앞에는 또 색다른 길과 숲이 펼쳐졌다.

이 미로 같은 숲 어딘가에서 유한과 당주가 함께 있다는 상상을 할 때마다 피가 거꾸로 치솟는 것 같았다. 더러운 매족 노예를 따라 사라져 버렸던 누이가 떠올랐다. 만약 이곳에서 유한을 맞닥뜨린다면 소금에 절여졌던 노예의 목처럼 그의 목 또한 그리될 것이다. 칼을 들고 나오지 않았으니 두 손으로 그의 목을 꺾어버릴 참이었다.

단우의 거친 걸음은 온 숲을 흔들어댔다. 유한의 손을 잡고 달아나는 길목마다 숲은 단우의 흔적으로 흐트러져 있다. 꺾인 나뭇가지와 짓이겨진 풀들, 서슬 푸른 기운이 가득 떠도는 공기. 따듯한 온기가 번져 있던 숲은 순식간에 삭풍이 몰아치는 태대산의 눈밭처럼 찬 기운이 감돌았다.

은현은 천상연과 반대편으로 해서 숲을 빠져나갈 수 있는 길을 잡았다. 꼭 잡은 유한의 손에서 땀이 배어 나왔다. 이곳은 당주의 숲이니 지금 이 순간 유한을 지켜야 할 사람은 바로 자신이라고 생각했다. 은현은 걱정 말라는 듯 유한을 돌아보며 웃어주었다.

참 이상하다, 이렇게 급박한 순간에도 웃음이 난다는 것이…… 유한과 함께여서 행복하다는 것이…….

방향을 가늠하기 위해 숲을 살피는 은현의 눈이 아이처럼 반짝였다.

빛이 스며드는 쪽을 향해 달리던 그들은 울컥 흔들리는 나뭇가지를 보고 재빨리 몸을 숨겼다. 단우의 거친 걸음에 여린 풀들이 쓰러졌다. 마른 낙엽이 우수수 떨어졌다.

그들은 스며든 햇살에 일렁이는 그림자를 보고 몸을 숨기고, 스륵스륵 걷는 소리에 다시 몸을 숨겼다. 그의 그림자는 가늠할 수 없는 곳에서 불쑥불쑥 모습을 드러내었고, 점점 반경을 좁혀 오는 느낌이 들었다. 은현과 유한이 소리를 피해 몸을 숨기고 숲의 흔들림을 감지하고 달아나면, 그는 소리를 따라 모습을 드러내었고 어느새 숲의 흔들림마저 감지하고 따라오는 듯했다. 마치 숨바꼭질처럼 계속되는 놀이에 은현의 얼굴이 조금씩 굳어지고 있었다.

잠시 숲이 조용한 느낌이 들었다. 나무 사이로 스며드는 빛으로 방향을 가늠하던 은현은 유한의 손을 당기며 직선으로 뻗은 길을 향해 달렸다. 그러나 서너 걸음을 내딛기도 전에 유한이 그녀의 몸을 덮치며 바닥으로 납작 엎드렸다. 눈앞의 나무가 울컥 흔들렸다. 그리고 서걱서걱 다가오는 거친 걸음이 어느 순간 멈추었다. 나무 하나를 사이에 두고 단우가 나타났다. 호흡이 멈추고 동공마저 멈추었다. 그가 고개를 돌리는 순간 세 사람의 눈은 부딪힐 것이다. 이젠 꼼짝없이 잡혔다 싶은 순간, 건너편 숲이 요동치듯 흔들렸다. 커다란 그의 몸이 움찔 흔들리는 것이 느껴졌다. 코앞에 다가와 있던 커다란 그의 발이 방향을 바꾸어 성큼성큼 멀어져 갔다.

어찌나 긴장하였던지 숨조차 한번에 토해지지 않는다. 안도의 숨을 내쉬며 일어나려는 그들의 머리 위로 다시 검은 그림자가 일렁 흔들렸다. 그림자는 바로 그들의 눈앞에서 멈춰 섰다. 심장이 멈춘다는 것은 바로 이런 순간을 두고 하는 말일 것이다. 유한은 본능처럼 은현의 몸을 감싸고 천천히 고개를 들었다. 어두운 얼굴, 섬뜩한 눈동자의 감울란이 그들을 내려다보고 있었다.

바람처럼 달려 내려와 보니 비원은 이미 서슬 푸른 기운에 장악당해 있었다. 이곳저곳 꺾인 나뭇가지들과 짓이겨진 풀들, 그리고 바람이 몰아치듯 울컥대는 나무들…….

혼비백산한 얼굴로 뒤따라 내려온 향을 반대편 길로 들여보낸 감울란은 흔들리는 나무로 방향을 가늠하며 비밀스러운 숲으로 성큼성큼 걸어 들어갔다. 나무의 흔들림과 소리를 가늠하며 찾아 들어온 그곳에서 감울란은 자신의 주인인 당주와 겁없는 매족 청년을 맞닥뜨렸다.

쫓기는 어린 짐승처럼 나무 사이에 납작 엎드린 채 숨을 죽이고 있는 두 사람의 모습이 감당이 되지 않는다. 유한은 새끼를 품은 어미 새처럼 온몸으로 은현을 감싸고 있었고, 은현은 잃을 수 없는 소중한 무엇을 붙잡듯 가슴에 닿은 유한의 손을 두 손으로 움켜잡고 있었다. 향의 입을 통해 들은 이야기로 짐작은 하고 있었지만 막상 눈앞에 드러난 은현의 모습은 은허당의 당녀로서, 그리고 매화대 대장으로서 받아들이기가 힘이 든다. 은현은 신성한 신의 여인, 신을 위해 순결한 몸을 유지해야 하며 고결한 정신을 유지해야 한다. 그런데 눈앞에 있는 은현은 이미 그런 것과는 거리가 먼 여인이 되어 있다. 은허당과는 인연의 끈을 놓아버리리라 다짐한 감울란이지만 여전히 마음이 이곳에 묶여 있었던 모양이다.

"감…… 울란."

당황한 은현의 음성을 듣고서야 감울란은 충격에서 깨어났다. 은현은 감울란의 눈을 피해 얼굴을 돌렸다. 흐트러진 제 모습이 부끄럽다기보다는 미안함이 앞선다. 은허당의 당주로서, 지금껏 혼신의 힘으로 은허당을 지켜왔을 감울란 앞에 적나라하게 드러난 제 모습이 미안했다.

잠시 감정을 추스른 은현이 다시 고개를 돌렸다. 그리고 긴긴 세월 은허당과 부란을 향한 충성의 상징이라 짐작되는 감울란의 볼에 난 깊은 흉터를 응시했다. 저 흉터 앞에 자신은 진정 부끄럽지 않은지 잠깐 생각했다.

부끄럽지 않았다. 저들이 정의라 여겨온 생각과 자신이 만들어가려는 정의가 다르다고 하여 은허당이 추구하는 세상을 향한 사랑이 달라지는 것은 아니다. 당녀들을 아끼는 제 마음이 선대의 당주들에 비해 모자란다고 생각지도 않는다.

나는 내 방식대로 은허당의 새로운 정의를 만들 거다.

은현은 유한의 손을 꼭 잡았다. 그리고 당당한 음성으로 다시 감울란을 불렀다.

"감울란."

감울란은 은현의 부름에 응답하지 않은 채 눈짓으로 유한을 불렀다. 향이 단우를 유인한 사이 빨리 이곳을 빠져나가야 한다.

"따라오너라."

유한은 감울란의 뜻을 알아차렸다. 은현을 바라보는 그녀의 혼란스런 눈은 잠깐 잊기로 했다. 우선은 단우에게 들키지 않고 이곳을 무사히 빠져나가는 것이 중요했다. 침을 꿀꺽 삼키며 걸음을 내딛는데 은현이 손을 놓아주지 않았다.

"유한……."

곧 산을 내려간다고 했으니 이렇게 헤어지고 나면 언제 다시 유한을 만날 수 있을지 모른다. 순식간에 그렁해진 눈이 금방이라도 눈물을 쏟아낼 것 같다. 유한은 감울란의 존재조차 잊은 채 은현을 품어 안았다. 작은 몸이 바르르 떨리며 품속으로 파고들었다.

또다시 찾아온 기약 없는 이별이 마음을 아득하게 만들지만 이별이 끝이라 생각한 적은 단 한 번도 없었다. 언제나 더 큰 기다림이 그들 앞에 놓여 있었다. 그러기에 이런 사소한 이별 때문에 길게 슬퍼할 필요는 없다.

"조심해, 유한."

"당신도 조심해."

"응."

은현은 젖은 음성을 감추기 위해 짧게 대답했다. 어깨를 꽉 움켜쥐는 단단한 손을 느끼며 고개를 드니 유한이 단호한 눈으로 내려다보고 있었다. 무한한 믿음과 의심없는 사랑이 느껴지는 눈이다.

"날 믿듯이 당신 스스로를 믿어. 나도 그럴게."

"응."

은현은 고개를 끄덕였다.

"다음에 만날 때는 두 번 다시 헤어지는 일 없을 거야. 그것도 믿어."

"그럴게."

은현은 다시 고개를 끄덕였다. 유한은 다시 한 번 그녀를 꼭 품어 안았다. 그리고 들릴 듯 말 듯 작은 소리로 속삭였다.

"사랑해."

나도 사랑해.

그러나 은현은 차마 그 말을 입 밖으로 꺼내지 못한 채 고개만 끄덕였다. 고개를 돌린 채 서 있는 감울란의 형상이 유한의 어깨 너머에서 희미하게 번져 보였다.

은현은 유한과 감울란이 사라져 간 반대편 숲으로 재빠르게 걸어 들어갔다. 향의 유인이 제법 효과를 발휘한 듯 천상연과 가까운 곳까지 걸어 들어와서야 다시 숲의 요동이 느껴졌다.

사사삭, 가볍게 달아나는 것은 향의 소리고, 스륵스륵, 거친 걸음은 단우의 소리일 것이다. 귀를 쫑긋 세우고 있던 은현은 숲을 거칠게 휘젓고 있는 단우 쪽으로 성큼성큼 걸어갔다.

조심스럽던 상대의 움직임이 갑자기 빠르고 거침없어졌다는 것을 느끼며 단우는 더욱 거친 걸음으로 소리를 쫓았다. 잡힐 듯 잡힐 듯하면서 잡히지 않는 숨은 그림자가 왠지 자신을 놀리고 있는 느낌에 더욱 부아가 났다. 그 상대가 당주와 유한일 거란 상상은 그로 하여금 잠깐씩 이성의 끈을 놓게 할 지경이었다.

아슬아슬 달아나던 소리가 문득 성큼성큼 다가오는 것을 느끼며 단우는 사방을 둘러보았다. 대여섯 갈래로 뻗은 길 어디에서 들리는 소리인지 분간이 가지 않았다. 방금 걸어나온 길 맞은편에서 나뭇잎들이 흔들리는 것을 감지한 단우는 작은 나무를 훌쩍 뛰어넘어 순식간에 그 속으로 뛰어들었다.

"누구냐!"

날이 선 음성이 숲을 울렸다. 소리의 주인은 은현이었다. 그녀의 모습을 제대로 살피기도 전에 다시 반대편 길에서 그림자 하나가 뛰어들었다. 늘 은현의 곁을 지키던 매화대원이다. 이마에 송골 맺힌 땀방울과 헐떡이는 숨결이 그녀가 정신없이 숲을 헤맸음을 말해주었다. 향과 눈이 마주치자 은현은 다시 앙칼진 음성으로 소리쳤다.

"감히 내 숲을 망치고 있는 자가 누구더냐! 잡았느냐?"

향은 숨을 고르며 눈짓으로 앞에 서 있는 단우를 가리켰다. 단우가 사태를 채 파악하기도 전에 은현은 독기 어린 눈으로 단우를 노려보았다. 치받아 오르는 화를 주체할 수 없는 듯 숨소리마저 거칠어졌다.

"내 숲을 망친 자가…… 그대였소?"

자신의 질문을 믿을 수 없는 듯 그녀의 음성은 살짝 떨리기까지 했다.

이때껏 정신없이 따라다녔던 소리의 그림자가 저 두 사람이었던가? 아니, 은현의 말대로라면 오히려 저들이 자신을 잡으려고 숲을 헤매고 다녔다는 소리다. 그제야 사태가 파악이 된 단우가 당황한 얼굴로 두 사람을 번갈아 보며 고개를 흔들었다.

"그게 아니라 난……."

"이 숲이 내게 어떤 곳인지 설명하지 않았던가요?"

나직하지만 분기 어린 음성이 깊은 숲을 울렁울렁 흔들었다. 단우는 자신이 지나온 길목마다 분기 어린 손으로 꺾어놓은 나무들과 짓이긴 풀들을 떠올리며 어쩔 줄 몰라 했다. 자신은 당주의 가장 비밀스럽고 소중한 장소를 침범한 침입자가 된 것이다. 그 느낌이 어떤 것인지 알기에 그는 더욱 당황했다.

"미, 미안하오. 숲은 내가 어떡하든……."

은현은 그의 말을 듣지 않은 채 팽 하니 돌아섰다. 돌아선 그녀의 뒷모습에서도 가시처럼 돋아난 화가 보였다. 그녀는 화가 잔뜩 난 걸음으로 도무지 방향을 잡을 수 없던 미로를 서슴없이 걸어 순식간에 숲을 빠져나왔다. 갑자기 쏟아지는 햇살에 단우는 부신 눈을 질끈 감았다. 햇살처럼 쨍한 은현의 음성이 다시 들렸다.

"양월은 도대체 무얼 했는가! 비원이 얼마나 위험한 숲인지 말해주지 않던가요? 수십 갈래의 길이 거미줄처럼 얽혀 쉬이 길을 잃어버릴 수 있으니 함부로 들어가지 말라고 하지 않던가 말입니다!"

"들었습니다."

"헌데 어찌하여 함부로 들어와 아이처럼 숲을 망쳐 놓으신 겁니까?"

"그건……."

설명을 하려던 단우는 어린 여자에게 아이처럼 야단을 맞고 있는 제 모습이 어이없어서 그만 입을 다물어 버렸다. 분기 어린 눈과 날이 선 음성으로 자신을 다그치는 은현의 모습이 마치 나이 지긋한 어른의 느낌으로 다가와서 당황스럽다. 은현에게서 아이와 어른이 공존하는 듯한 느낌을 받을 때가 종종 있었다.

상황은 어이없지만 어쨌든 유한과 은현이 함께 있을 거란 상상이 빗나가면서 끓어오르던 화는 순식간에 가라앉았다. 그리고 감히 봉족의 왕 앞에서 발끈 화를 내고 있는 은현의 모습이 괘씸하다 못해 귀여워 견딜 수 없을 지경이다. 그녀는 제 숲을 침범당한 것이 분해 죽겠다는 듯 조그만 발을 콩콩 구르기까지 했다.

눈바람 몰아치던 태대산에 우뚝 선 침엽수 같던 단우의 얼굴에 온화한 바람이 스며들었다. 그는 긴 허리를 굽혀 은현의 눈앞으로 그 얼굴을 불쑥 가져왔다.

"미안하오. 진심으로 사과하지요. 숲에서 길을 잃어 제가 잠깐 당황하였던가 봅니다. 당주님의 숲을 망칠 생각은 추호도 없었으니 너그러운 마음으로 용서해 주십시오."

아주 정중하고 진심 어린 사과다. 그러나 단우의 입가에 가득 번진 웃음기가 비웃음인지, 장난인지 은현은 늘 그것을 분간할 수가 없다. 그 웃음을 피해 고개를 스륵 돌리던 은현의 눈에 멀리 천상연을 돌아 천천히 걷고 있는 유한과 감울란의 모습이 보였다.

유한…….

무사히 빠져나가서 다행이다.

은현의 눈이 머문 곳을 따라 고개를 돌리던 단우의 얼굴이 움찔했다. 감울란과 유한이 천상연을 돌아 건평원으로 향하는 모습이 보였기 때문이다. 한낱 봉족의 어린 병사와 은허당의 당주가 함께 있을 거라고 오해하다니, 스스로가 생각해도 어이없었다.

은현은 얼른 고개를 돌려 향에게 명했다.

"매화대에 일러 당장 숲을 손보라 해라."

그리고 다시 한 번 단우에게 매서운 눈길을 던지고 비원을 빠져나갔다.

"태연히 걸어라."

멀리서 건너오는 단우의 시선을 느끼며 감울란이 중얼거렸다. 고개를 돌려 다시 한 번 은현을 보고 싶었지만 단우가 있어 그럴 수 없었다.

"이대로 곧장 산을 내려가는 것이 어떠냐?"

감울란은 느릿느릿 걸으며 유한의 의향을 물었다. 이왕 산을 내려가고자 마음먹었다면 또다시 단우의 의심을 사기 전에 떠나는 것이 안전할 것이다. 그러나 유한은 고개를 흔들었다.

"지금 이대로 제가 사라진다면 감울란님이 의심받을 것입니다. 분명한 이유를 만들어 떠나겠습니다."

여전히 겁이 없다. 감울란은 난감한 눈으로 유한을 돌아보았다. 매화대 대장이 보는 앞에서 감히 은허당의 당주를 품어 안았다. 게다가 이제는 자신을 걱정까지 하며 위험이 도사리고 있는 건평원으로 스스로 걸어 들어가고 있는 유한이다. 화를 내어야 할지 걱정을 해야 할지 모르겠다.

느릿느릿 걸어 건평원 앞에 이르자 유한은 걸음을 멈추고 감울란을 바라보았다. 바람에 머리칼이 일렁 흔들리며 섬뜩한 흉터가 드러났다가 사라졌다. 어둡고 섬뜩하게 느껴져야 할 그녀의 얼굴이 유한에게는 여전히 따듯하게 느껴진다. 그래서 이렇게 가당찮은 부탁까지 쉽게 할 수 있는 건지도 모르겠다.

"부탁이 있습니다."

무슨 부탁이든 하라는 듯 감울란이 고개를 끄덕였다.

"은현을…… 당주님을 지켜주십시오."

가당찮고 당돌한 부탁을 그는 진지하게 했다.

"제겐 목숨 같은 여인입니다."

목숨 같은 그 여인의 목을 노리고 있는 자신에게 유한은 다시 그 목숨을 지켜달라고 부탁했다. 감울란은 아무 대답을 할 수 없었다. 은현을 향한 단호한 유한의 마음을 확인할 때마다 마음이 울컥해진다. 한번도 사내로부터 그런 눈빛과 그런 마음을 받아 보지 못한 여인으로서 느끼는 부러움과 서러움 같은 것이다.

무슨 대답을 해줄까? 그래, 진정한 매화대라면 이런 대답을 하겠지.

"그런 부탁은 감히 매화대에게 하는 것이 아니다. 모르느냐? 그것이 우리 매화대에게 얼마나 모욕적인 말인지?"

당주의 목숨은 세상의 모든 산 자들 위에 존재하는 목숨이라는 것을 가슴에 새기고 살아가는 매화대에게 당주의 목숨을 부탁하는 것은 정말 모욕일 수 있었다. 유한은 그제야 안심한 얼굴로 감울란에게 작별의 인사를 건넸다.

"감울란님을 알게 되어 정말 좋습니다. 다시 뵐 때까지 건강하십시오."

그리고 목례를 하고 돌아섰다. 건평원을 향해 성큼 걸음을 내딛는 그를 감울란이 다시 불러 세웠다.

"유한."

아무 상관 없는 청년이니 무심한 마음으로 보내는 것이 옳을 터인데 왜 쓸데없는 마음이 자꾸 이는지 모르겠다.

"산을 내려가면 이곳의 일은 모두 잊어라. 나도, 은허당도, 그리고 당주님도."

"아뇨. 절대로 잊지 않을 것입니다. 은현과 약속했는걸요, 꼭 찾아오겠다고."

단호한 말이 철없는 혈기로 느껴져 안타까웠다.

"당주님과 함께하겠다는 건 한낱 꿈일 뿐이다. 은허당을 아직도 모르느냐?"

답답한 듯 이마가 찡그려지는 감울란을 보며 유한은 빙긋 웃었다. 그녀의 마음은 고마웠지만 들어줄 마음은 추호도 없다.

"갈왕산을 넘어오며 전 매족의 부활을 꿈꾸었습니다. 그것만이 제 삶의 이유라고 생각했지요. 하지만 은파에 와서 또 하나 이루어야 할 꿈과 삶의 이유가 생겼습니다. 바로 은현과 함께하는 삶입니다. 그 무엇도 우리의 꿈을 막을 수는 없을 것입니다."

유한이 단호한 말로 제 뜻을 전했지만 감울란의 귀에는 갈왕산을 넘어왔다는 말 외에 더 이상의 말은 들리지 않았다. 달아나던 매족이 천성계곡에서 전멸했다는 소문도 들었고, 갈왕산의 깊은 눈 속에 갇혔다는 소문도 들었다. 모두들 그 말을 사실로 받아들였지만 감울란은 어느 쪽도 믿지 않았다. 천강이라면 분명 그 산을 넘었으리라는 확신만 있었다. 하지만 정말로 그 산을 넘었던 매족이 살아서 다시 눈앞에 나타나리라고는 상상도 못했다.

"갈왕산을…… 넘어왔다고 했느냐?"

"예. 갈왕산 너머에 매족 마을이 있습니다. 모두들 죽었으리라 생각했지만 우린 거뜬히 살아남았고 은파를 다시 찾을 꿈을 꾸고 있습니다. 반드시 그리될 것입니다. 제 아버님과 용사들이 있고 그분들이 키운 우리들이 있으니까요."

말을 마친 유한이 다시 목례를 하고 돌아섰다. 성큼성큼 걸어 건평원으로 향하는 그의 등 뒤에 감울란의 소리없는 물음이 따라붙었다.

천강을…… 아느냐?

유한은 어느새 저만치 멀어졌다.

천강이라는 사람을 아느냐, 유한?

문에 다다른 유한이 잠깐 돌아보며 눈인사를 했다.

너만큼이나 겁없고 의기가 넘치던 사람이었다. 매족 최고의 용사였으니 너도 분명 알 텐데…… 무심하고 무심하던 천강이라는 사람을…… 혹시 모르느냐?

희미하게 번지던 유한의 형상이 문안으로 사라졌다. 두렵고 아파서 끝끝내 입 밖으로 꺼내지 못한 물음들이 명치끝을 아프게 짓눌렀다. 천강이라는 이름 앞에 순식간에 고여 버린 눈물이 어이가 없다. 한번도 받아보지 못한 그 사랑이 아직도 목마른 건지, 무심하던 그 마음이 서러운 건지…….

9. 떨칠 수 없는 인연의 끈

떨칠 수 없는 인연의 끈
떨칠 수 없는 인연의 끈

천상연에 김이 피어오르던 날, 은허당에는 때아닌 안개가 자욱이 끼었고 날씨가 느닷없이 포근해졌다. 마치 금방이라도 꽃이 만발한 봄이 올 것만 같은 착각을 불러일으켰다.

아침부터 선원당녀들이 천상연으로 몰려들었고 이곳저곳에서 당녀들이 몰려 웅성거렸다. 들뜬 분위기는 은화원에까지 전해져 시중을 드는 어린 당녀들이 구석에 몰려 불안한 얼굴로 속닥거렸다. 천풍루에 올라 선원들이 몰려 있는 천상연을 내려다보다가 내려오던 은현은 그 모습을 보고 이마를 찌푸렸다. 세상은 언제나 온갖 소문이 난무하고 그 소문에 무너지는 것이 세상이기도 하다.

"천상연이 깨어나고 있습니다."

성큼 들어선 감울란의 음성이 상기되어 있다. 천상연 주위에 선원들이 몰려 있었던 이유가 그것이었던 모양이다. 천상연이 깨어난다는 것은 곧, 선택의 시기가 되었다는 뜻이다. 그러나 태대산은 아직도 눈에 잠겨 있고 봄이 되려면 두어 달이나 남았다.

"아직 눈도 녹지 않았는데 무슨 소립니까?"

"그래서 다들 이상히 여기고 있습니다. 한 번도 때를 거스른 적이 없었는데……."

게다가 물의 온도가 피부로 느껴질 만큼 따듯해졌다. 며칠 전 사혜가 와서 하던 말이 결국 들어맞았다. 은현의 얼굴에 불안이 감돈다. 느닷없이 천상연이 깨어나는 이유를 모르겠다. 부란이라면 알아맞혔을까? 이런 순간이 닥칠 때마다 은현은 모자란 제 능력에 자괴감이 든다.

"무슨 일일까요, 감울란?"

도움을 청하듯 바라보는 그 눈이 다시 잠들어 있는 감울란의 모성을 자극했다. 이런 일들을 가늠하기에 당주는 여전히 어리다. 모두가 알고 있는 부란의 능력이란 실은 세월이 가르쳐 준 지혜란 것을 감울란은 안다. 이럴 땐 세월이 쌓인 누군가의 지혜를 빌리는 것도 방법이다.

"유현란님을 다시 부르시지요."

"그건 안 됩니다!"

다급하게 나오는 음성이 너무도 단호하다.

"대모님은 씻지 못할 죄를 지으신 분입니다. 은허당의 당주로서…… 그 죄를 용서할 수가 없습니다."

은현의 눈에는 야릇한 분기마저 인다. 감울란은 은현이 이토록 화가 난 이유를 이해할 수 없었다. 은허당의 땅이 줄어든 것은 유현란으로서도 어쩔 수 없는 일이었고, 대모란 이름으로 당주를 능멸했다는 죄목 또한 다 이해하기가 힘들다. 지나치게 엄했던 유현란에 대해 노기를 품었던 걸까? 그러나 은현은 어린 시절의 노기와 현실을 분간하지 못할 만큼 철없는 사람은 아니다.

은현은 유현란에게 감울란으로부터 목숨을 구하는 대신 더 이상 세상의 빛을 볼 수 없도록 하는 너무도 가혹한 벌을 내렸다. 그것이 유현란을 지킬 수 있는 최선의 방법이고, 자신이 감울란에게 줄 수 있는 최선의 위로였기 때문이다.

"내 앞에서 더 이상 대모님 얘기는 하지 마세요. 혼자 헤쳐 나가겠습니다."

그러니 감울란이 옆에서 도와달라고 했다. 당신의 가장 약점이 될 모든 것을 알고 있는 자신에게 당주는 왜 이토록 기대어오는 것일까? 유한과의 일만으로도 일순간에 당주의 운명을 끝장내 버릴 수 있는 자신에게 말이다.

도대체 나의 무엇을 믿고……?

"당주님."

황급히 들어온 향이 금영란이 보낸 전갈을 전했다. 곧 선원당에서 선원회의가 열릴 것이며 당주의 성년식을 앞당기는 논의가 오갈 것이라고 했다.

천상연이 깨어났으니 당연히 불거져 나올 문제였다. 성년식을 앞당기면 그다음은…… 신탁으로 내려오는 선택을 요구하겠지?

그 선택의 상대는 당연히 단우일 테고.

은현은 주먹을 발끈 쥐며 의자에서 일어났다. 앉아서 당할 수만은 없는 일이다.

"선원당으로 가자."

감울란과 서른 명의 호위대를 대동한 은현이 거침없는 걸음으로 선원당으로 향했다. 지금껏 모든 회의는 부란의 유언에 따라 당주의 대모인 유현란이 주관해 왔다. 그녀가 없는 지금, 이제 선원회의는 양월과 그 패거리들의 일방적인 의논이 되어버릴 것이다. 당주가 참석하지 않은 선원회의가 열린다고 하여 아직 성년식도 치르지 않은 은현이 왈가왈부할 자격은 없다. 선원회의는 이름 그대로 선원들의 회의이고 당주에게는 마지막 결정권만 있을 뿐이다.

은현이 느닷없이 회의장으로 들어서자 선원들이 웅성거렸다. 선원들을 스륵, 살펴보던 은현은 금영란과 잠깐 눈을 마주친 후 성큼성큼 걸어 들어가 자리를 잡고 앉았다. 은현의 뒤편으로 서른 명의 호위대가 병풍처럼 둘러서고 감울란과 향이 그 좌우에 자리를 잡고 섰다.

그 옛날 부란의 위엄을 다시 보는 듯 서슬 푸른 위용에 선원들이 움찔했다. 어느새 호위대의 면면들은 모두 낯선 얼굴로 바뀌었고 감울란마저 완벽한 은현의 사람이 된 듯 보인다.

그러나 그것은 당주의 짧은 운명 속에 잠시 비치는 반짝임일 뿐이다. 곧 당녀들의 뇌리 속에서 사라져 버릴 당주의 존재를 떠올리며 양월은 비릿한 웃음을 흘렸다. 한껏 내려보는 듯한 양월과 선원들의 눈을 의식하며 은현은 탁자 아래에서 주먹을 발끈 쥐었다.

"천상연이 깨어났습니다."

의자에 한껏 몸을 기댄 양월이 먼저 입을 떼었다.

"천상연이 이렇게 이른 시기에 깨어난 적은 없었습니다."

"은허신의 특별한 뜻이 있으신 겁니다."

"당주님께서는 혹시 특별한 계시를 받지 않으셨습니까?"

저마다 한마디씩 떠드는 소리 속에 양월의 옆에 앉은 선원당녀가 은현을 빤히 바라보며 물었다. 마흔이 될까 말까 한, 양월의 그림자 같은 선원당녀 미금이다. 선원들의 시선이 일제히 은현에게로 몰렸다. 건너다보는 눈빛들이 어찌나 버릇없고 가당찮은지 감울란의 몸이 움찔거릴 지경이다. 그것은 호위대들도 마찬가지였다. 마치 맹수들의 표적 앞에 홀로 앉아 있는 듯한 자신들의 어린 당주가 안쓰러워 칼을 찬 허리에 불끈 힘이 들어간다.

은현은 갓 세상 밖으로 나온 겁없는 어린 범처럼 말똥한 눈으로 선원들을 살폈다. 어릴 적부터 닳고 닳도록 보아온 눈들이라 특별히 마음을 다칠 일도 없다. 선원들을 쭉 돌아온 은현의 눈이 미금의 얼굴에서 딱 멈추었다. 그런 중요한 일조차 계시받지 못하는 못난 당주의 얼굴이 여기 있노라, 시위하듯 뚫어지게 바라보는 은현의 눈이 무안했던지 미금이 헛기침을 하며 양월의 어깨 뒤로 눈을 숨겼다.

은현은 다시 양월에게로 눈을 돌렸다. 저 여자는 이미 속으로 모든 결정을 했을 것이다. 얼마나 재빠르게 처리해 나가느냐, 양월에게는 그것이 관건이겠지?

"그래서…… 선원들의 뜻은 무언가?"

은현은 양월에게서 눈을 떼지 않은 채 물었다. 당돌하게 흘러나오는 하대에 양월의 얼굴이 살짝 상기되었다. 그것이 다 병풍처럼 두르고 있는 저 매화대의 힘이려니 생각하니 살짝 긴장되기도 한다. 금전도, 땅도, 도무지 그 어떤 것으로도 매화대를 유혹할 수 없었던 것은 모두가 다 감울란 때문이었다. 앞뒤 꽁꽁 막히고 옆구리까지 막힌 저 답답한 인사!

감울란을 노려보며 입술을 실룩거리던 양월이 드디어 입을 열었다.

"천상연이 뜨거워진다는 것은 은허신의 깨어나심을 뜻합니다. 예로부터 우리 은허당은 그 뜻을 받들어 성년식을 치르고 은허신을 영접해 왔습니다. 그리고 그때를 신의 뜻에 따라 은허의 자손을 잉태하기 위한 선택의 기간으로 정하곤 했습니다. 그런데 꽃이 만발하고 봄이 완연하여서야 깨어나던 천상연이 갑자기 깨어난 것은 무엇을 뜻하는 것일까요? 의견이 분분하였습니다다마는…… 한 가지 뜻에 의견이 모아졌습니다."

양월은 비릿한 웃음을 지어 보이고는 다시 말을 이었다.

"천상연이 이렇게 일찍 깨어난 것은 바로 당주님 때문입니다."

"무슨 소린가?"

"올해가 당주님이 성년이 되시는 해이지 않습니까? 그러니 은허신들이 일찍 깨어나실밖에요."

"내가 성년이 되는 해라 신들이 일찍 깨어나신다?"

고개를 갸웃하는 은현을 보며 양월은 다시 빙긋 웃었다.

"신의 뜻이 그러하니 저희들은 그 뜻에 따라 당주님의 성년식을 앞당기려 합니다."

이미 모든 것이 결정났다는 듯 통고에 가까운 말이다. 이런 식으로 하나하나, 양월은 통고를 해올 것이다. 성년식을 치르는 것도, 신탁의 선택을 하는 것도, 그리고 은허당의 미래를 결정짓는 일들까지. 벽 같은 눈들을 마주하고 보니 그들에게 더 이상 당주는 존재하지 않는 것 같았다.

"모든 선원들의 뜻이 그러한가?"

은현은 두려운 마음으로 물었다. 유현란을 유천궁에 가두어 버린 일로 한때 유현란을 따르던 선원들의 마음마저 돌아서 버렸다면 이들을 감당해 내기 힘들어진다. 그러나 한 가닥 희망으로 죽 둘러보는 선원들에게서는 은현에게 우호적인 눈을 발견할 수가 없다. 은현은 절망을 넘은 분노가 일었다. 이들에게 은현은 여전히 그 출신조차 알 수 없는 이방인인 것이다. 은허당이 모든 세상을 품어주는 어머니의 땅이라던 말은 다 거짓 같다. 이런 배타적인 마음으로 어찌 세상을 품고 사랑을 하고 인간을 구원할 수 있겠는가!

"모든 선원들의 뜻이 그러한가 물었다!"

단 한 번도 당주였던 적이 없는 당주 은현의 노한 음성이 방안 가득 울려 퍼졌다. 은현에게서 뿜어져 나오는 전에 없는 분기에 방 안은 순식간에 쥐 죽은 듯 고요한 정적이 흘렀다. 매화대의 매서운 눈초리만이 선원들 사이를 떠돌았다. 그 정적을 깨고 조그만 목소리가 들려왔다.

"저는…… 저는 반대합니다."

탁자 끝, 구석진 자리에 앉은 금영란에게서 들려온 소리였다. 시선이 일제히 쏠리는 것을 느끼며 금영란은 주먹을 쥐고 침을 꿀꺽 삼켰다. 그리고 다시 용기를 내어 말했다.

"당주님의 성년식은 은허당에서 70년 만에 맞는 큰일이니 신중해야 한다고 생각합니다. 천상연이 잠시 뜨거워졌다고 하여 은허신이 깨어났다고 단언할 수도 없는 일이고, 또 지금껏 단 한 번도 그 시기를 깨뜨려 본 적이 없으니 조금만 더 지켜보는 것이 어떻겠습니까?"

"신의 계시는 이미 시작되었네, 금영란! 머뭇거리다 시기를 놓쳐 버리면 그 뒷감당은 자네가 하겠는가!"

금영란을 노려보는 양월의 눈에 불꽃이 튀었다. 제가 어찌 이 자리에 앉았는데! 가만 입 다물고 앉아 있어도 시원찮을 것이 왜 갑자기 나서서 뒤통수를 치는지 모르겠다. 붉게 상기된 양월의 얼굴과 어느새 차분한 눈으로 바라보고 있는 은현을 번갈아 바라보던 금영란은 다시 한 번 제 속에서 이는 조그만 용기를 끄집어내었다.

"중간마을의 당녀들 없이 치르는 성년식은…… 불가합니다."

작지만 단호한 음성이다. 병풍처럼 둘러선 매화대와 은현을 믿기에 할 수 있는 말이다. 더 이상 양월의 뜻대로 흘러가는 은허당을 보고 있을 수는 없다. 늙은 선원 몇이 금영란의 말에 동의한다는 듯 고개를 끄덕이는 것을 보며 은현의 입가에 만족한 미소가 흘렀다.

은현은 더 이상 있을 필요가 없다는 듯 자리에서 벌떡 일어났다.

"선원들의 뜻이 하나로 모아지기 전까지 난 어떤 것도 수용할 의사가 없다."

성큼성큼 걸어 방을 나가려던 은현이 문득 걸음을 멈추고 모든 선원당녀들이 들을 수 있도록 큰소리로 감울란에게 명을 내렸다.

"감울란! 오늘부터 선원당의 경비 병력을 두 배로 늘리세요. 봉족군을 지척에 두고 내가 그동안 너무 무심했습니다."

그것은 선원들을 감시한다는 목적도 있었지만 금영란을 보호하려는 목적이 더 컸다. 선원당에 머무는 매화대들도 완벽하게 믿을 자들이 못 되니.

"도대체 무슨 심산으로 그런 말을 한 건가!"

은현이 떠나고 선원들도 흐지부지 되어버린 회의장을 나가자 양월은 나가려는 금영란을 붙들고 소리를 쳤다. 다 된 밥에 재를 뿌려도 유분수지!

"심산은 무슨 심산이 있겠습니까? 전 단지 제 생각을 말한 것 뿐입니다."

"지난번에 내가 했던 말을 잊었는가? 봉족 왕이 원하는 건……."

"그 또한 아무리 생각해도 전 찬성할 수 없습니다."

망설임없는 대답이다. 예상치 못했던 금영란의 반응에 양월은 당황했다. 오른팔처럼 부리며 키워놓았더니 숨겨놓은 이빨을 드러내려고 하는 꼴이다.

"갑자기 이러는 이유가 뭐냐, 금영란?"

어느 곳에 욕심나는 땅이라도 있는 건가? 아니면 선원으로 끌어들이고 싶은 당녀라도 생긴 건가? 그런 것이라면 얼마든지 힘이 되어줄 수 있다. 그러나 금영란의 눈에는 아무 욕심이 없다. 오히려 이제껏 볼 수 없었던 초연한 느낌마저 들었다. 그녀는 어깨를 꽉 움켜쥔 양월의 손을 떼어내었다.

"전 은허당의 앞날이 걱정될 뿐입니다. 그래서 이제부터라도 선원으로서의 본분을 다하려고요."

금영란은 변했다. 그래서 더 이상 쓸모가 없어졌다. 양월은 그렇게 생각했다. 자신은 그런 고고한 생각에 사로잡혀 살고 싶은 생각이 없다.

"선원으로서의 본분을 다하겠다? 하! 네가 과연 그럴 자격이 있는가, 그것부터 따져 봐야겠다, 금영란!"

쓸모가 없어졌으니 그 지위도 재물도 빼앗아 버릴 참이다. 불꽃이 이는 양월의 눈을 보며 금영란의 입가에 조그만 미소가 지어졌다. 과연 양월이 이런 말을 할 자격이나 있는 것인지? 은현으로부터 전해 들은 믿지 못할 양월의 행각은 아직도 금영란을 경악케 한다.

"선원으로서 자격이 없기로는 나나 양월님이나 매한가지가 아닙니까? 아니지. 저야 어찌어찌하면 구제라도 받겠지만 양월님은 그럴 자격조차 없으신 분이 아니던가요?"

"무, 무슨 말이냐?"

금영란은 흠칫 물러나는 양월의 귀에 입을 가까이 가져갔다.

그리고 들릴 듯 말 듯 조그만 소리로 속삭였다.

"아기의 울음소리가 귓전에 들리지 않으십니까? 모질기도 하셔라."

금영란은 묘한 웃음을 흘리며 방을 나갔다. 양월의 얼굴이 하얗게 질렸다. 덜덜 떨리는 다리를 주체 못하고 그녀는 의자에 털썩 주저앉았다.

전쟁이 끝난 후 양월은 은허당의 경계 밖으로 나가 두 해를 살았다. 은허당의 이름으로 된 땅을 관리하는 직책을 맡았던 탓이다. 그 기간 동안 양월은 많은 양의 땅을 제 앞으로 빼돌렸었다. 부란의 눈을 속이기 위해 많은 이들의 도움을 받았다. 그 과정에서 딱 한 번의 실수가 있었다. 그는 은파에 파견 나와 있던 봉족군의 장수였다. 이름이 무엇인지, 그의 지위가 어찌 되는지, 어찌 생긴 자인지조차 기억나지 않는…… 아니, 아무것도 기억하지 않으려 일부러 눈길조차 주지 않았던 자다.

독한 약을 먹고, 언덕에서 구르고 하여도 좀처럼 떨어져 나가지 않던 질긴 생명. 그것을 낳아버리고, 몸을 추스르고, 감쪽같은 얼굴로 다시 은허당으로 올라올 때까지 그 사실을 아는 사람은 아무도 없었다. 그 사내조차 아무것도 모른 채 남광으로 떠났으니.

어느새 열아홉 해가 지난…… 하늘조차 모를 그 일을 금영란은 어찌 알았을까?

김이 피어오르던 천상연이 다시 잔잔해졌다. 그와 함께 선원들의 요구도 잠잠해졌다. 그러나 이틀도 지나지 않아 또다시 천상연의 기온이 오르고 안개가 자욱이 깔렸다. 심상찮은 징조에 당녀들이 술렁거렸다. 선원들도 이번에는 순순히 물러날 태세가 아니라 금영란의 힘으로 막아내기엔 역부족 같았고 은현도 막무가내로 거절할 빌미가 없었다.

요구를 받아들여 성년식을 치르고 좀 더 힘을 가진 당주로 거듭나 그들과 싸울 것인가, 아니면 눈이 녹아 봉족군을 내려보낼 때까지 버틸 것인가?

고민하는 사이 늙은 선원 여령이 잔혹하게 살해되었다. 그녀는 스물셋에 선원당녀가 되어 30여 년을 그 자리에 있었던 사람이다. 특별히 나쁠 것도 좋을 것도 없는, 있으나마나 한, 그러나 철저한 양월의 사람이었다.

감찰당녀들이 이틀에 걸쳐 조사를 벌였지만 어떤 흔적도 찾아내지 못했다. 그러나 입을 다물고 있을 뿐, 그녀가 왜 살해당했으며 누구의 짓인지 모두들 짐작으로 알고 있었다. 선원들은 이것이 모두 자신들에게 던진 은현의 첫 번째 경고라고 생각했다.

경비 병력을 늘리면서 선원당을 온통 뒤덮고 있는 당주의 눈인 매화대들이 내내 불편하고 두렵던 차에 일어난 사건이다. 은현은 이런 식으로 선원들을 장악하고 제 뜻을 관철할 모양이었다. 철권을 휘두르던 부란조차 스스로를 경계하여 이런 짓은 하지 않았다. 어리기에, 모자라기에 이런 짓을 스스럼없이 저지를 수 있는 건지도 모른다.

"이젠 어쩌지, 양월?"

"감울란을 불러 회유해 보는 것이 어떨까?"

"매화대에 우리 쪽 사람이 얼마나 되는가?"

불안하게 속삭이는 소리들에 머리가 아프다. 감울란을 회유하는 것은 이미 포기한 지 오래고, 매화대에 심어놓은 선원들의 세력 또한 미미하기 그지없다. 이렇게 막무가내로 나오는 당주를 어찌해야 할까? 막무가내로 나오면 이쪽에서도 막무가내로 나가는 수밖에 없겠지?

"어쩔 수 없지. 봉족군을 끌어들이는 수밖에."

"양월! 그건 안 돼!"

"왜? 안 될 게 뭐 있어? 이렇게 멍청히 앉아 당하는 것보다는 그 편이 나아!"

봉족군을 끌어들여 매화대와 싸움이라도 벌이겠다는 뜻이다. 고개를 흔드는 선원들을 바라보는 양월의 눈에 핏발이 섰다. 금영란이 자신의 비밀을 알고 있다는 것을 알아버린 그날 이후, 양월은 제대로 잠을 자지 못했다. 그 비밀이 만천하에 드러나는 날에는 지금껏 쌓아온 모든 것을 잃게 된다. 그러니 비밀을 아는 그 누구도 살려둘 수 없다. 설사 그 사람이 당주라 하더라도!

더 이상 두려울 것도 망설일 일도 없다. 단우를 찾아가 결판을 지어야겠다. 당주를 넘기는 조건으로 은허당을 손에 넣을 참이다.

여령은 단 한 번 휘두른 칼에 목숨이 끊겨 버렸다. 그녀의 고통을 오래도록 보지 못한 것은 두고두고 후회할 일이 될 것 같다고 새파란 칼날을 닦으며 감울란은 생각했다.

은현이 부른다는 소리에 닦던 칼을 칼집에 넣고 방을 나가려던 그녀는 침상 끝에 달린 조그만 서랍장을 열었다. 그리고 하얀 명주 보자기를 꺼내어 조심스런 손길로 풀었다. 붉은 피로 물들었던 배냇저고리는 세월이 내려앉아 짙은 밤색으로 변했다. 감울란은 그것에 코를 묻고 심호흡을 했다. 거짓말처럼 여전히 달콤한 젖비린내가 난다.

아가…… 조금만 기다리렴. 이 어미가 곧 네 곁으로 가마.

검붉은 배냇저고리에 얼굴을 묻어보다가 가슴에 품어보다가 하던 감울란은 다시 그것을 보자기에 곱게 싸서 서랍장 속에 넣었다.

은화원으로 들어서는 감울란의 얼굴은 여전히 표정이 없다. 무뚝뚝한 그 얼굴을 보며 은현은 무슨 말을 물어야 할지 모르겠다. 여령을 잔인하게 살해한 사람이 감울란이냐고 물으면 '예' 라고 하는 무뚝뚝한 음성이 거침없이 나올 것만 같다. 사혜의 말에 의하면 여령은 대전쟁 당시 부란을 모시고 내원산에 있었던 선원당녀 중 한 명이었으니 늘 감울란의 표적이었을 것이다. 그러나 감울란이 오로지 사심만으로 여령을 죽였으리라고는 생각하지 않는다. 끝없이 성년식을 요구하는 선원들을 다스리는 감울란 나름의 방법이었을 수도 있다. 그러나 은현은 이런 식으로 선원들을 이겨내기를 원치 않는다. 피는 피를 부를 뿐, 절대 해결책은 못 된다.

"감울란."

대답 대신 검은 눈이 은현을 올려다보았다. 치렁한 머리칼 사이로 움푹 팬 흉터가 일렁인다. 그 흉터는 부끄러운 은허당의 흉터고 은허당의 상처다. 그리고 이제 은현을 아프게 하는 상처가 되었다. 더 이상 저 상처를 덧나게 해서는 안 된다. 상처를 건드리면 건드릴수록 감울란은 또 다른 상처를 입을 것이다.

"일이 마무리되면 저들에게 벌을 내릴 것입니다. 다시는 세상의 빛을 보지 못하게 만들어줄 것입니다."

반짝이는 눈에 분기가 어린다.

당주를 능멸하고 은허당을 파탄의 길로 이끌었으니 그만한 벌은 받아야겠지? 하지만 그전에 자신의 칼에 끝날 목숨들이다. 무뚝뚝하니 바라보는 감울란을 보며 은현이 다시 말을 이었다.

"그러니…… 앞으로 내 명 없인 아무 짓도 하지 마세요. 만약이 명을 거스른다면 감울란 또한 벌을 면치 못할 것입니다."

단호한 음성과 엄한 눈이 건너왔다. 감울란은 그 눈을 무심한 마음으로 바라보았다. 은현의 엄한 눈이 왜 따듯하게 느껴지는지 모르겠다.

"알겠습니까!"

대답을 요구하는 은현의 다그침에 감울란은 고개를 숙일 뿐이다. 그것이 명을 따르겠다는 예의 표시인지 거부의 뜻인지 알 수 없었다.

양월이 건평원으로 찾아왔다. 단우가 당주와 혼인을 하겠다는 폭탄선언을 한 후 발길을 끊고 도망만 다니더니 무언가 다급한 일이 생긴 모양이다. 찻잔을 받아 드는 손이 급하다.

"당주님과 혼인을 하시겠다는 마음은 여전하십니까?"

"그렇소."

"도와드리면 제겐 무얼 주시겠습니까?"

너무도 노골적인 요구를 양월은 스스럼없이 했다. 그만큼 다급해졌다는 뜻이다.

"무엇을 원하오?"

단우는 의자에 느긋이 기댄 채 물었다. 양월의 탐욕스런 눈이 가까이 다가왔다.

"은허당을 제게 주십시오."

순간, 단우에게서 어이없는 웃음이 비어져 나왔다. 살찐 몸에 욕심이 덕지덕지한 여자다. 지금 가진 것으로도 모자라 이젠 은허당마저 한입에 꿀꺽 삼키려는 모양이지? 어차피 은현을 데리고 떠나면 이곳은 쓸어버릴 참이니 대답쯤이야 못해주랴?

"좋소. 그리합시다. 난 당주를 가지고 그댄 은허당을 가지고."

단우는 한껏 기분 좋은 얼굴로 흔쾌히 대답했다. 양월은 마음을 가다듬듯 긴 한숨을 삼켰다. 두려워할 이유도 망설일 필요도 없다. 어차피 자신이 나서지 않더라도 단우는 제 뜻대로 기어이 당주를 차지하고 말 자다. 그러니 미리 나서서 은허당을 지킬 방법을 찾는 것일 뿐이다. 당주는 새로 뽑으면 그뿐.

"제거해 주셔야 할 사람이 하나 있습니다."

탐욕스런 눈이 반짝였다. 양월은 감울란을 제거해 줄 것을 부탁했다. 감울란만 없애 버리면 은현은 날개 꺾인 새가 된다. 미안하고 측은한 마음에 어떡하든 감울란만은 건드리지 않으려 했는데 이젠 어쩔 수 없다.

양월이 건평원을 나가는 모습을 지켜보는 그림자가 있었다. 단우의 방 앞에서 내내 그들의 대화를 엿들었던 유한이다. 그러나 오히려 그 모습을 감시당하고 있다는 사실을 유한은 알지 못했다.

유한과 은현을 쫓아 비원의 숲을 헤매던 그날, 비록 자신의 오해였다는 것이 밝혀졌지만 유한과 감울란의 행보는 여전히 의심스러웠다. 친위부대 대부분이 자미대 출신으로 이루어져 있는 데 비해 유한은 자미대 출신이 아니었다. 자미대 출신 담솔이라는 자의 아우이며 수년간 세상을 떠돌아다니며 검술을 익혔다는 것 외에 유한에 대해 아는 자는 아무도 없었다. 담솔의 친구라는 한경조차 유한에 대해서는 생경한 듯했다.

"담솔은 자미대에 들어와서 알게 된 친구라 그 집안 사정에 대해서는 아는 바가 없습니다. 이곳에 올라와서야 부대 내에 그의 아우가 있다는 것을 알았습니다. 몸이 좋지 않아 자신은 남을 수 없다며 제게 유한을 부탁했습니다."

한 번 의심이 들기 시작하자 유한의 모든 것이 미심쩍게 느껴졌다. 봉족의 모든 무사들이 불온시하는 매족의 검술을 익힌 것부터…….

그날부터 유한의 일거수일투족이 단우에게 보고되었다. 단 며칠이었지만 특별히 의심스런 행적은 없었다. 그런데 오늘의 보고는 다르다. 유한이 양월과 자신의 은밀한 대화를 내내 엿들었다는 것이다.

늦은 저녁 호위들이 하나둘 단우의 침실 옆방인 회의실로 모여들었다. 그 자리에 유한은 빠져 있었다. 모든 호위들을 다 불러들이면서 자신만 빠진 것을 안 유한은 드디어 산을 내려갈 때가 되었다는 것을 알았다.

칠흑같이 어두운 밤이다. 낮 동안 고요하던 이곳은 밤만 되면 얼음 같은 찬바람이 내리꽂힌다. 잠시 잊고 있던 눈에 대한 두려움이 다시금 일었지만 유한은 결심을 굽히지 않았다. 옷을 단단히 여민 그는 고마움의 뜻으로 잠든 한경의 머리맡에 은자 주머니를 놓아두고 조용히 문을 열었다.

다시 문이 닫히고 유한이 사라진 것을 확인한 한경이 재빠르게 자리에서 일어나 앉았다. 머리맡에 놓인 은자 주머니를 잠깐 꾹 쥐어보던 그는 칼을 챙겨 방을 나왔다.

살금살금 걸어 회의실 뒤편 담벼락으로 숨어든 유한은 안의 소리를 좀 더 자세히 듣기 위해 귀를 쫑긋 세웠다. 역시나 감울란을 제거하기 위한 논의들이 오가고 있었다. 만일 감울란에게 변고가 생긴다면 은현의 처지도 위험해진다. 어떡하든 감울란에게 이 사실을 알려 위험을 피할 수 있게 해야 한다. 은현과의 관계를 떠나서도 감울란이 다칠 것을 뻔히 알면서 모른 척하고 떠나 버릴 수는 없다. 담장을 스륵, 돌아보던 유한의 목덜미로 서늘한 칼날이 들어왔다.

"여기서 뭘 하고 있느냐?"

한경의 음성이었다. 유한은 침을 꿀꺽 삼켰다.

"혀, 형님."

어둠을 더듬어 불쑥 다가온 그의 눈이 유한의 얼굴에서 무언가를 찾으려는 듯 번뜩였다. 한 달이 넘도록 고립되어 있는 이곳에서 정말 친아우 같은 마음으로 외로움을 달래주던 유한이다. 그래서 왕이 그에 대해 은밀히 물어올 때도 쓸데없는 기우이기를 빌며 주시하던 참이었다.

"정체가 뭐냐?"

그는 칼을 바짝 들이대며 물었다. 유한은 소매 속에서 단도를 손바닥으로 떨어뜨려 가만히 그러쥐었다. 좋은 인연으로 기억되길 바랐는데 그가 운이 없는 거라고 생각하는 것과 동시에 한경의 복부에 단도를 깊이 박아 넣었다. 그리고 등을 당겨 안아 다시 한 번 단도에 힘을 주며 그의 귀에 가만 속삭였다.

"미안하오."

스치는 바람이 살을 저미는 듯 따갑다.

"누구냐!"

등 뒤에서 외치는 소리를 들으며 유한은 전각을 돌아 달렸다. 가장 짧은 거리를 가늠하며 마당을 가로질러 담을 훌쩍 뛰어넘던 그는 등을 가르는 뜨거운 불덩이를 느끼며 담장 아래로 고꾸라졌다.

칼이다!

생각하며 다시 일어나 달렸다. 그를 따라 병사들이 담을 뛰어넘는 소리, 건평원 문이 요란하게 열리는 소리, 고함 소리들이 바람에 섞여 들렸다. 유한은 앞을 막아서는 매화대원을 밀치고 단숨에 비원으로 뛰어들었다. 어느 쪽이 길인지 숲인지 분간이 가지 않았다.

"감울란님! 감울란님!"

다급히 부르는 소리에 감울란은 눈을 떴다. 문밖은 여전히 칠흑 같은 어둠이 깔려 있다. 몸이 무겁다.

"감울란님!"

다시 부르는 소리에 그녀는 드디어 몸을 일으켜 앉았다.

"무슨 일이냐?"

"큰일 났습니다. 봉족군이 건평원 밖으로 몰려나왔습니다."

다급히 옷을 챙겨 입고 나온 감울란은 매화원림의 망루로 뛰어올라 건평원을 살폈다. 건평원 문이 활짝 열린 채 곳곳에 횃불이 일렁이고 있다. 그 횃불은 천상연과 비원으로 이어진 길에도 깔려 있다.

"당장 매화대를 집결시켜라!"

잠결에 집결 명령을 받고 뛰어나온 대원들에게 다시 감울란의 빠른 명령이 떨어졌다.

"좌군은 둘로 나눠 각각 은화원과 선원당을 지켜라. 개미새끼 한 마리도 들어서지 못하도록 철저히 봉쇄해라. 중군과 우군은 나를 따르라."

건평원과 비원으로 이어지는 길과 천상연을 감싼 굽은 길은 이미 봉족군의 횃불들에 장악되어 있었다. 그들은 무엇을 찾아 헤매는 듯 다급하게 뛰어다니고 있었다.

"당장 들어가지 못하겠는가!"

서슬 푸른 호통 소리와 함께 칼을 빼어 든 매화대가 새카맣게 길을 장악하고 몰려오자 병사들이 주춤주춤 뒤로 물러났다. 일렁이는 횃불 사이로 섬뜩한 느낌의 감울란이 다가오자 그들은 처음 이곳에 올라왔을 때 멋모르고 담을 넘었던 병사들이 아랫도리가 낭자당한 채 죽어 있었던 기억을 떠올렸다. 주춤 물러서는 군사들을 헤치고 한 사내가 나왔다.

"우리 병사 하나가 사람을 찌르고 비원 쪽으로 달아났습니다."

이어 뒤편에서 단우가 걸어나왔다. 어둠 속에서 맞닥뜨리는 그의 키는 더욱 크다.

"그러잖아도 도움을 청할 참이었소. 그자가 비원으로 달아났으니 주변을 봉쇄해 주셨으면 합니다."

정중한 부탁과 함께 스륵 내려다보는 눈빛이 매섭다. 단우가 왜 자신을 저런 눈으로 볼까 생각하며 감울란은 비원을 살폈다. 횃불들이 숲 곳곳에서 일렁인다. 바싹 마른 나무들에 불이라도 붙지 않을까 아슬아슬하다.

"좋소. 우선 흩어져 있는 봉족 병사들부터 불러들이시오. 그런 다음 매화대가 숲을 봉쇄하겠소. 비원은 한 번 들어가면 빠져나올 구멍이 없는 숲이란 걸 모르시오? 당주님이 아끼시는 숲을 태워 버릴 생각이 아니라면 날이 밝은 다음에 수색하시오."

"우리 봉족군도 함께하겠소. 우리의 죄인을 매화대에 맡겨둘 수는 없소."

"봉족군은 건평원 밖으로 한 발자국도 나올 수 없다는 걸 잊으셨습니까? 이곳은 은허당이고 비원으로 숨어든 자라면 은허당을 침범한 죄인도 됩니다!"

사뭇 기분이 상한 음성이다. 야심한 밤에 온 은허당이 발칵 뒤집히도록 소란을 피워 매화대를 출동시키고, 당주의 숲인 비원에 횃불을 들고 제집마냥 침범해 들어간 일은 은허당을 지키는 매화대 대장으로서 용납할 수 없는 일이다.

발끈한 감울란을 보며 단우는 이마를 찌푸렸다. 이런 식으로 간섭을 받고 제지를 당하는 것이 견딜 수 없이 성가시다. 그러나 이곳은 은허당, 도무지 말이 통하지 않는 여자들이 사는 곳이다. 이곳에서 지내며 참아온 것 반만큼만 인내하며 살았더라도 제 생애에 보았던 피의 절반은 줄지 않았을까 싶다.

끙, 분기를 밀어 내리던 그는 감울란의 섬뜩한 눈을 바라보며 다시 말했다.

"달아난 병사가 누군지 아시오?"

미소는 짓고 있지만 왠지 화가 난 얼굴이다. 감울란은 고개를 갸웃했다. 자신이 아는 봉족 병사는 유한뿐……!

"유한이오."

그리고 단우는 재빠르게 감울란의 변화를 살폈다. 감울란은 잠깐 멈칫했을 뿐 표정 변화가 전혀 없었다. 그저 무심한 얼굴로 알았다는 한마디만 남긴 채 매화대를 이끌고 사라졌다.

호위들은 유한이 매족의 첩자일 가능성에 무게를 두었다. 매족의 검술을 자유자재로 구사하는 것은 물론 남광에서의 그의 행적을 전혀 알 수 없다는 것이 이유였다. 전혀 생각하지 못했던 결론에 도달하자 단우는 신중하지 못했던 자신을 질책했다. 그의 검술에 반해 다른 쪽으로는 전혀 생각하지 못했다.

감울란은 유한의 정체에 대해 전혀 몰랐을까? 은허당과 매족은 뿌리 깊이 한통속이니 유한을 빼돌리지 말라는 법이 없다.

단우는 거두어들이던 병사들을 다시 건평원 앞에 집결시키고 횃불을 밝혔다. 매화대가 막아서고 있어 움직일 수는 없었지만 여차하면 병사들을 곧장 비원으로 들여보낼 참이다.

비원은 매화대에 의해 두 겹, 세 겹으로 봉쇄되었다. 누가 보더라도 개미 한 마리 빠져나갈 구멍은 없어 보였다. 매화대와 봉족군 간에 팽팽한 긴장이 흘렀다.

간간이 내리꽂히는 바람이 바늘 끝처럼 따갑게 살을 파고들었다. 유한은 칼을 맞았다고 했다. 칼을 맞은 몸으로 이런 날씨를 견뎌내기는 쉽지 않다. 피가 빠져나가면 몸은 급속도로 차가워질 테고 정신을 잃기라도 한다면 그대로 얼어 죽고 만다.

어리석은 녀석, 길을 알아봐 주마 할 때 내려갈 것이지…….

어둠에 갇힌 비원을 내려다보는 감울란의 눈빛이 침울하다. 그저 얼굴 몇 번 스친 청년일 뿐이다. 그의 생사는 신께서 주관하실 일, 굳이 자신이 나서서 단우의 심기를 건드릴 필요는 없다고 생각했다.

시간은 질기고도 느리게 흘렀다. 동이 틀 때까지 마음의 갈등을 버텨내기가 힘이 들었다.

"제 어머니도 봉족의 칼에 돌아가셨습니다."

"제가 겨우 삼칠일이 지났을 때라고 들었습니다."

"갈왕산 너머에 매족 마을이 있습니다."

자신도 겨우 삼칠일이 지난 아기를 봉족의 칼에 잃었고, 갈왕산 너머에 살고 있을 한 사내를 알고 있다. 무심하고 무심한, 한때의 원망조차 이제는 가물해져 버린…… 그러나 여전히 그리운 천강.

몇 번쯤 그의 손이 유한을 스쳤을까? 그에게서 다듬어진 검술로 칼을 휘두를까?

몸에든, 마음에든 천강의 흔적이 스쳤을 청년이 죽어간다는 것이 견딜 수 없이 신경이 쓰였다. 질긴 인연의 끈이 발목을 잡고 매달렸다. 아기를 구하려 수타계곡으로 달리며 제 가슴의 천강은 이미 죽었다 생각했는데 어느새 새록새록 되살아난 그의 존재는 또다시 그녀의 들숨 날숨을 쥐고 흔든다.

어리석구나…… 어리석구나, 감울란!

어둠 속 비원을 내려다보며 감울란은 스스로에게 참을 수 없는 조소를 흘렸다.

"감울란님."

상황을 살피고 들어갔던 향이 다시 나왔다. 멍하니 그녀를 내려다보던 감울란은 한참 만에야 자신이 불러내었음을 기억했다.

"당주님은?"

"다시 침수에 드셨습니다."

은현에게는 봉족 군사들 간에 작은 다툼이 있었다는 보고를 올렸다. 감울란은 눈짓으로 향을 가까이 불렀다. 그리고 어둠 속 비원을 응시하며 나직이 중얼거렸다.

"너, 저곳에 숨어들 수 있겠느냐?"

향은 무슨 뜻인지 몰라 감울란을 돌아보았다. 칼을 맞은 봉족 병사가 숨어들어 있고, 매화대가 겹겹이 에워싸고 있는 곳을 왜 숨어들라고 하는지?

"유한이 저 속에 있다."

향이 놀란 토끼마냥 비원을 살폈다. 너무도 어두워 숲은 그 형체마저 알아볼 수 없다. 숨어든다 한들 저 어둠 속에서 무엇을 찾아낼 수 있단 말인가.

"할 수 있겠느냐?"

유한의 이름을 말할 때마다 촉촉한 눈을 반짝이던 은현이 떠올랐다. 그와 함께하는 순간만은 마치 다른 세상을 사는 은현을 보는 것 같았다. 당주로서의 위엄도, 고고함도, 가장된 차가움도 벗어던졌다. 그저 사랑을 앓는 스무 살 여자아이만 존재했다. 만약 유한에게 무슨 일이 생긴다면 은현은…… 살아가지 못할지도 모른다.

향은 두 주먹을 꼭 쥐고 침을 꼴깍 삼켰다.

"해보겠습니다."

"매화대를 넘어야 한다."

겹겹이 쳐진 매화대의 저 벽을 넘는다는 것은 결코 쉬운 일이 아니다. 그러나 향에게 있어 두려운 것은 오직 은현의 슬픔일 뿐이다. 향의 결심을 읽은 듯 감울란은 고개를 끄덕였다.

"매량을 데리고 가거라. 힘이 좋으니 도움이 될 거다."

10. 슬픔의 분노

슬픔의 분노 슬픔의 분노

칠흑 같은 밤은 길고도 깊었다.

태대산이 검푸른 빛으로 물들어올 무렵, 비원을 봉쇄하고 있던 매화대의 벽이 요동쳤다. 한순간 벽이 허물어지며 짧은 고함소리가 들렸다가 이내 잦아들었다. 아주 짧은 시간이었다. 내내 주시하고 있던 봉족군이 다가와 무슨 일인가 묻자 무뚝뚝한 매화대원이 답했다.

"살쾡이요."

더 물으려던 병사는 찬 기운이 감도는 매화대원의 눈을 의식하며 이내 물러갔다.

그 시각, 은현은 다급하게 매화원림으로 향하고 있었다. 아직 잠도 깨지 않은 늙은 사혜가 업혀오고 호위대가 일제히 조그만

광 하나를 에워쌌다. 무너지듯 쏟아져 들어오는 은현을 감울란이 막아섰다. 차고 냉철한 눈이 은현을 붙들었다. 은현은 피가 터지도록 입술을 깨물었다. 그러나 여전히 사시나무처럼 떨려오는 몸을 주체할 수가 없다.

광 안에는 향과 매량이 있었고, 일렁이는 횃불 아래 시체처럼 널브러진 사내가 있었다. 언젠가 환각으로 보았던 죽어가는 유한의 모습이다.

"아……."

새어 나오는 비명 소리를 두 손으로 막으며 다가가자 그제야 그 옆에 쪼그리고 앉은 사혜가 보였다. 맥을 짚고 있던 사혜는 코밑으로 손을 가져갔다. 그리고 피에 젖어 얼어붙은 옷자락을 살피더니 매량에게 몸을 뒤집어보라고 말했다. 성큼 다가앉은 매량이 나무토막처럼 뻣뻣한 유한의 몸을 가볍게 뒤집었다. 긴 칼자국이 선명한 등에는 검붉은 옷자락이 얼어붙어 있다.

"피를 너무 많이 흘렸어."

머리를 흔들며 중얼거리는 사혜의 목소리가 조그만 광 안을 웅웅 울렸다. 눈앞이 캄캄하고 머리가 어지러웠다. 사혜가 하는 말이 무슨 뜻인지 가늠되지 않았다. 휘청 흔들리는 은현의 몸을 향이 재빨리 붙들었다. 힐끗 돌아보는 사혜와 눈이 마주치자 은현의 입에서 떨리는 음성이 흘러나왔다.

"살려…… 살려라, 사혜."

조그맣게 들려오는 소리지만 그 어떤 명령보다 크게 다가왔다. 매량이 자는 사람을 느닷없이 들쳐 업고 오더니 은현은 이미 목숨 줄이 저만치 달아나 버린 사람을 살려내라고 명한다. 사혜는 아직도 꿈을 꾸고 있는 듯 어안이 벙벙하다.

"이미 맥이 잡히지 않습니다. 피도 너무 많이 흘렸고, 온몸이 얼음덩이 같은데……."

"살리라고 했다!"

일렁이는 횃불 탓인지 떨리는 몸 탓인지 정신이 혼미해질 것 같았다. 가물 꺼지려는 눈앞에 새파랗게 언 유한의 얼굴이 들어오자 은현의 몸이 다시 휘청했다.

"당주님!"

팔을 부축하던 감울란의 얼굴이 흠칫했다. 살짝 잡은 은현의 팔이 불덩이처럼 뜨겁다. 끼쳐 오는 기운마저 뜨겁다. 은현은 감울란의 손을 떼어내고 유한에게 다가가 무릎을 꿇고 주저앉았다. 그리고 여전히 궁금한 눈으로 바라보고 있는 사혜와 뒤에 선 매량의 존재도 잊은 채 피 묻은 유한의 손을 꼭 잡았다. 그의 손은 얼음처럼 차다.

"유한……."

떨리는 손으로 만져 보는 입술도 볼도 차다. 너무 차다.

"일어나, 유한."

유한은 언제나 따듯한 사람인데 왜 이렇게 차가운 몸으로 잠들어 있을까? 볼을 쓰다듬던 손이 가슴을 흔들고 다시 얼굴을 감싸 흔들었다.

"유한…… 유한, 일어나. 나야, 은현이야."

왜 여기 있어? 은파로 내려가야지? 가서 당신의 꿈을 이루고 내게 오겠다고…… 기다리라고 했잖아? 바다 끝까지 함께 가자고 했잖아?

그러나 꼭 다문 유한의 입술은 말이 없다. 자신을 향해 반짝이던 그 눈도, 따뜻하던 목소리도 없다. 오로지 차갑고 차가운 몸뚱이뿐이다.

은현은 그 차가운 가슴에 얼굴을 묻었다.

아…… 두근거리던 가슴마저 없네?

너무도 고요한 그곳에 이마를 기댔다. 태대산의 차가운 눈바람이 머릿속으로 파고들었다. 내장 깊은 곳에서 끓어오르던 불덩이가 명치에 걸려 온몸을 태워 버릴 듯 아우성을 쳤다. 소리가 되어 나오지 못한 그것이 뜨거운 눈물이 되어 흘러내렸다.

"일어나, 유한. 흐흑…… 일어나라. 은허당 당주의 명이다!"

세상 모든 것이 내 품에 있다고, 하늘 아래 나의 명령이 닿지 않는 곳은 없다고 대모님이 말했다. 그러니 당신도 내 명을 받들어야 해. 언젠가 내가 본 것이 거짓이 아니라면…… 당신은 은파의 주인이 될 사람이야. 그러니 일어나라. 일어나!

가슴을 부여잡고 애타게 흔들어대던 은현의 몸이 뻣뻣하게 굳어가고 있었다. 놀란 향이 다가가려 했지만 감울란이 제지했다. 이제 곧 한동안 볼 수 없었던 당주의 치유의 능력을 보게 될 것이다. 사혜는 이미 그것을 감지한 듯 이마를 땅에 박고 성스러운 신의 능력을 맞을 준비를 하고 있었다.

뻣뻣이 굳은 손바닥이 유한의 가슴을 쓰다듬었다. 그 손은 목을 타고 얼굴을 스쳐 정수리에 닿았고, 또 한 손은 복부를 거쳐 그 아래에까지 뻗었다. 장대하던 유한의 몸이 한없이 작아 보인다. 언제나 자신을 품어주리라 여겼던 남자의 몸을 은현은 팔을 벌려 품어 안았다.

잃어버리고 싶지 않다. 유한이 없으면 자신이 품어야 할 세상 또한 의미를 잃고 말리라는 생각이 들었다. 의미없어진 세상은 더 이상 품지 않을 거다. 사랑도 주지 않을 거다. 은허신이 원하는 그 어떤 일도 행하지 않을 거다.

살려주지 않으면 아무것도 안 할 거야. 선원당녀들과도 싸우지 않을 거고, 봉족과도 싸우지 않아. 눈 감고 귀 막고 허수아비처럼 그렇게 살고 말 거야. 지금껏 나의 생 전부가 허수아비였듯…….

유한을 알고 그의 꿈을 보고 처음으로 자신의 꿈도 보았다. 그러나 유한이 사라지고 말 세상에서 더 이상 자신의 꿈은 존재하지 않는다. 은현에게 유한의 부재는 곧 세상의 끝 같은 의미로 다가오니까.

또다시 세상에 홀로 던져진 기분이 들었다. 당주로 선택받은 일곱 살 이후, 은현은 언제나 혼자였다. 유현란은 온 세상이 당주의 것이라 가르쳤지만 실제로 자신의 것은 아무것도 없었다. 제 땅에서 인정받지 못하는 당주는 어디에서나 이방인이었다. 유한은 그런 은현이 태어나 처음으로 마음을 기대고 몸을 기대었던 사람이다. 당주가 가서는 안 될 길을 가게 만드는 남자, 그러나 그것이 정의라 생각하게 만드는 사람, 유일한 내 것…….

"가지 마, 유한……. 나 혼자 두고 가지 마!"

옷자락을 꼭 움켜쥔 주먹 위로 눈물이 떨어져 내렸다. 자신의 눈물은 여전히 따듯하다. 그러나 유한의 몸은 얼음처럼 차다. 마치 그의 세상과 자신의 세상이 갈라져 버린 듯 점점 멀어지는 환각에 머리가 터질 듯이 아프고 숨을 쉴 수가 없다. 꽉 막힌 그것이 명치끝에 징을 박고 있었다. 온몸으로 번지는 그 울림에 심장이 터져 버릴 것만 같다.

아파…….

어디서 새어 나온 것인지 알 수 없는 푸른 안개가 조그만 광을 자욱이 메우더니 순식간에 은현과 유한을 감쌌다. 은현의 손이 푸른 빛을 뿜어내며 유한의 가슴 위를 떠다닌다.

분리된 공간, 분리된 영혼. 형체는 존재하나 실체는 사라진…….

짧은 순간 은현은 그곳에 존재하지 않았다. 두 사람을 감싼 안개는 점점 푸른 빛으로, 짙푸른 빛으로, 그리고 다시 검푸른 빛으로 변해갔다.

유한의 가슴 위에 놓인 은현의 손이 떨리고, 그 손에서 흘러나오는 푸른 빛도 요동치듯 일렁거렸다. 지금껏 본 것 중 가장 강렬한 기운이다. 흘러나오는 기운이 너무 강하다. 은현은 지금 제 속의 모든 기운을 토해내고 있는 것이다.

안 돼!

다급해진 감울란이 은현을 깨우려 손을 뻗었지만 잡히는 것은 허공뿐 은현은 실체가 없다.

제 눈앞에서 벌어지는 믿을 수 없는 모습에 향도 매량도 굳어

버렸다. 말로만 듣던 당주의 신비한 능력을 처음으로 보는 것이다.

팽창한 검푸른 기운이 섬광 같은 빛을 뿜더니 서서히 잦아들었다. 푸른 안개가 사라지고 은현은 유한의 가슴에 엎드린 채 정신을 놓고 있었다.

"당주님!"

감울란은 창백한 얼굴의 은현을 일으켜 안았다.

"어서 은화원으로 모셔라."

매량이 은현을 업고 나가고 그제야 정신을 차린 사혜가 엉금엉금 기어 유한의 곁으로 다가갔다. 여전히 얼음덩이 같은 몸에 맥도 잡히지 않지만 사혜는 이 청년이 반드시 살아날 것이라는 것을 확신했다. 방금 전 보았던 것은 부란에게서도 보지 못했던 강렬한 기운이었다. 언제나 능력없고 모자란 당주라고 은현을 깔아내려 보던 선원당녀들에게 보여주지 못한 것이 원통할 지경이다.

그나저나 은현은 왜 봉족 병사를 끌어안고 눈물을 흘리고 그토록 강한 기운을 뿜어내었던 것일까? 돌아보니 감울란은 여전히 넋을 놓은 듯 시체 같은 청년을 내려다보고 있었다.

"누구냐?"

"……?"

"이 봉족 병사 말이다. 누구기에 당주님께서 그리도 애통하게……."

"모릅니다, 저도."

감울란은 어제까지만 해도 알았던 유한을 이제는 정말 모르겠다는 생각이 문득 든다. 은현에게 과연 어느 정도의 의미인지, 은현으로 하여금 그토록 강렬한 힘을 뿜게 하는 유한은…… 어쩌면 당주의 운명이 선택한 신탁의 주인은 아닌지?

날이 밝으면서 봉족군이 다시 비원으로 몰려들어 갔다. 막무가내로 밀고 들어가는 봉족군의 모습에 결국 매화대를 한발 물릴 수밖에 없었다.

"샅샅이 뒤져라!"

감울란은 매화원림의 망루에 서서 비원으로 거침없이 밀고 들어가는 봉족군의 모습을 물끄러미 내려다보았다. 저 숲을 하루만에 온전히 뒤지기란 어려울 것이다. 그러니 하루의 여유는 있다는 뜻이다. 오늘 저녁, 적어도 내일 새벽까지 유한이 소생의 기미를 보여야 한다.

어수선한 바깥의 분위기와는 달리 은화원은 쥐 죽은 듯 고요하다. 공기는 고요히 가라앉아 있고 호위들의 걸음은 느리다. 이른 아침부터 은현을 만나고자 찾아온 양월은 은현이 고뿔이 들어 누워 있다는 말만 듣고 결국 돌아서야 했다. 비원에 숨어든 봉족군 일로 온 은허당이 떠들썩한데 은화원만 이렇게 고요한 것이 아무래도 수상하다.

고개를 갸웃하며 양월은 매화원림으로 향했다. 매화대에게 바쁘게 무언가를 지시하고 있던 감울란이 양월을 발견하고 다가왔다. 가까이 다가와 목례를 하고 힐끗 돌아보는 눈이 웬일이냐고 묻는다. 버릇없이…….

감울란은 이제 온전히 은현의 사람이 되어버린 듯하다. 어찌 되었든 측은한 마음에 잘 지내보려 노력했지만 감울란이 거부를 했었다. 젊을 때나 늙어서나 어리석은 것은 조금도 바뀌지 않았다. 그러니 늘 이용만 당하고 결국은 버림을 받는 것이다.

"비원에 숨어든 자는 찾았는가?"

"아직 찾지 못했습니다."

"쯧쯧, 저러다 비원을 쑥대밭으로 만드는 건 아닌가 모르겠네."

말하며 매화원림을 스륵 돌아보던 양월의 눈에 전각 뒤편으로 스쳐 가는 사혜가 보였다. 이렇게 이른 시각에 저 늙은이가 무슨 일로 이곳을 찾았을까?

"환자가 있는가?"

"예?"

"아, 아니. 혹시 몸이 안 좋은 매화대원은 없는가 묻는 말일세. 말만 하면 우리 선원당에서 약재를 마련해 주겠네. 푹 쉬어야 할 겨울인데도 요즘 매화대가 너무 바쁜 듯하여 말일세."

갑자기 매화대의 건강을 챙기는 양월의 속내를 파악할 수 없다.

"아픈 사람 없습니다."

"그래?"

다시 한 번 전각의 뒤편을 힐끗 살피던 양월은 이내 바쁜 걸음으로 나가 버렸다. 눈치 빠른 양월이 무슨 낌새를 느낀 건가?

광으로 들어서니 사혜가 유한을 살피고 있었다. 여전히 핏기 없는 얼굴이 살아날까 싶지 않다.

"어떻습니까?"

"기다려 봐야지. 내일 새벽이면 소생하지 않겠느냐?"

사혜는 당연하다는 투로 말했다. 당주가 치유의 능력을 보여 살아나지 못한 사람은 지금껏 없었다. 게다가 그만큼 강한 기운을 불어넣었으니 살아나는 건 시간문제다.

"참으로 잘나시지 않았느냐?"

수건으로 얼굴을 닦아내던 사혜가 물었다. 무엇이 그리 좋은지 벙긋벙긋 웃기까지 한다. 그리고 멀뚱한 눈으로 바라보는 감울란에게 눈을 흘기며 다시 말했다.

"네년이 말해주지 않아도 나도 다 짐작하는 바가 있느니라. 이 병사는 봉족군이 아니라 매족이다. 품고 있는 단도를 보니 알겠더구나. 그런 칼은 매족들이나 들고 다니지. 그리고…… 당주님이 선택하신 신탁의 주인이다. 그렇지 않느냐?"

듬성듬성 빠진 이 사이로 흘러나오는 말이 거침없다.

"저는 모르겠습니다. 당주님은 아직 성년식도 치르지 않으셨고 이 병사도 저로서는 모르는 자라……."

"썩을 년. 내가 어디 가서 말실수라도 할 성싶어 그리 변명이냐? 그게 아니면 네년이 뭐가 답답해서 이자를 구했겠느냐? 죽어 없어져도 망령은 나지 않을 테니 걱정 마라. 그나저나 양월이 년이 알면 가만있지 않을 텐데 언제까지 이곳에 숨겨둘 참이냐?"

감울란은 아무 대답 없이 다가가 유한의 손을 잡아보았다. 여전히 차다. 무뚝뚝한 이 손으로 접질린 발목을 만져 주던 일과 자신을 위로하듯 검무를 추어 보이던 그날이 떠오르자 마음이 울컥해진다.

"소생의 기미가 보이면 산 아래로 옮길 참입니다."

이 눈을 뚫고 산을 내려간다는 것이 쉽지 않겠지만 지난번 사혜를 데려올 때처럼 썰매를 이용한다면 불가능할 것도 없다. 꼭 잡은 차가운 손이 왠지 애틋하게 느껴졌다. 은현과의 관계를 떠나서 진심으로 유한을 살리고 싶었다.

어둠이 내리면서 하루 종일 비원을 뒤지던 봉족군도 철수를 했고 비원은 다시 매화대에 의해 장벽이 쳐졌다. 은허당은 다시 칠흑 같은 어둠 속에 잠겼다.

저녁 무렵부터 얼굴에 화색이 돌던 은현이 눈을 뜬 것은 검은 달이 밤의 한가운데에 이르렀을 때였다.

알 수 없는 어떤 기운이 한순간에 몸을 뚫고 빠져나가는 것을 느꼈다. 마음이 절망으로 치닫던 순간이었다. 그리고 긴 잠에서 깨어난 지금, 다시 평온이 왔다. 눈을 깜빡이던 은현은 힘을 모아 향을 불렀다.

"향아!"

문밖에서 대기 중이던 향이 놀란 얼굴로 뛰어들어 왔다.

"당주님!"

"얼마나 지났느냐?"

"다시 밤이 되었습니다."

거의 하루를 꼬박 잠들어 있었다. 은현은 힘을 모으기 위해 한숨을 내쉬었다. 그리고 다시 물었다.

"유한은?"

"아직……."

저녁에 잠깐 보았던 유한은 여전히 창백한 얼굴에 온기가 없었고, 매화원림에서는 아직 아무 연락이 없다. 은현은 잠깐 눈을 감았다가 떴다. 일어나야겠는데 손가락조차 꼼짝할 힘이 없다. 그래서 향에게 명했다.

"일으켜라."

"아직은 안 됩니다. 조금 더 기운을 차리신 후에……."

"일으켜라!"

막무가내 같은 명이다. 유한과 연관만 되면 은현은 언제나 막무가내가 된다. 향은 어쩔 수 없이 은현을 일으켜 앉히고 의복을 챙겨 입혔다.

"매화원림으로 가자."

"당주님……."

향의 원망 섞인 음성을 무시한 채 은현은 침상 아래로 내려섰다. 순간 휘청 다리가 꺾였다. 향이 재빨리 부축해 일으켰다. 절대로 매화원림으로 발길을 하지 말라는 감울란의 명을 받았지만 은현을 막을 수가 없다. 금방이라도 봇물이 터져 버릴 것 같은 은현의 그렁한 눈 때문이다.

은현은 기어이 고집을 꺾지 않은 채 향과 매량의 부축을 받아 매화원림으로 향했다. 칠흑 같은 어둠이 발목을 칭칭 감아왔다. 다리가 두어 번 꺾이자 매량이 등을 내밀었다. 은현은 그 등에 업혔다.

매화대의 눈을 피해 광에 도착한 향이 문을 두드리자 문이 빠끔히 열렸다. 매량의 등에 업혀온 은현을 보자 감울란이 향에게 매서운 질책의 눈길을 보냈다. 절대 이곳으로는 오지 말라고 명을 내렸는데 물러터진 것이 또 은현의 눈물 앞에 마음이 약해진 모양이다.

말없이 들어선 은현은 곧장 유한의 곁으로 다가가 앉았다. 사혜가 무언가를 설명하려 했지만 무심한 눈으로 제지했다. 아무 말도, 아무 소리도 내지 말라는 뜻이었다. 머뭇거리던 사혜가 물러나고 감울란도 물러났다. 이어 향과 매량도 광을 나갔다.

은현은 고요히 앉아 유한을 내려다보았다. 눈처럼 하얗게 바랜 창백한 얼굴, 말라 터진 입술, 그러나 여전히 한눈에 박혀오는 두근거리는 얼굴이다.

세상에 태어나 처음으로 만났던 사내다. 유현란이 언제나 경계시켜 왔기에 사내에 대해 특별한 호기심도 없었다. 은파를 구경하면서도 그들에게 특별한 느낌이 없었다. 그런데 객잔의 정원에서 마주친 유한은 처음부터 달랐다. 불안하게 뛰노는 심장이 이해되지 않았고, 그 얼굴에서 떨어지지 않던 제 눈이 이해되지 않았었다. 모화촌에서 그와 함께 지내며 유현란이 왜 그렇게 사내를 경계시켰는지 깨달았다. 사내란 마음을 빼앗고, 눈을 빼앗고, 제 혼마저 빼앗아가는 존재. 그것을 두고 사내라고 하는구나, 하는 생각이 들었다.

은현은 푸른빛이 도는 유한의 차가운 손을 잡았다. 여전히 차가운 손인데 새벽처럼 두렵지가 않다.

"미안해, 유한."

이성을 잃은 사람처럼 눈물을 흘리고, 어린 말들을 쏟아내고, 급기야 절망으로 치달았던 제 마음에 대해 사과했다. 아무것과도 싸우지 않은 채 눈 감고 귀 막고 허수아비처럼 살아버리리라고 소리쳤던 제 속 소리들에 대해서도 사과했다.

은허당이라는 이름과 권력에 빌붙어 은허당을 병들게 만들고 있는 선원당녀들과 싸울 거야. 감울란을 슬프게 만들고, 사혜를 슬프게 했던, 그리고 지금도 수많은 당녀들을 슬프게 만드는 이 관습을, 권력자의 이기와 욕심이 만들어놓은 횡포를 깨뜨려 버릴 거야. 그래서 신의 이름으로 채워놓은 족쇄를 풀고 자유를 줄 거야. 그게 내가 꿈꾸는 은허당이야. 그 꿈…… 포기하지 않을게. 싸워서 이길게. 그러니까 유한도 포기하지 마.

창백한 얼굴에 닿은 손가락이 떨렸다. 끝까지 의연하리라 다짐했던 마음이 자꾸만 허물어지려 한다. 은현은 유한의 가슴에 엎드리며 목을 꼭 껴안았다. 그리고 그의 귓가에 속삭였다.

"나 포기하지 마……."

영혼을 잃고 죽음의 순간에 닿아도 자신만은 잊지 않기를, 포기하지 않기를 은현은 바란다. 그러면 신으로부터 부여받은 자신의 신비로운 기운이 유한을 붙들어줄 것이다.

가늘 하던 맥이 제대로 잡히기 시작한 것은 검푸른 새벽빛이 산자락을 물들여 올 즈음이었다. 믿을 수 없는 듯 몇 번이나 손목을 되잡아보던 사혜의 얼굴에 드디어 웃음이 피어났다.

"됐습니다, 이제 됐습니다!"

아……!

은현에게서 조그만 탄성 소리가 새 나왔다. 그러나 기뻐할 사이도 없이 감울란의 음울한 음성이 들렸다.

"날이 밝기 전에 산을 내려보내겠습니다."

"무슨 소립니까? 이제 겨우 맥이 잡혔는데……."

"당주님의 치유를 받았으니 맥이 잡힌 이상 잘못되는 일은 없습니다."

"하지만……."

"단우는 이틀을 기다려 주지 않을 잡니다. 이미 이곳을 주시하고 있을 겁니다."

망설이는 은현을 사혜가 다시 부추겼다.

"그렇습니다, 당주님. 맥이 잡혔으니 더 이상 걱정하실 일은 없을 겁니다."

그래, 한시라도 빨리 이곳을 벗어나는 것이 옳을 것이다.

"내려갈 수 있겠습니까?"

"매화대를 믿으십시오."

짧은 망설임 끝에 은현이 고개를 끄덕였다.

"감울란을 믿겠어요."

썰매를 준비하고 매화대를 차출할 동안 은현은 유한과 짧은 작별인사를 나누었다. 두려움도 눈물도 절대 보이지 않겠다는 듯 입술을 앙다물었다. 화색이 조금씩 돌기 시작하는 그의 볼을 안타깝게 쓰다듬던 은현이 고개를 숙여 그의 귓전에 속삭였다.

"기다릴게, 유한. 꼭 돌아와."

그 말을 알아들은 듯 유한의 손가락이 움찔했다.

건장한 체구를 가진 일곱 명의 매화대가 차출되어 왔다. 체격이 좋은 매량이 그들을 이끌기로 했다. 유한은 들것에 실려 썰매가 준비되어 있는 통천문 밖까지 나가게 될 것이다. 목적지는 모화촌이다.

준비가 끝났다는 보고를 받은 은현이 다시 광으로 들어왔다. 유한의 몸은 이미 호피로 꽁꽁 싸맨 채 들것에 실려 있었다. 잠깐 살피던 은현의 눈이 부동자세로 서 있는 매화대에게로 향했다. 영문도 모른 채 새벽같이 차출되어 온 탓에 그들은 다소 긴장한 듯 보였다. 은현은 주먹을 꼭 쥐고 명을 내렸다.

"매화원림의 담을 넘어온 불측한 자다. 이미 봉족군의 죄인이나 이곳은 나의 땅이니 나의 법대로 단죄하려 한다."

은현의 눈에 노기가 서린 듯 보였다. 매화대가 보기에 그것은 봉족군에게 다친 당주의 자존심 같은 것이었다. 그들의 죄인이나 은허당의 죄인이기도 한 자를 넘겨주고 싶지 않은 것이리라.

"은허당이 더 더럽혀지기 전에…… 경계 밖으로 내다 버려라!"

짧고 단호한 명이 떨어지자 절도있는 대답 소리와 함께 유한을 묶은 들것이 들려지고 매화대가 광을 빠져나갔다. 밤새 몰아치던 눈바람조차 잠이 든 푸른 새벽이었다.

죽었거나, 달아났거나…….

단우는 비원에 숨어든 유한의 행방을 그렇게 짐작했다. 상처 입은 몸으로 이 추위를 견뎌낼 수는 없다. 죽었다면 그나마 다행이나 달아났다면 그건 감울란의 짓이리라.

감울란…… 상처 가득한 그 얼굴 속에 뭘 감추고 있는 것이냐?

당장 비원을 불태워 버리든지 매화원림을 샅샅이 뒤지고 싶지만 겨우 오십의 군사들로서는 어떻게 해볼 도리가 없다. 반유가 중간마을을 장악하기 전까진 꼼짝없이 건평원에 갇혀 그들이 보여주는 것만 볼 수밖에 없는 처지다. 만남을 거부한 채 느릿느릿 시간을 끌며 버티던 어린 당주의 농간에 완전히 놀아난 셈이다. 단우의 입술이 비틀려 올라갔다.

희끄무레한 새벽에 봉족군은 다시 비원으로 들어갔다. 거미줄처럼 얽힌 길은 끝도 시작도 알 수 없었다. 병사들은 같은 길을 수십 번 맴맴 돌다가 지쳐 떨어지거나 길을 잃기도 했다. 그러나 숲길에 익숙할 것이 분명한 매화대는 단 한 걸음도 들어서지 않았다. 오로지 비원을 봉쇄한 채 철저히 방관자의 눈으로 지켜만 보았다.

비원에서 봉족군의 그림자가 갑자기 사라진 것은 아침이 완연히 밝았을 무렵이었다. 매화원림의 망루에서 비원을 지켜보고 있던 감울란이 이상한 낌새를 느끼고 있을 무렵, 봉족군이 갑자기 철수했다는 매화대의 보고가 들어왔다. 보고를 들은 지 얼마지나지 않아 건평원을 나오는 양월의 모습이 포착되었다.

설마……?

그러나 그녀의 예감은 설마가 아니었다. 예닐곱 명의 봉족군이 건평원 뒷담을 넘어 매화대의 눈을 피해 통천문 쪽으로 달려 내려가는 모습이 보인 것이다. 비밀이 새나갔다. 맨몸으로 가는 저들이 썰매를 끌고 가는 매화대를 따라잡는 것은 순식간이다.

돌아선 감울란은 성큼성큼 걸어 은화원으로 향했다. 은현은 여전히 기운을 차리지 못한 채 자리에 누워 있었다. 강렬한 기가 빠져나갔으니 회복하는 데 시간이 걸릴 것이다.

"봉족군이 따라붙었습니다."

은현은 당장 매화대를 내려보내라고 다그쳤다.

"매화대는 양월의 눈들이 숨어 있어서 안 됩니다. 호위대를 내려보내십시오."

비밀이 새나간 것도 바로 그 양월의 눈들 때문일 것이다. 은현은 두려운 눈으로 향을 돌아보았다. 향은 그 눈에 답하듯 말했다.

"제가 가겠습니다."

그리고 안심하라는 듯 손을 꼭 잡아주었다.

왜 반드시 자신이 가야 한다는 생각이 든 것인지 알 수 없다. 마치 본능처럼 감울란은 붉은 끈으로 길게 늘어뜨린 머리칼을 걷어 올리고 삿갓을 눌러썼다. 그리고 서랍 속의 배내옷을 꺼내어 잠깐 코를 박아보다가 급하게 방을 나섰다.

통천문을 한참이나 지나 향을 따라잡았다.

"더 이상 빠져나가는 병사가 없도록 건평원을 철저히 감시해라. 그들이 문밖으로 나서는 일도 막아야 할 것이다. 매화대의 전권을 잠시 네게 주마."

그리고 호위대를 절반으로 줄여 하얗게 덮인 눈을 미끄러져 내려갔다. 감울란이 왜 매화대의 전권까지 자신에게 맡긴 채 유한을 구하려 하는지 향은 이해할 수 없었다.

그것은 감울란 또한 마찬가지다. 왜 느닷없이 스스로도 이해할 수 없는 이런 과한 결정을 내린 건지.

향으로서는 불가능하다고 느껴져서?

아니다.

당주가 선택한 신탁의 주인이라?

그것도 아니다.

아기를 지켜내지 못한 못난 어미의 죄책감…… 그것이 이유 같다.

수타계곡으로 달리던 그 걸음이 한발만 빨랐었어도, 한 치의 생각만 달리했었어도 아기를 그리 허망하게 잃진 않았을 것이다.

모자라고 못난 어미…… 다 나의 죄다. 한 번도 돌아보아 주지 않던 사내에게 무슨 미련이 남아 길을 나섰던가! 너만으로도 충분했는데…….

태어난 지 삼칠일 된 유한을 두고 봉족군의 칼에 죽었다던 그 어머니는 제 목숨을 던져 아들을 구해내었을 것이다. 그것이 어미다.

그 여자는 죽은 영혼이 되어서도 행복했겠지?

증오하고, 후회하고, 자책하고, 날마다 살인을 꿈꾸는 자신보다는 분명 행복한 여자다. 그 사랑이 있었기에 유한은 그렇게 반듯한 청년으로 자랄 수 있었을 것이다.

그 여자의 행복을 지켜주고 싶었다. 자식을 위해 목숨을 던진 그 마음을 누구보다 잘 아니까, 또다시 후회하고 싶지 않으니까.

걱정 마라, 유한. 이번엔 내가 널 지켜주마.

이것이 죽은 아기에게 조금이나마 죄를 씻는 길이 되기를…….

11. 다시, 그

다시, 그
다시, 그

'비원에 숨어든 자를 당주가 빼돌렸다' 라는 말을 듣는 순간 단우는 양월의 그 입을 비틀어 버리고 싶었다. 빼돌려진 병사는 매화원림의 광에 숨겨져 있었으며 그날 새벽 일찍 매화대에 의해 썰매에 실린 채 산 아래로 내려갔다는 것이다.

"저도 방금 전에야 보고를 받고 이렇게 달려오는 길입니다. 어찌 그리도 감쪽같이 속이고 있었는지……. 헌데 그자와 감울란이 자주 만났다는 소릴 들었는데, 도대체 누굽니까, 그자가?"

양월은 호기심 가득한 눈으로 물었다. 그 호기심 어린 눈마저 파버리고 싶은 분노에 단우는 몸을 떨었다. 지난번 유한과 당주가 함께 비원에 숨어들었을지 모른다는 상상을 하며 미친 듯 그 숲을 헤맸던 것이 결코 쓸데없는 상상에서 비롯된 것이 아님이 양월의 입을 통해 밝혀진 듯하다.

매화대로 장막을 쳐 자신의 눈을 속이고 은현은 그 매화대를 넘어 유한을 빼내갔다. 그러고도 여전히 거짓장막으로 자신을 속이고 있다.

어리고 가련하여 봐주었더니 실은 그 속에 여우가 들어 있었구나. 도대체 유한과 너 사이에 뭐가 있느냐!

끙, 신음 소리와 함께 자리를 박차고 일어난 단우는 비원으로 나가 있는 군사들을 불러들이고 날랜 병사 몇을 뽑아 유한을 뒤쫓아 보냈다. 생포도 필요없다. 잡히는 즉시 목을 잘라 가져오라고 했다. 누이를 훔쳐 간 노예처럼 그 목을 소금에 절여…… 아니, 저 태대산의 눈 속에 파묻어두리라. 그래서 천년만년 그 고통을 생생히 느끼기를.

"당주가 사내를 만난 적이 있소?"

"무, 무슨 말씀이신지?"

"이곳을 벗어나 본 적이 한 번도 없는가 묻는 것이오."

"딱 한 번 있었지요. 지난여름, 아무도 몰래 산을 내려가 스무날이 넘도록 찾지 못한 적이 있었습니다. 감울란이 내려가서 찾아왔었지요."

이제야 아귀가 맞아간다. 스무 날이 넘는 그 시간 동안 은현은 난생처음 사내란 걸 만났을 테고, 그 사내가 바로 유한이었을 것이다. 그리고 감울란에 의해 다시 산으로 올라오고 유한이 뒤를 따라 올라왔다. 세 사람의 인연은 그런 식으로 연결된 것이라고 생각했다.

순진한 척, 순결한 척 신의 이름을 빌어 접근조차 못하도록 장막을 쳐대더니 겨우 그런 거였나?

전혀 그답지 않게 은현 앞에서만은 모든 것이 조심스러웠던 자신의 모습이 바보스러웠고 순결해 보였던 그녀의 모습에 야릇한 배신감이 일었다.

처음부터 알았다면 그에 걸맞게 대해줬을 텐데 말이야?

비틀려 올라간 입술에서 조소가 비어져 나온다.

일곱 명의 매화대원이 구르고 미끄러지며 썰매를 끌었다. 만만찮은 무게의 썰매 위에 건장한 체구의 사내를 묶고 눈길을 달린다는 것은 어지간한 사내들도 해내기 힘든 일이다. 그러나 매량은 잠시도 쉬지 않고 매화대를 독려했다. 어둠 속에서 자신을 가만 불러 내리던 감울란의 비밀스런 명령이 떠올랐다.

"무슨 일이 있어도 모화촌까지 무사히 가야 한다. 매족의 손에 안전히 넘겨주고서야 다시 은허당으로 오를 각오를 해라."

명을 제대로 수행하지 못했을 시에는 은허당으로 돌아올 생각조차 말라는 무서운 명이었다. 도대체 저 사내가 누구기에 당주는 눈물을 흘리고, 감울란은 이토록 단호한 명을 내리는 것일까?

"누굽니까, 저 사람이?"

단도직입적으로 묻는 그 물음에 감울란은 망설임없이 대답했다.

"당주님이 선택하신 신탁의 주인이시다."

매량은 감울란의 그 말을 진심으로 믿었다. 그렇지 않고서야 당주의 몸에서 그토록 강한 기운이 뿜어져 나올 수 없다. 말로만 듣던 당주의 치유 능력은 놀라웠다. 그 작은 몸에서 어떻게 그런 강한 기운이 뿜어져 나오는지, 아주 짧은 순간 실체가 사라지고 형체만 남은 은현의 모습은 세뇌된 충성심만으로 가득했던 매량의 마음에 당주에 대한 경외감을 갖게 만들었다.

"서둘러라!"

이런 속도라면 이틀이나 사흘은 걸려야 모화촌에 닿을 수 있을 것이다. 그러니 해가 지기 전에 선녀바위 근처에 있는 동굴까지 도착해야 한다. 그곳에서 밤을 보낼 생각이다. 감울란이 지나간 흔적을 남기지 말라고 했으니 중간마을로는 들어갈 수가 없었다.

긴긴 겨울이 계속되면서 눈과 얼음으로 뒤덮인 산은 왜 은허당이 수백 년의 겨울을 그렇게 갇혀서만 살았는지를 실감나게 했다. 한 걸음 한 걸음이 그야말로 죽음과도 같은 사투의 연속이었다. 하얗게 뒤덮인 눈은 길을 숨겼고 함정을 숨겼다. 그러므로 짐작과 느낌만으로 내딛는 걸음이다.

발을 헛디뎌 바위로 미끄러져 내린 대원 하나를 구해내느라 오랜 시간이 걸렸다. 다행히 특별히 다친 곳은 없었다. 잠깐 휴식을 취하는 사이 매량은 호피를 들추고 유한을 살폈다. 그의 낯빛은 몰라보도록 혈색이 돌아와 있었다.

반듯한 이목구비와 짙은 눈썹, 그리고 단호한 입매가 누가 보아도 반할 만큼 잘났다 생각하며 매량은 호피를 다시 여며 덮었다. 사내의 아름다운 용모를 보고도 두근거리는 심장을 가지지 못한 자신의 운명이 씁쓸하다.

사내 같은 뼈대와 사내 같은 행동, 그리고 사내처럼 각진 얼굴 때문에 어릴 적에는 늘 놀림거리였다. 은허당에 살고 싶어 거짓 여아 흉내를 내는 건 아니냐며 치맛자락을 걷어보는 짓궂은 당녀들도 있었다. 그런 일은 아랫도리에 꽃물이 비치던 열일곱 살까지 계속되었었다. 스스로조차 자신은 은허당과는 어울리지 않는 이방인처럼 느끼며 살았으니 그 마음이 입었을 상처는 굳이 말할 필요도 없다. 꽃물이 터지고 어느 날, 누군가를 바라보며 가슴이 두근거렸다. 그 사람은 가끔 내려가는 은파에서 마주치는 청년도 아니었고, 선택을 받아 중간마을로 올라오던 사내도 아니었다. 백옥 같은 피부와 나긋한 음성, 그리고 보석처럼 반짝이는 눈으로 꽃 같은 웃음을 터뜨리던 당녀, 소화였다.

그때부터 매량은 자신은 이 고결한 땅 은허당에서는 살아서는 안 되는, 신의 저주를 받은 짐승이라고 생각했다. 하늘길 절벽에 올라 죽겠다고 뛰어내린 것은 열여덟 살 때였고, 스무 살에 다시 한 번 그런 소동이 있자 중간마을의 늙은 당녀들이 그녀를 매화원림으로 보냈다. 마음 병이 있는 아이니 검술로써 마음을 다스려 달라는 뜻이었다. 그래서 매량은 아주 늦은 나이인 스물에 매화대에 들어갔다.

검술에 미친 듯 빠져들면서 마음 병도 차츰 나아갔다. 살아야겠다, 살고 싶다는 마음이 생기기 시작했다. 그러나 칼은 그녀의 상처를 잠재웠으나 소화를 그리는 마음까지 잠재워 주지는 못했다. 단 한 번도 드러내지 못한 마음, 그러나 죽는 순간까지 꺼내어서는 안 될 마음이었다. 그렇게 칩거하듯이 보낸 5년 동안 단 한 번도 소화를 보지 못했다.

어느 해 봄, 사내를 선택하여 중간마을에서 밤을 보내고 온 매화대로부터 소화의 소식을 접했다. 소화는 스물이 되던 해부터 은파를 오르내리며 마음을 나누던 사내가 있었는데 스물두 살에 그 사내를 택해 사내 아기를 낳았다고 했다. 고심 끝에 결국 아기를 사내에게 떠나보내고, 두 해 만에 다시 사내를 선택해 아기를 낳았는데 이번에는 다행히 여아였지만 태어나자마자 죽어버렸다고 했다. 소화의 꽃 같은 얼굴에는 그늘이 지고 웃음을 잃어버렸더라고 했다.

"바보야, 아들을 낳았을 때 그 사내를 따라 내려가지 그랬니?"

무작정 중간마을로 내려간 매량이 소화를 만나 한 첫마디가 그것이었다. 소화는 은허당을 떠나는 것이 두려웠다고 했다. 그런데 지금은 은허당에 살고 있는 것이 무섭다고 했다. 꽃 같은 웃음이 피어나던 얼굴에 어두운 그늘이 드리워졌다. 그날 이후, 매량의 모든 삶은 소화를 위한 것이었다. 매화대원에게 지급되는 약재와 옷감들을 소화를 위해 사용했고, 맛난 음식을 먹다가도 소화가 떠오르면 소맷자락에 숨겨 무작정 중간마을로 달렸다. 소화가 배부르면 자신도 배가 불렀고, 소화가 웃으면 자신도 행복했다. 이리저리 부탁하고 힘을 써 은허당으로 불러올리고 의당청에 자리도 잡아주었다. 그렇게 지낸 지 벌써 세 해가 넘었다. 세 해가 넘도록 원없이 보고, 닳고 닳도록 보아온 소화지만 여전히 그립고 보고프다. 그러나 그런 말은 여전히 한 번도 꺼내 보지 못했다. 그런 말을 들으면 예쁜 소화는 달아나 버릴지도 모른다.

매량은 상념을 털어내며 일어났다.

"그만들 일어나. 지체하다간 눈밭에서 밤을 맞을지도 모르니까."

제각각 옷매무새를 점검하여 단단히 차린 대원들은 다시 길을 트고 썰매를 끌며 눈길을 달리기 시작했다. 해는 어느새 중천에 떠올라 있었다.

내려오는 내내 썰매의 흔적이 눈 위에 고스란히 남아 있었다. 그 위에 덧씌워진 흔적들은 봉족군의 발자국이리라.

이게 바로 날 잡아 잡수시오, 하는 꼴이 아니고 뭔가? 미련한 것!

물론 가는 길이 험하고 봉족군이 뒤따르리라고는 짐작조차 못하고 있을 테니 그런 것이겠지만…….

정신없이 달리던 감율란은 문득 걸음을 멈추고 발자국을 가만 살폈다. 모양이 선명한 것을 보니 지나간 지 얼마 되지 않았다. 매서운 바람에 휘청 벗겨지려는 삿갓 끈을 당겨 동여매려던 감율란이 느닷없이 삿갓을 벗어 던져 버렸다. 삿갓은 순식간에 바람에 날려 등성이 너머로 사라져 버렸다. 늘 길게 늘어뜨려 흉터를 가리고 있던 머리칼마저 말끔하게 거두어 올려 붉은 끈으로 묶여져 있어 감울란의 흉측한 얼굴이 적나라하게 드러났다. 흠칫 달아나는 호위들의 눈을 무시하며 감울란은 다시 그들을 독려했다.

"서둘러라!"

거친 칼바람에 삿갓이 자꾸만 거치적거렸다. 그것에 신경 쓰느라 혹여 걸음이 늦어지기라도 할까 봐 던져 버린 것이다. 흉터가 드러나는 것쯤 두렵지 않았다. 그녀는 지금 정말 어미의 마음이 되어 봉족군을 쫓고 있는 것이다.

매량 일행이 봉족군을 맞닥뜨린 것은 중간마을을 지나쳐 조금 더 달려 내려왔을 때였다. 붉게 상기된 얼굴의 봉족군이 언덕을 미끄러져 내려와 앞을 막아섰다. 상대는 다섯, 해볼 만하다 생각하며 매량이 앞으로 나서려는데 뒤편에서도 칼 뽑는 소리가 들렸다. 돌아보니 뒤를 막아선 병사가 셋이다. 꼼짝없이 앞뒤로 포위되어 버린 형국이었다.

"싸우고 싶지 않으니 그자만 넘겨주고 가거라."

앞을 막아선 병사 중 가장 연장자로 보이는 자가 말했다.

"우리야말로 싸우고 싶지 않으니 길을 비켜라."

굵직한 매량의 대답에 성가신 표정으로 코웃음을 치던 병사가 칼을 뽑아 들었다. 입씨름 따위 길게 하고 싶지 않았다. 아무리 무섭기로 소문난 매화대지만 자신들은 봉족군의 자랑인 남광의 자미대다. 사실 매화대의 감시를 받으며 건평원에 갇혀 있는 것이 자존심 상하던 일이었다.

하얀 눈밭 위에서 순식간에 칼싸움이 벌어졌다. 번득이는 칼날은 햇살과 새하얀 눈에 반사되어 더욱 반짝였고, 날카로운 쇠부딪힘 소리는 그 빛을 타고 멀리까지 번져 나갔다.

썰매를 끌고 사투를 벌이듯 달려온 지친 몸들은 느닷없이 나타난 봉족군의 힘을 감당해 내지 못했다. 결국 매량과 또 한 대원만이 썰매와 함께 남아 봉족군에 포위되었다. 눈밭에서는 이리저리 흩어진 부상자들이 꿈틀대는 모습이 보였다. 여섯 명의 매화대가 쓰러져 있었고 세 명의 봉족군도 죽은 듯 널브러져 있다.

"순순히 내놓는 것이 살길일 것이다."

매량의 손목에서 뚝뚝 떨어져 내리는 피를 보며 봉족군이 다시 회유를 해왔다. 매량은 거친 숨을 몰아쉬며 주위를 살폈다. 아무리 살펴도 썰매를 끌고 달아날 길이 보이지 않는다. 슬쩍 돌아보니 호피로 여며두었던 유한의 얼굴이 밖으로 드러나 있었다. 어느새 혈색이 완연히 돌아왔다. 매량은 잡고 있던 썰매의 끈을 놓치지 않기 위해 손에 둘둘 감고 꽉 움켜쥐었다. 죽는 한이 있어도 썰매를 넘겨줄 생각은 없다.

"길을 열어라. 그러지 않으면 신께서 너희들을 가만두지 않을 것이다."

그 소리에 봉족군들이 다시 코웃음을 쳤다.

"비도 오게 하고, 눈도 오게 하고, 죽은 자도 벌떡벌떡 일으켜 세운다는 너희들의 당주는 뭘 하고 계시나? 당신의 소중한 군사들이 죽을 위기에 처했는데 말이야."

빈들빈들 웃어대는 얼굴에 조소가 가득하다.

"잠깐 기다리면 저 눈밭 위를 날아올지도 모르겠군?"

그 소리에 둘러선 병사들이 웃음보를 터뜨렸다.

"당주님에 대해 함부로 말하지 마라!"

매량의 고함 소리에 키득거리던 봉족군이 웃음을 멈추고 다시 칼을 들이대었다.

"그러니까, 저자를 내놓으란 말이다. 왜 남의 죄인을 빼돌리는지 알 수가 없구나."

"이자는 봉족군의 죄인이기 이전에 은허당의 죄인이다! 잊었느냐? 그곳은 거룩한 은허신의 땅이다!"

매량의 고함 소리에 도저히 말이 통하지 않는다는 듯 고개를 절레절레 흔들던 그들은 어쩔 수 없이 칼을 곧추세웠다.

"할 수 없군. 죽여라!"

봉족군의 묵직한 칼이 매화대의 세검을 거침없이 내려찍었다. 사내들의 힘은 역시나 다르다. 지금껏 대련했던 그 어떤 매화대의 칼에서도 이런 힘을 느끼지는 못했다. 여인도 아니고 사내도 아닌, 제 몸을 흐르고 있는 몹쓸 피를 생각하며 매량은 절망처럼 칼을 휘둘렀다. 서늘한 칼날이 스륵, 허벅지를 스치자 드디어 무릎이 꺾였다.

이대로 끝인가?

매량은 손에 단단히 감고 있던 썰매의 끈을 슬쩍 놓았다. 옆은 끝없는 내리막길, 그곳으로 썰매를 밀어버릴 참이었다. 저들에게 내어주느니 그 편이 낫다. 당주의 기운이 닿은 자이니 신께서 돌보아주실 것이다. 마지막 힘을 모아 썰매를 슬쩍 밀려는 순간, 광풍 같은 매운 눈바람이 몰려왔다. 그리고 메케한 연기가 코끝을 찌른다. 몹시도 익숙한…….

바람처럼 뛰어든 감울란의 세검 앞에 봉족군이 낙엽처럼 흐트러졌다. 휘두르는 칼끝에는 분노가 흐르고 망설임도 자비도 없다. 단칼에 쓰러지는 동료를 보며 달아나던 봉족군의 등에 단도가 날아와 박힌다. 호위들의 칼이 닿기 전, 감울란의 칼이 먼저 달려와 가슴에 박혔다. 쓰러진 봉족군을 하나하나 확인하며 감울란은 다시 한 번 그들의 가슴에 칼을 박았다. 마지막 목숨이 끊긴 것을 확인하는 순간까지 그녀의 칼은 멈추지 않았다.

"괜찮으냐?"

핏물이 튀긴 얼굴로 다가온 감울란이 가볍게 물으며 매량을 스쳐 유한에게 다가갔다. 호피를 들추는 그녀의 손이 떨렸다. 호피 속 유한의 얼굴은 말짱했다. 혈색도 완연히 돌아왔고 온기도 느껴진다. 그녀는 안도의 숨을 내쉬며 일어났다.

"봉족군의 시체를 치우고 다친 매화대를 살펴라. 조금만 내려가면 동굴이 있으니 그곳으로 옮긴다."

목숨을 잃은 매화대 두 명을 눈 속 깊숙이 묻고 표식을 해두었다. 동굴로 옮겨 살펴보니 매량을 포함해 다친 대원이 다섯이고 둘은 부상 정도가 심하다. 밖으로 나갔던 호위들이 땔감을 마련해 왔다. 모닥불을 피우고 한참이 지나서야 부상자들은 조금씩 정신을 차렸다.

"날이 밝으면 저들을 데리고 돌아가거라."

매량의 다친 허벅지를 꽉 싸매주며 감울란이 말했다.

"저분은?"

"유한은 나와 호위들이 맡는다."

흉터가 환하게 드러난 감울란의 얼굴은 처음인지라 매량은 눈을 어디에 두어야 할지 몰라 당황했다. 그러나 감울란은 전혀 개의치 않는다. 상처를 긴 머리칼 속에 숨기고도 눈을 마주치는 것을 달가워하지 않던 분이?

부상자들을 대충 살피고 감울란은 유한에게로 다가갔다. 모닥불 탓인지 호피 속 그의 얼굴은 빨갛게 달아 있었다. 이마에 배어 나온 땀을 보며 꽁꽁 싸맨 호피를 느슨하게 풀어주었다.

감울란은 썰매 아래로 떨어져 내린 유한의 손을 슬쩍 잡아보았다. 따듯한 온기와 함께 약간의 힘도 느껴진다.

정말 다행이다, 널 지켜내서.

호피 속 얼굴을 내려다보는 감울란의 눈빛이 애틋하다.

모두가 잠든 새벽녘, 유한에게서 인기척이 났다. 다가가 보니 숨소리가 조금 거칠고 옅은 신음 소리도 들린다. 의식이 돌아오고 있는 것이다. 감울란은 썰매 옆에 몸을 쪼그리고 누웠다. 그리고 눈을 감고 유한의 신음 소리를 들었다. 홀로 계신다던 아버지를 찾는 소리도 들리고, 친구인 듯한 누군가를 부르는 소리도 들리고, 은현을 찾는 소리도 들린다. 유한의 입으로 불려지는 그 이름들이 부럽다는 생각이 들었다. 가장 힘들고 아플 때 찾는 이름들이 진짜 사랑하는 이들일 것이다. 자신의 아들도 살았다면 몸져누워 저렇게 아플 때 어미를 찾았을 것이다. 어미의 손이 닿으면 아픔은 순식간에 물러가고 거짓말처럼 평화로운 잠을 청할 것이다. 그러면 자신은 그 곁에 고요히 앉아 밤새 아들의 잠을 지켜주었을 것이다.

가슴이 터질 것처럼 아프다. 이루지 못할 꿈을 상상하는 것은 언제나 가슴 아픈 일이다.

"으……."

신음 소리를 들으며 조심스럽게 손을 잡아본다. 꼭 남의 것을 탐하는 것 같아 죄스러운 마음이 들었다. 유한은 무언가에 매달리듯 감울란의 손을 꼭 잡았다. 뭉클한 무엇이 가슴으로 밀려 올라온다. 감울란은 용기를 내어 팔을 주무르다가 이마에 맺힌 땀을 닦아주고, 가죽 주머니에 눈을 담아와 모닥불에 녹여 입술을 축여주었다. 그리고 부르르 떠는 유한의 팔을 꼭 잡았다.

"정신 차려라, 유한."

유한의 입에서 뜨거운 기운이 뿜어져 나왔다.

"하…… 하……."

정신없이 볼을 두드리고 팔을 주무르는 감울란의 손길이 다급하다. 끊임없이 물을 찾는 탓에 수십 번 동굴 밖을 들락거려야 했다. 동굴 밖이 희뿌옇게 밝아올 때쯤에야 유한의 신음 소리는 잦아들었다. 밤새 한숨도 자지 못했지만 몸도 마음도 개운한 아침이었다. 무언가 큰일을 해냈을 때처럼 가슴이 뿌듯했다. 고요해진 유한을 내려다보다가 호피를 여며주려는데 잡고 있던 손에 힘이 들어갔다.

"유한?"

부르는 소리를 들은 듯 손에 다시 힘을 준다. 그리고 얼굴을 찡그리며 힘겹게 눈을 떴다.

"유한! 정신이 드느냐?"

힘겹게 눈을 깜빡이던 유한이 무슨 말인가를 하려고 했다. 감울란은 얼른 귀를 가져갔다. 그리고 들릴 듯 말 듯 속삭이는 유한의 말을 들으며 그녀의 눈이 붉어졌다.

유한은 갈라진 음성으로 말했다.

단우가 당신의 목숨을 노리고 있으니 조심하라고, 그 말을 전하려 비원으로 뛰었던 거라고…….

이틀간의 사투 끝에 드디어 은파에 닿았다. 썰매를 버리고 유한을 다시 들것에 묶어 호위들이 번갈아 들었다. 동굴에서 잠깐 정신이 들었던 유한은 다시 정신을 놓은 후 내내 꿈결을 오가고 있었다. 감울란은 은파 외곽을 빙 돌아 모화촌으로 향했다. 그런데 무언가 이상하다. 겨울이라 고요히 잠들어 있어야 할 은파가 왠지 어수선하게 들떠 있다.

모화촌 초입에 들어섰을 무렵, 한 무리의 청년들이 열을 지어 우르르 몰려나왔다. 감울란은 재빨리 호위들을 멈추고 나무 뒤로 몸을 숨겼다. 청년들의 행렬은 끝없이 계속되었다. 마치 전쟁을 치르러 나가는 군사들처럼 절도있고 비장하다. 마치 대전쟁 직전의 매족 청년들을 보는 듯.

행렬의 끝 즈음에 낯익은 얼굴이 눈에 띄었다. 심하게 다리를 절룩이는 그는 젊은 날 감울란에게 참 따듯했던 사현이다. 산을 오르내리며 가끔 부딪칠 때마다 천강으로 인해 상해 있는 감울란의 마음을 달래주곤 했었다. 대전쟁 때 죽은 줄 알았더니 여전히 건강한 모습으로 살아 있는 그를 보니 반가운 마음이 들었다. 나가서 유한을 건네주고 인사라도 할까 생각하던 그녀는 사현의 옆에서 걷고 있는 또 한 사내를 발견하고 다시 나무 뒤로 얼굴을 숨겼다.

당당하고 건장한 체구, 진지한 걸음걸이, 어디선가 본 듯한……!

감울란은 아찔한 현기증을 느끼며 두 손으로 제 입을 막았다. 소리가 새나갈까 봐 숨조차 멈추었다. 뱃속에서 수십 마리의 벌레가 이글거리는 듯 창자가 뒤틀렸다. 울컥 올라온 뜨거운 덩어리 하나가 목에 걸려 터질 것처럼 부풀어 올랐다.

그들은 점점 가까이 다가와 감울란이 숨은 나무를 스쳐 지나갔다. 두런두런 들리는 목소리들 속에 또렷이 들리는 것은 묵직한 그의 음성뿐이다. 핫핫, 호탕히 웃는 그 웃음소리뿐이다.

천강……!

소리가 점점 멀어지는 것을 느끼며 감울란은 가슴을 움켜쥐고 온몸을 웅크렸다. 참을 수 없는 한기가 몰려왔다.

"감울란님? 감울란님!"

어깨를 흔드는 호위의 손이 성가시다. 그 힘에 밀려 휘청, 몸이 꺾여 버릴 것 같다. 건드리지 말라는 손짓에 어깨를 흔들던 호위의 손이 떨어져 나가자 감울란은 다시 몸을 웅크렸다. 속에서 스멀스멀 빠져나가는 무언가를 끌어 앉히듯 그녀는 오래도록 그렇게 웅크리고 있었다.

한바탕 폭풍이 지나간 하늘처럼 흐트러졌던 마음이 고요히 가라앉고 집어삼킬 것 같던 한기도 서서히 잦아들었다. 방금 자신이 본 것이 실체인지 헛것인지 가늠했다. 머리가 희끗하고 나이가 들었지만 그는 분명 천강이었다. 매족이 갈왕산을 넘어왔다던 유한의 말이 사실이었던 모양이다.

"감울란님."

다시 호위가 조심스럽게 감울란을 불렀다. 그제야 고개를 든 감울란은 여전히 들것에 실려 누워 있는 유한을 잠깐 바라보다가 명을 내렸다.

"유한을 마을에 넘겨주고 은허당으로 올라가거라. 나는 잠깐 볼일이 있어…… 천천히 뒤따라가겠다."

호위들이 들것을 들고 마을로 들어서는 것을 보고 감울란은 재빨리 몸을 돌려 천강이 사라져 간 길을 달렸다. 정말 천강인지, 헛것을 본 것인지 다시 한 번 확인해 봐야겠다. 자신 속 천강은 이미 죽었다고 생각하며 살아온 지 스무 해가 넘었는데 유한을 만나며 어느새 천강은 그녀 속에서 다시 살아나고 있었다.

단우가 일방적으로 봉족 왕의 이름으로 은허당의 당주 은현을 찾아뵙겠다는 연락을 보내왔다. 유한을 빼돌린 일을 따질 모양이었다. 몸이 아프다는 핑계로 며칠 날짜를 미루던 은현은 드디어 그를 만나기로 했다. 피한다고 방법이 생기는 건 아니다. 방법은 부딪혀야 생기는 거다.

단우는 단신으로 선원당을 찾아와 은현보다 먼저 약속 장소에 들어가 있었다. 향을 대동한 은현이 들어서자 그는 자리에서 일어나지도 않은 채 팔짱을 끼고 은현을 노려보았다. 늘 빈들거리던 웃음과 장난기 섞인 눈빛도 사라졌다.

은현은 말짱한 얼굴로 그 앞에 앉았다. 그 모습을 바라보는 단우의 입가에 조소가 흐른다. 은현의 모습에서 세 치 혀로 아버지 화강을 농락하던 늙은 여우 부란이 연상된다. 그러나 지금 은현의 눈앞에 앉아 있는 자신은 용서와 화해를 미덕으로 알던 화강이 아니다. 눈에는 눈, 이에는 이. 받은 대로 돌려주고 당한 대로 갚아주는, 그것이 자신이 알고 있는 미덕이다.

탁자 위에 딸각 놓아지는 찻잔을 단우가 밀어내었다. 은현은 느긋한 표정으로 차를 마시며 찻잔 너머로 그 모습을 훔쳐보았다. 저자가 언제쯤 입을 열까, 생각하는데 드디어 단우의 음성이 들렸다.

"죄인을 빼내어간 저의가 뭐요?"

묻는 질문 또한 얼굴에 드러난 감정만큼이나 직설적이다.

"저의랄 게 뭐 있나요? 난 그저 은허당의 법대로 처리한 것뿐입니다."

"은허당의 법?"

"그자가 매화대의 장벽을 뚫고 매화원림의 담장을 넘었어요. 감히 신의 군대인 매화대의 거처에 발을 들여놓은 불측한 자입니다. 그래서 경계 밖으로 내다 버리라 했습니다.”

“이미 우리의 죄인이란 걸 잊으셨소!”

노려보는 그 눈을 보며 은현은 어이없다는 표정으로 되물었다.

“이곳은 은허당입니다. 나의 땅에서는 나의 법이 우선이 아니던가요?”

무엇이 문제냐는 소리다. 여전히 당돌하고, 도도하고, 게다가 버릇없기까지 하다.

“흠, 그자가 스스로 매화원림의 담을 넘은 것이 아니라 그대의 호위들이 그대 군사들의 벽을 뚫고 들어가 그자를 빼내간 것이 아니오?”

이미 모든 걸 알고 있다는 듯 날카로운 눈이 얼굴을 찌르듯 노려본다. 그러나 은현은 흔들리지 않았다. 오히려 무슨 말이냐는 듯 궁금한 눈으로 바라보았다. 그 모습이 너무도 능청스러워 속아 넘어갈 지경이다. 단우는 그동안 자신이 당주의 영악한 연기에 속아왔다는 것을 다시금 깨달으며 치받아 오르는 분을 이기지 못해 호흡까지 거칠어졌다.

“그자를 빼내어 우리에게 덕 될 것이 뭐가 있겠습니까?”

“그대의 사심이…….”

향을 의식해 잠깐 말을 멈추었던 단우가 다시 거침없는 말을 내뱉었다.

“유한을 언제부터 알고 있었소?”

“무슨 말씀을 하시고 싶으신 겁니까?”

"그동안 감울란의 이름으로 유한을 불러낸 사람이 그대 아니오? 호오, 그러고 보니 아주 재미나군. 고결하신 당주께서 은허당으로 사내를 불러들였다. 뭐, 이런 뜻이 되는 거요?"

"말을 삼가십시오!"

향이 칼집을 쾅 내려치자 마룻바닥이 울렸다. 하지만 단우의 말은 멈추어지지 않는다.

"선원들이 알면 뭐라고 할까? 당주의 자격을 박탈하지 않겠소? 이런, 이런. 아직 성년식도 치르지 않았는데 안타깝게 되었군. 그러게, 늙으신 양반들이 적당히 가둬두셔야지 끓는 피를 그리 눌러놓았으니 사고를 칠밖에!"

그는 이성을 잃은 듯 감당 못할 말들을 정신없이 내뱉었다. 도저히 속내를 알 수 없을 정도로 몹시도 난해한 느낌이 들던 사내가 한순간 어린아이 같은 감정에 사로잡혀 감당 못할 말을 내뱉는 모습에 바짝 긴장해 있던 은현은 오히려 회심의 미소를 짓고 있었다.

"예전에 허황되고 재미난 이야기를 잘 지어내던 자매가 있었지요. 십여 년이 지나 다시 만났는데 요즘도 이야기를 짓느냐 물으니 들어줄 사람이 없어 짓지 않는다 하더이다. 제가 당주가 되었으니 더 이상 그런 이야기에는 흥미가 없다 생각한 거지요. 난 얼마든지 들어줄 마음이 있는데 말입니다."

말뜻을 다 파악하기도 전에 은현은 자리에서 발딱 일어났다.

"아주 흥미로운 이야기였습니다. 오늘은 바쁘니 나머지는 다음에 듣도록 하지요."

그리고 향에게 명을 내렸다.

"건평원까지 정중히 모셔다 드려라."

말할 틈도 주지 않은 채 은현은 나가 버렸다. 서늘한 기운이 옷자락을 스며들고서야 단우는 정신이 들었다. 그리고 자신이 너무도 흥분해 있었음을 깨달았다.

이런!

어린아이처럼 잔뜩 골이 나 있는 제 마음이 어이가 없어 헛웃음이 난다. 겨우 스무 살 먹은 조무래기 계집에게 잡아먹힐 판국이다. 분기를 떨치지 못한 그의 얼굴이 험악하게 일그러졌다.

은파의 너른 벌판에 수천 명의 무장한 청년들이 열을 지어 운집해 있다. 비장한 표정과 들뜬 분위기. 그들은 뭘 하고 있는 것일까? 그들의 한가운데를 가로질러 성큼성큼 걸어오는 사람은 다시 보아도 천강이다.

우레와 같은 함성 소리가 울려 퍼지고 그를 부르는 발소리는 지축을 울린다. 흩어진 매족이 다시 하나로 뭉쳤다. 그 앞에 당당히 선 사내는…… 조금도 변하지 않았다. 여전히 빛이 나고 여전히 벅차다. 그는 여전히 매족의 희망이다. 자신은 이토록 변했는데…… 섬뜩한 짐승이 도사리고 들어앉은 병든 마음과 그 마음을 닮은 어둡고 절망적인 눈, 기괴하게 변해 버린 얼굴, 그 흉터…….

감울란은 떨리는 손으로 그 흉터를 가렸다. 천강을 사랑하여 아이를 잃었고, 얼굴도 잃었고, 마음도 잃었다. 그러나 천강이 사랑했던 유현란은 여전히 아름답고 여전히 도도하다. 그러니 여전히 천강에게 사랑받을 것이다. 감울란은 언덕 아래로 몸을 숨겼다.

언덕 너머에서 천강이 묵직하고 우렁찬 목소리로 봉족과의 전쟁을 선포하고 있었다.

12. 은허당을 장악하다

은허당을 장악하다
은허당을 장악하다

매량과 다친 매화대가 올라와 전하는 상황 보고에 은현은 가슴을 쓸어내렸다. 감울란이 직접 뛰어들어 유한을 구해줄 줄은 생각도 못했었다. 어쨌든 감울란이 갔다면 안심이다.

"유한은…… 어땠느냐?"

묻는 은현의 얼굴이 약간 불편해 보인다.

"내려가면서 혈색이 완연히 돌아오더니 새벽녘에는 잠깐 정신이 들기도 했습니다. 마음 놓으십시오. 아주 강인한 분으로 보였습니다."

은현을 안심시키기 위해 매량은 하지 않아도 될 뒷말까지 덧붙였다. 은현은 주먹을 꼭 쥐더니 고개를 끄덕였다.

그래, 유한은 강한 사람이다. 강한 사람이라고 믿는다. 날 두고 생을 놓아버릴 사람은 절대로 아니다.

은현은 주먹을 쥐었다 폈다 하며 감당 못할 불안이 일렁이는 얼굴로 서성거렸다. 매량은 당주가 몹시도 뜨거운 사랑에 빠졌다는 것을 직감했다. 그 모습이 당주로서 불측해 보인다기보다 오히려 애틋하게 보였다. 결코 쉽지 않을 그 사랑이 안타까워서다. 사랑이 뭔지 자신도 아니까…… 이해되었다.

다리를 절룩이며 은화원을 나오는 그녀의 뒤를 향이 따라왔다. 무언가 할 얘기가 있는 듯한데 좀처럼 입을 떼지 않는다. 매화원림에 가까이 와서야 향이 그녀를 불러 세웠다.

"매량아."

불러 세우고도 향은 여전히 망설이고 있었다. 함께 비원에 숨어들어 유한을 구해오고, 광에서 눈물을 흘리는 은현의 모습을 모두 지켜보았고, 그를 썰매에 싣고 은허당을 빠져나갔다 오고도 매량은 아무것도 묻지 않는다. 분명 의심이 들었을 텐데.

은허당에 대한 충성심이 강하고 과격한 매량의 성격에 혹시라도 은현의 모습을 비난하고 나서지 않을까 걱정되었다. 그 사실이 매화대에 번져 나가기라도 하는 날에는 은현은 매화대를 장악하기가 힘들어진다.

"너……."

"난 당주님을 이해해."

망설이는 향이 답답한 듯 매량이 먼저 제 속말을 털어내었다.

"그 마음…… 알 것 같아. 아니, 다 알아. 그러니까 안심해."

사내처럼 무뚝뚝한 매량이 그 애틋한 마음을 어찌 알까 싶은데 들려오는 음성은 왠지 진심 같다.

"정말 당주님을 이해해?"

"응. 스물이잖아. 마음이 설렐 나이야. 그 나이에 그 사람처럼 잘난 남자를 보고도 마음이 움직이지 않는다면 그게 오히려 이상한 거지. 당주님도 여인인 걸."

은허당에 뿌리를 둔 당녀가 아닌 듯 매량의 말은 너무도 거침없다. 당녀라면 누구나 당주는 그런 마음과는 거리가 먼 존재로 알고 있는 게 당연한데 매량은 자신만큼이나 특이한 마음으로 은현을 바라보는 것 같다. 멀어지는 매량을 보며 향은 그렇게 생각했다.

감울란은 며칠이 지나도록 나타나지 않았다. 은현은 드디어 계획했던 일을 실행에 옮기기로 마음을 굳혔다. 감울란이 없다는 것이 걱정스럽기는 하지만 명을 수행하는 데는 매량의 단호함이면 충분하다.

감울란의 부재가 오히려 다행인지도 모른다. 그녀에게 선원들의 목숨을 맡길 수는 없다. 선원들을 위해서가 아니라 감울란을 위해서다. 복수의 칼을 휘두를 때마다 감울란은 또 다른 상처를 입을 것이다. 그리고 결국은 그것이 스스로를 죽음의 길로 몰고 가고 말 것이다. 그래서 한순간에 끝을 내어버릴 참이다. 감울란이 돌아오기 전에…….

선원당녀 금영란과 감찰당녀 율란, 그리고 은현을 따르는 늙은 선원들이 하나둘 은화원으로 모여들었다. 매량과 호위들에 둘러싸인 채 은현이 들어섰다.

어둠이 내리기 시작하는 시각, 드디어 은현의 입에서 명이 떨어졌다.

은화원은 향이 직접 뽑아 보낸 백여 명의 매화대로 바쁘게 움직이고 있었다. 은현의 양옆에는 매량과 잔뜩 신이 난 율란이 차지하고 섰다.

매화대를 이끌고 갔던 금영란이 다시 두 명의 선원당녀를 데리고 들어왔다. 벌써 스무 명째다. 율란이 신이 난 듯 그들의 죄를 줄줄 읊었다. 도망갈 구멍조차 찾지 못하도록 몰아붙이는 은현의 다그침에 결국 그들은 무릎을 꿇었다. 그리고 자격도 없는 자신들이 금전으로 선원당녀의 지위를 샀으며, 그 금전을 메우기 위해 백성들의 고혈을 빨아먹었다는 것을 인정했다.

은현은 그 죄를 물어 그들이 가진 땅을 은허당에 바치라고 했다. 그들은 쉬이 대답하지 못했다. 어떻게 모은 재산인데 이렇게 허망하게 뺏기나? 자존심을 버리고 양심을 팔아 모은 것들이다. 이 자리를 지키기 위해 제 입으로 모함해 죽인 당녀도 수없이 많다.

"내어놓겠느냐? 죗값을 치르겠느냐?"

또렷한 음성으로 묻는 은현이 정말 자신들이 알던 당주인가, 싶다. 철권을 휘두르던 부란조차도 이렇게 막무가내 같은 협박은 하지 않았다. 어찌 이런 날강도 같은 짓을 하느냐고 악다구니라도 치고 싶지만 겹겹이 에워싼 매화대와 이미 당주의 편이 되어 앉아 있는 선원들을 보니 입이 떨어지지 않는다. 보아하니 땅은 이미 당주의 것이 된 것 같다. 다만 자신들의 손으로 바치느냐, 강제로 빼앗기느냐, 그 선택만 남은 것 같다. 그리고 살길은 스스로 땅을 바치고 당주의 편에 서는 길밖에 없다는 것을 깨달았다.

그들이 항복해 들어오자 은현은 회심의 미소를 지으며 다음 사람을 불러들이라고 명했다.

"잠시 쉬시지요."

금영란이 걱정스런 눈으로 바라보았다. 은현은 고개를 흔들었다. 이 밤에 모든 일을 끝낼 참이다. 이런 식의 강제는 시간을 끌면 공격받기 마련이다. 그러니 틈을 주면 안 된다. 이제 서서히 환부의 중심으로 다가서고 있다.

"용란과 해연홍을 잡아들여라!"

은현은 지친 기색도 없이 명을 내렸다. 하늘에는 눈썹달이 기울어 있었다. 금영란의 안내에 따라 선원당에 들어선 매화대가 순식간에 재갈을 물린 늙은 선원 두 사람을 포박해 끌고 나왔다.

은화원은 아무 일이 없는 듯 칠흑같이 어둡고 고요했다. 그래서 끌려가면서도 그들은 내심 안심하고 있었다. 어린 당주가 쓸데없는 호기를 부리는 것쯤으로 생각했다. 그러나 내실로 들어서자 상황은 달랐다. 당주의 뒤에는 건장한 매화대가 병풍처럼 늘어서 있고 좌우로 감찰당녀 율란과 감울란을 대신하고 있는 매량, 그리고 이제는 나이가 들어 뒷방으로 밀려난 늙은 선원당녀들이 어린 당주를 호위하듯 늘어서 있다. 그 앞에 죄인처럼 포박당한 채 꿇어앉아 있는 사람들은 자신들과 뜻을 같이했던 선원당녀들이다.

매화대원들이 포박한 용란과 해연홍을 은현의 앞으로 끌고 와 입에 물린 재갈을 풀었다.

"이게 무슨 짓입니까!"

"용란, 해연홍. 너희들의 죄를 물으려 잡아들였다."

은현의 말과 함께 앞으로 나온 율란이 숨도 쉬지 않고 그들의 죄를 읊기 시작했다. 선원당녀가 된 지 30여 년 동안 그들이 저지른 비리와 죄악들은 산을 넘고 강을 넘는다. 일부러 기록해 두지 않고서는 기억해 내지도 못할 세세한 일들까지 쏟아져 나오자 두 사람의 얼굴이 하얗게 질렸다. 회심의 미소를 머금고 내려다보는 어린 당주와 흥을 이기지 못해 곡조까지 붙여가며 자신들의 죄악을 읽어 내려가는 율란의 모습에 경악을 금치 못하겠다.

있는 듯 없는 듯, 여전히 어린애처럼 천풍루에 오르고 비원에나 드나들며 노는 줄 알았더니 뒤에 숨어 이런 일을 꾸미고 있었던 건가!

"감히 선원을 이리 대하고도 그 자리를 보전할 수 있으리라 생각하십니까!"

용란이 눈에 불똥을 튀기며 소리 지르자 은현이 풋, 웃음을 흘렸다.

"지금은 내 자리를 걱정할 때가 아니라 너희들의 목숨을 먼저 걱정할 때가 아니더냐?"

"당주께서는 어찌 이리도 음험한 짓을 하시는 게요!"

순간, 은현에게서 웃음소리가 터져 나왔다. 참을 수 없다는 듯 눈물까지 찍어내며 쏟아내는 그 웃음은 겨우 스물의 여자에게서 나올 법한 웃음이 아니다. 내실을 가득 울리는 그 웃음은 슬픔인지, 분노인지, 아니면 자조인지…… 끊어질 듯 끊어질 듯 이어지는 그 소리에 잠자고 있던 양심이 깨어나고, 잊고 있던 부끄러움이 고개를 들고, 숨기고 싶은 수치가 알몸으로 뛰쳐나왔다. 수그린 목덜미에서 섬뜩한 소름이 돋아났다.

"음험한 짓이라? 음험한 짓이라…… 아하하하! 음험한 짓이란 게 어떤 긴지 가르쳐 주랴? 율란, 다시 한 번 저들의 죄를 읊어주어라."

신이 난 율란이 또다시 곡조를 넣어가며 순식간에 그들의 죄상을 읽어 내려갔다.

"알겠느냐? 이런 것을 두고 음험한 짓이라 하느니라."

두 사람의 얼굴이 벌겋게 달아올랐다.

"어떠냐? 저들처럼 가진 재산을 모두 은허당에 헌납하고 용서를 빌겠느냐, 기어이 발뺌을 하고 벌을 받겠느냐?"

"선원이 사유재산을 갖는 것은 죄가 아니라 당연한 권리입니다!"

"권리란 책임을 다했을 때에야 쓸 수 있는 말이다. 너희들은 선원으로서 책임을 다하지 못했다. 그러니 난 당주로서 그 권리를 박탈하려 한다."

"당주께서 무슨 자격으로요? 누구도 제 재물을 빼앗을 자격은 없습니다. 어찌 모은 재물인데, 그걸 내가 어찌 모았는데……!"

이성을 잃은 듯 발악하는 용란을 보며 은현의 이마가 찌푸려졌다. 또다시 피를 보고 싶지 않지만 일벌백계로 다스리는 수밖에 없다.

"매량."

"예, 당주님."

"저것을 끌고 나가 처리해라. 내 처소에 저 더러운 피를 한 방울도 튀기고 싶지 않으니 멀리멀리 끌고 가서 처리해라."

얼굴색 하나 변하지 않고 나직이 내리는 명령에 내실 안의 모든 사람들은 숨조차 쉬지 못하고 소리를 죽이고 있었다. 오로지 매량의 손에 끌려 나가는 용란의 절규 소리만이 요란하게 울려 퍼졌다.

산자락에 푸릇한 기운이 감돌기 시작했다. 폭풍 같은 밤이 끝나가고 있는 것이다. 잠시 내실을 나온 은현은 마루 끝에 서서 푸른빛으로 물들어오는 산자락을 바라보았다. 밤새 달려온 길이 천 리가 넘는 듯 한순간 마음이 지칠 것만 같다.

"잠깐 눈이라도 붙이시지요."

금영란이 다가와 걱정스런 눈으로 말했다. 은현은 나직이 한숨을 내쉬었다. 하얀 입김이 안개처럼 어둠을 떠돌다 사라진다.

"금영란, 내가 옳다고…… 한 번만 말해주겠어?"

가늠할 수 없는 고뇌의 목소리가 어둠을 타고 들려왔다. 금영란은 지난밤, 순간순간의 결정들을 하며 은현의 어린 마음이 얼마나 혼란스러웠을까, 힘들었을까, 하는 생각이 들었다. 그러나 또 한편으로는 당주가 느끼는 그 고뇌의 깊이를 자신 같은 선원이 다 이해할 수는 없다는 생각이 들기도 했다. 그러나 은현이 만들고자 하는 부끄럽지 않은 은허당에 대해서는 지지한다. 그래서 말했다.

"당주님이 옳습니다. 당주님께서 만들고자 하는 세상이 곧 제가 바라는 세상일 거라는 걸 믿습니다."

과연 그럴까, 금영란?

은현은 숨길 수밖에 없는 자신만의 비밀을 가슴 깊이 감추었다. 자신이 만들고자 하는 은허당이 진정 당녀들과 아래세상 사람들을 위해서인지, 아니면 자신의 욕심을 위해 끄집어낸 하나의 방법인지 가끔 의문스러울 때가 있다. 앞이 답이기도 하고, 뒤가 답이기도 하다. 좀 더 솔직히 말하자면 처음에는 유한과 함께하고자 하는 욕심에서 생각해 낸 방법이었는데 그것이 점점 자라 지금은 또 하나의 꿈이 되었다.

신이 뜻하신 진정한 은허당, 세상에 부끄럽지 않은 은허당, 그리고 당녀들에게는 더 이상 족쇄가 아닌 은허당…… 이곳을 신을 위한 세상이 아니라 인간을 위한 세상으로 만들 참이다.

"아침이 밝으면 선원회의를 열 것이다. 정식 회의를 거쳐 양월을 파당시킬 참이다. 그리고……."

그 목숨도 앗을 것이다. 드디어 마지막 환부를 도려낼 때가 되었다. 결심을 굳히듯 주먹을 쥐고 돌아서는데 어둠 속에서 다급한 걸음 소리가 들렸다. 선원당을 지키던 매화대다.

"큰일 났습니다, 당주님."

화급히 달려와 전하는 말은 선원당녀 양월이 달아났다는 소식이었다.

"매화대들이었습니다. 어디서 나타났는지 갑자기 뛰어든 매화대들이 보초를 서던 아이들을 죽이고 양월을 빼내어 달아났습니다."

매화대에 심어놓은 양월의 눈들이다. 그들을 미처 다 파악하지 못한 것이 실수다. 은현은 낭패한 눈으로 선원당을 노려보았다. 감울란이 있었다면 일어나지 않았을 일이다. 그 매화대들이 아무리 양월의 사람들이라고 하지만 감울란의 존재를 무시하고까지 이런 일을 벌이지는 못했을 것이다.

"그래, 어디로 달아난 것이냐?"

"그게…… 아무래도 건평원 쪽 같습니다."

은현은 주먹을 그러쥐었다. 양월을 꺾지 않고서는 선원들을 온전히 장악했다고 할 수 없다. 생각에 잠겨 있던 은현은 다시 금영란에게 명을 내렸다.

"계획대로 날이 밝으면 선원회의를 열어 양월을 파당시키겠다. 그리 알고 준비해. 난 잠깐 눈 좀 붙이겠다."

어둠 속으로 사라지는 은현을 보며 금영란은 아슬한 추위를 느낀다. 그녀는 부르르 떨며 어깨를 움츠렸다. 자신 속에서 이는 마음이 당주에 대한 존경심인지 두려움인지 아직 모르겠다. 그림자처럼 보일 듯 말 듯 움직이던 은현이 한 호흡 가다듬는 짧은 시간에 폭풍처럼 몰아붙여 모든 것을 정리해 버렸다. 그 대담함에 존경심이 일고 그 차가움에 두려움이 인다.

이른 아침, 선원회의장에 들어선 은현은 당주의 이름으로 양월을 파당시키겠다고 선언했다.

"선원의 지위를 이용하여 당주를 능멸하고 봉족에 빌붙어 재물을 착복하여 아래세상 사람들 앞에 은허당의 이름을 더럽힌 죄다. 또한 선원의 몸으로 수태를 하였으며 낳은 아기를 제 손으로 처단하는 참혹한 짓을 저질렀다."

회의장 안이 술렁거렸다. 아무도 몰랐던 양월의 숨은 비밀에 충격을 받은 모습들이었다. 양월이 다시 돌아온다 해도 권력을 회복할 길은 이제 영영 사라진 듯하다. 양월의 편에 섰던 선원들의 얼굴이 절망스럽게 일그러졌다.

회의를 마친 은현은 사혜가 지목한 여섯 명의 선원을 따로 남겼다. 대전쟁 당시 내원산에서 부란을 모셨던 선원들이다. 양월의 편에 서서 죄를 지은 사람도 있고, 평생 청렴히 산 사람도 있다.

무슨 죄목으로 이들에게 벌을 내릴까?

당주를 구하기 위해 감울란의 아기를 미끼로 삼은 죄. 그러나 엄밀히 따지면 그것을 죄라고 할 수 없다. 당주의 목숨을 구해낸 충성스런 선원들이라고 해야 옳을 것이다. 그러나 은현은 그들을 이해하면서도 가슴 한 켠에서 이는 분노를 참을 수 없다.

은현이 매량에게 눈짓을 하자 순식간에 들어온 매화대가 그들을 포박했다.

“무, 무슨 짓이냐? 왜 이러십니까, 당주님!”

당황한 그들은 발버둥을 치며 반발했다.

“유천궁에 각각의 방을 마련하여 그들을 가두어라.”

“죄목이 무엇입니까!”

노려보는 늙은 선원을 보며 은현이 대답했다.

“나는…… 그대들의 죄목을 이름 짓지 못하겠다. 다만 유현란이 왜 유천궁에 갇혔는지, 그리고 여령이 왜 감울란의 칼에 죽었는지 생각해 보면 내가 그대들을 가두어두려는 뜻을 알 것이다. 이것이 내가 할 수 있는 최선이란 걸 말이다.”

양월이 십여 명의 매화대를 이끌고 건평원으로 찾아와 목숨을 의탁했다. 밤새 광풍이 은허당을 휩쓸었으며 선원들은 어린 당주에게 완벽하게 제압당했다고 했다. 단우는 양월과 매화대에게 쉴 곳을 마련해 주고 밖으로 나왔다. 어느새 동이 트고 있었다.

당주는 알면 알수록 더더욱 미로 같은 여자다. 그 여린 얼굴 어디에서 이런 강단이 나오는 건지……. 상처 입을까 두려웠던 조그만 목각인형은 이제 꺾어버리고 싶은 꽃으로 변했다.

그는 새벽빛을 밟으며 어슬렁어슬렁 마당을 거닐었다. 유한을 쫓았던 병사들이 돌아오지 않는 걸 보면 변을 당한 것이 분명하다. 이제 남은 병사는 서른다섯 남짓, 반유가 돌아올 때까지 죽은 듯이 들어앉아 버티는 수밖에 없게 되었다. 자신의 처지가 어쩌다가 이리 되었나 싶어 어이가 없다. 어린 계집이라고 처음부터 너무 얕잡아본 것이 실수다.

저 산을 가득 덮은 눈처럼 순결할 줄 알았다. 세상 밖으로는 나가보지 못했을 테니 때 묻지 않은 순수함을 그대로 간직하고 있으리라 생각했었다. 그런데 이제 보니 다 거짓이고 착각이다. 여우 같은 늙은 여자들 틈에서 배운 것이 뭐겠는가!

어찌 꺾어줄까? 저 거짓 꽃을 어떻게 꺾어줄까?

단우는 상처 입은 범처럼 마당을 어슬렁거리며 생각했다.

아침이 되자 매화대가 찾아와 양월을 내놓으라고 했다. 당주가 직접 찾아온 것도 아니고, 감울란을 보낸 것도 아니고, 겨우 매화대원 둘을 보내 죄인을 내놓으라고 요구했다. 단우의 눈이 치켜 올라갔다.

“너희들의 당주에게 가서 전해라. 데려가고 싶으면 직접 와서 데리고 가라고 말이다.”

매량이 돌아와 전하는 그 말에 은현은 실소를 흘렸다. 협상을 원하는 모양인데 내어줄 것이 없으니 그런 것은 하지 않을 작정이다. 그러나 불씨를 그대로 둔 채 은허당을 끌고 나가기란 쉽지 않을 것이다. 그렇다면 이제 양월을 어찌해야 하나?

온 세상을 집어삼킬 듯 내리던 눈도 멈춘 지 오래고, 천상연은 간간이 안개 같은 김을 뿜어낸다. 이런 날씨면 예년에 비해 한 달 정도는 빨리 눈이 녹을 것이다. 눈이 녹으면 봉족군이 순순히 내려가 줄까? 그전에 아래세상에서 무슨 일인가 터질 것만 같다. 유한이 내려간 후, 아래로부터 왠지 모를 불안한 기운이 밀려 올라온다. 감울란이 올라오지 않고 있는 것도 그와 연관이 있는 것은 아닐까 싶다.

만약 정말 전쟁이 일어난다면 은허당은 어떤 선택을 해야 할까?

내내 고심하던 은현은 사혜를 데리고 천상연으로 내려갔다. 아무리 살펴도 모르겠는데 사혜는 여전히 천상연이 변했다고 했다.

"보십시오. 연을 가득 덮고 있는 기운이 다르지 않습니까? 신께서 깨어나고 있는 것이 분명합니다."

사혜를 올려 보내고 하루 종일 천상연 주위를 돌며 생각에 생각을 거듭하던 은현이 늦은 밤, 선원들을 불러 모았다. 매화대에 둘러싸인 채 들어온 그들은 여전히 은현에 대한 두려움과 경계를 거두지 못한 표정들이다.

전 당주 부란에게 충성을 바쳤던 여섯 명의 선원들이 유현란과 마찬가지로 유천궁에 갇혀 버렸다. 게다가 감울란까지 보이지 않는다. 어린 당주가 선원들을 장악한 데 이어 이제 은허당에 깊이깊이 드리워져 있는 부란의 흔적마저 완벽히 지우려고 한다는 생각이 들었다. 정말 무서운 당주다. 유현란은 결국 제가 키운 새끼 호랑이에게 잡아먹혔고, 감울란 또한 부란으로부터 물려받은 매화대의 권력을 몽땅 뺏겨 버린 것 같다. 이제 어느 누구도 당주에 대해 반기를 들지는 못하리라.

"성년식을 앞당기는 일에 대해 의논하려 합니다. 금영란, 회의를 주재해라."

느닷없이 성년식이라니? 그 일을 거론했다가 죽임을 당한 선원도 있고, 결국 한순간에 모든 것을 잃어버린 선원들을 앞에 두고 성년식에 대한 논의를 하라는 것은 무슨 의도인지 모르겠다. 모두들 꿀 먹은 벙어리가 되어 앉아 있었다. 도무지 회의 진행이 되지 않는다.

지켜보고 앉아 있던 은현에게서 조그만 한숨 소리가 새 나왔다. 강압적인 방법으로 꺾어놓았으니 쉬이 없어질 두려움이 아니다. 이것 또한 자신이 극복해야 할 숙제 같다.

선원들을 장악했으니 이제 성년식을 미룰 이유가 없어졌다. 얼른 성년식을 치르고 당당한 당주로 거듭나는 것을 원한다. 여전히 어린아이일 뿐인 당주로 남아 큰 전쟁을 맞닥뜨리고 싶지 않았다. 전쟁은 어느새 생생한 그림처럼 은현의 눈앞에 다가와 있었다.

여전히 말이 없는 선원들을 지켜보던 은현이 먼저 회의의 방향을 잡아주었다.

"양월이 성년식을 서둘렀던 이유를 압니다. 그러니 제가 거부할밖에요. 하지만 목적이 다르다면 받아들일 용의가 있습니다."

은현의 뜻이 전달되자 그제야 회의가 조금씩 진행되었다. 은현은 은화원으로 돌아와 결과를 기다렸다. 새벽녘이 되자 금영란이 회의 결과를 들고 왔다. 결과는 신의 뜻을 받들어 당주의 성년식을 앞당기려고 하니 허락하여 달라는 것이었다. 은현은 만족스런 얼굴로 고개를 끄덕였다.

"수고하였다, 금영란. 그만 가서 쉬도록 해라."

목례를 하고 나가려던 금영란은 끝내 궁금증을 이기지 못하고 물었다.

"하온데 어찌하여 갑자기 성년식을 앞당기려 하시는지요?"

은현은 쉬이 대답을 못한 채 망설였다. 예지의 능력이 뛰어났다던 부란은 정말 앞날을 미리 알아 은허당을 이끌었던 것일까? 자신도 그랬으면 좋겠지만 신은 은현에게 그런 능력을 주지 않았다. 그래서 지금 머릿속을 떠도는 전쟁의 환영에 대해 확신이 없다.

"전쟁이…… 일어날지도 모르겠어, 금영란."

요 며칠, 너무도 당차던 은현의 얼굴에 처음으로 두려움이 일었다. 마치 유현란의 치맛자락에 숨어 선원들을 지켜보던 어린 날의 은현을 보는 듯하다.

"예지를 보신 겁니까?"

금영란이 잔뜩 기대에 찬 눈으로 물었다. 은현은 아니라고 고개만 흔들 뿐 더 이상 설명을 해주지 않았다.

후끈한 불덩이가 혈관을 파고들어 제멋대로 휘젓고 있었다. 온몸을 태워 버릴 듯 이글거리던 그것이 드디어 칼처럼 심장을 파고들었다. 붉게 달구어진 칼, 그 칼을 두드리는 대장장이의 달굼 소리를 따라 울컥울컥, 피들이 동요하고 있다. 울컥울컥, 소리를 따라 심장이 팽창하고 있었다. 열기가 치솟고, 숨결은 가빠진다. 불덩이…… 이 불덩이를 뱉어내고 싶은데 토해지지가 않는다. 심장이 터져 버릴 것만 같다. 정수리로 치받아 오른 열기

로 인해 머리도 터질 것 같다. 참을 수 없는 열기 속에 먼 이명처럼 은현의 흐느낌이 들렸다.

의미없어진 세상은 더 이상 품지 않을 거다. 사랑도 주지 않을 거다. 은허신이 원하는 그 어떤 일도 행하지 않을 거다. 살려주지 않으면…… 아무것도 하지 않겠어. 흑흑흑…….

은현의 세상이 무너지고 있었다. 힘센 당주가 되어 당녀들에게 자유를 주겠다 다짐하던 어린 당주가 절대적인 제 세상을 손에서 놓으려 하고 있었다. 저것을 놓아버리면 그녀 또한 안개처럼 사그라져 버릴 것이라는 생각이 들었다. 놓으면 안 된다고, 지키라고 소리치고 싶은데 토해지지 않는 열기처럼 목소리 또한 나오지 않는다.

인간의 한계로는 참아 넘길 수 없는 처절한 슬픔이 짙푸른 안개가 되어 은현의 몸을 빠져나오고 있었다. 유한은 그것을 향해 손을 뻗었다. 은현의 또 다른 세상인 그는 그녀에게 단 한 자락의 슬픔도 허락하고 싶지 않았다.

유한은 눈물을 거두어내듯 그녀를 감싼 짙푸른 안개를 제 속으로 모두 빨아들였다. 은현의 눈물도, 슬픔도 모두 자신이 감당하고 싶었다. 빨려 들어온 그것이 몸속에서 소용돌이를 쳤다. 심장 속에서 부풀은 불덩어리와 스며든 짙푸른 안개가 부딪치는 순간, 온몸을 잠식하고 있던 불덩어리가 폭발하듯 터져 나왔다. 후끈한 열을 토하며 유한은 눈을 번쩍 떴다.

"정신이 드느냐?"

안개처럼 흐린 정신 너머 천강의 음성이 들렸다. 매화대에 의해 들것에 실려 내려온 지 사흘째 되는 날이었다.

며칠째 산을 헤매는지 모르겠다. 분명 은허당을 향해 걷고 있다고 생각했는데 문득 정신이 들어보면 걸음은 여전히 모화촌 언저리에서 서성인다. 세상은 다시 전쟁의 소용돌이에 휩싸이는 것 같고 천강은 또다시 그 한가운데에 서 있다. 그는 알까, 자신의 아들이 그 전쟁의 소용돌이에 휩쓸려 죽어간 사실을?

볼의 흉터를 파고드는 칼바람이 그의 무심한 시선처럼 아프다. 웅웅 울어대는 그 매서운 칼바람 소리에 아기의 울음소리가 섞여 들렸다. 어미의 젖을 찾는 소리, 살려달라는 울부짖음…….

감울란은 귀를 막고 눈밭에 주저앉았다. 아기에게 죄책감이 들었다, 복수의 칼을 갈며 살아온 마음이 천강을 보는 순간 흔들렸다는 것이. 아주 잠깐, 모든 것을 잊고 천강을 향해 달렸던 제 마음이 어이없어 화가 치밀어 올랐다. 울컥하는 울음덩이를 따라 온 산을 뒤덮을 퀴퀴한 냄새가 진동해 올라왔다. 감울란은 허리를 구부리고 토악질을 했다. 쏟아내어도 쏟아내어도 썩은 내는 가시지 않는다. 간이 녹고, 심장이 오그라들고, 내장이 썩어 문드러진, 새끼 잃은 짐승의 냄새. 굶주린 짐승조차 외면하고 달아날 내장이 썩어 문드러진 여자가 새하얀 눈밭 위에 제 속의 독들을 토해내고 있었다.

"으흐흐흑…… 욱, 욱!"

천강을 따라가…… 유현란이 널 도와주라고 했어…… 매화대가 아기를 잘 지켜줄 거야. 천성계곡에서 만나…….

달콤한 말을 전하던 양월의 날름거리는 혓바닥이 눈앞에서 아른거린다. 아기를 미끼로 던져 두고 내원산을 빠져나가며 회심의 미소를 지었을 유현란과 선원당녀들의 얼굴이 바람처럼 스쳐간다.

저것들을 죽여 버려야지!

그래, 살이 썩어 들어가는 줄도 모르고 이곳까지 달려온 목적은 그것이었다. 지금껏 살아온 이유도 그것이었다. 가자. 가서 마무리를 지어야겠다.

아래세상의 소식을 감추려는 듯 태대산에는 또다시 눈이 쏟아지기 시작했다. 한 치 앞도 분간할 수 없는 눈보라를 뚫고 감울란은 은허당으로 돌아왔다. 통천문을 들어서자 솜덩이 같던 눈은 어느새 날벌레처럼 가벼운 몸이 되어 눈앞을 폴폴 날아다녔다. 하얗게 흩날리는 그것이 만개해 떨어지는 봄꽃처럼 은허당을 고요히 흩날리고, 계절을 잊은 천상연은 마치 봄이라도 온 듯 안개 같은 김을 뿜어 올린다.

흩날리는 그 눈꽃 속에 눈처럼 하얀 장포를 걸친 은현이 수많은 당녀들에 둘러싸여 걸어나왔다. 그리고 순결하고 경건한 얼굴로 안개 같은 김을 뿜어내며 깨어나고 있는 은허신을 맞았다.

"은허신의 뜻으로 모자란 나이에 세상을 품는 어머니가 되었던 어린 은현이 이제 성년이 되었나이다."

폴폴 눈꽃이 흩날리는 날, 은허당의 하늘호수 천상연 앞에서 은허당의 일곱 번째 당주 은현의 성년식이 다급하고 조촐하게 치러지고 있었다.

13. 복수의 칼을 뽑았으나

눈구름이 가득 끼는 이런 날이면 유천궁은 대낮에도 밤처럼 어두워졌다. 축축한 습기와 시린 곰팡내가 진동하고 온기라고는 찾아볼 수 없는 겨울 속의 겨울이 그곳에 있었다.

걸음을 내디딜 때마다 습기 먹은 나무가 늙은 당녀의 흐느낌처럼 삐걱거렸다.

삐걱, 삐걱…….

을씨년스런 그 소리가 멎은 곳은 마루 끝, 유천궁의 가장 구석진 방 앞이다. 방문을 열고 들어서자 미약한 온기가 느껴진다. 들고 온 음식을 탁자 위에 올려두고 명현은 방 안을 살폈다. 구석진 곳, 어둠 속에 유현란이 동그마니 앉아 있었다.

"음식을 가져왔습니다."

“……”

“어머니.”

두어 번 더 부르고서야 유현란이 천천히 다가왔다. 탁자 위에 펼쳐진 음식을 내려다보고 섰던 유현란에게서 약간 노기 띤 음성이 들려왔다.

“어찌하여 음식이 이토록 초라한 것이냐?”

오늘은 당주의 성년식이 치러지는 날이라고 들었다. 눈도 녹지 않은 이 겨울에 중간마을 당녀들의 축복 없이 무엇에 쫓기듯 성년식을 치르는 것도 받아들이기 힘든 일인데 가져온 음식마저 초라하기 이를 데 없다.

“음식은 당주님께서 소박하게 준비하라 명하셔서…….”

“아무리 그래도 당주의 성년식이다! 만발한 꽃들과 비단장포로 치장한 당녀들을 늘어세우진 못하더라도 제단에 올릴 음식만은 어느 때보다 최고로 차려내야 하지 않느냐!”

일개 선원의 생일이어도 이보다는 나은 음식이 나올 것이다. 70여 년 만에 맞는 당주의 성년식을 어찌 이리도 소홀히 다룬단 말인가! 누구에게도 뒤지지 않는 당차고 똑똑한 당주로 키워 가장 빛나는 자리에 앉혀주고 싶었다. 그때가 오면 자신은 이름조차 잊혀진 당녀가 되어도 상관없다고 생각했다. 그런데 이게 뭔가? 은현은 눈꽃이 흩날리는 속에서 쫓기듯 성년식을 치렀고 자신은 평생 해조차 들지 않는 유천궁에 갇혀 있다.

저 바깥에서 도대체 무슨 일이 벌어지고 있는 것일까?

때도 되지 않았는데 천상연이 깨어난다고 하더니 선원이 살해

당하고, 은현이 하루아침에 선원들을 장악했다는 소식도 들려왔다. 은현은 무슨 생각으로 선원들을 장악했을까? 무소불위의 권력이라도 휘두르겠다는 뜻일까? 그러나 그것은 너무도 위험하다. 부란이, 그리고 앞선 당주들이 은현보다 훨씬 강한 힘을 가지고도 왜 그리하지 않았겠는가.

당주는 고결하고 맑은 정신으로 신을 받들고 사랑으로 세상을 품는 어머니다. 별의 기운을 읽어 일기를 예측하고 한 해의 농사를 가늠하여 배고픔으로부터 세상을 구원하는 성스러운 어머니. 그러나 그것은 그저 얻어지는 것이 아니다. 그것은 부와 권력의 바탕 위에서 더욱 빛을 발휘한다. 더러움과 비열함, 추잡한 욕심이 동반되어야 쉽게 이루어지는 것들, 그런 것은 양월과 같은 선원당녀들에게 맡겨두면 되는 것이다. 매화대라는 확실하고 든든한 군대를 가지고 선원들을 적절히 견제하며 얼마나 잘 다스려 나가느냐, 그것이 당주의 능력을 가늠해 주는 것이다.

그런 모든 것을 이해하기에 은현은 아직 너무 어리고 순진하다. 양월의 무리는 결국 사시사철 은허당을 감싸고 있는 짙은 안개와 같은 존재라는 것을 누가 있어 은현에게 가르쳐 줄 것인가? 안개가 거두어진 다음 세상 앞에 적나라하게 드러날 은허당의 모습을 어찌 감당할 것인가?

"성년식은 어땠느냐?"

"조촐히 치러졌습니다."

"조촐히? 초라하게 치러졌겠지. 도대체 선원들은 뭘 하고 있었고, 감울란은 뭘 하고 있었단 말이냐!"

"모든 것은 당주님이 원하신 것입니다."

명현의 단호한 말에 유현란은 분기를 가라앉히려 애를 썼다. 그런 초라한 성년식은 상상도 해보지 않았다. 은허당의 모든 당녀들이 우러러보는 자리에 앉히고 그 어떤 꽃보다도 아름다이…….

찡그려진 유현란의 얼굴을 보며 명현이 다시 단호히 말했다.

"어떤 때보다도 당당하시고 아름다우셨습니다."

그러나 어떤 말도 유현란에게는 위로가 되지 않는다.

은현은 하루에 한 번씩 건평원으로 매화대를 보내 양월을 내어놓아라 압박을 가했다. 파당을 시켰다고는 하나 양월을 건평원에 버젓이 두고는 선원들을 완전히 장악했다고 할 수 없었기 때문이다. 단우는 건평원 문을 꼭 닫은 채 꼼짝도 하지 않고 있다.

은파에서 돌아온 감울란은 매화원림의 구석진 처소에서 두문불출하고 있었다. 은현은 감울란이 언제쯤 자신을 찾아올까 기다리고 있었다. 유현란은 물론이고 그녀가 노리고 있었을 선원들을 모두 유천궁에 가두어 버렸고, 양월은 건평원으로 달아나 버렸으니 감울란은 이제 더 이상 칼을 휘두를 곳이 없다. 감울란이 느낄 허무를 생각하니 너무도 걱정이 되었지만 그들을 감울란의 손에 넘겨줄 생각은 없다. 피는 피를 부를 뿐 상처를 치유해 주지는 못한다.

며칠 만에 감울란이 초췌한 얼굴로 은현을 찾아왔다. 은현은 향이마저 내보낸 채 감울란과 마주 앉았다. 언제나 긴 머리칼에 가려져 있던 얼굴의 흉터가 훤하게 드러나 있다. 두 번 보기 두려울 정도의 그 모습을 안타까운 마음으로 바라보던 은현은 유한을 구해 모화촌에 무사히 데려다 준 것에 대한 늦은 인사를 건넸다.

"수고하셨어요, 감울란."

감울란은 순식간에 선원들을 장악해 버린 은현에 대해 약간의 두려움이 일었다. 여리고 순하고 눈물 많은 은현의 뒷면에 단호하고 과감하던, 얼음보다 차가운 부란이 숨어 있는 것 같다. 그러나 자신은 아무것도 무섭지 않은 허망한 영혼이다.

"양월을 어쩌실 생각이십니까?"

감울란은 은현의 인사에 답하는 대신 그렇게 물었다. 그것 외에는 아무것도 관심없다는 듯.

"어떡하든 건평원에서 끌어내야죠."

"단우가 말하기를 당주님께서 직접 오셔서 데려가라 했다는데 그자를 다시 만나실 생각이십니까?"

"아니, 그럴 생각은 없습니다."

단우를 다시 만나 속내가 빤히 보이는 빈들거리는 그 웃음을 대할 생각은 없다.

"그럼 제게 맡겨주십시오."

"무슨 소립니까?"

"양월은 제가 처리하겠습니다."

사심없는 건조한 음성, 건조한 눈빛…… 그러나 감울란의 온

몸에서 가득 느껴지는 것은 참을 수 없는 갈증이다. 건드리면 바스러져 버릴 것 같은 바싹 마른 심장이 손에 잡힐 것만 같다.

"감울란……."

은현은 저도 모르게 눈물이 핑그르 돌았다. 모든 것을 알면서도 칼을 휘두를 기회마저 빼앗아 버린 자신이 잔인하게 느껴졌다. 그러나 그 복수의 칼이 결국은 감울란 스스로를 향해 휘두르는 칼이 되고 말 것이라는 걸 알기에 두고 볼 수가 없었다.

은현은 눈을 깜빡여 눈물을 감추고 단호히 말했다.

"허락할 수 없어요. 위험합니다."

"자신있습니다."

감울란의 감정이 다소 격해진 것이 느껴지자 은현은 오히려 차분해졌다.

"봉족 왕의 심경을 건드려 우리에게 좋을 것이 없습니다. 아실 만한 분이 그만한 짐작도 안 되십니까?"

톡 쏘는 음성과 함께 차고 냉정한 눈빛이 건너왔다. 감울란은 그 눈빛을 노한 마음으로 바라보았다. 단호한 거부를 하는 은현에게서 모든 것이 느껴졌다. 당주는 모든 것을 알고 있다. 그래서 유현란을 빼돌리고 선원들을 유천궁에 가두어둔 거다.

감울란의 입가에 씁쓸한 미소가 지어졌다. 아무리 가두어두고 감추어둔다 한들 자신의 칼이 닿지 못할 곳은 없다. 두려울 것도 없다. 다만 어느새 가슴 한자리를 차지해 버린 당주로서의 은현에 대한 사랑이 거치적거릴 뿐이다. 안타까이 바라보는 저 따듯한 눈이 성가실 뿐이다.

모든 것을 다 안다고? 무엇을…… 어느 누가…… 감히 무엇을 이해하고 동정할 수 있단 말인가! 새끼 잃은 짐승의 썩은 속내를 보았는가?

"감울란, 난……."

그러나 감울란은 뒷말을 듣지 않은 채 자리에서 일어났다. 그리고 알았다는 듯 가벼운 목례를 하고 은화원을 나왔다. 어차피 허락을 받고자 찾아온 것이 아니었다.

휘적휘적 걸어나오던 그녀는 다시 고개를 돌려 선원당 너머에 있는 유천궁을 살폈다. 반쯤은 토굴에 묻혀 전각의 일부만 삐죽이 드러나 있는…… 습기와 어둠, 그리고 차가운 냉기가 떠도는 곳.

평생을 저곳에서 고통스럽게 살게 될 거라고?

그러나 그것은 감울란에게 조금도 위로가 되지 않는다.

선원당을 내려와 천상연을 스쳐 지난 감울란의 발길은 제단으로 향했다. 은허당은 봄처럼 따듯한 기운이 감도는데 제단 위는 여전히 칼바람이 몰아친다. 부란을 따라, 그리고 은현을 따라 수백 번은 올랐던 제단이 너무도 낯설다. 이곳에서 성년을 맞았고, 파당을 선언했다. 다시 돌아와 부란으로부터 매화대의 전권을 받은 곳도 이곳이다. 철이 든 이후 자신의 영혼이 언제나 머물렀던 곳. 진리이고 생명이던 그곳, 은허당을 내려다보며 감울란은 길고 긴 한숨을 내쉬었다. 저곳이 없었다면 제 존재는 없었을 것이지만 또 저곳이 없었다면 아기가 그리 죽을 일도 없었을 것이다.

나를 낳고 나를 길러준 신의 땅, 저 땅에 뿌리박은 추악한 인간들을 없애 버리려고 한다. 추악한 인간들을 낳은 그 땅 또한 없애 버리려고 한다. 나는 신의 저주를 받을까?

온 산을 가득 덮은 하얀 눈들이 내리쬐는 햇볕에 반사되어 금가루를 뿌려놓은 듯 반짝였다. 저렇게 아름다이 반짝이며 살고 싶었다. 그러나 지금 자신에게 남은 것은 오로지 복수만을 꿈꾸는 살인귀 같은 마음과 추한 외모뿐이다.

천천히 걸음을 옮겨 당도한 곳은 제단 오른편 언덕에 있는 짙은 침엽수 숲이다. 잠시 숲을 살피던 감울란은 숲 가운데에 있는 아름드리나무 아래로 다가갔다. 눈을 가득 이고 뻗어 내린 너른 가지는 자식을 품기 위해 팔을 벌린 어머니의 형상이다.

감울란은 떨리는 손으로 그 나무를 쓰다듬었다. 차고 까칠하지만 손바닥 너머에서 속 깊은 따듯함이 건너온다.

"부란님……."

부란의 영혼이 연기로 화하여 하늘로 올라가고 남은 뼈를 갈아 이 나무 아래에 묻었었다. 그래서 이 나무는 어머니의 나무, 부란의 나무가 되었었다. 감울란은 그 나무에 흉측한 제 얼굴을 기댔다.

"저를 용서하지 마십시오."

핏발이 선 눈으로 달려온 감울란을 품어 안고 매화대의 전권을 내어주며 당신의 목숨까지 맡겼던 부란의 마음이 결국 감울란을 굴복시켰었다. 그렇게 스물세 해를 살았다. 새로운 당주는 이제 성인이 되었고, 부란의 마지막 유언도 끝이 났다.

얼굴을 기대고 있던 감울란은 가슴을 기대고 온몸을 기대었다. 두 팔을 한껏 벌려도 다 품을 수 없는 거대한 나무, 그 나무에 안겨 감울란은 드디어 울음을 터뜨렸다.

"으흐흐흑……."

수타계곡에서 피 묻은 배내옷에 눈물을 쏟은 후, 단 한 번도 소리 내어 울지 않았다. 울 자격이 없는 어미였기에 울 수 없었다. 스물세 해 만에 이렇게 아무도 없는 깊은 산, 눈 속으로 숨어들어 와 어머니의 품 같은 부란의 나무에 안겨 감울란은 통곡을 했다. 그 울음은 아기를 잃은 슬픔의 울음이 아니라 드디어 은허당을 온전히 버리는 울음이다. 스무 해가 넘도록 버리고 또 버려왔었어도 여전히 핏속 골골이 흐르는 은허당…… 떼어내는 그 살점들이 아프다.

휘둘러지는 복수의 칼이 결국은 스스로를 향한 복수의 칼이 되리라는 것을 안다. 가장 마지막으로 그 칼이 꽂힐 자리는 바로 자식을 지켜내지 못한 어미의 심장이 되리라는 것을.

매화원림의 가장 깊은 곳, 감울란의 처소 앞에 십여 명의 매화대원이 무장을 하고 나타났다. 모두들 삿갓을 깊이 눌러쓰고 감울란을 기다리고 있다.

감울란은 의식을 치르듯 경건한 마음으로 옷을 여미고 단도를 챙기고 세검을 허리에 찼다. 침상 옆의 서랍장 문을 열어 피 묻은 배냇저고리를 가슴 깊이 품은 그녀는 마지막으로 삿갓을 깊이 눌러쓰고 방을 나왔다. 마당에는 이미 대원들이 집결해 있었다.

이날을 위해 길러왔다고 해도 과언이 아닌, 자신의 명에 죽고 사는 최정예 매화대원들이다. 이들에게는 누구의 명도 통하지 않는다. 당주조차도 건드리지 못할 감울란의 매화대다.

"마음의 준비는 되었느냐?"

"예!"

단호한 대답 속에 비장함이 서려 있다.

"다시 한 번 말하지만 봉족군을 상하게 하지 마라. 너희들의 목숨을 내주더라도 그들의 피는 한 방울도 보아서는 안 된다. 우리의 목표는 오로지 양월이다."

어둠 속에서 감울란의 눈이 번득였다. 어둠에 잠든 매화원림을 잠깐 응시하던 감울란은 드디어 걸음을 내디뎠다. 그녀가 향하는 곳은 건평원이다. 매화대가 둘러싸고 있는 그 담장을 넘어 들어가 양월의 목숨을 거둘 참이다.

소리없는 감울란의 걸음을 따라 걷는 매화대의 걸음에도 소리가 없다. 비원을 더듬어 건평원 담장까지 이른 그들은 경계를 서고 있는 매화대의 뒤통수를 후려치고 순식간에 담장을 넘었다.

건평원은 쥐 죽은 듯 고요했다. 겨우 서른다섯 남짓 남은 병사로 밤마다 번을 세운다는 것은 역시나 무리였던지 마당을 오가는 병사조차 하나 없다. 이 사실은 이미 밖에서 경계를 서는 매화대로부터 보고받은 사실이다. 건평원의 구석진 곳에 위치한 전각 앞에 다다른 그들은 재빨리 안으로 스며들었다. 그리고 양월의 눈이 되어 살다 양월을 구해내어 도망 나온 매화대들을 손

쉽게 장악했다. 그들의 입에 재갈을 물리고 반항하는 한둘은 순식간에 칼로 베어버렸다. 곯아떨어져 있던 양월은 양손을 묶이고 나서야 잠에서 깨어났다.

"누, 누구냐!"

어둠 속에서 짐승의 눈처럼 번득이는 것이 스륵 다가왔다.

"나야…… 감울란."

감울란?

말투가 왠지 이상하다. 그런데 어둠 속에서 스륵 다가온 감울란이 빙긋 웃기까지 한다.

뭐지? 설마 감울란의 마음이 변한 건 아닐 테고?

고개를 갸웃 기울이는 순간 둔탁한 무엇이 머리를 내려쳤다.

양월이 다시 눈을 뜬 곳은 살이 떨어져 나갈 듯 찬바람이 몰아치는 눈밭이었다. 양손은 등 뒤로 묶여 있었고 양발도 꽁꽁 묶여 있다. 양월은 한참 동안 상황이 판단되지 않았다. 여전히 칠흑같이 어두운 밤이다. 이곳은 태대산의 어디쯤 같았다. 이대로 잠시만 더 있다가는 얼어 죽을 것만 같은 생각이 들었다.

"누구 없느냐! 나 좀 살려다오!"

소리에 답하듯 바람이 짐승 같은 울음소리를 내며 지나갔다. 그곳에 들어앉아 있으면 아무리 당주라도 어쩌지 못할 것이라 생각했던 건평원으로 감울란이 과감히 찾아왔다. 감울란이 그런 무모한 짓을 할 리는 없고, 필시 은현이 보낸 것이라고 생각했다. 어린 당주의 무모함에 두려움이 일었다.

"아무도 없느냐!"

다시 한 번 외치는 음성에는 울음기까지 섞여 있다. 그것이 추위 탓인지 두려움 탓인지 스스로도 알 수 없다.

"두려우냐?"

처음에는 바람 소린 줄 알았다, 너무도 나직하고 섬뜩한 음성이었기에. 그러나 스륵 다가오는 것은 바람이 아니라 사람의 형상이다. 양월은 반가운 마음에 그림자를 향해 기듯이 다가갔다.

"누구냐? 날 좀 풀어다오."

가까이 다가온 그림자는 거친 손으로 양월의 턱을 들어 올리고 제 얼굴을 들이대었다.

"나다, 감울란."

바짝 다가온 눈은 짐승의 눈처럼 푸른 광채를 내고 있었다.

"가, 감울란?"

감울란은 흥분한 범처럼 감정을 주체하지 못한 채 양월의 주위를 어슬렁거렸다. 먼 작약산에서 수타계곡까지 미친 듯이 달리던 그때처럼 피가 들끓었다. 어둠 속에서 길을 잃은 채 휘몰아치는 칼바람이 그녀의 감정을 더욱 부추기는 것 같다.

어떻게 죽여줄까? 저 혀부터 잘라내어 난도질을 해줄까? 저 사악한 눈부터 파내어줄까? 아니지, 고통에 떨어대는 소리를 들어야 할 테니 혀는 두고 사지를 먼저 잘라주자. 잘려 나간 제 사지를 보아야 할 터이니 눈도 나중으로 미루자. 흐으…… 흐으…….

비어져 나오는 소리는 웃음인지 신음인지 분간이 가지 않는다. 엉금엉금 기어온 양월이 감울란의 다리에 매달리듯 얼굴을 기대어온다.

"감울란…… 나 좀 봐. 응? 잘 생각해 봐. 당주가 아무리 발버둥을 쳐도 선원들을 이기지 못해. 너도 잘 알잖아. 지금껏 은허당이 버텨온 건 모두 봉족 왕과 친분을 쌓아온 내 덕이란 걸 말이야. 내가 잘못되면 봉족 왕이 가만있을 것 같니? 은허당은 무사할 것 같아? 유현란이 있었다면 이런 어리석은 결정을 내리진 않았을 거야. 당주는 너무 어려. 그러니 감울란, 네가 좀 설득해 봐. 당주를 설득할 사람은 너밖에 없어."

감울란은 다급히 매달려 오는 양월을 멀뚱히 내려다보며 중얼거렸다.

"난 은허당이 어찌 되든 관심없어."

"뭐?"

"못 들었어? 난 은허당이 어찌 되든 관심없다고. 너희들을 어떻게 죽여줄까? 그 생각뿐이야."

양월은 감울란에게서 건너오는 섬뜩한 기운을 느끼며 다리에서 얼른 떨어져 나왔다. 당주가 시킨 일이 아닌가? 그러고 보니 말투도 음성도 달라졌다. 생각할 틈도 없이 서늘한 칼자루가 턱을 들어 올렸다.

"재물도 모으고 권력도 가지고…… 그동안 행복했니? 즐거웠어?"

"왜, 왜 이래, 감울란?"

"난 사는 게 지옥 같았어. 날마다 너희들을 죽이는 상상을 했지. 부란님의 유언이 발목을 붙들지만 않았어도 이렇게 오랜 세월 기다리진 않았을 거야. 그때, 수타계곡에서 돌아왔을 때 끝장 냈었어야 했는데 말이야."

몰아치는 바람에 양월의 몸이 휘청했다. 감울란은 지금 대전쟁 때의 얘기를 하고 있는 것이리라.

봉족군에게 몰려 내원산 계곡에 옴짝달싹도 못한 채 잡혀 있던 부란을 구할 방법을 모색하던 중 감울란이 낳은 천강의 아기를 떠올린 것은 유현란과 몇 해 전에 이미 죽은 세단아였다. 천강의 아기는 봉족군의 눈을 돌릴 최고의 미끼였다.

"내, 내가 아냐. 유현란이 저지른 일이었어! 오래전에 죽은 세단아와 유현란이 꾸민 일이었어!"

"너희들도 그 자리에 함께 있었지."

"우린 그냥 가만있었어. 한마디도 하지 않았다고!"

"너희는 침묵으로 동조를 했어. 아기가 미끼로 쓰일 걸 뻔히 알면서 말이지? 그리고 넌…… 날 찾아와 그 거짓 혀를 날름거렸어!"

누구든 한 사람만 반대를 했었어도 일은 진행되지 않았을 것이다. 그러나 어느 누구도 아기의 생명은 안중에 없었다.

"당주님을 구하는 일이었어. 어떻게 반대를 할 수 있었겠어?"

그래, 은허당과 당주의 이름 앞에 세상 모든 생명이 너희들에게는 먼지 같은 존재였겠지. 그런데 그 먼지 같은 존재가 내게는 세상의 전부였어. 내가 세상에 태어나 가질 수 있었던 유일한 존재, 오로지 나만의 것, 내 생명 위의 생명!

"당주님을 구할 생각이었으면 차라리 너희들의 생명을 던지지 그랬니? 그럴 용기들은 없었니? 아니, 그럴 생각이 없었겠지. 다들 죽기는 싫었을 테니까."

"봉족군이 우리 같은 것을……."

"왜 내 아기였어? 난 그때 이미 파당을 했고, 당주님께 충성을 바칠 의무도 없었는데? 왜? 왜 하필 내 아기였어!"

감울란은 두 눈에 불똥을 튀기며 소리를 쳤다. 순간, 바람을 타고 비수처럼 날아와 박히는 말이 있다.

"천강의 아들이었으니까."

매서운 바람은 흘러내린 눈물조차 얼려 버린 듯 차고 넘치는 눈물이 떨어져 내리지 않는다.

천강…… 당신이 원망스러워. 아니, 당신을 사랑한 나를 증오해. 당신의 이름에 목을 매고, 그 사랑에 눈이 멀어 아기에게 닥친 위험조차 감지 못한 내 어리석음을 증오해.

"덕분에 넌 네가 가질 수 있는 모든 걸 얻었잖아? 매화대 최고의 자리에 앉았고, 아무도 가져보지 못한 권력도 가졌어. 그만하면 충분한 보상이 되지 않았니? 재물이 필요하면 그것마저 가지게 해줄게. 나만 살려주면……."

양월의 말들이 비수가 되어 가슴에 박힌다. '아기를 잃은 대신 가질 수 있는 모든 것을 가진 여자'. 그것이 바로 매화대 대장 감울란이었던 것이다.

몰아친 바람이 광포한 짐승처럼 그들을 휘감았다. 어둠 속에서 감울란의 눈이 짐승의 눈처럼 푸른빛을 발했다. 이성을 잃은 짐승은 날카로운 붉은 혀를 날름거리는 양월의 가슴에 순식간에 비수를 꽂았다.

"헉……! 나만 살려주면 내가 가진 땅을…… 다 줄게."

날름거리는 붉은 혀는 여전히 멈추지 않는다. 감울란은 그 심장에 다시 칼을 박았다.

그 날름거리는 혀 좀 멈출 수 없니? 구역질나!

끈적끈적 매달려 오는 양월의 손을 털어내고 다시 칼을 박았다. 아이를 앗은 은허당을 향해 칼을 박고, 유현란을 향해 칼을 박고, 양월과 선원당녀들을 향해 다시 박고, 어리석은 자신을 향해 비수를 박았다.

"으아아악……!"

온 산을 뒤덮는 그 소리는 몰아치는 바람 소린지 짐승의 울음 소린지 분간이 가지 않았다. 미친 듯이 칼을 찔러대는 감울란의 얼굴에 뜨거운 물이 흘러내렸다. 그것이 제 속에서 솟아난 눈물인지 양월에게서 튀어온 핏물인지 분간이 가지 않는다.

피비린내가 진동을 하는데, 비수 같은 붉은 혀도 더 이상 날름거리지 않는데, 감울란의 칼은 멈출 줄을 모른다.

아무리 찔러대도 시원하지가 않다. 후련하지가 않아. 조금도 위로가 안 돼!

건평원에서 죽은 매화대의 시체가 들것에 실려 나왔다. 양월이 수족처럼 부리던 십여 명의 매화대에서 배신자가 나온 것이다. 배신한 그들은 저항하는 매화대를 죽이고 양월을 빼내어 달아났다. 달아난 매화대가 감울란에게 투항하며 실토한 사건의 전말은 그것이다.

은허당에서 전해온 말이 그랬다. 그러니 단우로서도 무어라 할 말이 없었다.

양월의 시체는 은허당의 마지막 관문인 통천문에 걸려 있었다. 내장이 파열되어 흘러내리고 가슴이 갈가리 파헤쳐진 끔찍한 모습이었다.

당녀들은 두려운 눈으로 은화원을 바라보았다. 당주는 여전히 투명하고 여린 얼굴로 은화원 뜰을 거닐고 있었다. 겉모습으로 보는 당주는 양월을 그렇게 처참히 죽여 통천문에 걸어두라는 명을 내릴 만한 사람으로는 도저히 보이지 않았다. 그러나 순식간에 선원들을 장악해 버리던 그날 밤의 모습을 생각하면 양월에게도 충분히 그러고도 남을 사람으로 생각되었다. 여리고 온화한 저 얼굴 속에 숨은 것은 얼음보다 차가운 범, 부란이리라.

은현은 뜰을 거닐며 감울란을 기다렸다. 감울란은 한나절이 지나도록 나타나지 않았다. 그녀는 완벽히 은현의 명을 거역했다. 내장이 흘러내린 시체를 걸어두다니, 그것은 은허당에 대한 도전 같았다. 감울란의 분노를 이해했지만 그것을 다 감당할 수 없었다.

감울란은 제단 맞은편 산 중턱에 올라 아래를 내려다보았다. 멀리 보이는 은허당은 고요하지만 낭자한 양월의 시체를 통천문에 걸어두고 올라왔으니 한바탕 소란이 벌어졌을 것이다.

당주는 이미 모든 것을 짐작하고 있겠지?

건평원에 숨어 있던 양월마저 저 지경이 되었으니 아무리 가둬두고 숨겨두어도 감울란의 칼이 닿지 못할 곳은 없다는 것도 알았으리라.

어떤 반응을 보일까? 벌을 내릴까, 아니면……?

감울란은 자신의 행동이 여기에서 멈춰지지 않을 것이라는 걸 안다. 온몸에 피를 튀기며 칼로 찌르고 포효를 하고 미친 여자처럼 시체를 끌고 내려가 통천문에 걸어두고 올라왔어도 분이 풀리지 않는다. 조금도 위안이 되지 않는다. 오히려 눌러왔던 분기가 한꺼번에 터져 올라와 견딜 수가 없다.

은허당을 살피던 감울란의 눈은 선원당을 지나 유천궁에서 멈췄다.

유현란, 널 죽이고 나면 좀 나아질까? 정말이지…… 참을 수가 없어!

감울란은 찌릿 매워오는 코끝을 신경질적으로 비비며 먼 산 아래를 내려다보았다. 보이는 것은 온통 새하얀 눈뿐이지만 그녀의 눈앞에는 전쟁에 휘말린 은파의 거리가 펼쳐졌다. 그 한가운데에서 칼을 휘두르는 천강이 보였다. 유한도 보였다. 그들은 다시 은파를 찾을 것이다. 그럴 거라고 확신했다.

은현은…… 당주는 정말이지 다치게 하고 싶지 않다. 처음의 계획은 유현란 앞에서 유현란이 목숨처럼 여기는 당주의 목숨을 끊어주고 싶었지만 제 속에서 자란 은현을 향한 모성을 끝끝내 끊어내지 못했다. 어느새 당주로서의 은현을 사랑해 버렸다. 은현을 지켜달라던 유한에게 나쁜 사람으로 기억되고 싶지도 않다. 그러니 당주가 자신의 앞을 가로막지 않기를 바란다.
감울란은 해가 뉘엿 기우는 것을 보며 칼을 들고 일어났다.

감울란은 검고 마른 얼굴로 은화원을 찾아왔다. 그녀는 온몸에서 번져 나오는 슬픔과 분기를 스스로도 감당 못하고 있는 듯 보였다. 은현은 그 모습을 아픈 눈으로 바라보았다. 양월을 죽였다 하여, 그리고 유천궁에 갇힌 선원들과 유현란을 죽인다 하여 사라질 슬픔과 분기가 아니라는 것을 감울란은 여전히 모르는 것 같다.

은현은 양월을 왜 죽였느냐, 묻지도 않고 명을 거역한 것에 대해 화도 내지 않는다. 그저 따듯한 눈으로 바라보았다. 감울란은 아픔이 가득 배인 은현의 따듯한 눈을 견딜 수가 없었다.

자식 같은 어린 당주의 눈이 그녀에게 아프냐고 묻고 있다. 얼마나 아팠느냐고, 힘들었느냐고 묻고 있다. 그것은 긴긴 세월 어느 누구도 물어주지 않던 말, 물어서는 안 되었던 말이다.

저 어린 당주는 무엇을 알아 저런 눈을 할까? 새끼가 무언지, 어미가 무언지…… 그 무엇을 알아 저런 눈으로 바라볼까?

세상의 이치를 다 알아버린 부란의 눈처럼, 그러나 세상의 비열함은 조금도 모르는 어린 눈이 눈물을 가득 머금고 다가왔다. 풀잎처럼 여리고 보드라운 손이 감울란의 거친 손을 덮어왔다. 은현의 눈에서 천상의 눈물이 떨어져 내렸다.

"감울란……."

복수의 피로 범벅이 되었던 그 손에 떨어지는 당주의 눈물, 그것은 뿌리 깊이 은허당에 물들어온 감울란의 마음을 견딜 수 없게 했다. 감울란은 얼른 손을 뺐다. 두 번 다시 저 눈물에 속지 않을 거다. 부란의 눈물에 속아 허비한 세월이 스무 해가 넘는다. 겨우 스무 해를 살아온 어린 당주가 나의 무엇을 알겠는가. 새끼 잃은 어미의 눈물을 어찌 알겠는가. 다…… 거짓 눈물일 뿐이다.

"양월을 죽였습니다."

감울란은 망설임없이 말했다.

"유천궁에 있는 선원들을 주십시오."

"그러지 마세요, 감울란."

"그곳에 숨겨둔 유현란도 주십시오!"

유현란의 이름을 외치는 순간 감울란의 음성은 위협적으로 변했다. 핏발이 도는 눈은 섬뜩하기까지 하다. 그러나 은현은 움푹 팬 흉터가 움찔거릴 때마다 두려움에 앞서 눈물이 먼저 났다. 움찔거리는 그 흉터가 제 상처처럼 아팠다. 그 눈물이 감울란을 성가시게 했다. 단단해진 줄 알았더니 당주는 여전히 눈물투성이 어린애였던 모양이다. 그것이 감울란을 더욱 화나게 만들었다. 감울란은 분기를 감당하지 못한 채 서성거렸다. 은현은 더 이상 하늘 같은 당주로 느껴지지 않았다. 그래서 그 앞에서 하는 행동도 거침없었다.

"현란을 주십시오!"

거친 손이 탁자를 내려쳤다. 기어이 주지 않겠다면 매화대를 이끌고 유천궁을 칠 수밖에 없다. 매화대는 당주의 매화대이나 또한 감울란의 매화대이기도 하다. 감울란이 있는 한 당주가 완벽하게 장악할 수 없는 것이 매화대라는 걸 은현도 잘 알 것이다.

버릇없고 사나운 감울란의 눈을 바라보며 은현이 대답했다.

"난 그들을 줄 수 없어요, 감울란."

여전히 여리고 눈물 가득한 눈이지만 흘러나오는 말은 차고 단호하다.

"그들은 평생 해를 보지 못한 채 그곳에 갇혀 생을 마감할 거예요. 그 삶이 죽음보다 낫다고는 할 수 없을 겁니다. 그러니……."

"주십시오! 주시지 않으면…… 빼앗을 수밖에 없습니다."

감울란의 눈은 이미 이성의 끈을 놓아버린 듯했다. 하긴, 낭자당한 양월의 시신은 이성이 있는 사람으로서는 저지를 수 없는 모습이었었다. 은현은 무엇으로도 감울란을 설득시킬 수 없으리란 것을 알았다. 은현의 표정은 드디어 단호해졌다. 그때껏 잡고 있던 감울란의 손도 놓아버렸다. 따듯함만이 사랑은 아니다. 비극을 막을 수만 있다면 감울란에게도 충분히 단호해질 수 있다.

"빼앗아가려면 빼앗아가 보세요."

당돌하게 대어드는 말에 감울란의 흉터가 움찔거렸다.

"유현란은 제 어머닙니다. 잊으셨습니까?"

순간, 감울란의 손이 칼아 닿았지만 뽑아 들지는 않았다. 참을 수 없는 분기보다 당주를 다치게 하고 싶지 않다는 이성이 더 강했다. 비켜주지 않는다면 돌아서 가면 된다. 이번에는 결코 물러서지 않을 생각이니까.

터질 듯한 눈으로 서로를 노려보고 있는 방 안으로 향이 뛰어들었다.

"큰일 났습니다!"

두 사람의 눈이 동시에 향에게로 향했다.

"중간마을에 봉족군이 들이닥쳤답니다. 당녀들을…… 당녀들을 유린하고 있다고 합니다."

감울란은 은현의 명령보다 더 빠른 속도로 매화원림을 향해 본능처럼 달렸다.

14. 나의 당녀들

단우는 여유롭게 앉아 차를 마시고 있었다. 방금 전 반유가 중간마을을 장악했다는 보고가 올라왔다. 곧 당주가 찾아오지 않을까 생각하고 있는데 역시나 보초가 당주의 방문을 알렸다.

동그란 눈과 하얀 얼굴이 마냥 귀여워만 보이던 당주는 며칠 못 본 사이 속내를 간파하기 어려운 난해한 여자로 변해 있다. 그녀를 바라보는 자신의 눈이 변한 것인지 아니면 당주가 이제야 본성을 드러내는 건지? 어쨌든 재미있는 건 그 모습이 사내의 욕심을 한층 북돋운다는 것이다. 설레던 소년의 마음이 비릿한 사내의 마음으로 변했다.

"고고한 당주께서 어인 일이시오?"

단우의 얼굴에는 여전히 어린애 같은 화가 가득하다.

"중간마을에 들어온 군사들을 당장 물리세요!"

여전히 버릇없고 여전히 도도한 은현이다. 단우는 픽, 웃음을 흘렸다. 손수 찻잔을 들고 온 단우는 은현의 뒤편에서 어깨 너머로 찻잔을 내렸다.

"조건이 있소."

중얼거리는 소리와 함께 귓불에 뜨거운 입김이 후끈 스친다. 짙은 차향과 함께 건너오는 그것은 은현이 한 번도 느껴보지 못한 비릿한 사내의 냄새다. 목덜미에 소름이 돋았다.

은현은 입술을 꼭 깨물었다.

"눈이 녹으면 함께 남광으로 갑시다."

툭 던지는 말에 찻잔을 들던 은현의 손이 멈추었다. 빤히 올려다보는 눈을 보니 방금 자신이 들은 말의 진위를 파악하지 못하겠다는 표정이다.

"좀 더 자세히 설명해 드릴까요?"

팔짱을 낀 채 노려보는 단우의 눈은 정복자의 눈처럼 위압적이기까지 하다.

"설마 내가 단순한 호기심으로 은허당을 찾아왔다고 생각하는 건 아니겠지요?"

노려보는 눈 속에 가득한 생각을 은현은 다 가늠할 수가 없다. 단우가 원하는 것이 어디까지인지, 자신이 들어줄 수 있는 것이 과연 있기나 한 것인지?

단우는 의자에 기댄 채 새파래진 은현의 얼굴을 무심히 건너다보았다. 잔뜩 경직된 것을 보니 생각보다 더 큰 충격을 받은 모양이다. 이런 위압적인 방법은 결코 쓰고 싶지 않았지만 그녀가 쳐놓은 은허신이라는 울타리가 너무 견고했었다. 그것은 이런 방법이 아니고서는 도저히 뛰어넘을 수 없는 벽이었다고, 굳이 핑계를 대자면 그거다. 그리고 유한 그 녀석의 일만 없었다면 이쯤에서 한발 물러설 수도 있었다. 은현과 유한에게 농락을 당한 듯한 느낌이 그의 가슴에 불을 질렀다. 자비를 베풀고 포용하는, 생리에 맞지 않는 그런 짓 따위는 이제 하지 않을 거다. 한껏 치졸해져 버릴 참이다.

나의 치졸함을 탓하기 전에 너의 거짓됨을 먼저 반성하는 게 옳을 거다.

약간 두려움이 깃든 은현의 눈을 보며 단우는 거침없이 말했다.

"난 그대를 원하오."

은현의 고개가 갸웃 기울었다. 단우는 그 귀여운 모습조차 즐기지 않았다.

"혼인 말이오. 중간마을을 구하고 싶으면 나와 혼인을 해야 하오."

단우는 '혼인' 이라는 말을 참 가볍고 장난스럽게 중얼거렸다.

"혼인을 하고 남광에 함께 가는 거요. 이곳의 차나무도 가져다 심고 비원도 옮겨다 드리겠소. 꼭 같은 숲을 만들어 드리겠다, 그 말이오."

거침없이 나오는 말들이 어이가 없다. 짐작하고 대비하고 있었던 일이지만 그의 요구는 은현의 짐작을 넘어섰다. 이런 식의 막무가내 같은 협박을 하리라고는 상상도 못했다.

중간마을에는 신의 이름 앞에 순결을 유지하며 살아가는 당녀들이 수십이다. 일 년에 딱 두 번, 신의 이름으로 사내를 받아들이고 그것조차 신의 뜻으로 여기며 살아가는 당녀들도 수십이다. 태어나 지금껏 보고 들은 것은 은허당뿐인 이들, 이곳을 떠나서는 삶도 죽음도 생각하지 못하는 늙고 병든 당녀들도 수십이다. 당주의 발걸음 한 번조차 경이로운 눈으로 바라보던 어리고 맑은 눈들 또한 얼마나 되던가?

"지금 봉족군이 저지르고 있는 일이 얼마나 어이없고 끔찍스러운 일인지 생각해 보셨습니까!"

은현의 노기 어린 음성이 방 안을 울렸다. 어린애도 아닌 사람이 어찌 이리도 어처구니없는 짓을 저지르는 것일까?

분기를 감당하지 못한 채 파르르 떨고 있는 은현을 보며 단우는 다시 빙글 웃었다. 당주가 저리 분노하는 것들이 자신에게는 그다지 중요한 일이 아니니 상관할 바가 아니다. 그래도 한 번쯤 동조해 줘야 하나, 생각하던 단우는 그러지 않기로 했다. 다른 생각을 못하도록 몰아붙여 버릴 참이다. 섣부른 자비로 지난번처럼 시간 낭비할 마음 없다.

"그들이 걱정되시면 얼른 결정을 내리시면 되지 않겠습니까?"

"난 은허당의 당주입니다. 당주가 어떤 자린지 몰라서 그런 말을 하십니까?"

"아니까 혼인해서 데려가겠다는 것이오. 이런 미친……."

겨우 스무 살짜리 어린 여자를 당주로 앉혀두고 평생 형체도 없는 신이나 모시게 하는 이런 미친 여자들의 집단 속에서 그녀를 꺼내주겠다는 것이다. 물론 20여 년을 이 속에서 세뇌되어 살아온 이 여자가 그걸 받아들일 리 없겠지만 남광에 가서 살다 보면 이곳이 얼마나 우스꽝스럽고 잔인한 집단인지 알게 될 것이다.

아니, 어쩌면 이미 알고 있는지도 모르지. 유한을 이곳까지 끌어들이고 또 대범하게 빼돌리는 걸 보면 당주는 어쩌면 자신이 알고 있는 것보다 훨씬 더 맹랑한 계집일지도 모른다. 저 도도하고 말간 눈 속에 유한을 가득 담았다 생각하자 또다시 화가 치밀어 오른다.

"계집들의 순결을 가지고 흥정하는 짓 따위, 나도 길게 하고 싶지 않소."

번득이는 눈이 코앞에 다가와 으르렁거렸다. 지금껏 보아왔던 그의 모습은 다 무엇이었을까? 기분 나쁘게 빈들거리긴 했었어도 약간은 소년 같은 느낌이 드는 고요하던 그 사내는 어디로 가버린 것인지? 마치 다른 사람을 보는 것 같다.

처음부터 은허당에 대한 존중의 마음이 전혀 없던 자였다. 은허당과 당주의 의미에 대해 어떤 설명을 하더라도 단우의 마음은 변하지 않으리라는 생각이 들었다. 이런 자와는 더 이상 얘기하고 싶지 않다. 은현은 자리에서 발딱 일어나며 매량을 불렀다.

"매량!"

그리고 눈을 여전히 단우에게 고정시킨 채 명을 내렸다.

"매화대를 당장 건평원으로 불러들여 봉족군을 무장해제 시켜라! 이 순간부터 이들은 은허당의 손님이 아니라 포로다!"

노려보는 눈에 불꽃이 튄다. 무력으로 여인의 마음을 장악하려 하다니, 참으로 어리석은 사내다. 가련한 자로다.

순식간에 들이닥친 백여 명의 매화대 앞에 봉족군은 무장해제를 당했다. 단우의 방 앞에는 봉족군의 호위들 대신 매화대가 늘어섰다. 당주의 명만 떨어지면 당장 그의 목이라도 베어버릴 기세다. 단우는 시종일관 팔짱을 낀 채 그 모습을 지켜보았다. 단호한 명을 내리던 은현은 여전히 태평하게 앉아 있는 단우를 바라보다 시린 미소를 베어 문 채 방을 나갔다.

돌아나가는 그녀의 입가에 비친 것이 조소였던가?

그는 생각했다.

은현은 천풍루에 올라 주먹을 쥔 채 건평원을 노려보고 있었다. 사방을 하얗게 뒤덮고 있는 눈은 부서지는 햇살에 반짝인다. 눈발을 싣고 달려와 울음 우는 바람은 저 산 너머에 있을 중간마을 당녀들의 울부짖음 소리 같다.

당주님……!

당주님……!

언제 어디서든 자신들을 지켜주리라 믿고 있는 그들의 당주. 그들의 하늘이고 그들의 땅인 은현. 그러나 그 당주는 지금 무엇을 어찌해야 할지 몰라 눈물만 삼키고 있다. 어느 곳 하나 의지할 곳도 없고 의논할 사람도 없다. 오롯이 혼자 싸워 이겨내야 한다.

어찌해야 하나? 저자를 어찌해 줄까?

단우를 떠올릴 때마다 피가 거꾸로 치솟을 것 같다. 은현은 피가 터질 듯 주먹을 그러쥐었다. 은허당도, 당주의 이름으로도, 어린 여자 은현도 그자를 강하게 거부한다. 무력으로 여인을 훔치려는 자에게 내어줄 것은 아무것도 없다.

감울란이 매화대를 이끌고 내려갔으니 일단은 기다려 보자. 매화대는 수백 년간 이곳을 지켜온 군대다. 그리 쉽게 무너지진 않을 것이다. 은허당이 단우의 목숨을 쥐고 있는 한 봉족군 또한 함부로 행동하진 못하리라.

꼭 깨문 입술 사이로 조그만 소리가 흘러나온다.

"유한……."

소리가 바람에 실려갔다.

매족이 가장 먼저 장악해야 할 땅은 서라연이다. 서라연은 은파와 남광을 잇는 가장 중요한 요충지이자 봉족군의 중간 집결지다. 그곳을 장악하고 길을 차단해 버리면 은파의 봉족군은 완벽하게 고립된다. 지난 대전쟁 때, 매족이 은파를 잃은 것도 서라연을 빼앗긴 것이 결정적이었다.

은파의 봉족군은 최소한으로 반경을 좁혀 사방을 둘러싼 매족과 대치한 채 남광에서 달려올 지원군을 기다리고 있었다. 은허당에서 내려온 반유가 왕의 호위부대를 이끌고 태대산으로 오르고 난 후에 벌어진 사태였기에 산으로 오른 그들은 전쟁이 시작된 사실을 까맣게 모르고 있었다.

매족은 봉족군과 대치하고 있는 최소한의 군사만 남겨둔 채 은파 외곽으로 빠져나가 서라연으로 진군했다. 그들을 이끄는 최전방에 말을 타고 달리는 유한이 있었다.

모화촌에 도착한 지 사흘 만에 의식을 되찾은 유한은 놀랄 정도로 빠르게 몸을 회복했다. 등에 길게 사선으로 그어진 칼자국은 놀라운 치유력으로 스스로 흔적을 지워갔다. 믿을 수 없는 눈으로 바라보는 청년들에게 촌장 사현은 은허당 당주의 치유력이라고 설명해 주었다. 그렇지 않고서는 상처가 이렇게 빨리 아물리가 없다고 했다.

유한은 안개 같은 희뿌연 기억 속에서 들려오던 목소리를 떠올렸다.

의미없어진 세상은 더 이상 품지 않을 거다. 사랑도 주지 않을 거다. 은허신이 원하는 그 어떤 일도 행하지 않을 거다. 살려주지 않으면…… 아무것도 하지 않겠어. 흑흑흑…….

무너져 내리는 울음소리와 함께 견딜 수 없는 슬픔의 빛을 뿜어내던 은현, 감당할 수 없는 그 슬픔이 자신을 살렸다. 그리고 의식이 저만치 달아날 때마다 자신을 붙들던 은현의 음성.

"나 포기하지 마, 유한."

그 음성이 멀어지던 유한의 의식을 붙들었다.

은현의 치유력이 닿아 소생하는 제 몸을 보며 견딜 수 없이 마음이 아팠다. 은현은 마음이 아프면 치유의 능력이 발휘된다고 했었다. 의식 잃은 자신을 향해 통증 같은 푸른 기운을 뿜어내었을 은현의 마음이 손에 닿을 듯 느껴진다.

미안…….

풍전등화 같은 그곳에 은현을 두고 내려올 수밖에 없었던, 내려와야만 했던 자신의 처지가 미안했다. 상처 입은 몸도 미안했다. 제 몸의 상처가 은현의 마음에 고스란히 상처를 내었으리라는 것을 안다.

사현은 호기심 어린 눈으로 유한의 등을 살폈다. 당주의 치유력은 젊었을 적에도 두어 번 보았었다. 그러나 상처가 이처럼 말끔해지는 것은 처음 본다. 별 힘도 없고, 능력도 모자란 당주라 들었는데 잘못 알고 있었던 건가?

"당주의 치유력은 함부로 드러내지 않는 법인데 어째서 네게 이토록 강한 기운을 불어넣었을까?"

의구심이 가득한 사현의 눈을 보며 유한은 아무 말도 하지 않았다. 지금은 아무 말도 하고 싶지 않다. 오로지 제 몸을 가득 흐르는 은현의 기운을 느끼고 싶을 뿐이다. 식욕이 당기고, 몸이 가벼워지고, 머리가 맑아지는 매 순간마다 은현이 느껴졌다. 그 애틋한 마음이 심장에 닿아 있는 듯 서라연을 향해 진군하는 지금도 간간이 마음이 아프다.

제발 무사하기를, 잘 견뎌주기를…….

전쟁이 선포되는 순간, 모든 사람들의 의견은 당장 은파를 장악하고 은허당에 오른 단우를 생포하자는 데 모아졌다. 현재 매족의 군력이면 충분히 승산있는 계획이었다. 그러나 유한은 반대했다. 은파를 장악하는 순간, 매족은 또다시 남광에서부터 밀려드는 봉족군과 긴긴 전쟁을 치러야 할 것이라는 것이 유한의 의견이었다.

"빠르고 완벽한 승리를 위해서는 서라연을 장악하여 남광에서 오는 봉족의 지원부터 끊어야 합니다. 또한 서라연을 장악함으로써 해족을 비롯한 다른 부족들의 동참을 유도할 수도 있을 것입니다. 지금 서라연에는 단우가 데려온 봉족의 최정예부대가 주둔하고 있습니다. 그들을 꺾어버린다면 봉족군의 사기는 일순간에 땅에 떨어질 것입니다. 그런 다음 우리는 밖에서부터 은파를 공격해 들어오면 됩니다."

그땐 이미 은파의 봉족군은 사기가 떨어질 대로 떨어져 버린 독 안에 든 쥐가 될 것이라는 설명이었다.

"그렇게 되면 은허당이 위험해질 수도 있다, 유한."

사현의 말에 유한은 잠깐 움찔했다. 궁지에 몰린 은파의 봉족군이 달아날 곳은 은허당뿐이다. 전쟁 소식이 단우에게 닿는다면 그 또한 가만있지 않을 것이다. 그러나…….

"매화대가 있으니 잘 버텨줄 것입니다."

버텨줘야 한다. 전쟁을 가장 빠른 시일에 끝낼 수 있는 길은 이 길뿐이다. 가장 빠르게 승리하여 힘을 갖는 것, 그것이 은허당과 은현을 가장 안전하게 지켜낼 수 있는 길이기도 하다. 감울란을 믿고 은현을 믿는다.

천강은 말 위에 앉아 군사들을 독려하다 문득 유한을 돌아보았다. 아들의 얼굴은 빛이 난다. 대전쟁을 이끌던 그때의 자신처럼……

그 옛날 자신은 빛을 잃고 패배자가 되어 이곳을 떠났었지만 유한은 저 빛을 잃게 하고 싶지 않다. 전쟁의 한가운데에 서서 가장 빛나는 승리자가 되길 바란다. 그렇게 될 것이라고 믿는다.

뿌듯한 눈으로 바라보던 천강의 눈이 일순간 어두워졌다. 눈을 뜨던 순간 유한은 감울란부터 찾았었다. 산을 내려오는 내내 유한의 곁에 있었던 사람이 감울란이었다는 뜻이다. 다행인지 불행인지 두 사람은 서로를 알아보지 못한 듯하다.

미끼로 이용되어 죽은 줄 알았던 아들이 이렇게 멀쩡히 살아 있다는 것을 알면 감울란은 어떤 표정을 지을까?

믿을 수 없지만 감울란은 그 대가로 매화대의 전권을 손에 넣었고 지금도 매화대를 이끌고 있다.

부란에 대한 충성심 때문이었을까? 아니면 내가 원망스러워서였을까? 자식을 버릴 만큼 나에 대한 원망이 컸던 건가? 그것도 아니면 내가 모르는 또 다른 일이 있었던 것일까?

수많은 생각들이 머리를 떠나지 않는다. 그러나 어떤 쪽으로도 단정 짓고 싶지 않다. 그는 여전히 감울란의 여린 심성을 믿는다. 자신을 향한 사랑을 믿는다. 그녀가 보여주었던 사랑이 너무도 크고 절대적이었기에 어떤 의문도 천강을 온전히 흔들지는 못했다.

매화대를 정비하고 중간마을로 달려 내려올 때까지 감울란의 모든 행동은 본능 같은 것이었다. 유현란과 선원들을 내놓으라고 은현에게 소리치던 분노하는 감울란은 어디 가고 매화대 대장 감울란만 남았다.

멀리서 보아도 중간마을의 경계는 삼엄했다. 겨울이 되면 중간마을에는 질서를 유지하는 최소한의 매화대만 주둔하기 때문에 전투력은 전혀 없다. 그러니 봉족군이 중간마을을 장악하는 것은 한순간이었을 것이다.

내내 마을을 살피던 감울란은 드디어 선발대를 뽑아 마을로 들여보냈다.

"숨어드는 즉시 옷을 바꿔 입고 자운령부터 찾아 우리가 이곳에 왔음을 알려라. 그리고 마을의 상황을 샅샅이 알아오너라."

중간마을을 다스리는 자운령은 늙었지만 강단있고 현명한 사람이다.

마을로 내려갔던 매화대는 해 질 무렵이 되어서야 올라왔다. 그들은 마을에서 들은 대로 봉족군이 짓쳐 올라오던 상황부터 소상하게 전해주었다.

마을을 지키던 매화대와 함께 봉족군의 앞을 막아섰던 자운령은 심각한 부상을 입었다고 했다. 그 외에 늙은 당녀 여럿이 다쳤으며 매화대는 전멸되었다. 다행인 것은 자운령과 봉족군을 이끄는 장수 사이에 협의가 이루어져 질서가 어느 정도 유지된 상태라고 했다. 당녀들이 유린당하고 있다는 보고는 과장된 것이었던 모양이다. 나이 든 당녀들이 이제 막 성년이 되는 어린 당녀들과 봉족군의 표적이 될 만한 젊은 당녀들을 한곳에 모아 보호 중이지만 언제까지 지켜낼 수 있을 지는 장담할 수 없는 상황이라고 했다.

"봉족군의 수는 얼마나 되더냐?"

"적어도 사오백은 넘을 듯 보였습니다."

사오백이면 매화대가 맞상대하기엔 버거운 숫자다. 더구나 상대는 봉족군, 언제든 마음만 먹으면 이 땅에서 은허당을 없애 버릴 수도 있는 자들이다. 그들이 왜 이런 무모한 짓을 저질렀는지 그 의도부터 파악해야 한다.

향이 대원 몇을 데리고 내려왔다. 향의 얘기를 통해 모든 정황이 파악되었다. 단우라는 자는 대전쟁 때도 감당이 안 되더니 막무가내 같은 그 성미는 나이가 들어도 여전한 모양이다. 중간마을을 장악하고 당주와의 혼인을 요구하다니, 이런 방법으로 여인의 몸을 차지할 수 있을지는 몰라도 마음을 얻을 수는 절대 없을 것이다.

"당주님께서 건평원의 봉족군을 무장해제 시키고 봉족 왕을 포로로 잡아두겠다 하셨습니다."

감울란은 고개를 끄덕였다. 은현은 할 수 있는 최선의 방법을 선택한 듯하다. 부쩍 대범해진 은현의 행보가 감울란의 가슴을 서늘하게 한다.

순식간에 선원들을 장악하고, 자신이 노리던 선원들을 과감히 가두고 내어주기를 당당히 거부하던 모습은 상상조차 못했던 은현의 모습이었다. 그리고 이번에도 주저없이 단우에게 맞대응을 하고 있다.

당주는 확실히 자랐다. 순식간에 훌쩍 자라 자신을 내려다보고 있는 은현이 뿌듯하기도 하고 걱정도 된다. 드디어 진정한 당주가 되었으나 느닷없이 맞닥뜨린 상황이 은현에게는 너무도 버거워 보인다.

"이제 어찌하면 좋을지 감울란님의 뜻을 알아오라 하셨습니다."

불과 몇 시각 전까지 서로를 노려보았던 것을 기억조차 못하는 듯 은현이 또다시 기대어온다. 감울란은 말없이 중간마을을 내려다보았다. 유현란과 선원들을 처단하려면 지금이 가장 적기다. 매화대는 봉족군을 막기에 급급하고 자신을 방해할 자는 아무도 없다. 스물세 해 동안 날마다 꿈꾸었던 일과 아무 미련도 남아 있지 않은 은허당 사이에서 감울란은 고뇌에 빠졌다. 아니, 아무 미련도 남아 있지 않은 은허당이 아니라 그곳에 살고 있는 은현으로 인한 고뇌라고 하는 것이 옳을 것 같다.

그렁그렁 눈물을 머금은 채 유현란의 치맛자락에 숨어 은허당을 살피던 그 조그만 아이, 그 아이가 자라는 걸 하루도 빠짐없이 지켜보았다. 죽은 자신의 아기를 떠올리며 애틋함과 증오가 교차하는 마음으로…… 그랬던 것 같다.

천풍루 누각 끝에 홀로 서서 바람을 맞고 있는 은현이 떠오른다. 사방을 둘러보아도 기댈 곳 하나 없고 의지할 사람도 없다. 달아날 구멍조차 없다. 분노로 떨리는 자신의 손등에 떨어지던 은현의 눈물이 느껴지자 감울란은 칼자루를 꽉 움켜쥐었다.

"일단은…… 조금만 지켜보자고 말씀드려라."

중간마을을 내려다보는 그녀의 눈가에 물기가 어린다.

길이…… 왜 이리도 먼 것인가.

또다시 주저앉고 마는 제 마음에 분노가 인다.

중간마을을 지키던 매화대는 전멸을 당했고 자운령과 늙은 당녀들도 부상을 입었다. 은현이 사혜만큼이나 애틋함을 간직하고 있는 자운령, 그리고 무한의 사랑으로 은현을 바라보던 그곳의 늙은 당녀들이 떠올랐다. 어린 당녀들이 늙은 그들의 보호를 받으며 두려움에 떨고 있다고 했다. 그들은 믿음으로 은현을 기다리고 있을 것이다. 당주가 신의 이름으로 자신들을 구해줄 것이라고.

산자락으로 푸른빛이 돈다. 어느새 새벽이 되었나 보다. 밤새 은화원 뜰을 서성이던 은현은 이른 아침부터 열린 선원회의에 참석했다. 회의 내내 오가는 말은 봉족군과 단우를 성토하고 신을 부르는 일뿐이다. 당장 건평원을 찾아가 단우와 단판 짓겠다고 떠들어대는 늙은 선원들의 눈에는 평생을 은허당에 갇혀 살며 스스로 만들어온 환상 같은 허상만 있다.

말 한마디로 비도 내리고, 눈도 내리고, 천둥도 치고, 벼락도 때리던 그런 당주는 정말 존재했던 것일까?

금방이라도 그런 일들이 눈앞에서 벌어질 듯 떠들어대는 늙은 선원들을 보며 은현의 마음은 점점 답답해졌다. 그런 맹목적인 믿음과 무지를 감당할 재주가 그녀에겐 없다. 단우에게 참을 수 없는 화가 치밀었다. 선원당을 나온 은현은 거침없는 걸음으로 건평원으로 향했다.

건평원 뜰에는 무장해제를 당한 봉족군이 삼삼오오 무리를 지어 서성이고 있었다. 그들은 무장한 매화대를 이끌고 성큼성큼 들어서는 은현을 약간의 두려움과 함께 호기심이 깃든 눈으로 바라보았다.

은현이 성가신 표정을 짓자 매량이 칼을 뽑아 들고 험악한 얼굴로 봉족군을 위협해 안으로 밀어 넣었다. 당장 칼이라도 휘두르고 싶은 마음을 억누르며 매량은 돌아섰다. 화가 치밀어 미칠 지경이다. 은현은 이틀째 먹지도 자지도 않고 있다.

단우는 무심한 얼굴로 은현을 맞았다. 도무지 무슨 생각을 하고 있는지 모르겠다. 매화대를 나가게 하고 매량마저 내보낸 은현은 탁자를 사이에 두고 단우와 마주 앉았다. 무심함을 가장한 날카로운 눈이 얼굴을 스륵 스친다. 그 눈에 비치는 여전한 애틋함이 어이가 없다.

"당장 봉족군을 물리고 산을 내려가시지요."

"싫다면?"

"당신의 목을 걸고 중간마을에 있는 봉족군과 협상을 하겠습니다."

은현의 다부진 말에 갑자기 단우에게서 웃음이 터졌다. 감히 봉족 왕의 목숨을 걸고 협상을 하려 들다니, 역시나 당돌하다. 그러나 그것이 곧 은허당의 멸망을 뜻한다는 걸 모르나? 봉족 왕은 세상 어느 누구도 감히 건드릴 수 없는 존재이며 자신이 마음먹어 이루지 못한 일이 없다는 걸 모르는 모양이다.

단우의 웃음은 좀처럼 그쳐지지 않는다. 은현은 다시 답답해졌다. 그가 왜 이런 놀이를 벌이는 것인지 알 수 없다. 놀이? 그래, 이건 분명 단우의 놀이로 느껴진다. 단 한 번도 그에게서 진지함을 보지 못했고, 그가 느닷없는 혼인을 마음먹을 만한 어떤 행동도 그녀는 하지 않았다. 혼인이란 마음이 하나로 닿은 사람들이 평생을 함께하고자 신께 드리는 약속이다.

"도대체 제게 이러시는 연유가 뭔가요?"

정말 모르겠다는 표정으로 은현이 묻자 그제야 웃음을 멈춘 그가 단번에 대답했다.

"그대가 마음에 드오. 그래서 가지려고 하오."

"마음에 들어 가지려 한다?"

"그렇소."

어이가 없다. 그에게서는 마치 어린아이와 같은 막무가내가 느껴진다.

"당주는 혼인을 할 수 없는 몸입니다."

"선택을 허락받았다 들었소."

"난 선택을 원하지 않습니다. 평생 신의 여인으로……."

"가련하군. 그리고 여전히…… 가증스러워."

슬몃 올라가는 입꼬리에 경멸이 느껴진다.

"뭘 그리 발끈하시나? 난 그대가 이미 사내를 품었다는 걸 알아. 그 입으로 신의 이름을 들먹여 순결을 포장하는 게 가증스럽지 않나?"

은현은 발끈한 눈으로 자리에서 일어났다. 이자 앞에서 가증을 떤 적도 없고 그에게 비난을 받을 이유도 없다. 더 이상 유한의 존재를 숨길 이유도, 그럴 생각도 없어졌다. 당당히 유한을 드러내고 싶어졌다. 자신의 마음에 들어 있는 유한의 자리에는 어느 누구도 침범할 수 없다는 것을 알려주어야겠다.

"나의 순결에 대해 가늠할 자격이 그대에겐 없다! 내가 사내를 품었다면 그 또한 신의 뜻일 테니까. 내 마음이 닿은 사람이 곧 신이 선택한 사람이다. 이 은허당에 신의 선택을 따른 나를 비난할 사람은 아무도 없다는 걸 명심해라!"

당당히 유한의 존재를 인정하고 나서는 은현의 태도에 단우는 화르륵 달아오른 분을 이기지 못한 채 나가려는 은현의 앞을 막아섰다. 비틀어진 입술이 후끈한 열기를 뿜으며 코앞으로 다가와 속삭였다.

"그 선택을 내가 깨뜨려 주지."

"해봐. 그래도 내 맘은 꼼짝도 안 할 테니까."

차가운 얼음 절벽.

그 싸늘한 기운이 단우의 마음을 마비시켰다. 어머니를 죽이고 누이를 훔쳐 간 더러운 매족이 이제 마음에 담았던 여인의 마음마저 훔쳐 갔다. 이성 잃은 눈동자에 바람이 몰아친다. 은현의 몸이 순식간에 벽으로 밀쳐졌다. 불을 담은 눈동자가 눈앞에서 이글거린다.

"조만간 네 눈앞에 가져다주지, 소금에 절인 그 녀석의 목을 말이야. 소금에 절인 그것을 너의 신께 제물로 바쳐 주마. 신의 여인을 훔쳤으니 그 정도 대가는 치러야 되지 않겠어?"

이글거리는 그 눈 속에 소금에 절여진 유한의 목이 어른거린다. 단우의 마음속에 가득한 분노와 악귀가 미친 듯 유한을 쫓는 모습에 눈앞이 아찔했다. 은현은 그것에 반항하듯 고개를 흔들었다. 제 감정조차 다스리지 못하는 이런 자가 유한을 이길 수는 없다. 온몸을 가두듯 밀어붙이고 있는 단우의 손을 밀쳐 냈다. 그러나 단우는 그 손을 떨쳐 내고 다시 은현을 가두었다. 조그만 몸이 커다란 그의 팔 안에 꼼짝없이 갇혀 버렸다. 거친 숨소리가 귓전에 닿았다.

"조만간 살려달라고 매달리게 될 거야."

귓불에 닿는 뜨거운 기운에 심장이 오그라들었다.

"네가 기다리는 그자의 목도 보게 될 거야."

은현은 주먹을 꼭 그러쥐었다. 두려움을 떨쳐 내고 도전적인 눈으로 그를 노려보았다. 그리고 빙긋 웃는 그 얼굴에 조소를 던졌다.

"할 수 없을걸?"

한 손에 쥐어버릴 것 같은 작고 어린 여자가 그에게 단호하게 말했다.

할 수 없을 거라고, 아무것도 가질 수 없을 거라고…….

그리고 바람처럼 품속을 빠져나갔다.

봉족군과 매화대의 대치가 사흘째 되던 날 밤, 심한 부상을 입었던 자운령이 세상을 떠났다. 일흔이 넘은 나이에도 수백 명의 중간마을 당녀들을 한 치의 흐트러짐 없이 이끌었던 태대산의 늙은 암호랑이. 은허당에 당주가 있다면 중간마을에는 자운령이 있다는 말을 들을 만큼 당녀들에게 절대적인 영향력을 미쳤던 자운령이다.

그녀의 죽음은 순식간에 중간마을을 혼란에 빠뜨렸다. 나이 든 당녀들이 우왕좌왕하는 사이 젊은 당녀 몇이 봉족군에게 겁탈을 당했다.

은현은 천풍루에서 그 소식을 들었다. 주먹을 터질 듯 그러쥐고 건평원을 노려보던 은현의 눈에서 눈물이 떨어졌다.

저 막무가내 같은 사내에게는 어떤 말도, 방법도 통하지 않으리라는 생각이 들었다. 죽여 버리고 함께 죽든지, 그의 요구를 들어주고 당녀들을 살려내든지. 그것 외에는 방법이 없어 보인다.

은현은 절망스런 눈으로 눈 덮인 태대산을 바라보았다. 얼른 저 눈들이 녹아 이곳의 소식이 유한에게 닿기를 바란다. 소식이 닿는 순간, 그는 바람처럼 달려올 것이다. 바람처럼 달려와 절망에 빠진 자신을 품어 안아줄 유한을 떠올리며 은현은 주먹을 꼭 그러쥔 채 터지려는 눈물을 눌러 삼켰다.

천풍루를 내려온 은현의 발길이 유천궁으로 향했다. 한기가 뼛속까지 스며드는 어둡고 습한 곳이다. 삐걱삐걱, 습기 먹은 나무가 을씨년스런 소리를 내었다. 느닷없는 은현의 등장에 놀란 매화대원들이 달려나왔다. 빛을 보지 못하는 탓인지 그들의 얼굴도 유난히 희고 축축해 보인다. 은현은 그들 사이에서 명현을 찾았다.

명현의 안내를 받아 들어간 곳은 마루 끝, 유천궁의 가장 구석진 방이다. 낮인지 밤인지 분간이 가지 않을 만큼 어둡고 습한 곳, 퀴퀴한 곰팡내에 코가 매웠다.

"어머니…… 어머니."

버릇처럼 명현의 부름이 두어 번 이어지자 구석진 어둠 속에서 유현란이 모습을 드러내었다.

"혼자 있고 싶으니 자주 드나들지 말라고……!"

희미한 어둠 속에 은현이 서 있었다. 이마를 찌푸리며 다시 살펴보아도 분명 은현이다. 유현란은 뜨거워지는 눈을 재빨리 어둠에 숨겼다. 그녀는 무심한 시선을 던지며 은현의 옆을 스륵 스쳐 의자에 앉았다.

"귀하신 당주님께서 이 어두운 죄인의 방에는 어인 일이십니까?"

흘러나오는 음성에 노기가 가득하다. 어릴 적에는 저 음성의 높낮이에 따라 간이 작아졌다 커졌다 했었는데 이제는 그 노기마저 측은히 느껴진다. 은현은 나직이 한숨을 쉬며 의자에 앉았다. 그리고 유현란의 얼굴을 자세히 보기 위해 어둠 속을 살폈다. 그러나 조금 더 마른 모습도 늙어버린 얼굴도 어둠이 다 삼켜 버려 은현의 눈에는 보이지 않았다.

"몸은 괜찮으십니까?"

한참을 망설여 묻는 음성에 물기가 어려 있다. 어머니를 이 어둡고 습한 곳에 가두어두고 보송한 침상에서 자는 잠이 편할 리가 있겠는가. 그러나 유현란의 죄는 쉽게 용서할 수도 없고, 용서하고 싶지도 않았다. 평생 이곳에 가둬두고 유현란과 함께 자신 또한 죄인의 심정으로 속죄하며 사는 것으로 감울란을 위로하고 싶었다.

"여령이 죽고 양월도 죽었습니다."

"예, 아주 큰일을 하셨더군요. 하지만 그것이 얼마나 어리석은 선택이었는지 아십니까!"

"그들은 감울란의 칼에 죽었습니다."

"……!"

유현란의 숨이 멈추었다. 은현의 한마디는 자신이 왜 이곳에 갇혔는지를 말해주었다. 이미 예상했었던 일이다. 언젠가는 그 칼에 죽을지도 모른다는 것을 어렴풋이 생각하며 살았다. 은현을 지킬 수만 있다면 그런 것쯤 무섭지도 않았었다. 그런데 은현은 유현란에게서 그 칼을 비켜가게 하기 위해 스스로 벼랑 끝으로 걷고 있었던 것이다. 유현란은 멈추어진 숨을 천천히 내쉬었다.

"왜 이런…… 어리석은 선택을 하셨습니까?"

"제겐 대모님보다 감울란이 더 필요했기 때문입니다."

유현란을 지키기 위해 유천궁에 가둔 것이 아니라, 보복의 상처로부터 감울란을 지키기 위해 가두었다는 말이다. 너무도 명확한 그 답 앞에 유현란은 터져 나온 웃음을 멈출 수가 없다.

그래, 당주가 보아야 하는 것은 바로 이런 것이다. 직선만 보지 않고 곡선을 볼 줄 아는 지혜, 쳐낼 가지가 어느 것인지 판단할 줄 아는 차가운 이성, 그리고 단호한 결단력. 은현에게 키워주고 싶었던 것들이 이런 것들이다.

당돌하기도 하셔라. 차갑게도 자라셨네? 아하하하…….

은현은 어둠 속에서 웃음을 흘리고 있는 유현란을 물끄러미 바라보았다. 단우를 어찌해야 할지 아무리 생각해도 방법이 떠오르지 않아 유현란을 찾아온 것이다. 그녀의 지혜가 필요했다. 웃음이 멈추기를 기다린 은현은 유현란이 어느덧 조용해지자 천천히 입을 열었다.

"봉족군이 중간마을을 장악했습니다. 단우란 자가……."

은현은 뒷말을 잇지 못했다. 넘지 못할 절벽이 눈앞을 가로막고 있는 느낌이 들어 말조차 잘 나오지 않는다.

유현란은 모든 정황을 명현으로부터 들어 알고 있었다. 감히 당주에게 혼인을 요구하다니, 그것도 무력을 앞세워 치졸하게 협박하고 있다. 애초에 그자를 불러들인 양월에게 다시금 분노가 치민다.

"어떤 설득도 통하지 않습니다. 귀도 막히고 마음도 막힌 자입니다."

"혹, 신탁의 주인은 아닙니까?"

그래서 자신도 모르게 은현에게 그런 집착을 보이는 것은 아닐까?

그러나 은현의 대답은 단호하다.

"아닙니다, 절대로."

유현란은 두 손을 꼭 쥔 채 어둠 속을 서성이며 생각했다. 은허당과 은현을 지킬 방법이 과연 있을까? 오랜 시간이 흘러 드디어 유현란의 입이 떨어졌다.

"작약산과 내원산에 가면 아주 오래된 당주의 은신처가 있습니다. 선대의 당주들이 태대산에 변고가 있을 때마다 잠깐씩 몸을 피해 은신하던 곳이지요."

유현란은 은현의 얼굴을 살피며 천천히 말을 이었다.

"매화대와 선원들을 이끌고 잠시 그곳으로 피해 은신하십시오. 그리고 아래세상에 은허당의 신탁을 은근히 흘리십시오. 사실이 알려지면 매족이 보고만 있지는 않을 겁니다."

"그럼 중간마을은요?"

"그곳은…… 잊으십시오."

"버리란 말입니까? 그 많은 당녀들을요?"

"당주님만 건재하시면 당녀들은 언제든 모여듭니다."

당주는 곧 은허당이다. 중간마을의 당녀들을 잃더라도 당주만 건재하다면 언제 어디서든 은허당의 그늘로 찾아드는 여인들은 끊임없이 있을 것이다. 유현란은 순진한 은현이 알아들을 수 있도록 그것을 차근차근 설명해 주었다. 대전쟁 당시 부란 또한 은허당의 근거지를 두 번이나 옮기며 은허당을 지켜내었었다. 은현의 행보 또한 그와 같은 맥락의 것이라고 설명했다. 그러나 얘기를 들으며 은현의 눈이 어둠 속으로 가만히 멀어지는 것을 유현란은 보지 못했다.

다시 선원회의가 열렸다. 단우의 요구 사항을 들으면서도, 중간마을의 소식을 들으면서도 선원들은 어떤 의견도 내어놓지 못했다. 그들인들 뾰족한 수가 생각날 리 없다. 양월이 있었다면 당장 단우의 요구를 받아들이라고 은현을 몰아붙였겠지만 지금은 그럴 수 있는 상황도 아니다.

은현은 막막한 심정으로 선원들을 돌아보았다. 몇몇은 안타까운 눈으로 바라보고, 몇몇은 눈길을 슬며시 피한다.

회의는 오랜 시간 계속되었고, 많은 의견들이 오가더니 어느 정도 의견이 모아지고 있었다. 드디어 그들이 내어놓은 결론에 은현은 눈을 감아버렸다.

정말 저들을 이끌고 달아나 버릴까? 작약산이든, 내원산이든…….

밤새 그 생각이 머릿속을 떠돌았다. 건평원을 철저히 봉쇄하고 중간마을을 비켜 내려가면 봉족군을 감쪽같이 속일 수 있다. 어쩌면 단우는 한동안 은현이 사라진 사실조차 눈치 채지 못할 것이다. 그러나 사실이 드러나는 순간, 중간마을의 당녀들은 단 한 명도 살아남지 못하리라. 단우는 그러고도 남을 자다.

"그게 무슨 당주야?"

은현은 침상에 동그마니 앉아 까만 어둠을 바라보며 중얼거렸다. 저를 하늘같이 여기는 당녀들을 버려두고 달아나는 그것이 무슨 당주이며 세상의 어머니란 말인가? 유현란이 가르쳐 준 은허당의 전설은 다 거짓말 같다.

은현은 무릎에 얼굴을 묻었다.

유한…… 이제 어떻게 해? 어떻게 하지?

내색하지 않으려 부단히도 노력했던 두려움이 드디어 엄습했다. 헤쳐 나갈 길도 보이지 않고 빠져나갈 구멍도 보이지 않는다. 중간마을의 당녀들을 버리든가, 자신을 버리든가……. 두 가지 길만이 은현 앞에 놓였다.

유한을 두고 다른 사내와 혼인이라니, 어이가 없어 말이 다 안 나온다. 유한에게 빨리 올라와서 구해달라고 소리치고 싶었다. 힘센 당주가 되어서 기다리겠다고 했는데 지금 자신은 너무도 무능하다. 아무것도 할 수가 없다. 유한이 보고 싶다는 마음 하나로 무작정 산을 내려갔던 무모한 용기조차 없다. 자신이 무모할 수 있도록 버티고 있던 유현란도 떨쳐 내어버렸고, 욕심으로 똘똘 뭉쳐 은허당에 매달리던 양월도 없다. 가슴으로 어깨로 납덩이처럼 매달린 당녀들만 가득하다. 그러나 모든 것은 스스로 선택한 것이다. 유현란을 버리고 양월을 꺾고, 그러니 당녀들을 지켜야 하는 것도 바로 자신이라고, 용기를 잃지 말자고, 어둠을 바라보며 은현은 주먹을 그러쥐었다.

중간마을을 장악하고 있는 봉족군이 조금씩 거칠어지고 있었다. 사방을 뒤덮은 눈이 그들을 불안하게 했고 중간마을을 통치

하던 자운령이 죽은 후, 당녀들에게 철저히 예를 갖추고 조심하라는 단우의 명이 있었지만 반유의 힘만으로는 통제하기가 힘들었다. 아니, 왕의 진정한 뜻이 무엇인지 알기에 일부러 통제를 하지 않고 있다고 하는 말이 옳겠다.

또 한 명의 어린 당녀가 겁탈을 당했다는 소식에 건평원으로 달려간 은현은 이성을 잃은 듯 단우에게 대어들었다.

못나고 어리석다!

더럽고 치졸하다!

비열한 당신을 증오한다고 소리쳤다.

단우는 은현을 물끄러미 내려다보았다. 자신을 향해 쏟아붓는 그녀의 모진 말들이 쓰라렸다. 정말이지 상처 입히고 싶지 않았는데 은현의 눈은 치유할 수 없는 상처에 아파하고 있었다. 이젠 정말 어쩔 수 없게 되었다. 빨리 끝내 버리는 수밖에 없다.

"버텨봐야 달아날 구멍도 없을 텐데, 이제 그만 포기하지 그래?"

정수리 위로 툭 떨어지는 그 소리에 은현이 고개를 들었다. 그는 버릇처럼 빙글 웃었다.

죽여 버리고 싶어!

노려보는 날 선 은현의 눈이 그렇게 말했다. 발칙한 이 눈이 조만간 살려달라고 매달려 올 것을 생각하며 그는 다시 빙글 웃었다.

또다시 당녀 하나가 겁탈을 당했고 분을 주체 못한 채 감울란의 명을 어기고 봉족군에게 뛰어들었던 매화대원들이 부상을 입었다. 감울란 또한 은현처럼 어떤 결정도 내리지 못한 채 마을만 노려보고 있었다. 이토록 난감한 경우는 처음이다. 저들과 싸워 물리친다면 더 많은 숫자의 봉족군이 들이닥칠 것은 자명한 사실이다. 결국, 당주의 결정을 기다리며 지켜볼 수밖에 없다는 뜻이다.

은현은 어떤 결정을 내릴까? 자신을 버려 당녀들을 구할까, 아니면 선대의 당주들처럼 화급을 피해 은신을 할까?

화급을 피해 은신을 하려면 선원들의 힘이 필요하다. 은신은 언제나 그들이 결정을 했고 당주는 쥐도 새도 모르게 은신처로 옮겨졌다. 버려두고 온 당녀들이 위험하다는 것을 당주는 모른다. 은허당의 이름으로 그들이 희생되고 있다는 것도 당주는 모른다. 당주는 아무것도 몰라야 한다. 귀를 막고 눈을 감고 안개 속에 숨어 오로지 신의 뜻으로 은허당을 지켜야 하는 존재, 그것이 당주다. 부란이 그랬던 것처럼.

그러나 은현은 당주의 허물을 감추어줄 안개인 선원들을 꺾어 버렸다. 선원들을 장악한다는 것이 얼마나 위험한 일인지 유현란이 미처 가르쳐 주지 않았던 것이다.

감울란은 입술을 질끈 깨물었다. 몰아치는 칼바람 앞에 홀로 서 있을 은현이 떠오르자 가슴이 지끈 아프다.

선원당녀가 되기를 소망하던 젊은 당녀 하나가 자결을 했다. 봉족군에 겁탈당한 몸으로 삶의 의미를 잃어버린 탓이다. 은현은 천풍루에서 그 소식을 들었다. 몰아쳐 오는 바람이 칼날처럼 얼굴을 스친다.

"하룻밤에 한두 명씩 끌려 나가고 있다고 합니다. 나이 든 당녀들이 필사적으로 막아보려 하지만……."

향은 더 말을 잇지 못한 채 은현을 살폈다. 하루하루 보고가 올라올수록 벼랑 끝으로 밀려가는 은현이 보인다. 미처 다 전하지 못한 말들을 듣게 된다면 은현은 결국 무너지고 말 것이다. '유한'을 부르며 감당 못할 행복으로 반짝이던 은현의 눈이 떠오르자 눈물이 날 것만 같다. 단우는 두 사람만의 예쁜 세상에 뛰어든 무서운 침입자다.

그러쥔 주먹이 부르르 떨리는 것을 보며 향이 은현을 불렀다.

"당주님……."

그러나 은현의 귀에는 아무 말도 들리지 않았다. 당녀의 자결 소식을 듣는 순간, 하얀 눈밭 위에 펼쳐지는 풍경이 그녀의 이성을 마비시키고 있었다.

달아나는 어린 당녀의 뒤를 봉족군이 따라왔다. 그의 얼굴은 악귀 같은 단우를 닮았다. 달려온 악귀는 옷자락을 잡아채어 어린 여자를 무너뜨린다. 순결한 눈밭 위에 여자의 옷자락이 던져지고, 발버둥치던 몸도 던져지고, 비명 소리도 던져진다. 한순간에 모든 것은 악귀에게 장악당했다. 아랫도리에서 순결의 상징인 핏물이 흘러내리고 여자는 울었다. 은현도 울었다.

하지 마…… 하지 마…… 하지 마……!

"흑흑흑…… 제발 그러지 마."

은현은 무너지듯 누각 위에 주저앉았다.

15. 당주를 사랑합니다

당주를 사랑합니다
당주를 사랑합니다

매족군은 과감하게도 봉족군의 주력부대가 주둔하고 있는 서라연으로 직진했고, 갈왕산에서 넘어온 기마부대는 그 어떤 무기보다 강력한 힘을 발휘했다. 기마부대가 빠른 기습과 빠른 후퇴로 흩뜨려 놓은 봉족군은 물밀듯이 밀려오는 매족군의 공격을 버텨내지 못했다. 서라연으로 진군하는 동안 크고 작은 전투에서 승리를 하며 매족의 사기는 오를 대로 올라 있었다. 이런 기세라면 봉족이 2년의 전쟁 끝에 장악했던 은파를 단시일 안에 되찾을 수도 있을 것 같았다.

은허당의 소식이 전해진 것은 서라연 전투가 막바지로 치닫고 있을 때였다.

은파에 머물고 있던 봉족 왕의 호위부대가 중간마을로 올라

당녀들을 위협하고 있다는 소식이었다. 그 소식은 봉족군이 중간마을을 장악하던 날 도망쳐 내려온 당녀에 의해 전해졌다. 중간마을이 장악되었다면 봉족 왕이 올라가 있는 은허당도 위험하다.

"이유를 아는가?"

천강의 물음에 장막 안은 조용한 침묵만 흘렀다. 이미 전쟁 소식이 알려졌고 그들은 은파를 빠져나갈 길을 모색하는 건지도 모른다. 그것이 아니라면……?

"봉족 왕은 당주를 원합니다."

천강의 옆에 고요히 앉아 있던 유한에게서 들려온 소리였다. 그는 팔짱을 낀 채 침통한 표정으로 앉아 있었다.

단우가 이런 치졸한 방법으로 은현을 위협할 줄은 몰랐다. 짧은 기간 겪었지만 그는 적어도 도의와 의리를 아는 사람으로 보였다. 무예를 알고 매족의 검술을 받아들일 만큼 포용력도 있었다. 그런 자가 당녀들의 순결을 미끼로 은현을 위협하고 있다. 아득 깨무는 입술에 핏물이 고였다.

"은허당을 차지하고 민심을 봉족 편으로 끌어들이겠다, 이런 뜻인가?"

나이 든 용사의 물음에 유한은 답하지 못했다. 단우는 사내의 마음으로 은현을 보고 있었다. 사내로서 여인인 은현을 취하겠다는 뜻이다. 그것도 무력으로. 그의 칼날 앞에 옴짝달싹 못하고 잡혀 있는 은현이 떠오르자 유한의 이성은 마비될 듯했다.

"어리석군. 민심을 얻기 전에 은파를 잃어버릴 줄을 모르고…….”

“우리가 은파를 되찾는다 하더라도 은허당이 봉족의 그늘에 들어 있다면 백성들의 마음을 쉬이 되돌리긴 힘들 걸세.”

“무슨 소립니까! 은허당은 이미 신뢰를 잃었습니다. 이번 전쟁에서 우리는 봉족의 그늘은 물론 은허당의 그늘에서도 벗어나야 한다고 생각합니다! 태대산 또한 은파에 속한 우리 매족의 땅입니다!”

예전 같으면 감히 상상하지도 못했던 말들이 젊은 용사들 사이에서 터져 나왔다. 그들은 은허당의 그늘을 벗어나 산 세대들이다. 그래서 은허당에 대한 존중이 깊지 않다. 또한 언제든 은허당의 적이 될 수도 있다.

“아무리 신뢰를 잃어도 은허당은 은허당이다. 방관만 할 수 없어.”

천강은 순식간에 조용해진 좌중을 둘러보았다. 젊은 눈들이 그를 바라보았다. 이들에게 은허당에 대한 충성을 요구할 수는 없다. 그럴 생각도 없다. 이들의 말처럼 은허당은 이미 예전에 신뢰를 잃었다. 지난 20여 년, 그들은 은파의 정복군인 봉족군과 다를 바 없는 행동들을 해왔다. 그러나 무지한 백성들에게 은허당은 여전히 절대적인 존재다. 그것 또한 무시할 수는 없다.

“지금은 서라연을 장악하는 것이 우선이다. 이 일은 그 후에 논의하도록 하겠다.”

늦은 저녁 유한이 찾아왔다. 한층 묵직해진 아들의 모습이 천강은 뿌듯하다. 전쟁을 치르는 내내 유한을 지켜보며 내린 결론은 이제 자신은 물러나야 할 때라는 것이었다. 유한의 빠르고 정확한 판단은 한 치의 흐트러짐도 없이 매족군에게 승리를 안겨주었다. 아직 결론이 내려지지 않은 은허당의 일도 유한에게서 해결방안이 나오지 않을까, 천강은 은근 기대하는 눈으로 아들을 살폈다. 은허당 소식이 전해진 이후, 단 한 마디도 하지 않고 있는 유한이다.

천강과 마주 앉고도 유한은 여전히 말이 없었다. 결국 답답해진 천강이 먼저 입을 열었다.

"넌 어찌 생각하느냐? 은허당을 저대로……."

"은파로 돌아가겠습니다."

천강의 말을 끊으며 유한의 입에서 단호한 음성이 흘러나왔다. 바라보는 눈길도 단호하다. 유한은 서라연의 장악보다 은허당을 지키는 것이 우선이라고 생각하는 것일까? 궁금해하는 천강의 눈을 보며 유한은 심호흡을 했다. 평생 매족만을 위해 살아온 아버지께 제 마음을 다 설명하기가 힘이 든다. 사랑하는 여인이 은허당에 있고, 그 여인을 구하기 위해 막바지에 치달은 전쟁마저 외면한 채 돌아가겠다는 자신을 아버지는 이해할까?

그러나 잠깐의 고뇌는 은현의 이름 앞에 사그라졌다. 유한은 자신이 가는 길이 옳다고 판단했다. 서라연은 이미 끝난 전쟁이다. 봉족군은 이미 사기를 잃었고, 남은 것은 그들을 몰아낸 후 전쟁의 공적을 나누는 일뿐이다. 그 자리에 가장 우뚝 서 있어야 할 사람은 유한이지만 그는 그것을 포기한 채 은파로 돌아가려

한다. 전쟁의 공보다, 그로 인해 얻게 될 매족 내에서의 지위보다 유한에게 더 중요한 것은 은현과 그녀를 둘러싼 세상이기 때문이다. 그것이 매족을 외면하는 일도 아니고, 이 전쟁을 포기하는 일도 아님을 어떻게 설명할까?

유한의 침묵이 답답한 듯 천강이 바짝 다가앉았다. 유한이 무슨 생각으로 은파로 돌아가겠다고 하는지는 모르지만, 전투가 막바지에 이른 지금 이곳을 떠난다는 것은 어리석은 짓이다. 승리의 깃발이 오르는 순간, 가장 빛나는 자리에 유한을 세워두고 싶은 아버지로서의 욕심이다. 그러나 그런 설명들을 모두 늘어놓기엔 유한의 얼굴이 너무 단호해 보인다.

유한은 두어 번 심호흡을 하더니 어렵게 입을 열었다.

"은허당에…… 제 여자가 있습니다."

순간, 천강의 얼굴에 노기가 서렸다. 한낱 여자 하나 때문에 부족의 운명이 걸린 전쟁을 외면하고 돌아가겠단 말인가?

"전쟁은……!"

"이 전쟁은 이미 우리의 승리로 기울었습니다. 제가 빠진다고 해서 달라질 것이 없습니다."

"그래서? 그 여자를 구하고자 은허당으로 오르겠다는 말이냐?"

"군사를 내어주십시오."

천강은 유한에게 실망을 넘어 화가 치밀었다. 누구보다 믿었던 아들이다. 자신은 꿈을 이루지 못했지만 언젠가 유한은 잃어버린 부족의 땅을 회복하고 그 자리에 우뚝 서주기를 바랐었다.

"너의 사사로운 감정을 위해 내어줄 군사는 없다!"

유한은 천강의 분노를 묵묵히 바라보았다. 아버지가 진정 분노하는 것이 무엇인지 궁금했다. 부족을 두고 여인을 쫓는 것에 대한 분노인지, 전쟁의 공을 챙기지 못하는 것에 대한 분노인지? 그러나 자신이 원하는 것은 아버지가 생각하는 그 이상이다. 그래서 가려는 것이다. 은현으로 인해 꾸었던 꿈이고, 그 꿈을 위해 지켜야 할 은현이기에.

"전 은파의 주인이 될 겁니다."

"뭐?"

"은파의 주인, 매족의 왕 말입니다."

너무도 놀라운 말을 유한은 담담한 얼굴로 말했다. 전통적으로 매족은 용사들로 구성된 집단 지도체제를 갖추고 있다. 부족의 모든 일은 용사회의에서 결정을 했고, 권력이 어느 한 사람에게 편중되는 일도 없었다.

은파의 주인이라느니, 매족의 왕이라느니 하는 생소한 말들을 유한은 어디서 들은 것일까?

천강은 그제야 은허당에 전해 내려온다는 부란의 신탁을 떠올렸다.

'은허당의 일곱 번째 당주의 선택을 받은 자가 이 땅의 왕이 되리라.'

"유한, 설마……."

"예. 은허당의 당주를 사랑합니다."

천강은 제 귀를 의심했다. 은허당의 당주는 인간의 사내와 사랑을 나눌 수 없는 신의 여인이다. 설사 신탁에 따라 선택을 받는다 하더라도 그것은 일생에 단 한 번뿐이다. 그 선택의 대가로 부를 얻고 권력을 얻을지는 모르지만 사내로서의 삶은 끝이다. 두 번 다시 당주의 선택은 없을 것이고, 은허당은 당주의 선택을 받은 사내가 다른 여인을 품는 것을 용납하지 않을 것이다. 그 모든 관계를 유한이 다 이해하지 못하고 있는 것이라 생각했다.

"권력을 가지고 싶은 것이냐?"

유한은 천강을 바라보았다. 그가 무얼 묻고 싶은 것인지 알 수 있었다. 왕이 되기 위해 당주의 선택을 받으려는 것인지를 묻고 싶은 것이리라. 유한은 고개를 흔들었다. 자신은 은현을 지키기 위해 힘이 필요한 것뿐이다. 아직은 거기까지밖에 모르겠다. 그 힘으로 어떤 세상을 만들어갈지, 어느 정도의 힘을 가지고 싶은지, 그런 것도 아직은 다 모르겠다.

유한의 칼끝에 바람이 일었다. 조급한 마음에 칼은 자비를 잃었다. 우수수 떨어지는 봉족군의 시체를 보며 그의 마음은 은파로, 태대산으로 달렸다. 그 여리고 조그만 여자의 어깨 위에 지워진 은허당이라는 거대한 존재가 그의 가슴을 짓눌렀다. 은현은 단우의 위협에 놓인 중간마을을 외면하지도 못할 것이고, 도망치지도 않을 여자다. 여리지만 강인한, 진정한 은허당의 당주다. 어리석게도 단우와 맞설지도 모른다.

그날의 전투에서 유한은 결국 어깨에 부상을 입었다. 계곡 끝자락까지 부대원을 몰고 들어간 것이 과욕이었다.

"왜 이렇게 조급해?"

상처를 질끈 동여매는 미루의 손끝에 화가 묻어난다. 은허당의 소식을 접했으니 당장이라도 달려가고픈 그 마음은 알겠지만 유한의 사랑은 여전히 마음에 들지 않는다. 당주의 남자로 왕이 된다 한들 무슨 소용인가. 평생 한 여자의 그림자만 끌어안고 살아야 할 삶이다.

미루에게서 그 마음이 느껴지자 유한은 그의 손을 신경질적으로 털어내었다. 쉽게 이해받지 못하리라는 건 알지만 제 사랑이 그런 식으로 해석되는 것은 참을 수가 없다. 은현도, 자신도 결코 그런 삶을 방관하며 살진 않을 것이다.

은현을 떠올릴 때마다 숨이 막힐 것 같은 심정을 아버지도 미루도 알지 못한다. 정말 평생 그런 삶만이 허락된다면 강제로라도 은현을 끌고 갈왕산을 넘어가 버릴 참이다. 바다 끝 어딘가에 가면 자신들을 받아줄 자유의 땅이 있을지도 모르니까.

"얼마나 걸릴 것 같아?"

"뭐가?"

"대운산의 저 봉족들 말이야! 윽……!"

불끈 쥐어지는 주먹에 어깨의 상처에서 핏물이 번져 나온다.

"내일 새벽에 기습을 하겠어. 아버님이나 촌장님이나 너무 조심스러워."

유한은 풀어진 끈을 이로 물고 한 손으로 질끈 동여매며 중얼거렸다. 전쟁 내내 너무도 조심스럽게 펼쳐지는 작전들에 진절머리가 나던 차였다. 아버지나 촌장 사현이나, 그들의 뇌리 속에는 아직도 대전쟁의 패배에 대한 두려움이 자리 잡고 있는 듯하다.

다음날 새벽에 시작된 기습은 해가 중천에 뜰 무렵 끝이 났다. 봉족군은 전의를 완전히 상실한 채 산의 끝자락인 서라연의 경계 밖으로 밀려났고 서라연 전투가 시작된 후 최고의 대승이었다.

그날, 유한을 비롯해 유한의 계획에 동조하고 따라나섰던 젊은 부대장들이 천강과 늙은 용사들 앞에 끌려와 무릎이 꿇렸다. 그들은 군율을 어겼다. 그 앞자리에 유한이 있다는 것이 천강을 분노케 했다. 전쟁의 공과(功過)를 떠나서 군기의 문란은 용서받을 수 없는 죄다.

천강은 유한에게 남은 서라연 전투에 참여할 수 없다는 중벌을 내렸다. 그동안의 전과를 감안하여 너무 큰 벌이라는 반대의 목소리가 있었지만 천강의 뜻은 굽혀지지 않았다. 너무도 믿었던 유한이었기에, 사랑하는 아들이기에 더더욱 가벼운 벌을 내릴 수 없었다. 전쟁에 임한 용사는 어떤 경우에도 사심을 품어서는 안 된다. 한 번의 판단 착오로 수백의 병사들의 목숨을 잃을 수도 있는 것, 그것이 전쟁이다.

"너무 과하지 않았는가!"

절룩이며 들어선 사현이 의자에 앉으며 천강을 나무랐다. 전쟁을 치르는 내내 천강은 유한에게 최전방을 고수시켰고, 이룩한 전과에 비해 칭찬도 인색했다. 새벽의 기습도 비록 군율을 어긴 행동이긴 했지만 자신들은 생각지도 못했던 전술로 대승을 거두었다. 젊은 날의 천강을 연상시킬 만큼 유한은 뛰어난 지략과 통솔력을 발휘하고 있다.

"군율대로 처리한 것뿐이네."

무뚝뚝한 음성에는 여전히 노기가 서려 있다. 천강이 유한에게 거는 기대가 너무도 크다는 것이 느껴졌다. 유한은 지금도 충분히 빛나는 청년이다. 전쟁에 참여한 청년들이 이미 대부분 유한의 통솔 속에 들어갔다는 걸 모르는 건지?

"난 그 녀석의 사심에 대해 벌을 내린 걸세."

"사심?"

"전쟁에 참여한 장수가 사심에 흔들려 군율을 어기고 부대를 이동시켰어. 그런 녀석에게 우리 병사들의 목숨을 맡길 수는 없네."

"사심이라면, 유한이 은파로 돌아가겠다고 한 것에 대해 말하는 것인가?"

"들었는가?"

그날 사현은 장막 밖에서 그들의 대화를 모두 들었다. 그리고 유한이 제 여인이라 말하던 당주가 언젠가 유한과 함께 모화촌에 숨어들었던 그 여자라는 것을 짐작했다.

"유한의 운명이 그런 것이라면 굳이 막을 이유가 있는가?"

"그 녀석이 진정으로 원하는 게……!"

천강은 더 이상 말을 잇지 못한 채 입을 다물어 버렸다. 유한이 원하는 것이 은파의 주인이고, 매족의 왕이라는 것을 자신의 입으로 말할 수 없었다. 그것은 갖은 핍박을 받으며 은파를 지켜온 사현 앞에서 할 수 있는 말이 아니다.

의자에서 일어선 사현은 다리를 절룩이며 천강에게 다가갔다. 자신이 절룩이는 다리로 죽을힘을 다하여 은파에서 버텨낸 것도 과연 사심에서 비롯된 것일까, 묻고 싶었다. 절룩이며 다가간 사현은 자신보다 목 하나는 큰 천강을 올려다보았다. 벗이었으나 한때는 우러러보았던 천강이었는데 이젠 어느새 만만해 보이기까지 한다.

"자네도 많이 늙었군."

그는 빙긋 웃으며 그렇게 말했다. 천강은 유한의 꿈이 두려운 것이다. 그로 인해 매족의 평화가 깨어질까 봐 걱정하는 것이리라. 그러나 세상은 변하고 있다. 변화된 세상에서 살아남으려면 매족도 변해야 한다.

"이번 전쟁이 끝나고 나면 매족 사이에도 한차례 회오리가 일 것이네. 갈왕산의 유한이나 우리 모화촌의 가한이나, 그리고 미루까지. 모두들 만만찮은 청년들이니 말일세."

"자네 말은……?"

"어차피 한 번은 겪어야 할 일이네. 그리고 반드시 필요하기도 하고. 세상은 변했어. 모든 부족이 한 형제처럼 오순도순 살던 시대는 끝났다, 이 말일세. 한 부족을 이끌어 나가려면 그만큼 강력한 권력이 필요하고 그 권력을 받쳐 주는 부와 군대도 필요해. 매족은 더 강력해질 필요가 있어. 평화라는 건 힘이 있어야만 지켜낼 수 있다는 걸 지난 대전쟁 때 뼈저리게 느끼지 않았던가?"

"사현!"

"우리가 할 일은 저 젊은 친구들이 이 시기를 현명하게 헤쳐 나가도록 뒤에서 조율을 해주는 것이네."

짧은 한쪽 다리를 비스듬히 기울인 채 서 있는 사현이 너무도 커 보인다.

천강은 은파의 주인이 되고 매족의 왕이 되겠다는 유한의 말이 가슴 두근거리기도 하고, 두렵기도 했었다. 그것은 매족 사이에 피를 볼 수도 있는 일이었기 때문이다. 그러나 사현은 좀 더 강력한 매족의 미래를 위해 피하지 말자고 했다.

한나절이 넘는 긴 회의를 끝내고 천강은 유한을 불러들였다. 늙은 용사들 앞에는 미루와 가한도 불려와 있었다.

천강은 들어서는 유한과 눈을 마주쳤다. 초췌한 얼굴에 비해 눈빛은 여전히 살아 있다. 유한이 제 여인을 지킬 의지만큼 부족을 지킬 의지 또한 강하다는 것을 믿는다. 그리고 당주의 그림자 같은 사내로만 안주하지 않으리라는 것도.

천강은 단호한 음성으로 명을 내렸다.

"지금부터 너희들은 은파로 돌아간다. 잃어버린 조상의 땅을 너희들의 손으로 되찾는 거다."

"천강님!"

"아버님!"

"이곳의 마무리는 우리 늙은 용사들에게 맡기고 가거라."

"그럴 수 없습니다. 은파에 가장 먼저 입성하셔야 할 분들은 천강님과 촌장님, 그리고 어르신들입니다. 저희들이 어떻게 먼저 발을 들여놓겠습니까!"

그들이 어떻게 빼앗긴 땅이며 어떤 심정으로 살아왔는지 알기에 그 뜻을 받아들일 수 없었다. 그러나 천강은 단호하게 머리를 저었다.

"단성의 깃발이 휘날리지 않는 그곳에 내 깃발을 꽂을 순 없다."

짙은 슬픔이 배어 나오는 음성이 세 사람의 마음을 울컥하게 했다. 그는 핏물이 검게 번진 낡은 깃발을 미루에게 건넸다.

"단성의 부대를 상징하는 깃발이다. 네 부대의 앞에 걸어라, 미루."

미루는 떨리는 손으로 깃발을 받아 들었다. 아버지를 만난 듯 눈시울이 뜨거워졌다.

"이건 가장 참담한 수모를 겪으면서도 꿋꿋이 은파를 지켜온 사현과 모화촌의 깃발이다. 가한, 너의 부대 앞에 걸어라."

금방 만들어진 듯한 깨끗한 깃발이 가한의 손에 들려졌다. 유한의 앞으로 다가온 천강은 아들의 얼굴을 오래도록 살폈다. 어깨를 꽉 움켜쥐는 손에서 좀처럼 표현하지 않던 애틋함이 건너온다. 그는 색 바랜 낡은 깃발을 유한에게 건넸다.

"천강의 깃발이다."

유한은 떨리는 손으로 깃발을 받아 가슴에 품었다. 아버지의 이름을 부끄럽게 하고 싶지 않다. 누구보다 용감히 싸워 은파의 한가운데에 이 깃발을 꽂을 참이다.

천강은 다시 한 번 어깨를 가만 잡았다.

"은허당에 오르면……."

그러나 뒷말을 이을 수가 없다. 여전히 의문이 가득한 감울란의 뜻을 알기 전에는 유한에게 어미의 존재를 알리고 싶지 않다. 그녀가 유한을 버린 것이 아니라는 확인을 하기 전에는.

"아니다. 조심해라. 나도 곧 뒤따르마."

자신들이 상처투성이의 몸으로 쫓겨났던 그 땅으로 젊고 어린 청년들이 달려가는 모습을 지켜보며 천강과 늙은 용사들의 눈에 눈물이 고였다.

하얀 얼굴로 선원당에 들어선 은현이 특유의 긴장감이 감도는 음성으로 말했다.

"봉족 왕의 뜻을 받아들이겠습니다."

긴 슬픔의 강을 건너온 듯 검은 눈동자에는 물기가 어렸다.

"안 됩니다, 당주님! 있을 수 없는 일입니다!"

"그렇습니다. 절대 받아들일 수 없습니다!"

늙은 선원들과 금영란의 입에서 반대의 목소리가 터져 나왔다.

"그럼 어떡할까요? 선원들의 뜻대로 내원산으로 달아날까요? 작약산으로 숨어들까요?"

은현의 음성에 분기가 가득하다.

"그게 무슨 당주입니까? 자식을 버리고 달아나는 어미를 보셨습니까!"

자신에게 이 땅의 어머니임을 가르친 사람들이 이번에는 어미임을 포기하고 달아나라고 권하는 모습에 분기가 일었다. 이틀 밤을 자지도 먹지도 않고 생각하고 생각하여도 도무지 달아날 구멍이 보이지 않는 자신의 처지에 화가 났다. 마음으로 아무리 외쳐 불러도 나타나지 않는 유한에게도 화가 났다. 그러나 건평원에 들어앉은 그 악귀 같은 사내에게는 화조차 나지 않는다. 그저 가엾다는 생각만 들었다.

선원당을 나오자 이곳저곳에서 뛰어나온 당녀들이 흙바닥에 엎드려 눈물을 흘렸다. 당신의 몸을 던져 당녀들을 구하려는 당주의 큰 사랑 앞에 엎드려 통곡을 했다. 단우를 제 손으로 죽이겠다고 건평원으로 뛰어들었던 사혜는 허리를 다쳐 몸져누웠다. 꼼짝도 못한 채 드러누워 울어 재끼는 통곡 소리에 의당청이 흔들린다고 했다.

향과 매량은 금방이라도 숨이 멎을 것 같은 얼굴로 은현의 뒤를 따랐다. 할 줄 아는 것은 칼 휘두르는 것뿐인데 은현은 그것을 허락하지 않았다. 자신들이 목숨처럼 여기는 당주가 사지로 끌려가는 모습을 바보처럼 바라보아야 하는 심정을 죽음보다 낫다고는 표현하지 못하리라.

천상연을 지나 건평원으로 가는 내내 양옆으로 늘어선 매화대원들에게서도 죽음 같은 침묵이 흘렀다. 어디서든 터져 버릴 듯한 긴장감에 숨이 막힌다. 은현은 건평원 문 앞에서 문득 걸음을 멈추었다.

"매량아."

고요한 부름에 매랑이 다가왔다.

"예, 당주님."

울 것 같은 그 음성에 은현은 주먹을 가만 그러쥐었다.

"어떤 짓도 하지 마라. 아무 일도 벌이지 마라. 명이다. 매화대원 어느 누구도 섣부른 행동을 하지 못하도록 네가 지켜라. 알겠느냐?"

매랑은 대답하지 않았다. 터질 것 같은 활화산이 끓어대는 가슴에서 쉬이 소리가 나오지 않는다.

"나는 중간마을에서 저지른 저들의 죗값을 고스란히 받아낼 참이다. 그러려면 우리가 정당해야 한다. 섣부른 행동으로 저들의 죄를 가볍게 만들지 마라. 무슨 뜻인지 알겠느냐?"

"……예."

매랑은 힘겹게 대답을 끌어내었다.

긴 마루를 지나 단우의 방 앞에 다다라 잠깐 망설이던 은현이 걸음을 떼는데 누군가 옷자락을 붙든다.

향이다.

제발 들어가지 말라고…… 차마 말을 못한 채 향은 옷자락만 붙들고 있었다. 그 손은 어서 명을 내려달라고 말하는 것 같다. 언제든, 어디로든, 명만 내리면 유한이 있는 곳으로 데려다 줄 것이다. 은현의 명이라면 못할 것이 없는 향이다.

은현은 뒤를 돌아보지 않았다. 향을 보아버리면 이 방으로 들어서지 못할 것이다. 당장 유한을 데려오라고, 데려다 달라고 발을 구르며 떼를 쓰고 말 것 같아서다.

은현의 걸음이 떼어지고 향의 손에 잡혀 있던 옷자락도 빠져 나갔다. 문이 열렸다 닫히는 소리가 들리자 향의 눈에서 눈물이 흘러내렸다. 은현을 찾아 모화촌으로 숨어들었던 것을 후회했다. 유한과 함께 멀리멀리 달아나 버리게 둘 걸 그랬다.

마주 앉은 여인은 더 이상 동그란 눈으로 자신을 살피던 작고 귀여운 여자가 아니다. 거대한 무언가가 그녀를 휩쓸고 간 듯 텅 비어 있었다. 그리고 또 다른 거대한 무언가가 그녀 속으로 휩쓸려 온 듯 꽉 차 있다. 그 앞에 앉은 자신은 너무도 작고 초라하다.

단우는 당황스러웠다. 아침부터 당주가 자신의 요구를 들어줄 것이라는 소문이 돌면서 잔뜩 기대에 부풀어 있던 차였다. 버릇없고 당돌한 얼굴이 한풀 꺾여 나타날 줄 알았던 당주는 오히려 범접하기 힘든 깊이의 눈으로 자신을 건너다보고 있다.

"당신의 요구를 들어주기로 했습니다."

독특한 긴장감이 감도는, 그러나 건조한 음성이다. 단우는 침을 꿀꺽 삼켰다.

"그러나 그전에…… 나 또한 요구 사항이 있습니다."

"뭐든…… 해보시오."

그녀는 말을 하는 것이 몹시 힘들어 보였다. 입술을 움직일 때마다 은현의 입가에는 작은 경련이 일었다.

"먼저, 중간마을에 들어온 봉족군을 물린다 약속하십시오. 그들이 물러나고 나면 건평원의 봉족군에게 다시 무장을 허락하겠습니다."

"좋소."

"중간마을에서 당녀들을 겁탈하고 목숨을 앗은 자들을 제게 주십시오."

숨 막힐 듯한 슬픔이 그녀에게서 건너왔다. 정작 겁탈을 당하고 상처를 입은 사람은 중간마을의 당녀들이 아니라 그녀처럼 보였다.

"난, 봉족 왕께서 그런 명을 내렸으리라고는 생각하지 않습니다. 그들 스스로 왕의 명을 거역했겠지요. 그렇지 않습니까?"

은현은 교묘한 말로 단우의 심경을 건드렸다. 병사들을 내어주지 않겠다면 모든 일들이 자신의 명으로 행해진 것으로 낙인 찍힐 판이다. 목적을 위해 필요했기에 방관했을 뿐이다. 자신은 직접적인 명을 내린 적이 없다고 변명하고 싶었지만 이제 와서 그런 말은 비겁하다.

그는 피식, 비어져 나오려는 자조를 꿀꺽 삼켰다.

"그들에 대한 벌은 내가 내리겠소."

"아니, 은허당에서 벌어진 일이니 은허당의 법대로 처리하겠습니다."

그녀의 음성은 약간 떨렸다. 그것이 참을 수 없는 분기 탓이라는 것이 단우를 움찔거리게 했다. 가지고자 마음먹은 이상 수단과 방법을 가리지 말고 가져 버리자 생각했었지만 자신이 택한 방법이 비열했다는 것을 인정하지 않을 수 없다. 그 모습이 너무도 귀여워 상처 입히기 싫었던 목각인형이 상처가 거미줄처럼 얽힌 붉은 눈으로 그를 바라보고 있다. 일말의 후회…… 일말의 만족감이 교차한다.

"그러리다. 그들을 넘겨주겠소."

이젠 그의 요구에 답을 할 차례다. 은현은 새어 나오려는 한숨을 속으로 삼켰다. 떨지 않고, 울지 않고 말을 할 수 있을까, 걱정되었다.

"눈이 녹으면……."

은현은 탁자 아래에서 주먹을 꼭 쥐었다.

"눈이 녹으면 남광으로 함께 가겠습니다. 그러나 이곳에 있는 동안은 난 여전히 은허당의 당주고 신의 여인이라는 걸 잊지 마셨으면 합니다."

단우는 고개를 끄덕였다. 이곳에 있는 동안만은 그녀를 당주로서 충분히 존중해 주고 싶었다. 짧은 기간이지만 저 상처가 조금이나마 치유되었으면 좋겠다. 어이없게도 제가 저지른 일 앞에 제 마음이 아프다. 치졸하고 비열했다.

봉족군이 철수를 준비하는 가운데 봉족 왕의 요구와 은현의 결정이 알려지면서 중간마을은 통곡에 휩싸였다. 차라리 자신들의 몸을 버리겠다고 울부짖는 젊은 당녀들도 있었다. 나이 든 당녀들이 붉은 눈으로 봉족군을 막아섰고 그런 당녀들을 매화대가 막아섰다. 어떤 불상사도 없게 하라는 은현의 명이 있었기에 매화대 또한 피 토하는 심정으로 봉족군을 내려보낼 수밖에 없었다.

일곱 명의 봉족군이 감울란의 손에 넘겨졌다. 다섯 명의 당녀가 겁탈을 당했고 그중 한 명은 자결을 했다. 그 일을 저지른 것이 비단 이들뿐이겠는가마는 일단 봉족군이 내려가며 남겨둔 병사는 일곱이다.

은현은 그 일곱의 병사를 건평원 마당에서 처단했다. 봉족군이 지켜보는 가운데 매량이 칼을 들고 나섰다. 은현의 명령은 짧았고, 매량의 칼질 또한 간결했다. 은현은 그렇게 단우의 양심에 칼을 꽂았다.

은허당에 다시 고요가 찾아왔다. 아니, 그것은 죽음보다 더한 침묵이다. 눈이 녹고 난 후의 일에 대해 어느 누구 하나 먼저 입을 떼는 사람이 없었다. 단우와의 약속에 따라 은현은 매일 건평원을 찾아 그와 함께 차를 마셨다. 단우는 은현의 심경을 건드리지 않기 위해 지극히 조심했지만 간간이 빙글 웃으며 흥분을 드러내기도 했다.

이곳의 차나무가 남광에서도 잘 자랄지, 그곳의 정원사들이 비원과 꼭 같은 숲을 만들어낼지, 은현에게서 풍기는 아름다운 향이 무엇의 향인지, 그런 것들이 그에게는 몹시도 중요한 문제인 듯 보였다.

악귀 같던 그가 다시 고요하고 장난스런 소년이 되었다. 그 일을 겪지 않았다면 은현은 단우를 아주 좋은 사람으로 기억했을지도 모른다.

건평원을 나와 천상연을 지나던 은현은 매화대를 이끌고 오고 있는 감울란과 마주쳤다. 유현란을 내어달라고 소리치던 그날 이후 처음 대면하는 감울란이다. 그동안 명을 내리고 명을 수행하면서도 두 사람은 서로를 피하고 있었다.

두 사람은 매화원림 앞의 전각으로 올랐다. 은현을 앉혀두고 차를 준비하며 감울란은 유한을 떠올렸다. 은현을 지켜달라던 그의 말을 떠오르자 내리던 찻잔이 울컥 흔들렸다. 뜨거운 찻물이 은현의 옷자락으로 흘러내렸다. 감울란은 재빨리 다가가 물을 털어내고 소맷자락에서 작은 수건을 꺼내 닦았다. 부지런히 움직이는 그 손을 은현이 꼭 잡았다.

"이제 좀 괜찮으세요?"

은현은 그날의 격렬했던 감울란의 마음에 대해 묻고 있었다. 감울란의 손이 멈칫했다. 눈앞에 닥친 당신의 불행을 잊은 채 어린 당주는 여전히 감울란의 마음을 걱정하고 있었다. 손등을 덮고 있는 작은 손이, 그 따듯한 마음이 감울란을 흔들었다.

"정말 남광으로 가실 겁니까?"

감울란은 고개를 들지 못한 채 물었다. 무뚝뚝하지만 걱정이 가득한 음성이다. 은현은 조그맣게 웃었다.

"그전에 유한이 오지 않을까요?"

감울란은 제 귀를 의심하며 고개를 들었다. 은현의 눈이 반짝였다.

"저 눈이 녹기 전에 매족이 올라오겠죠?"

"당주님!"

"제 짐작이 맞다면 지금 아래세상에는 전쟁이 일어났습니다. 이번에는 매족도 만만찮을걸요? 봉족 왕은 아무것도 모른 채 이곳에 고립되어 있고 왕의 부재는 저들을 흔들어줄 겁니다."

조용조용 들려오는 음성에 감울란은 소름이 돋을 것 같았다. 영악하다고 해야 할지, 대담하다고 해야 할지 모르겠다. 세상에서 가장 슬픈 여인의 얼굴로 단우 앞에서 찻잔을 들고 있었을 은현이 떠오르자 참을 수 없는 웃음이 비어져 나온다.

전쟁을 감지해 낸 것이 하늘이 내린 당주의 능력이라면 중간 마을을 장악한 봉족군을 물리친 것은 은현의 능력이었으리라. 은허당이라는 이름에 맹목적으로 매달렸다면 선대의 당주들처럼 작약산이나 내원산으로 숨어드는 쪽을 선택했을 것이다. 그러나 결정적인 순간, 은현은 은허당이란 이름보다 당녀들을 먼저 생각했다. 그것이 바로 은현이 가진 특별함이다.

이 어린 당주를 어찌 사랑하지 않을 수 있겠는가!

감울란은 은현의 손을 꼭 잡아주었다.

"예, 유한은 반드시 올 겁니다."

그리고 또 한 사람…… 유현란의 남자, 천강도 올 겁니다.

감울란의 얼굴에 기쁨인 듯 슬픔인 듯 알 수 없는 아련한 기운이 번졌다.

16. 달아나는 봉족

달아나는 봉족
달아나는 봉족

은파의 봉족 총관 관저인 월영관에 불길이 치솟아올랐다. 그리고 잠시 후, 망루 위에 천강의 부대를 의미하는 깃발이 가장 먼저 꽂혔다. 다시 얼마 후, 단성과 모화촌의 깃발도 나란히 꽂혔다. 그와 함께 환호하며 거리로 뛰쳐나온 사람들의 물결이 바다를 이루었다. 봉족에게 빼앗긴 지 스물세 해 만에 은파는 다시 매족의 땅이 되었다.

"잠시도 당주님 곁을 비우지 마라. 은화원으로는 바람 한 점 스며들지 못하도록 경계를 철저히 해라!"

감울란이 갑자기 왜 이토록 경계를 주는지 호위들은 알 수 없었다. 은현이 한 걸음을 걸어도 30여 명의 매화대가 주변을 에워싸야 했다. 평소 호위들이 둘러싸는 것을 달가워하지 않던 은현 또한 이번에는 별말이 없었다.

감울란은 향과 매량을 데리고 매화원림 깊은 곳, 자신의 처소로 향했다.

낡은 침상과 조그만 탁자가 전부인 작은 방, 어느 누가 이곳을 매화대 대장의 처소라고 생각할까? 조그만 방 안과 어둡고 침울한 감울란의 얼굴을 번갈아 살피며 향과 매량은 조그맣게 한숨을 쉬었다.

괜찮다고 사양을 하는데도 감울란은 기어이 손수 차를 끓여 그들의 앞에 놓아주었다.

처음에는 흉측한 그 얼굴이 두려워 마주 볼 수 없었고, 조금 지나서는 어느 누구도 범접할 수 없는 뛰어난 검술과 매화대를 이끌어가는 강력한 지도력에 감히 눈을 마주칠 수 없었던 매화대의 대장. 그 대장이 몹시도 지친 얼굴로 향과 매량을 건너다보았다.

자신을 너무도 닮은 두 사람이다. 한쪽은 젊은 날의 감울란을 연상시키는 여린 마음과 빼어난 검술이 닮았고, 또 한쪽은 나이 든 감울란의 가차없는 칼질과 침울하고 어두운 면모를 빼다 박았다. 둘 다 스물여덟, 무리를 이끌기에 충분한 나이들이다. 자신은 스물셋에 아기를 잃고, 그다음 해에 매화대의 모든 전권을 받았었다.

"당주님은 여전히 건평원에 다니시느냐?"

"예."

대답하는 향의 얼굴이 뾰로통하다. 무슨 일인가 묻는 감울란의 눈을 보며 매량이 대신 말했다.

"매일 가시는 건 물론이고…… 간간이 웃음소리도 흘러나옵니다."

물론 단우의 일방적인 웃음이지만 그만큼 은현이 단우의 마음을 풀어놓았다는 뜻이다. 처음에는 눈빛 한 번 마주치는 것조차 조심하던 자가 이젠 마치 은현이 정말 제 여인이나 된 듯 자연스럽게 바라보며 빙글거리는 모습이 향의 눈엔 눈꼴 시린 거다.

감울란의 입가에 미소가 스쳐 갔다. 은현의 행동들이 영악하게도 보이고, 귀여워도 보이고, 조금은 불안하기도 하다. 단우란 자를 도무지 가늠할 수 없으니.

"그자의 얼굴이 풀렸다고 하여 마음을 놓아서는 절대로 안 된다. 언제 돌변할지 모르는 자다. 어떤 상황이 닥칠지도 모르고……."

감울란은 한동안 말을 잇지 않은 채 차만 마셨다. 차를 넘길 때마다 볼의 흉터가 움찔움찔 흔들린다. 긴 침묵 끝에 감울란이 다시 입을 열었다.

"만약 내게 무슨 변고가 생기면 너희 둘이 매화대를 이끌어라."

"갑자기 무슨 말씀이십니까?"

"갑자기가 아니라 난 이미 나이도 들었고…… 마흔여섯이면 언제든 변고가 생길 수 있는 나이야."

"저희들은 아직 모자랍니다. 감울란님이 계시지 않는 매화대를 상상할 수 없습니다."

"향인 당주님을 보필하고 매량인 매화대를 이끌면 되겠구나. 그러려면 향이는 조금 단호해져야 할 것이고, 매량이 넌 그 불같은 성미를 조금 죽여야 할 것이다. 누가, 어느 자리에 있든 둘의 힘은 동등하게 분배해야 한다. 그건 아마 당주님께서 잘 조절하시리라……."

"정말 무슨 일이십니까? 어디 불편하신 데라도 있으십니까?"

"아니다. 만약을 대비해 하는 말일 뿐이야. 그만 나가들 봐라."

의아한 눈으로 살피던 향과 매량이 나간 후, 감울란은 품속에서 배냇저고리를 꺼냈다. 탁자 위에 펼친 그것은 몹시도 작다. 이렇게 작은 저고리를 입고도 허우적허우적 놀던 작고 작았던 그 아기…….

이름도 지어주지 못했구나. 너를 찾아 그곳으로 간다 한들 이름이 없으니 어찌 찾을까?

검붉은 저고리 위로 후두둑, 눈물이 떨어졌다.

그가 오고 있다. 유현란의 남자였던, 그리고 여전히 유현란의 남자일 천강. 감울란에게는 은허당을 집어삼키려 덤벼드는 봉족군보다 더 무서운 것이 천강이다. 감울란은 손으로 제 얼굴의 흉터를 가만 더듬었다. 미끈하고 움푹 꺼진 흉터……. 침상에 누워 상처를 치료받으며 쑤군대는 당녀들의 소리를 들었었다.

두 번 보기 두렵다고, 저런 얼굴로는 평생 세상 밖으로 나가기 힘들 거라고…….

이런 얼굴로는 천강을 만날 수가 없다. 그는 두려워서 고개를 돌리고 말 것이다. 여전히 아름답고 여전히 도도한 유현란이 있으니……. 정말 두려운 것은 또다시 유현란에게로 향하는 천강을 보아야 한다는 것이다.

죽여 버릴까?

은현을 위해 잠시 가라앉혔던 살의가 다시금 고개를 든다. 그것이 비단 죽은 아이로 인한 분노에서만 비롯된 것이 아님을 느끼며 감울란은 당황스럽다. 마흔이 넘어 오십을 바라보는 이 나이에도 여전히 죽이고 싶도록 질투가 나는 것인지……?

매화원림을 나와 은화원을 향해 천천히 걸음을 옮기던 감울란의 발걸음이 갑자기 유천궁으로 향했다. 흙바닥에서부터 축축하고 차가운 기운이 스며 올라온다. 늘 따듯한 기운이 감돌아 사시사철 보송한 은허당의 다른 땅들과는 태생부터 다른 땅인 듯. 그 축축한 땅을 내려다보며 걷고 있는 그녀의 앞을 그림자 하나가 불쑥 다가와 막아섰다.

"들어오실 수 없습니다."

매화대원 명현이다.

역시나 영악하신 당주님…… 유현란을 지키기 위해 목숨을 걸고 감울란의 앞을 막아설 수 있는 사람은 명현뿐이란 걸 아신 거다.

감울란은 비어져 나오려는 웃음을 꿀꺽 삼켰다.

"당주님의 일로 유현란님을 좀 뵈어야겠다. 의논할 것이 있으니 비켜라."

십수 년을 모셔온 매화대 대장의 명이다. 잠깐 움찔하던 명현의 눈이 다시 단단해졌다.

"당주님의 명 없이는 어느 누구도 이곳을 들어설 수 없습니다."

"감울란의 명이다, 명현!"

볼의 흉터가 움찔하며 감울란의 얼굴이 험악하게 변했다. 그러나 명현은 눈도 깜빡 않고 그 자리에 버티고 서 있었다. 은현이 유현란을 왜 이곳에 숨겨두었는지 그제야 어렴풋이 짐작이 갔다. 이 은허당에서 당주 외에는 누구도 막을 수 없는 감울란, 그녀의 얼굴에 살의가 가득하다. 명현은 두려움을 숨기며 단호하게 말했다.

"돌아가십시오."

당장 칼을 뽑아 목에 들이댄다 해도 물러서지 않을 태세다. 역시나 유현란의 딸이다. 노한 눈으로 명현을 노려보던 감울란은 유천궁을 향해 서늘한 눈길을 던지고 돌아섰다.

다시 휘적휘적 걸음을 옮기는데 멀찍이 코를 땅에 박고 걸어오던 사혜를 맞닥뜨렸다. 그냥 지나갈까 피할까 생각하는 사이 어느새 다가온 사혜가 눈앞으로 지팡이를 불쑥 들이밀었다.

"넌 도대체 뭐 하는 년이냐? 칼은 두었다 썩은 무 자르는 데나 쓰려느냐?"

은현이 단우의 요구를 들어준 것에 대해 여전히 분을 털어내지 못한 얼굴이다. 단우를 만나야겠다고 날마다 건평원을 찾아가 고래고래 소리를 지르며 문을 두드려 대는지라 보다 못한 은현이 건평원 근처에도 가지 말라는 단호한 명을 내렸고, 제 분대로 못한 사혜는 온 은허당을 휘젓고 다니며 시비를 걸고 있는 중이다.

"너도 저년들처럼 당주님이야 어찌 되든 말든 저만 말짱하면 된다 이거냐?"

사혜는 지팡이로 선원당을 가리키며 다시 물었다.

"선원당에 다녀오시는 길이십니까?"

묻는 소리에 사혜의 얼굴이 다시 분기탱천해졌다. 방금 그곳에 들러 한바탕 난리를 치고 나오는 길이다. 늙은 선원, 젊은 선원을 막론하고 사혜가 휘둘러 대는 지팡이 삿대질에 어느 누구 하나 고개를 들지 못했다.

중간마을을 버린 책임을 지고 싶지 않았기에 내원산이나 작약산으로 은신하자는 회의 결과만 전달한 채 은현의 명을 기다렸었다. 은현의 사람이 되겠다고 약속한 금영란마저 쉬이 나서지 않았다. 감울란의 아기를 미끼로 부란을 구해내고 평생을 그 죄를 짊어진 채 살아가는 유현란 같은 선원은 이제 더 이상 존재하지 않았다.

당연히 숨어드는 쪽을 택할 줄 알았던 은현이 단우의 요구를 받아들여 버리자 선원들은 당황했다. 중간마을을 버린 책임을 면하려다 당주를 지키지 못한 무책임한 선원이 되어버린 것이다. 당녀들의 따가운 눈초리가 그들을 향했다. 이제 그들은 더 이상 존경받는 선원이 아니다.

"내가 그년들의 속을 모를 줄 아느냐? 그년들에게는 여전히 당주님이 당주님이 아니신 게다. 그렇지 않고서야 어찌 이런 일이 벌어지도록 두었겠느냐? 예전에 유현란은……!"

정신없이 중얼거리던 사혜가 당황한 듯 손으로 제 입을 가렸다.

늙은 것이 드디어 노망이 든 것인가? 어쩌다 이런 말이 불쑥 튀어나와 버린 것인지…… 감히 누구 앞에서…… 누구 앞에서……!

당장 혀라도 깨물어 버릴 듯한 표정으로 바라보는 사혜를 보며 감울란은 차마 분노를 드러낼 수 없었다. 사혜가 그 일을 얼마나 마음 아파하는지 알고 있다. 수타계곡에서 돌아온 후, 썩어 들어가는 감울란의 얼굴을 치료해 주며 그녀보다 더 많은 눈물을 쏟았던 사혜다.

"그렇게 돌아다니다 허릿병이라도 도지면 어쩌시려고 그러십니까?"

감울란은 짐짓 무심한 얼굴로 퉁명스럽게 중얼거렸다. 멍한 눈으로 바라보던 사혜의 얼굴이 그제야 조금 펴지며 붉어진 눈시울을 감추었다.

"남이야 허릿병이 도지든 말든 네년이 무슨 상관이냐? 늙은 것이 더 노망이 들기 전에 그 덕에라도 엎어져 죽어준다면 다행이지."

그리고는 도망치듯 바쁜 걸음으로 멀어져 가는 사혜를 감울란은 측은한 눈으로 바라보았다.

죽을 것 같았고 미칠 것 같았던 그 슬픔과 분노를 혼자서만 고스란히 삭이며 살고 있다고 생각했는데 그것이 아니었던 모양이다. 당주도, 사혜도, 모두들 자신으로 인해 너무도 아파하고 있었다.

천풍루에 올라서서 바람을 맞으며 감울란은 왠지 그 바람이 자신 속에서 묵은 것들을 쓸어가고 있다는 생각을 했다. 정말이지 다 쓸려가 버렸으면 좋겠다. 이 분노도 슬픔도, 끝내 끊어내지 못한 천강을 향한 마음도…….

젖은 눈을 들어 먼 산 아래를 응시하고 있는데 무언가 이상하다. 순식간에 하늘을 덮어오는 먹장구름처럼 하얀 산자락에서 구물구물 움직이는 저것들……!

감울란의 눈이 점점 커지더니 하얗게 질린 얼굴로 아래를 향해 달렸다.

순식간에 매화원림으로 뛰어든 그녀는 나른하게 퍼져 있는 매화대에게 집결 명령을 내렸다.

"무장을 갖추어라! 당주님은 어디 계시느냐?"

"건평원에……."

"당장 모시고 나오너라, 당장!"

놀란 눈으로 서 있는 어린 대원의 등을 밀어붙이며 명을 내렸다. 봉족이 몰려오고 있다. 그들을 쫓는 매족도 올라오고 있다. 절반의 매화대가 아직도 중간마을에 주둔하고 있으니 남은 매화대를 총동원해 봐야 몰려오는 군사들을 막아내지는 못하리라. 게다가 저들은 이미 전쟁의 피 맛을 보아버린 자들이다.

감울란의 얼굴에 두려움이 가득하다.

"남광에서는 보타산 광산을 여인의 혼을 빼앗아가는 광산이라고들 부릅니다."

"여인의 혼을 빼앗아가는 광산요?"

"그만큼 화려하고 진귀한 보석들이 많이 묻혀 있다는 뜻입니다."

"아."

은현은 찻잔을 입으로 가져가며 고개를 끄덕였다. 단우가 자랑하는 남광의 모습은 은현의 호기심을 자극하기에 충분했다. 세상 밖을 구경한 것이라고는 은파를 잠깐 본 것이 전부이니 들려주는 모든 얘기들이 신비롭고 새로울 수밖에 없다. 그러나 정작 은현의 머릿속을 채우는 것은 단우가 펼쳐 보이는 남광의 화려한 풍경이 아니라 유한이 들려주었던 미지의 바다다. 갈왕산 너머 척박한 땅을 지나면 있다는 알 수 없는 그곳, 그곳이 어디든 유한과 함께라면 두려울 것이 없을 것 같다.

은현의 얼굴에 지어진 온화한 미소를 보며 단우도 뿌듯한 마음으로 미소를 지었다. 남광은 은파의 매족과 같은 미개한 족속들은 감히 상상도 할 수 없을 만큼 화려하고 발전된 땅이니 은현도 분명 만족할 거라 생각했다.

"보타산의 철광 또한 남광의 자랑거리지요. 봉족이 이 땅의 주인이 될 수 있었던 것도 다 보타산에서 캐낸 철 덕분입니다. 매족이 아무리 검술이 뛰어나다고 하나 봉족을 이길 수 없는 이유 또한……."

갑자기 들어선 매량 때문에 단우의 말이 끊겼다.

"당주님."

"무슨 일이냐?"

"의당녀 사혜가 또 일을 저지른 모양입니다."

멈칫하던 은현의 얼굴이 이내 성가시다는 듯 구겨졌다. 그리고 단우에게 아쉬운 눈빛까지 건넸다.

"남은 이야기는 내일 다시 듣도록 하지요. 그럼."

웃음을 건네며 방을 나가는 은현을 보며 단우는 혀를 찼다.

성가신 늙은이가 아닌가. 날마다 건평원 문을 두드려 대며 고래고래 소리를 질러 심사를 건드리더니 오늘은 또 은현까지 빼앗아간다. 쯧.

그러다 그는 다시 빙그레 웃음을 지었다. 호기심 가득한 눈을 반짝이며 자신의 얘기에 귀를 기울이던 은현이 떠올라서다. 이곳의 늙은이들처럼 꽉 막힌 고집불통인 줄 알았더니 의외로 현실을 받아들이는 능력이 빠른 것 같다.

은현은 매화대에 둘러싸인 채 재빠른 걸음으로 건평원을 나왔다. 사혜가 일을 저질렀다는 말은 감울란과 자신 사이에 약속된 암호였다. 드디어 매족이 올라오고 있나 보다. 유한이 오고 있다. 다급한 걸음은 이내 달음질이 되어 매화원림으로 향한다.

매화원림 뜰에 무장을 하고 정렬한 매화대가 은현을 기다리고 있었다. 이미 사태를 파악한 듯 그들의 얼굴은 비장하다. 은현은 감울란에게 다가갔다. 그녀는 커다란 삿갓을 쓰고 있어 얼굴을 볼 수 없었다.

"감울란."

감울란은 고개를 숙이며 대답을 대신했다.

"절대 저들과 맞서지 마세요. 원하면 길을 내어주고 방법을 구하면 그것도 알려주세요."

"단우를 놓아주란 말씀입니까?"

감울란은 의아한 표정으로 물었다. 매화대가 유한을 도와 봉족을 협공하지 않을까 생각했었다. 은현이 무슨 연유로 단우를 놓아주려는 건지 알 수 없었다.

"난 이곳에서 싸움이 벌어지는 것을 원치 않습니다. 만약 그리되면 가장 손해 보는 쪽은 봉족도 매족도 아닌, 바로 우리 은허당이 됩니다. 이곳을 전쟁터로 삼지 못하도록 하시란 말입니다. 아시겠습니까?"

삿갓 너머에서 어린 눈이 반짝인다. 당주는 여리고 따듯하지만 영악하고 차갑기도 하다. 감울란은 제 속에서 점점 커지는 은현의 존재를 느낀다.

"조심하세요."

애틋하게 바라보는 그 눈을 향해 감울란은 고개를 끄덕였다. 지켜야 할 사람이 생겼다는 것이 어느새 감울란에게 삶의 희망을 던져 준다. 은현에게 깊은 예를 갖춘 감울란은 향과 매량을 찾았다. 은현의 좌우에 선 그들을 보니 안심이 된다. 그녀는 다시 한 번 확인하듯 명을 내렸다.

"잠시도 당주님 곁을 떠나지 마라. 은화원 밖으로는 한 발짝도 나서시지 못하게 해야 한다. 알겠느냐?"

"예!"

매화대는 일차적으로 은화원을 감싸고, 그 바깥 경계인 선원당을 다시 감싸고, 선원당의 외곽을 두른 매화원림과 의당청을 또다시 감싸고, 그리고 마지막으로 통천문 앞을 막아섰다.

어느새 눈이 녹았는지 높은 산자락에는 짙은 침엽수림이 모습을 드러내고 있다. 바람이 몰아칠 때마다 삿갓이 성가시게 흔들렸다. 유한을 구하러 달려 내려갈 때처럼 벗어 던져 버리는 것이 편할 것 같은데 감울란은 그것을 더욱 깊숙이 눌러썼다.

부대를 이끌고 중간마을을 벗어나 한참이나 아래로 내려갔을 즈음, 은파에 주둔해 있던 봉족군이 쫓기듯 몰려 올라오고 있었다.

전쟁이 일어났다고 했다. 이미 서라연이 장악되어 지원군도 올 수 없는 상황이 되어버린 은파는 순식간에 매족의 수중에 떨어졌으며 자신들도 매족군에게 쫓기고 있다고 했다.

왕이 은허당에 고립되어 있다. 병사들을 쫓아 올라오는 매족이 정작 목표하는 것은 은허당에 고립되어 있는 단우일 것이다. 반유는 방향을 틀어 중간마을을 경유하지 않은 채 곧장 은허당으로 올랐다. 무슨 방법을 써서든 단우를 그곳에서 탈출시켜야 한다.

통천문 앞에서 매화대를 맞닥뜨려 작은 실랑이가 있었지만 섬뜩한 얼굴을 한 매화대 대장이 웬일인지 쉽게 길을 열어주었다.

매화대는 건평원 쪽으로 향하는 길만 열어둔 채 다시 은허당의 모든 길을 봉쇄했다. 더 이상 물러날 수 없는 곳까지 물러난 것이다. 이제 매족군이 들어서기 전까지 저들이 이곳을 빠져나가기만을 바랄 뿐이다.

단우는 반유의 말을 믿을 수 없어 묻고 또 물었다. 서라연과 은파가 한순간에 무너져 버리다니 믿을 수가 없었다. 더구나 서라연에 주둔해 둔 오천의 군사는 남광에서 데려온 봉족의 주력 부대다.

"어째서…… 어째서!"

무기조차 변변찮은 매족에게 봉족의 주력부대가 당했단 말인가?

은파를 빠져나온 봉족군이 그 답을 말해주었다.

"대전쟁 때 달아났던 매족이 갈왕산을 넘어왔습니다."

"천강…… 그자가 돌아왔단 말이냐?"

"그렇습니다. 그들은 야생의 말을 훈련시켜 타고 다닙니다. 그들이 이끄는 기마부대가 동에 번쩍 서에 번쩍 나타나니 감당할 수가 없었습니다. 칼 한 번 변변히 휘둘러 보지 못한 채 은파를 뺏겨 버렸습니다."

"그만!"

단우는 감당할 수 없는 분노를 삼키며 방 안을 서성거렸다. 어떻게 빼앗은 은파인데 이렇게 쉽게 내어주었단 말인가! 겨우 열다섯의 나이에 피에 굶주린 악귀처럼 셀 수 없는 인명을 살상하고 차지한 은파다. 은파를 내 땅으로 만들겠다, 그것 외엔 아무것도 생각하지 않았다. 그런 은파를…… 그런 은파를!

"으아앗!"

단우의 불같은 고함 소리와 함께 은파에서 올라온 병사의 몸이 한순간에 고꾸라졌다. 핏방울이 사방으로 튀었다. 반유와 부장들은 얼굴에 튀어 오른 피를 닦지도 못한 채 얼어 있었다. 단우는 지금 흥분한 범이다. 이 순간에는 어떤 식으로든 그를 자극해서는 안 된다는 걸 알기에 그들은 숨소리조차 죽이고 있었다. 단우는 어슬렁거리며 중얼거렸다.

"지금 당장…… 은파를 회복하러 가겠다."

"……."

"군사를 정비하라!"

"정신 차리십시오!"

거칠게 돌아서는 그의 앞을 반유가 막아섰다. 죽음을 불사하고라도 왕의 흥분을 가라앉혀야 했다.

"겨우 오백입니다. 오백의 군사로 수천의 매족을 어찌 상대한단 말입니까? 냉정하셔야 합니다. 우선 이곳을 어찌 빠져나갈까, 그것부터 생각하셔야 합니다."

단우에게서는 거친 숨소리만 들려왔다. 천하의 봉족 왕에게 반유는 무엄하게도 달아나자고 권하고 있었다. 어슬렁어슬렁 서성이는 그에게서 거친 숨소리가 들렸다. 또다시 칼부림이 나지 않을까 바짝 긴장하고 있는데 분노한 범의 눈이 코앞으로 다가와 물었다.

"이곳을…… 빠져나갈 방법이 있다고 생각하느냐?"

"……찾아야지요."

매족이 단우를 잡기 위해 치달아 올라오고 있다, 대전쟁의 앙금을 고스란히 안은 채. 겨우 오백의 군사로 그들을 뚫고 나가는 것은 도저히 불가능한 상황이다. 과연 이곳을 빠져나갈 방법이 있을까?

부장들이 머리를 맞대고 의논해 보지만 뾰족한 방법이 생각날 리 없다. 이곳은 그들에게는 생소한 땅이다. 은허당의 당주를 인질로 잡고 내려가자는 의견이 나왔지만 위험천만한 일이다. 매족이 당주의 목숨을 구하려고 봉족을 놓아줄지도 의문이고 매화대가 버티고 있는 한, 엄청난 피를 보아야 가능한 일이다.

답답해진 반유는 건평원 밖으로 나와 서성이다가 멀찍이 서 있는 감울란을 발견했다. 커다란 삿갓을 쓴 채 그녀는 꼼짝도 않고 이쪽을 바라보고 있었다. 무언가 할 말이 있는 듯…… 왠지 그런 느낌이 들었다. 그는 곧장 감울란에게로 향했다. 그녀라면 방법을 알고 있을 것이라 생각했다. 성큼 다가선 반유는 단도직입적으로 물었다.

"은파를 통하지 않고 산을 내려갈 방법이 있습니까?"

감울란은 삿갓 깊숙이 얼굴을 숨기고 있었다. 그래서 무슨 생각을 하는지 알 수 없었다. 감울란이 아무 대답이 없자 반유가 은근한 협박을 동반하여 다시 물었다.

"당신들도 이곳에서 전쟁이 벌어지는 것을 원하진 않겠지요? 그러니 방법을 알려주십시오."

납작 엎드려 다가오는 것을 보니 어지간히 다급한 모양이다. 감울란은 잠깐 망설이다가 마지못한 듯 입을 열었다.

"초성단을 통해 산을 넘으면 호족 마을이 나오지. 하지만 워낙 험준한 길이라 쉽지 않을 것이다."

"그곳이 정말 호족 마을로 향하는 길인지 사지로 들어가는 길인지 우리가 어찌 믿습니까?"

“원한다면 매화대가 안내해 줄 수도 있다.”

의문이 가득한 반유의 눈이 스륵 다가왔다. 왜 이렇게 고분고분 가르쳐 주나, 싶은 모양이었다. 감울란은 무뚝뚝한 음성으로 그것에 답했다.

“이곳에서 전쟁이 터지는 건 우리도 원치 않으니까.”

삿갓 너머 감울란의 입가에 슬며시 미소가 보인다.

단우는 말없이 반유의 말을 듣고 있었다. 방법이 그것밖에 없다면 그렇게 해야 하리라. 그러나 은현을 두고 갈 수는 없다. 두고 가고 싶지 않았다. 며칠 얘기를 나누는 사이 온 마음을 주어버렸다. 밤마다 눈을 감으면 그 얼굴이 떠올라 잠을 이루지 못할 지경이다. 어느새 남광으로 가야 할 운명을 받아들인 듯 나긋나긋하고 다정하기까지 했던 은현이다. 입가에 조그만 미소가 지어질 때면 달아난 누이가 떠올라 가슴이 찌릿했다. 그래서 더더욱 두고 갈 수가 없다. 그러나 은현은 이런 일을 미리 예견한 듯 꽁꽁 숨어버렸다.

“서두르셔야 합니다.”

다그치는 부장들의 소리를 뒤로하고 밖으로 나온 단우는 눈앞에 들어온 풍경을 살폈다. 다친 병사들이 마당 이곳저곳에 널브러져 신음하고 있는 그곳은 이미 전쟁터를 방불케 한다. 도무지 이 상황이 받아들여지지 않는다. 무엇에 홀린 듯 두어 달 은허당에 들어와 꿈을 꾸고 있는 사이 세상이 바뀌어 버렸다.

그는 건평원 담장 너머 보이는 은허당의 전각들을 노려보았다.

희뿌연 안개에 싸여 하나같이 신비롭고 아름다운 자태를 뽐어내는 건물들이다. 죽은 양월이 선원당을 빠져나와 들려주던 이야기를 유추해 은화원이 어디쯤에 위치해 있는지를 가늠해 보았다.

저 건물들의 가장 깊은 곳, 자신의 손길이 닿을 수 없는 곳, 그곳에서 은현은 어쩌면 유한을 기다리고 있을지도 모른다.

전쟁을 예감했던가, 설마?

순간, 치받아 오른 분노가 다시 그의 얼굴을 붉게 만들었다.

은허당으로 들이닥친 지 두어 시각 만에 봉족군은 감울란이 내어준 매화대를 따라 태대산을 올랐다.

너무도 쉽게, 아무런 말도 남기지 않은 채 단우는 은허당을 떠났다. 중간마을을 침범하고 은현을 가지겠다고 비열한 협박을 서슴지 않았던 그도 목숨의 위협 앞에서는 어쩔 수 없었던 것일까?

감울란은 갸웃한 마음으로 다급히 산을 오르는 봉족군을 지켜보았다.

무언가 너무 쉽다는 느낌…… 그러나 어쨌든, 그들은 떠났다.

짧은 시간이 더디게 흘렀다. 바쁘게 뛰어들어 온 매화대원이 봉족군이 드디어 건평원을 나갔다는 소식을 전했다.

"그래? 불상사는 없었느냐?"

"워낙 다급하게 빠져나간지라 그럴 여유도 없었습니다. 하온데…… 건평원 마당에 부상자들을 버려두고 떠났습니다. 스무 명은 족히 될 듯합니다."

참, 단우답다. 그는 자신의 목적 외에는 아무것도 생각하지 않는 자다. 마음 내키는 대로 친절을 베풀고, 마음 내키는 대로 상처를 주는 사람이다.

"의당청에 일러 그들을 치료해 주라 해라."

명을 내린 은현은 유천궁이 있는 쪽으로 눈을 돌렸다. 유현란이 보고 싶었다. 두렵고 급박한 상황이 오면 언제나 그 품속으로 숨어들고픈 유현란, 그러나 또한 자신이 벗어나야 할 품이라는 것을 알기에 이렇게 꼿꼿이 버티는 거다.

성큼 내딛는 걸음을 매량이 막아섰다.

"아직은 움직이시면 안 됩니다."

비키라, 명하고 싶었지만 은현은 참았다. 꽉 막힌 매량의 그 고집을 아니 말해봐야 소용없을 것이기에.

사혜는 의당녀들을 지휘하며 온 건평원을 휘젓고 다녔다. 시체처럼 마당에 널브러진 부상자들을 빈방으로 옮기고 상처를 살피는 내내 단우에 대한 욕을 멈추지 않았다. 부상병을 버리고 가버린 단우와 중간마을 당녀들을 구하기 위해 은현이 내렸던 결단을 비교하며 봉족 왕의 욕을 쏟아내자 갑자기 시퍼런 칼날이 목전으로 들어왔다.

"말조심하시오!"

팔에 경미한 부상을 입어 방금 치료해 준 자다. 침을 꼴깍 삼키던 사혜는 아무렇지도 않게 목에 닿은 칼날을 밀쳐 내며 소리쳤다.

"네 목숨이나 조심해라, 이놈아! 매족이 올라오면 네놈들을 살려둘 것 같으냐? 크게 다치지도 않은 듯하니 얼른얼른 일어나 네 주인을 따라가는 것이 살길일 것이다."

부상자가 스무 명 남짓하다더니 막상 와보니 서른 명은 족히 되는 듯한데 이 방에 드러누운 여남은 명은 고개가 갸웃해질 정도의 아주 경미한 부상자들이다. 칼을 들이댄 병사를 노려보던 사혜는 구석 자리를 차지하고 누운 병사에게 다시 소리쳤다.

"그깟 다리 조금 베인 것으로는 죽지 않을 것이니 네놈도 살고 싶으면 당장 떠나거라! 덩치는 산만 한 놈들이 웬 엄살이 그리도 심한 것이냐!"

그러나 그는 사혜의 고함을 외면한 채 몸을 돌려 누웠다. 참으로 알 수 없는 자들이다. 사혜는 쯧쯧 혀를 차며 방을 나왔다.

경미한 부상을 입었던 자들이 사라진 것은 다른 부상자들이 누운 방을 한 바퀴 돌고 다시 그 방을 들여다보았을 때다. 조금 전까지 사내들로 꽉 찼던 방 안은 어느새 깨끗하게 비어 있었다.

살고는 싶었던 모양이다. 이렇게 다급히 도망친 걸 보면.

사혜는 활짝 열린 건평원 문을 향해 흥, 콧방귀를 뀌었다.

천풍루에서 아래를 살피고 있던 매화대원이 내려와 매족군이 올라오는 것이 눈에 잡힌다는 보고를 올렸다. 이제야 그 형체가 눈에 잡혔으면 족히 한나절은 걸려야 올라올 것이다. 매량이 곁에 없는 것을 확인하고 은현은 걸음을 옮겼다.

향이 막아서자 은현은 그녀의 옷자락을 가만 잡았다.

"대모님이 보고 싶어, 향아."

서늘한 눈으로 명을 내리던 당주가 아닌, 스무 살 어린 은현이 향을 바라보고 있었다. 유현란을 두려워하면서도 늘 유현란의 품을 그리워하는 은현이라는 걸 안다. 힘든 순간이 지나가니 어머니의 품이 그리웠던 모양이다.

"다 끝났잖아?"

봉족군은 떠났고 이곳은 매화대가 네 겹으로 둘러싸고 있다. 개미 한 마리 드나들 수 없는 곳이다.

어미를 그리는 애틋한 은현의 눈이, 자매 같은 다정한 음성이 향의 마음을 무너뜨렸다. 향은 침을 꼴깍 삼키며 다짐을 받았다.

"잠깐입니다?"

은현의 얼굴이 환해졌다.

"그래, 잠깐만 뵙고 오자."

성큼성큼 걷는 은현의 주위를 호위들이 감쌌다. 은화원을 나와 성큼성큼…… 선원당 담장을 돌아 유천궁으로 성큼성큼…….

그러나 아무리 개미 한 마리 스며들 수 없는 곳이라도 바람은 스며든다.

갑자기 몰아친 바람에 눈이 매웠다. 먼지가 섞인 바람인지 눈을 뜰 수가 없었다.

어디선가 타다닥, 기와가 부딪치는 소리…….

뭐지?

돌아보는 향의 눈에 지붕에서 날아내리는 봉족군이 보였다.

17. 행복한 환각

행복한 환각
행복한 환각

은화원 밖으로는 한 발짝도 나서지 말라고 그토록 단단히 일렀는데 어쩌자고 그곳을 나서셨던가! 향이가 뛰어난 검술을 지녔지만 은현 앞에서만은 허수아비 인형이 되어버린다는 것을 간과했다. 설마 그들이 지붕을 타고 숨어들 줄은 생각조차 못했었다.

"봉족군이 네 겹으로 둘러싼 매화대의 벽을 숨어들어 왔어."

유한은 감울란의 말을 이해할 수 없었다. 어떻게 매화대가 은현을 잃을 수 있단 말인가? 모든 매화대원이 다 목숨을 잃어도 은현만은 지켜야 하는 게 매화대가 아니던가? 어떻게…… 어떻게 네 겹이나 되는 경계를 뚫릴 수 있단 말인가! 멀쩡한 얼굴로 소식을 전하는 감울란이 원망스러웠다.

"어떻게 네 겹이나 되는 경계가 뚫립니까?"

유한은 도무지 이해할 수 없다는 얼굴로 물었다.

"그들이 전각의 지붕을 타고 잠입했다."

"지켜준다고 하지 않았습니까!"

원망 섞인 유한의 포효에 삿갓 속 흉터가 움찔거렸다.

저의 분노가 나만 할까? 20년 가슴에 품었던 살의마저 멈추고 지키고자 마음먹었던 당주다. 내 삶의 의미였던 분노를 죽이고 택했던 당주다. 그 당주를 놓쳤다!

흉터가 험악하게 일그러졌다.

"즐겼던 것이냐?"

모닥불 너머 어둠 속에서 단우의 음성이 들렸다. 은현은 몸을 웅크린 채 어둠 속을 응시했다. 지붕에서 봉족군이 뛰어내리자 향이 자신의 몸을 감싸 안던 기억이 마지막이다. 그리고 눈을 뜬 곳이 이곳이다. 일렁이는 모닥불에 비친 주위를 보니 그곳은 조그만 바위굴 같았다.

"매족이 올라올 날을 기다리며 바보 같은 내 모습을 즐겼던 것이냐!"

아무것도 보이지 않던 어둠 속에서 단우의 얼굴이 불쑥 다가왔다. 아이처럼 잔뜩 골이 난 붉은 눈이 그녀를 삼켜 버릴 듯 노려보았다.

"넌 알고 있었어, 전쟁이 났다는 걸 말이야. 그렇지 않나?"

커다란 손이 턱을 으스러뜨릴 듯 잡아 올렸다.

그래도 나는 네게 최선을 다했는데…… 군사를 물려달라 해서 군사도 내려보냈고, 볼모처럼 갇혀 지내라 하니 죽은 듯이 엎드려 기다려도 주었다. 늙은 선원들에게 사로잡혀 사육당하는 네 모습이 안타까워 마음도 아팠었다. 남광에 가면 최고의 보석으로 치장을 해주고, 뭐든 원하는 대로…… 세상을 달라면 세상도 다 가져다줄 참이었다. 넌 그런 나를 가지고 놀았어!

거짓 순결로 치장을 하고 거짓 맹세와 거짓 웃음으로 자신을 안심시켰다. 매화대를 붙여 길을 안내해 준다더니 결국은 매족이 버글거리는 호랑이 굴로 그들을 안내해 주고 매화대는 달아나 버렸다. 마지막까지 거짓으로 일관했다.

그는 으스러뜨릴 듯 움켜잡고 있던 턱을 던지듯 밀쳤다. 울컥 밀린 은현의 몸이 바닥으로 내동댕이쳐졌다.

“길은 찾았느냐? 다른 병사들은 어찌 되었느냐!”

어둠을 향해 소리치자 어둠 속에서 대답 소리가 들렸다.

“선발대가 길을 찾고 있으니 조금만 기다리십시오. 흩어진 병사들도 곧 다시 모여들 것입니다.”

길 안내를 맡은 매화대를 따라 정신없이 산을 오르던 단우가 이상한 낌새를 알아차린 것은 침엽수림 숲에서였다. 초성단은 태대산 정상에 있다고 했는데 그들이 안내하는 길은 오르막도 내리막도 없는 끝없는 침엽수림 숲이다.

매화대를 멈춰 세우고 다가가는 순간, 화살이 날아들었다. 짙은 침엽수림 한가운데에서 봉족은 매족에게 완전히 포위되어 있었다. 삽시간에 흩어진 병사들이 사방으로 달아났다. 단우도 호위들에 둘러싸여 달아났다. 방향도 가늠할 수 없는 눈밭을 구르고 달려 숨어든 곳이 이 동굴이다.

천하의 봉족 왕이 사냥에 몰린 토끼마냥 정신없이 달아났다. 그 사실을 떠올릴 때마다 온몸을 들끓는 치욕을 감당할 수 없었다. 열다섯, 어린 나이에도 겪어보지 않았던 일을 겪은 것이다. 치받아 오르는 분노에 그는 바위굴에 머리를 찧었다. 서라연을 잃고, 은파를 잃고, 토끼몰이까지 당했다. 모두가 순식간에 일어난 일이다. 이럴 수는 없었다. 어쩌다가 이 지경이 되었는지 모르겠다.

양월의 서신을 받고 은파에 오고자 마음먹은 그 순간부터 잘못이었다. 구름 떼처럼 몰려들던 사람들이 왜 두려웠던 건지, 맹목적인 그들의 믿음이 무지와 미개함에서 비롯된 것임을 모르지 않았는데…… 은허당을 가득 덮고 있던 안개에 홀린 것이 분명하다. 여우 같은 어린 당주에게 홀린 것이다.

어둠이 내릴 무렵, 가벼운 상처를 내어 건평원에 남겨두었던 병사들이 은현을 들쳐 메고 찾아들었다. 정신을 잃은 것인지 잠이 든 것인지 은현은 티끌 한 점 없는 하얀 얼굴로 눈을 감고 있었다. 가끔 이 얼굴을 바라보며 숨이 막힐 것 같다는 생각을 한 적이 있었다. 아무도 볼 수 없게 주머니에 숨기고 싶었던 목각인형처럼. 단우는 긴 손가락으로 그 얼굴을 스륵, 훑었다. 마음이 찌릿했다.

남광으로 달아나든, 이곳에서 끝장이 나든…… 마지막까지 함께 가는 거다.

거짓 순결로 포장된 그 어린 얼굴을 들여다보며 그는 생각했다.

병사에게 밖을 살피라 명하고 돌아보니 은현은 어느새 꼿꼿한 자세로 모닥불 앞에 앉아 있었다. 모닥불의 음영이 일렁이는 얼굴은 달빛 아래에서 처음 보던 그날처럼 여전히 신비로워 보인다.

참 이상한 재주를 가진 여자다. 어느 곳에, 어떤 모습으로 앉혀놓아도 고유의 제 빛을 잃지 않는다. 풍경에 휩쓸리지 않는 여자다. 괘씸한 마음에 목을 꺾어버리고 싶도록 분노가 일다가도 파르란 저 얼굴을 보면 마음이 먼저 꺾여 버린다.

성큼 다가선 단우는 다시 은현의 턱을 들어 올렸다. 겁없는 눈이 당돌하게 올려다보았다.

"너의 매화대도 별수 없군?"

철통같이 지킨다고 생각했겠지만 봉족군의 단 한 번의 침입을 막지 못했다. 조소 어린 그 눈을 향해 은현은 말했다.

"구하러 올 것이다."

확신에 찬 표정이다. 그러나 이 산에 올라와 있는 것은 매화대가 아니라 매족군이다.

"유한을 기다리느냐?"

턱을 잡은 손에 다시 힘이 들어가는 것을 느끼며 은현은 입을 꼭 다물었다. 유한의 이름을 말할 때마다 단우의 얼굴에는 어린

아이의 부아 같은 것이 불룩 일었다.

"날 붙잡아서 매화대까지 끌어들인 건 너의 실수다."

그 소리에 단우는 쿡, 웃었다. 그래, 매족만 감당하기에도 벅찰 텐데 매화대까지 끌어들였으니 실수도 이런 실수가 어디 있을까?

"어차피 이 산을 빠져나갈 방법이 없다면 그 마지막을 너와 함께하는 것도 좋지 않겠느냐?"

턱을 움켜잡고 있던 손에 힘이 풀리며 두툼한 엄지손가락이 입술을 스륵, 쓸었다. 흠칫 달아나는 얼굴을 보며 그는 다시 피식 웃었다. 이 당돌하고 가증스러운 꽃을 언제쯤 꺾어줄까를 생각했다. 아주 한순간에, 핏물이 고이도록 꺾어버릴 참이다. 봉족 왕의 처지를 이토록 처참하게 만든 대가는 치러야 할 테니까.

유한은 시체들이 널브러진 침엽수 숲을 휘둘러보았다. 어느 곳에도 은현의 그림자는 없다. 얼핏, 단우를 보았던 것 같기도 한데 순식간에 호위들에 싸여 사라져 버렸다.

시신들을 하나하나 확인하고 사로잡힌 포로들을 포승줄에 묶어 은허당으로 내려보냈다. 사방으로 흩어진 봉족군을 소탕하려면 몇 날이 걸릴지 알 수 없다. 그만큼 은현을 찾는 시일도 오래 걸릴 것이라는 뜻이다. 그만 하산했다가 내일 올라오는 게 어떠냐는 수하의 말에 유한은 고개를 흔들었다. 이 어둠 속에, 이 추위 속에, 은현은 단우의 곁에서 떨고 있을 것이다.

"횃불을 준비해라! 밤을 새서라도 남은 잔당을 소탕한다!"

사흘이나 눈밭을 달려 올라온 병사들은 지칠 대로 지쳐 있었다. 휴식이 필요하다는 걸 누구보다 잘 아는 유한이지만 그것을 허락하지 않았다. 여기에서 멈춰 버리면 은현을 영영 놓쳐 버릴지도 모른다는 불안감이 그를 견딜 수 없게 했다.

서라연에서 봉족을 이겨낸 것도, 은파를 다시 찾은 것도 하나도 기쁘지 않았다. 은현을 잃고 얻는 그것은 아무 소용 없었다.

내 어깨에 매족의 운명이 달렸다고? 갈왕산 너머의 매족들이 잘못 알고 있는 거다. 그것은 아버지 천강에게나 어울릴 말이다. 은현을 사랑하고, 사랑받고, 아이를 낳고, 미래를 꿈꾸는 것만으로도 난 충분히 만족한 삶을 살 수 있다. 그것이 부족과 함께라면 더욱 좋겠지만 불가하다면 그녀를 데리고 떠나 버릴 수도 있는, 그것이 나 유한이다.

"샅샅이 살펴라! 은신할 만한 곳을 찾아라!"

어둠이 내리고 있는 태대산에 유한의 절박한 음성이 울려 퍼졌다.

태대산으로 올라갔던 매화대는 어둠이 완전히 내린 후에야 빈손으로 하산했다. 매족군은 여전히 산에서 내려오지 않고 있었다. 산자락에는 일렁이는 횃불들이 점점이 박혀 있었다. 밤새 저러고 헤맬 모양이었다.

미련한 녀석…….

감울란은 유한을 생각하며 혀를 찼다. 이 어둠과 추위 속에서 저렇게 산을 헤매다가는 동사자가 속출할 것이다. 유한이 그것을 모를 리 없다. 다 알면서도 멈추지 못할 것이라는 걸 안다. 사랑을 하면 저리 어리석어지는 법이다. 조급해지는 법이다. 눈도 막히고, 귀도 막히고, 마음도 막힌 채 저렇게…….

방으로 들어온 감울란은 여름 내내 입었던 낡은 옷을 꺼내어 네모지게 북북 찢었다. 그리고 그곳에 숯으로 태대산을 그려 넣었다. 태대산 구석구석 우거진 침엽수 숲과 계곡, 바위와 등성이를 그려 넣었다. 까마득한 그 산 구석구석 그녀의 발길이 닿지 않은 곳은 없다. 산은 매화대의 훈련터였고, 사냥터였다.

어느 정도 윤곽이 드러나자 그녀는 그림을 찬찬히 들여다보았다. 그리고 사람이 은신할 만한 곳을 손가락으로 하나하나 짚어보았다. 크고 작은 바위굴이 스물이 넘는다. 수십 갈래로 뻗은 계곡과 짙은 침엽수림도 은신할 수 있는 장소다. 눈이 녹기 시작했으니 봉족의 걸음은 훨씬 가벼워질 것이다. 초성단으로 오르는 길이 뚫리기 전에 은현을 찾아야 한다. 그곳을 넘어버리면 매화대의 힘만으로 은현을 구해내기 힘들어진다.

감울란은 천을 둘둘 말아 가슴에 품고 방을 나왔다. 산자락에는 어느새 푸릇한 새벽빛이 감돈다.

유천궁은 어둠 속에 잠겨 있었다. 눅눅한 길을 지나 전각으로 들어서 긴 마루의 끝에 올라섰을 즈음, 잠결에 뛰어나온 명현이 앞을 가로막았다.

"들어서실 수 없습니다!"

감울란은 무심한 눈으로 명현을 스륵, 훑어보다가 다시 걸음을 옮겼다. 그러나 명현은 팔까지 벌린 채 앞을 막는다.

"안 됩니다. 돌아가십시오!"

감울란은 불끈 치받아 오르는 노기를 가라앉히며 조용히 말했다.

"잠깐 얘기만 나누고 나오겠다. 곧 산으로 올라야 하니 시간이 많지 않아."

은현이 봉족군에 납치되었다고 했다. 매화대가 따라붙었지만 빈손으로 돌아왔다는 소식도 들었다. 그래서 밤새 잠을 설치다 나온 길이다. 드디어 감울란이 직접 나설 모양이었다. 감울란이 나선다면 은현도 금방 구해낼 수 있을 것 같다. 지금껏 매화대 대장이 나서서 처리하지 못한 일은 없었으니까.

단단히 무장을 차리고 나타난 감울란의 얼굴엔 지난번에 보았던 살의가 느껴지지 않는다. 망설이던 명현은 벌리고 있던 팔을 내리고 등을 건넸다.

"그럼…… 칼은 두고 들어가십시오."

앞으로 내밀어진 손을 멀뚱히 바라보던 감울란은 성가시다는 듯 혀를 차며 등을 받아 들고 칼을 명현에게 건넸다. 성큼 걷는 뒤편에서 다시 명현의 음성이 들렸다.

"어머니껜 아무 말씀 마십시오. 아무것도 모르십니다."

삐걱거리는 마루를 걸어 마지막 방 앞에 이른 감울란은 잠깐 망설였다.

왜 왔을까? 죽여 버리려고?

기어이 죽이고자 하는 마음이 있었다면 명현에게 칼을 건네주진 않았을 것이다. 은현을 지켜주리라 마음먹으며 제 속의 분노는 멈춘 상태다. 은현의 눈물은 감울란의 칼을 무디게 만들었다. 당녀들을 향한 그 따듯한 마음이 칼을 내리게 만들었다. 스무 해가 넘도록 감울란을 갉아먹어 온 독이 진심 어린 마음 한 자락에 허무하게 무너져 버렸다. 그것이 은현이 가진 힘이리라.

그런데 왜 왔을까?

감울란은 의문을 뒤로하고 문을 열었다. 유현란의 얼굴을 대면하고 나면 답을 알 수 있으리라.

방 안은 칠흑같이 어두웠다. 감울란은 등을 들어 침상을 살폈다. 침상은 텅 비어 있었다. 다시 등을 천천히 옮기는데 구석진 자리, 의자 위에 동그마니 앉은 유현란이 보인다. 저 여자가 저렇게 작았던가 싶을 만큼 왜소해 보인다.

"새벽부터 어인 일이냐?"

아무 대답이 없자 유현란이 고개를 들었다. 그리고 제 앞에 서 있는 사람이 감울란이라는 것이 믿어지지 않는지 쉬이 말을 잇지 못했다.

"자네가…… 어찌 왔는가?"

약간 떨리는 음성과 두려움이 깃든 눈, 그러나 이내 평온해졌다.

"앉게."

감울란은 등을 탁자 위에 올리고 의자에 앉았다. 유현란은 여전히 구석진 자리에 앉은 채 다가오지 않았다. 고요한 방 안, 습기 먹은 마루에서 퀴퀴한 냄새가 올라오고 공기조차 멎어버린 듯한 적막한 방에 탁자 위의 등불만 일렁거렸다. 침묵이 불편한 듯 나지막이 한숨을 내쉬던 유현란이 먼저 입을 열었다.

"자네가 보기엔 어떤가, 우리 당주님 말일세? 아주 당돌하게 잘 자리시지 않았는가?"

흐뭇한 음성과 표정이 가증스럽다.

"하지만 여전히 어려. 너무 순진하시단 말일세. 선원은 쳐낼 대상이 아니라 잘 구슬려 내 편으로 만들어 다스려야 하는 사람들임을 모르신 게야."

썩은 덩어리를 끌어안으려면 저 또한 썩어야 한다는 걸 모르는가?

그러나 은현은 썩기엔 아직 너무 어리고 순결한 마음을 가졌다. 감울란의 입술이 실룩 비틀어졌다. 얼핏 보이는 그 모습에 고개를 갸웃하던 유현란은 다시 말을 이었다.

"그랬다면 이런 일도 일어나지 않았겠지. 단우와 혼인을 하시겠다니, 그게 말이나 되는 소린가! 작약산이나 내원산으로 잠시 은신을 하시라, 그리 일렀건만……!"

유현란은 분기를 참지 못하겠다는 듯 씩씩거렸다. 어떤 비난을 감수하고서라도 당주를 지키겠다는 선원이 없었다. 모두들 손을 놓고 은현의 결정만 기다렸다. 순진하고 어린 은현이 어떻게 중간마을을 버리고 숨을 결심을 할 수 있었겠는가! 그런 건 선원들이 해야 하는 일이다.

"유현란 같은 선원은 더 이상 존재하지 않아."

의자에서 벌떡 일어난 감울란이 다가오며 중얼거렸다.

"뭐라고?"

"더 이상 유현란 같은 선원은 존재하지 않는다고. 내 말이 무슨 뜻인지 모르겠어?"

섬뜩한 얼굴이 어둠 속에서 스륵, 다가왔다. 유현란은 움찔 물러났다. 감울란이 하는 말의 뜻을 알아들을 수 없었다.

"위기에 처한 은허당을 구하고 당주를 살리기 위해 너처럼 서슴지 않고 일을 벌일 선원이 과연 있을까? 네가 있어서 부란님의 치세는 더욱 빛이 났었지. 넌 대단한 선원당녀였어, 유현란."

서늘한 입술이 다가와 귓가에 속삭였다. 감울란에게서 번져 나오는 서늘한 기운에 숨조차 쉴 수 없었다. 유현란은 주먹을 꼭 쥔 채 침을 꿀꺽 삼켰다.

그래, 충성심으로 치면 나만한 선원당녀는 없었지.

"죄가 죄인 줄 모르고 악이 악인 줄도 모르고…… 죽을 줄 뻔히 알면서…… 너희들은 그 어린것을 미끼로 던져 두고 달아났어."

드디어 올 것이 왔다. 유현란은 번득이는 감울란의 눈을 바로 보지 못한 채 눈을 감아버렸다.

당시 봉족군의 발길을 돌리게 할 방법은 천강의 목숨밖에 없었다. 천강의 목숨을 가져다 바치지 않는 한 그들은 물러나지 않을 기세였다. 절반 이상의 매화대가 전사를 했고, 은허당을 도와줄 매족도 없었다.

'천강을 잡아다 줄 순 없지만 천강의 아들은 데려다 줄 수 있잖아?'

세단아가 속삭였다.

'천강의 아들이라면 저들의 발길을 돌리게 할 수 있을 거야.'

여령도 속삭였다.

그러나 그들은 결단을 내리지 못했다. 모두들 살쾡이처럼 눈치만 살피고 있었다.

"방법이 그것밖에 없었니?"

유현란은 천천히 눈을 떴다. 눈앞에는 여전히 감울란의 눈이 번득이고 있다. 미안했다. 그러나 잘못했다고는 생각하지 않는다. 자신은 배운 대로 했을 뿐이다. 당주의 목숨을 구하기 위해 선원당녀가 당연히 해야 할 행동을 했을 뿐이다. 감울란이 운이 없었던 거다. 하필 그때 아기를 낳았고, 그 아기가 천강의 아기였다는 것이 죄였다.

"그게 가장 확실한 방법이었으니까."

순간 감울란은 유현란의 멱살을 움켜잡고 구석으로 밀쳤다.

"겨우 삼칠일밖에 지나지 않은 핏덩이였다!"

아느냐? 그 고물거리는 입이 파고들던 젖가슴이 나는 아직도 아프다!

인간이라면 적어도 한 번쯤은 잘못했다고, 미안하다고 사과라도 했었어야 했다. 그러나 유현란은 단 한 번도 그런 말을 하지 않았다. 그런 내색조차 하지 않았다. 언제나 도도하게, 상처 하나 없는 얼굴로 뻔뻔히 살아왔다. 지금도 여전히 도도하고 여전히 아름다운 그 얼굴이 미웠다.

"아기의 목숨 따위 너에게는 아무것도 아니었니? 나와 천강의 아기라서…… 죽이고 싶었어? 죽이고 싶었니! 그렇게 미웠어!"

감울란의 눈에서 후두둑 떨어지는 눈물을 보며 유현란은 말을 이을 수가 없었다.

그것이 아니었다. 정말이지 감울란도 아기도 죽는 걸 원치 않았다. 무사히 천강을 만나 멀리멀리 떠나서 행복하게 살길 바랐다. 그것이 천강에게 보내는 제 마지막 사랑이고 우정이라고 생각했었다.

끝을 볼 듯 몰아붙이던 감울란의 손이 갑자기 스륵 풀렸다. 감울란은 허탈한 마음으로 돌아섰다. 제 속에 여전히 남아 있는 질투가 어이없다. 유현란을 찾아온 이유가 결국 그것이었던 모양이다.

천강이 오고 있다. 그래서 두려웠다. 여전히 도도하고 여전히 아름다운 유현란에 비해 너무도 변해 버린 제 모습에 화가 났다. 아기에게 죄책감이 일었다. 그때나 지금이나, 참으로 못난 어미다.

터덜터덜 돌아 나오는 등 뒤에서 유현란의 음성이 들렸다.

"왜 천성계곡으로 가지 않았니? 천강이 널 기다리고 있었는데……."

감울란을 기다린 것이 아니라 아들을 기다리고 있었겠지. 아기를 잃고 빈 껍질뿐인 감울란이 천강에게 무슨 의미가 있었겠는가.

감울란이 등을 들고 나가 버리자 방 안은 다시 칠흑같이 어두워졌다. 유현란은 제 목을 스륵 만져 보았다. 서늘한 칼날이 스친 듯 목이 저릿하다.

감울란의 말과 눈 속에 여전히 가득한 천강의 모습이 안타깝기도 하고 부럽기도 하다. 여전히 그의 사랑에 목이 말라 있는 감울란이 안타까웠고, 여전히 그 사랑을 고스란히 간직하고 있는 감울란이 부러웠다. 자신에겐 이미 희미해진 옛 추억이 되어버린 것들인데.

매화원림으로 돌아온 감울란은 매화대를 집결시켰다.

"은신할 만한 곳을 골라 집중 수색해라. 그들을 발견하면 무작정 덤비지 말고 연막을 피워 도움을 청해. 명심해. 우리의 목표는 봉족을 치는 것이 아니라 당주님을 구해내는 것이다."

감울란은 최소한의 인원만 은허당에 남겨둔 채 전 매화대원을 산으로 올려 보냈다. 십여 명씩 짝을 지어 수색할 장소를 할당해주고 어두워지기 전에 반드시 내려오라는 명을 보태었다. 그리고 마지막으로 그녀도 무장을 갖춘 채 단신으로 산으로 올랐다. 눈이 어느새 녹았는지 간간이 흙바닥이 드러나고 있었다. 은허당이 점점 멀어지는 것을 느끼며 감울란은 뒤돌아보지 않았다. 은현을 찾기 전에는 내려오지 않을 참이다.

무엇에서 도망치듯 성큼성큼 산으로 뛰어오르는 제 모양이 서글프게 느껴졌다.

밤새 서너 명의 동사자가 생기면서 결국 유한은 군사들을 내려보낼 수밖에 없었다. 유한은 십여 명의 수하만 거느린 채 등성이를 달렸다. 조금만 더 가면 사냥을 하던 날 은현을 잠깐 만났던 바위굴이 나온다. 날이 밝고서야 자신들이 밤새 어둠 속에서 그 주위만 맴맴 돌고 있었다는 것을 알았다.

바위굴 앞에 발자국이 혼란스럽게 흐트러져 있었다. 유한은 발소리를 죽으며 안으로 들어섰다. 금방이라도 보드라운 호피를 두른 팔이 목을 안아올 것만 같다. 바위벽에 바짝 몸을 기댄 채 안을 살피는데 사람의 형체가 눈에 들어왔다. 무언가를 중심으로 둘러서 있는 십여 명의 무사들을 발견한 순간, 그들의 눈과 부딪혔다. 매화대였다. 순식간에 바람을 가르는 칼 소리가 들렸다. 유한은 재빠르게 피하며 상대의 칼을 쳐내고 목을 겨누었다.

"당주는 어디 있소?"

어둠에 눈이 익으며 재만 남은 모닥불 곁에 앉아 있는 매화대원이 눈에 들어왔다. 금방이라도 눈물을 쏟을 듯한 눈으로 그를 바라보고 있는 사람은 향이었다.

봉족의 습격을 받아 은현을 놓쳐 버리고, 향은 넋을 놓은 채 달리고 또 달렸었다. 소맷자락을 찢어 질끈 동여맨 왼쪽 어깨에서는 더 이상 피도 흘러내리지 않는다. 팔은 아무 감각이 없었다. 그러나 칼을 쥔 오른손을 움직일 수 있으니 괜찮았다. 칼은 얼마든지 휘두를 수 있고 은현도 구해낼 수 있으리라.

자신은 절대 충성스런 매화대원이 될 수 없을 거라고 생각했던 것이 현실이 되어버릴 줄 몰랐다. 왜 매량처럼 단호히 막지 못했을까? 은현의 얼굴을 마주 보며 안 된다는 한마디가 왜 그렇게 나오지 않았던 건지…….

자괴감에 제 심장에 칼이라도 박고 싶은 심정으로 쫓고 또 쫓아 찾아들어 온 곳이 이곳이다.

재에 남은 온기로 보아 봉족군이 밤새 이곳에 머물렀던 것이 분명했다.

다가와 재에 남은 온기를 감지하던 유한은 입술을 터지도록 깨물며 수하들에게 명을 내렸다.

"떠난 지 얼마 되지 않았다. 흔적을 찾아라!"

성큼 일어서 나가려던 그는 여전히 넋을 놓고 앉아 있는 향을 돌아보았다.

"괜찮소?"

그제야 향이 정신이 든 듯 입을 열었다.

"이곳에 당주님이 계셨던 것이 분명합니다. 모닥불 주위를 잘 살펴보십시오."

모닥불 주위에 알 수 없는 그림들이 그려져 있었다. 향은 그것을 하나하나 손으로 짚으며 설명해 주었다.

"이건 천수봉이고 이 옆에 긴 선은 하늘길 절벽을 가리키는 겁니다. 그리고 여긴 우리 모태산의 계곡으로 통하는 길인데…… 당주님은 그들이 움직일 수 있는 반경을 여기까지로 보신 듯합니다. 제 생각도 당주님과 같습니다. 이곳에서 그들이 하루 동안에 움직일 수 있는 거리는 이만큼입니다."

향은 손가락으로 원을 그려 자신들이 훑어야 할 반경을 알려 주었다. 향이 나가고 유한은 은현이 남겨놓은 영리한 흔적을 가만 들여다보았다. 그곳에 은현의 믿음이 보였다. 자신이 반드시 찾아갈 것이라는 것을 은현은 믿고 있는 것이다.

유한은 여전히 온기가 남은 재를 움켜쥐었다.

계곡 쪽으로 길을 잡으면서부터 무섭게 따라붙는 그림자가 있었다. 은현은 단우에게 손을 잡힌 채 별 반항도 없이 열심히 따라 걸었다. 따르는 군사들의 재촉과 잠깐씩 사라졌다 다시 나타나는 모습으로 보아 추격군이 있는 것으로 짐작되었다. 향이 그 바위굴을 발견했다면 분명 모닥불 주위에 자신이 그려놓은 그림을 보았을 것이다.

다시 어둠이 내리면서 그들이 숨어든 곳은 계곡 깊숙한 곳에 위치한 토굴이다. 이 계곡은 여름 내내 매화대의 훈련터로 사용하는 곳이라 곳곳에 토굴과 바위굴, 그리고 조그만 초막까지, 은신처가 산재하는 곳이다.

병사들은 불빛이 새나가지 않도록 입구를 철저히 가린 채 모닥불을 피웠다. 단우는 맞은편에 쪼그리고 앉은 은현에게 구운 토끼 고기를 내밀었다.

"먹어둬."

잠깐 망설이던 은현은 그것을 받아먹었다. 건네준 토끼 고기를 오물거리며 뜯고 있는 은현을 보며 단우는 저 어린 여자가 또 무슨 꿍꿍이를 차리고 있을까, 생각했다. 이틀 동안 꼬박 끌려다니면서도 은현은 겁을 먹었다거나 지친 기색이 없다. 무언가 믿는 구석이 있는 듯 여유까지 느껴진다.

"두렵지 않나?"

은현은 무엇을 두려워해야 하느냐는 눈으로 바라보았다. 주변에는 서른 명이 넘는 병사들이 둘러싸고 있고 제 눈앞에는 언제든 저를 잡아먹을 생각으로 가득한 사내가 앉아 있는데도 전혀 두려운 기색이 없다. 그것이 단우의 자존심을 건드렸다. 사내가 얼마나 두려운 존재인지, 꺾이는 것이 어떤 느낌인지 얼른 가르쳐 주고 싶을 지경이다.

"유한이 널 구해주러 올 거라고 믿나?"

은현은 동그란 눈으로 그를 노려보았다. 유한의 이름을 입에 올릴 때마다 그는 화난 소년처럼 불룩한 얼굴이 된다. 그런 모습을 볼 때마다 은현은 난감하고 의문스러워진다.

이자는 왜 모든 것을 혼자서 느끼고, 판단하고, 화를 낼까?

남의 생각이나 감정 따윈 안중에도 없고 알 필요도 없다는 식이다. 혼자서 순정을 바치고, 혼자서 배신을 당한다. 그래서 가끔 단우에게 측은한 마음이 드는 건지도 모른다.

"유한이 아니라 매화대가 날 구하러 올 거야."

"그전에 우리가 이 산을 넘을 거다!"

은현은 속으로 조그맣게 웃음을 흘렸다. 태대산에 대해 아무것도 모르는 그들이 태대산을 제 손바닥 보듯 하는 매화대의 추격을 따돌리고 산을 넘는다는 것은 아무래도 불가능하게 느껴진다. 감울란은 이미 초성단으로 오르는 모든 길을 차단시켜 놓았을 것이다. 게다가 매족은 눈에 불을 켜고 단우를 잡으려 들 것이니 자신을 통하지 않고는 빠져나갈 길이 없다.

"날 이용해."

"뭐?"

"날 이용해서 빠져나가라고. 이 산을 넘을 길은 그 길밖에 없어. 매족은 절대로 당신을 놔주지 않을 거야. 설사 내 목숨이 위협받는다 하더라도 말이야."

"널 가지고 매화대랑 협상을 하란 얘긴가?"

은현은 고개를 끄덕였다. 진심인 듯 보이는 그 눈을 보며 단우는 속으로 피식 웃음을 흘렸다. 이 여자가 또 무슨 여우 짓을 하려고 이러나 싶은 것이다. 순진한 척 보이지만 실은 영악하기 그지없는 여자다. 지금까지의 모든 모습이 그랬다.

"그따위 협상은 안 해. 잊었어? 널 남광에 데려가겠다고 했잖아."

단우는 고기를 한입 베어 물며 무심하게 말했다. 그녀의 눈이 어둡게 가라앉는 것이 보였다. 단우는 고개를 돌려 버렸다. 왜 위험을 무릅쓰면서까지 기어이 데려가고 싶은지는 자신도 모른다. 그녀를 보고 있으면 화가 나면서도 마음이 찌릿해진다. 당장 꺾어버리고 싶다가도 측은한 마음이 들어 자꾸 멈칫거리게 된다.

은현은 어느새 무릎에 얼굴을 기댄 채 잠이 들어 있었다. 오뚝하게 솟은 콧날과 갸름한 턱에 모닥불의 음영이 일렁거렸다. 단우는 무엇에 끌리듯 은현에게로 다가갔다. 항상 가지런하던 머리칼이 헝클어져 있다. 망설이던 손이 헝클어진 머리칼을 쓸어내렸다. 스륵, 떨어지던 손이 다시 이마로 향하더니 긴 손가락이

미세한 틈을 사이에 두고 콧날을 따라 내려왔다. 그리고 갸름한 턱을 지나 다시 까칠하게 마른 입술로 올라간다. 손끝으로 미세한 숨결이 느껴진다. 입술은 불빛이 닿아 진홍빛을 띠어 몹시도 따듯하게 느껴졌다. 그곳에 제 입술을 대어보고 싶었다. 단우는 불빛을 가리며 고개를 기울였다. 미세한 틈을 두고 콧날을 스쳐 내려온 그의 입술이 진홍빛 입술로 다가갔다. 몹쓸 짓을 하는 어린놈처럼 가슴이 콩닥거렸다. 그러나 미세한 틈을 사이에 두고 더 이상 다가갈 수가 없다. 자신은 신의 여인이라며 눈물을 떨구던 은현의 모습이 떠오른 것이다. 당주의 입술을 훔치는 일이 사람 죽이는 일보다 더 어렵게 느껴진다. 침을 꿀꺽 삼키며 천천히 얼굴이 떨어져 나오는 순간 인기척이 느껴졌다. 그는 신경질적으로 돌아섰다.

추적하는 그림자를 떼어내기 위해 계곡의 아래쪽으로 내려갔던 반유가 돌아왔다.

"당주를 호위하던 매화대원 하나가 따라붙었습니다. 그리고 또 한 놈은…… 유한이란 녀석입니다."

멈칫하던 단우는 얼른 뒤를 돌아보았다. 은현은 여전히 같은 자세로 잠이 들어 있다.

산에서 내려온 매족군이 부상병들과 봉족의 포로를 데리고 은파로 내려가고 새로운 매족군이 올라왔다. 그들은 은허당을 거치지 않은 채 곧바로 산으로 치달아 올랐다. 단우를 이대로 놓칠 수는 없었다. 단우가 살아 남광으로 돌아가면 전쟁은 어떤 방향으로 치달을지 모른다. 그만큼 봉족에게 단우의 존재는 절대적이다.

매족군을 이끌고 올라온 사람은 천강이었다. 그는 서라연 전투를 채 마무리 짓지 못한 채 이곳으로 달려왔다. 한낱 여인 하나 때문에 부족의 미래가 달린 전쟁을 팽개치고 달려가느냐고 유한을 나무랐지만 은허당으로 달려오는 마음은 그 또한 유한 못지않게 다급했다. 당주가 위협받고 있다지만 실질적으로 봉족군의 위협에 직면해 있는 사람은 바로 그들과 칼을 맞대고 있는 매화대 대장 감울란이다.

산을 훑어 올라가던 중 많은 매화대와 부딪혔다. 모두가 젊고 날랜 매화대원들이다. 그들은 몹시 경계하는 눈으로 매족을 비켜갔다. 말을 붙여보려 했지만 너무도 빠르게 사라져 버렸다. 천강은 언덕으로 사라지는 그들을 착잡한 마음으로 바라보았다.

사내에 대한 경계의 빛이 역력한, 자신들의 당주를 찾겠다는 생각밖에 없는 듯한 단호한 눈빛들, 철저한 은허당의 여인들…… 저들을 키운 사람이 감울란이리라.

당주의 목숨을 구하기 위해 제 자식마저 미끼로 던질 만큼 철저한 은허당의 여인, 감울란……. 그러나 천강은 고개를 흔들었다. 감울란을 만나 확인하기 전까진 아무것도 단정 짓지 말자.

동사한 봉족군의 시신 몇 구와 십여 명의 포로를 잡은 것을 끝으로 봉족군의 흔적은 더 이상 찾을 수 없었다. 어두워지기 전에 군사들을 하산시켜야겠다, 생각하며 천강은 언덕 아래를 내려다보았다. 짙은 침엽수 가지 사이로 매화대원들이 무리 지어 있는 것이 보였다. 부동자세로 선 모습들을 보니 누군가의 명을 받고 있는 모양이다. 저들에게 명을 내리는 매화대원이 누굴까, 궁금했다. 천천히 걸음을 옮기자 가지 사이로 조금씩 모습이 드러났다. 그런데 특이하게 커다란 삿갓을 쓰고 있다. 저렇게 많은 대원을 모아놓고 명을 내릴 정도면 제법 지위가 있는 매화대원 같다.

천강은 천천히 언덕을 내려와 그들 곁으로 다가갔다. 매족은 단우를 쫓고 있고, 매화대는 단우가 납치해 간 당주를 찾고 있다. 어차피 같은 상대를 쫓고 있는 것이나 마찬가지니 의논을 하는 것도 좋을 것 같았다.

은현은커녕, 은현을 쫓아간 향의 흔적조차 찾지 못하자 감울란은 연막으로 신호를 올려 매화대를 집결시켰다. 수색 범위를 좀 더 넓혀볼 참이었다. 시간을 끌면 은현이 위험해진다. 매족이 그를 쫓고 있으니 극단으로 몰린 단우가 은현에게 무슨 짓을 할지 알 수 없다.

"당주님을 찾을 때까지 하산은 없다! 각자 비상식량을 챙기고 어둠이 내리기 전에 부대별로 은신처를 찾아라. 내일은 계곡 너머까지 수색 범위를 넓힐 터이니 그리들 알고 준비하도록……."

침엽수 사이에서 희끗한 무엇이 움직이는 것이 보였다. 조금씩 움직이던 그것이 선명히 모습을 드러내는 순간, 명을 내리던 감울란의 혀끝이 굳어버렸다. 언덕을 내려와, 숲을 지나 천천히 다가오고 있는 사람은 천강이다. 유한의 부대가 내려가고 새로 올라온 매족군이 그가 거느린 부대였던 모양이다.

성큼성큼, 천강이 다가온다. 감울란은 버릇처럼 삿갓을 눌러 썼다.

"그리들…… 알고……."

"감울란님?"

"……해산해라."

들릴 듯 말 듯 짧은 말을 남긴 감울란은 재빨리 돌아섰다. 그리고 천강이 다가오고 있는 반대편 숲을 향해 성큼성큼 걸음을 옮겼다. 무심한 척, 눈에 띄지 않으려는 그 행동이 오히려 더욱 눈에 띄었다.

천강은 자신이 다가가자 달아나듯 숲으로 들어가는 삿갓을 쓴 매화대원을 의아한 눈으로 바라보았다. 성큼성큼 걷는 걸음이 무엇에 쫓기듯 다급하다. 집결해 있던 매화대가 흩어지고도 천강은 한참 동안 숲을 응시했다. 그리고 어쩌면 그녀가 자신이 알고 있는 그 누구일지도 모른다는 생각을 했다. 자신을 보고 달아나고 싶은 사람은…… 아마 감울란일 것이다. 말없이 그의 아들을 낳았고, 잃었으니…….

천강은 삿갓이 사라져 간 숲으로 달렸다.

올라올 줄은 알았지만 이렇게 빨리 올 줄은 몰랐다. 매족이 올라온 이유가 단우를 쫓기 위한 것임을 뻔히 알면서 감울란의 마음은 다른 질문들을 하고 있었다.

그토록 조급했을까? 그토록…… 보고 싶었을까?

스물세 해가 지나도 여전히 바보 같은 자신처럼 천강의 마음도 여전한 것이라고 생각했다. 그에겐 여전히 애틋하고 여전히 가슴 저린 여인일 유현란, 그녀가 그리워 저리 달려온 것이리라.

무심하고, 무심하고, 또 무심하던 천강.

사내란 원래 그런 줄 알았다. 손길도 눈빛도 무심했지만 힘차게 안아주는 것을 보니 마음은 있나 보다. 그러니 그를 선택하여 내민 내 손을 잡아주었겠지? 눈을 떠도 눈을 감아도 가슴을 스치던 무심한 입술과 무심한 손길이 잊혀지지 않으니 원한다면 그를 따라 산을 내려갈 수도 있겠다, 생각했다.

유현란의 외면으로 인해 마음을 다쳐 그르려니, 다친 그 마음을 제 사랑으로 다 치유해 주리라. 그래서 사랑만 했다. 외면도 사랑했고 무심함도 사랑했다. 유현란의 그림자를 따라다니던 아픈 눈도 사랑해 주었다. 유현란의 부름에 숨이 턱에 차오르도록 산을 뛰어오르던 그 모습도 원망하지 않았다. 서러움도 원망도 혼자 다 삭였다. 그에겐 사랑만 주었다.

어느 날 숲에서 바람 같은 그의 웃음소리를 들었다. 나뭇가지 사이로 비친 것은 생전 처음 보는 천강의 환한 얼굴이었다. 풀밭에 나란히 앉아 행복한 웃음을 짓는 유현란과 그런 유현란을 형언할 수 없는 빛으로 바라보던 천강의 눈, 그 환한 웃음…….

아, 저런 웃음을 가진 사람이었구나! 원래는 저런 빛을 가진 사람이구나! 텅 빈…… 껍질이 사내의 허기를 못 이겨 나를 안았구나!

생각했었다.

그 빈 껍질 같은 사내의 허기마저 사랑해 버린 바보 같은 여자가 바로 감울란이다.

왜 이런 것들은 하나도 잊혀지지 않는 것일까?

언제부턴가 숲이 울고 있었다. 아니, 그것은 바람이 몰고 오는 어둠 같기도 했다.

"감울란……!"

감울란은 숲의 소리를 피해 달아났다. 다시는 대면하고 싶지 않은 그 느낌들을 피해 달아났다.

"감울란!"

소리가 점점 다가오자 감울란은 재빨리 나무 뒤로 몸을 숨겼다.

방금 전까지 나무 사이를 달리던 삿갓이 순식간에 사라져 버렸다. 천강은 거친 숨을 내뿜으며 주위를 두리번거렸다.

"감울란!"

자신이 부르는 소리를 듣자마자 내달리던 모습으로 보아 삿갓을 쓴 매화대원은 감울란이 분명하다. 천강은 자신을 피해 달아나고 있는 감울란의 마음이 감당되지 않았다. 무언가 묵직한 것이 가슴을 짓눌렀다. 숲을 두리번거리던 그는 다시 언덕 위로 뛰어올랐다.

"감울란……!"

숲을 빠져나와 가파른 바위를 기어오르고, 다시 등성이 하나를 더 넘어 하늘길 벼랑으로 오를 동안 감울란의 그림자는 어디에도 없었다. 감울란이 자신을 피해 달아나고 멀어진다는 것이 이렇게 상처가 될 줄은 몰랐다. 그는 하늘길 벼랑 끝에 서서 터질 듯한 마음으로 산을 가득 물들이는 노을을 바라보았다.

감울란은 바위틈에 숨어 천강을 훔쳐보았다. 천강이 산을 헤매는 내내 그녀는 그 뒤를 따르고 있었다. 멀리멀리 달아나는 마음과는 달리 몸은 돌아서지지 않았다. 여전히 무심한 얼굴이라도 좋으니 한번만 그를 자세히 보고 싶었지만 이런 얼굴로는 그 앞에 나설 수가 없다. 이런 흉측한 모습으로는…….

그녀는 다시 버릇처럼 삿갓을 눌러썼다.

그가 돌아서는 모습이 보였다. 산자락을 발갛게 삼킨 노을이 그의 얼굴마저 삼켜 버렸는지 얼굴이 잘 보이지 않았다. 감울란은 삿갓을 살짝 들어 올렸다. 그러나 어느새 눈앞마저 흐려져 그의 얼굴은 더욱 희미해졌다. 속상한 마음에 입술을 잘근 깨물었다.

노을을 등지고 돌아서던 천강은 벼랑 끝 바위틈에 삐죽이 나온 삿갓 자락을 발견했다. 내내 자신을 따라다니며 훔쳐보았던 것이 분명하다. 그는 성큼성큼 걸어 다가갔다.

노을을 비켜 걷던 천강의 걸음이 점점 자신에게 다가오는 것을 느끼며 감울란은 주춤주춤 뒤로 물러났다. 그리고 돌아서는 순간 그녀의 몸은 하늘길 벼랑, 천 길 낭떠러지로 미끄러졌다.

눈앞에서 나풀, 펄럭이며 떨어진 것이 사람의 옷자락인 것을 알아챈 천강이 번개처럼 달려왔다. 벼랑 아래, 삿갓을 쓴 사람이 조그만 나뭇가지를 잡고 매달려 있었다. 그는 재빨리 손을 뻗어 손목을 움켜잡았다.

"감울란!"

삿갓은 움직임이 없었다. 매달려 올라오려는 의지도 느껴지지 않았다.

"감울란, 힘을 줘! 손을 잡으시오!"

그러나 움켜쥔 손목은 자꾸만 미끄러져 내린다. 자신을 피해 달아나던 것처럼 잡힌 손목마저 달아나려 한다는 느낌이 들었다. 발아래는 떨어지면 뼈조차 추스르지 못할 천 길 낭떠러지다. 감울란은 그에게 제 얼굴을 보이느니 차라리 그곳으로 떨어져 버리고 싶었다.

몸이 휘청거릴 정도의 세찬 바람이 몰아치자 천강은 절망스런 마음으로 소리쳤다.

"감울란!"

바람이 눈앞을 가리고 있던 삿갓을 벗겼다. 삿갓은 바람을 타고 까마득한 벼랑 아래로 날려갔다. 그리고 삿갓에 가려졌던 그 자리에 한쪽 볼이 움푹 팬, 흉측한 얼굴의 여자가 그를 올려다보고 있었다. 여자의 눈은 이미 절망의 나락으로 떨어지고 있었다.

그 눈이 '놔줘……' 라고 말했다.

정말이지 보이고 싶지 않았는데, 기어이 천강에게 들켜 버린 제 흉측한 모습에 감울란은 절망했다. 그에게서는 이제 한 가닥 연민마저 사라지리라.

천강은 눈앞에 드러난 감울란의 모습에 말문이 막혀 버렸다. 움푹 팬 볼의 흉터는 얼굴마저 변형시켜 버린 듯 입도, 코도, 눈도 한쪽으로 조금씩 비틀어져 흉측한 모습이다. 반듯한 다른 한쪽의 얼굴을 보고서야 감울란임을 짐작할 수 있겠다. 천강의 눈은 힘겹게 얼굴을 더듬어 다시 그녀의 눈과 마주쳤다. 흉측한 얼굴보다 그를 더 슬프게 하는 것은 끝없이 달아나는 그녀의 눈이다. 그토록 사랑했던 천강도 놓고, 제 자신도 놓고, 은허당도 놓아버린 채 끝없이 떨어져 내리는 눈…….

놔줘, 천강.

안 돼!

제발 날 놔줘.

애원하는 그 눈을 보며 천강은 온 힘을 모아 입을 떼었다.

"감울란…… 놓지 마시오. 손에 힘을 줘."

앙다문 이 사이로 신음 소리가 새 나온다. 바람이 불어오자 감울란의 몸이 휘청 흔들렸다. 악을 쓰고 버티고 있던 무릎이 미끌 끌려가는 것을 느끼며 천강의 눈에 눈물이 고였다.

"감울란……."

고인 눈물이 흘러내렸다.

"감울란, 제발……."

무심하고 무심하던 천강의 눈에서 떨어져 내리는 눈물이 감울란을 울게 했다. 그녀의 눈을 따라 점점 절망으로 떨어져 내리는 그의 눈은 제발 자신을 떠나지 말라고 애원하는 사내의 눈빛이다. 그것이 죽음의 찰나에서 만난 환각일지라도…… 행복했다.

18. 초승달을 품은 둥근달

초승달을 품은 둥근달 초승달을 품은 둥근달

천강의 눈물이 신비한 힘을 준 것일까? 늘어졌던 감울란의 손에 힘이 주어졌다. 놓아버리고 싶었던 것들이 다시 그녀를 뜨겁게 했다. 천강은 조그만 바위에 발을 의지한 채 있는 힘껏 감울란을 당겨 올렸다.

짧은 해가 천수봉에 걸려 핏물 같은 붉은 노을을 토해내고 있었다. 그 아래, 신들이 이 숨은 언덕으로 내려오던 하늘길의 깎아지른 절벽 위에서 천강은 죽었다 살아난 심정으로 감울란을 품어 안았다. 바람 한 점 스며들 틈 없이 끌어안고도 그는 불안에 떨었다. 모든 것을 놓아버린 채 끝없이 달아나던 그 눈이 떠올라 감울란을 놓을 수가 없다.

순식간에 딸려 올라온 몸이 천강의 품속으로 빨려들었다. 아프도록 품어 안는 우악스런 힘에 숨조차 쉴 수 없다. 잠깐 천강을 밀어내던 감울란은 여전히 허공에서 흔들리는 듯 아찔한 현기를 느끼며 캄캄해지는 머리를 그 가슴에 기댔다. 너무나 크고 너른 가슴이다.

천강의 품이 이렇게 너른 줄은 몰랐다. 언제나 조심조심, 겨우 이마 한쪽을 기대고도 가슴이 터질 것 같았고, 그의 마음이 불편할까 금방 떨어져 나오기 일쑤였던 바보 같은 여자 감울란. 그녀는 난생처음 천강의 너른 품에 마음껏 안겨 소리를 죽인 눈물을 쏟아내고 있었다.

날은 이미 어두워 하산을 할 수 없었다. 천강은 너무 울어 지쳐 버린 감울란을 부축하여 조그만 바위굴을 찾아들었다. 평평한 돌 위에 그녀를 앉혀두고 바쁘게 굴 밖으로 나가 땔감을 구해와 불을 피웠다. 매캐한 연기를 뿜다가 금방 타닥타닥 타오르는 모닥불을 보며 감울란은 긴 한숨을 토해내었다.

천강을 다시 만나다니, 아무리 생각해도 꿈만 같다. 여전히 저 굴 밖으로 달아나려는 마음을 가라앉히며 그녀는 불을 피우고 있는 천강을 훔쳐보았다.

무심한 얼굴, 무심한 눈…… 저 눈 속에 고였던 눈물이 믿어지지 않는다. 혼미한 정신에 잠깐 헛것을 본 것은 아닐까?

"괜찮소?"

문득 돌아보며 묻는 물음에 감울란은 움찔 놀라 고개를 돌렸다. 그와 눈을 마주칠 수가 없다. 머리를 올려 묶어 선연히 드러난 흉터 때문에 고개조차 잘 들지 못하겠다.

천강은 여전히 자신의 눈을 피해 달아나는 감울란을 아픈 마음으로 바라보았다. 봄날 햇살처럼 밝은 여자였다. 자신의 외면이 아무리 서러워도 만날 때마다 웃음부터 먼저 보이던 여자였다. 그래서 늘 괜찮은 줄 알았다. 정말 늘…… 감울란의 마음은 괜찮은 줄 알았다.

천강은 울컥한 마음으로 그녀의 앞에 다가앉았다. 그리고 무릎에 놓인 손을 꼭 잡았다. 달아나는 눈처럼 손 또한 달아나려 했지만 놓아주지 않았다.

"고개를 들어보시오."

그러나 흉터를 감추려는 듯 그녀의 고개는 자꾸만 외로 꼬인다. 달아나려는 손을 움켜잡은 천강은 달아나려는 얼굴마저 들어 올렸다. 잠깐 고개를 흔들던 그녀는 어쩔 수 없다는 듯 얼굴을 들었다. 그의 눈이 움푹 팬 볼로 향하자 상처가 움찔 흔들렸다. 여전히 저만치 달아나는 까만 눈동자에는 고통이 가득하다. 흉측한 제 얼굴을 그에게 보인다는 것이 감울란에게는 견딜 수 없는 상처인 것 같다.

천강은 떨리는 손으로 그 흉터를 감쌌다.

"이것 때문이오?"

움찔 물러나는 그녀의 얼굴을 다시 붙들고 물었다.

"이것 때문에 날 보자마자 달아났던 거요? 하늘길 벼랑으로 떨어지려 했던 거요?"

분기가 깃든 그 음성을 들으며 감울란은 아무 대답도 하지 않았다. 천강에게 제 흉측한 얼굴을 보인다는 것이 너무도 고통스럽다. 그러나 비단 그것 때문에 도망쳤겠는가?

천강과 다시는 이승에서의 연을 맺고 싶지 않았다. 갈왕산을 넘어갔으니 그럴 일도 없을 줄 알았다. 아기를 잃으며 제 맘속의 천강도 죽었다 생각했었는데 느닷없이 나타난 천강은 또다시 감울란의 마음을 흔들어 버렸다. 그런 제 모습이 어이없고 화가 났다.

아기가 그리 죽은 걸 알까? 그리 죽게 만든 장본인이 유현란인 걸 알까? 아니, 아기가 태어났다는 걸 알기나 할까?

감울란은 흉터를 감싼 천강의 손을 피해 얼굴을 돌렸다. 손끝에 닿았던 볼이 살짝 떨어져 나갔다. 그 작은 움직임이 천강을 멈칫하게 했다. 감울란에게서 느껴지는 거부감, 그것이 천강에게는 너무도 큰 벽처럼 느껴진다. 천강은 무안해진 손을 어쩌지 못한 채 주먹을 가만 그러쥐었다.

"어쩌다 다친 거요?"

"화살에 맞았습니다."

감울란은 여전히 고개를 돌린 채 대답했다. 어쩌다가, 어디에서 화살을 맞았는지, 그동안 어찌 지냈는지, 그리고 그날의 일에 대해서도 묻고 싶었지만 쉬이 물을 수가 없다. 아니, 이제는 묻고 싶지 않다. 섬뜩한 이 흉터가 그에겐 상관없는 것이기 때문이다. 비록 얼굴에는 섬뜩한 흉터가 생겼지만 그의 눈엔 여전히 따듯하던 감울란으로 보이기 때문이다. 설사 아기를 미끼로 이용한 사람이 감울란이라 하더라도 다 잊을 수 있을 것 같았다. 유한은 살아 있고, 감울란을 그리워한 세월은 너무도 길었다.

조그맣게 한숨을 내쉬며 눈을 감는 감울란의 모습이 몹시도 지쳐 보인다. 우선은 쉬게 해주는 것이 급선무 같다.

땔감을 좀 더 구하기 위해 밖으로 나갔다가 한참 만에 들어오니 감울란은 무릎에 얼굴을 묻은 채 잠이 들어 있었다. 그는 모닥불 곁에 자잘한 나뭇가지를 깔아 잠자리를 만들었다. 그리고 내피로 입고 있던 호피를 벗어 그 위에 깔고 감울란을 조심스럽게 뉘었다.

매화대를 이끌고 대장부처럼 칼을 휘두르던 여자가 아이처럼 잠이 든 모습을 천강은 오래도록 내려다보았다.

선택의 시기가 되었어도 여전히 그의 실체인 사내를 거부한 채 마음만을 원하는 유현란에게 화가 났었다. 그래서 따듯한 손을 내미는 감울란을 선택하여 품었던 첫날밤, 그는 그녀에게 미안하다고 말했다. 다른 여인을 마음에 품고 감울란을 안았으니.

감울란은 '당신에게 위로가 될 수 있다면 나는 아무래도 괜찮습니다' 라고 했다. 그것이 얼마나 슬프고 힘든 말이었는지 아주 나중에야 깨달았다.

"감울란……."

천강은 그녀의 온전한 얼굴을 들여다보다가 다시 움푹 팬 다른 쪽의 볼을 찬찬히 살폈다. 그 섬뜩한 흉터 속에 숨어 있는 그녀의 고통스러운 스물세 해를 그는 모른다. 다만 어둡고 슬퍼 보이는 눈빛으로 보아 그리 쉬운 세월을 살지 못했다는 것만 짐작할 뿐이다. 사내로서 제 여인을 지키지 못했다는 것이 깊은 자책으로 다가온다.

"미안하오."

그의 눈에 다시금 눈물이 고였다. 내일 아침 천수봉에 다시 해가 걸릴 때는 그녀에게 모든 이야기를 해줄 수 있으리라 생각했다. 그래서 저 어두워 보이는 얼굴에 다시 예전의 그 밝은 웃음이 그려지기를 바라본다.

천강은 맞은편 모닥불 곁에 자리를 마련하여 누웠다. 따듯한 불기운에 그제야 온몸이 나른해지며 피곤이 몰려온다. 그는 일렁이는 모닥불 너머 감울란의 얼굴을 제 눈에 담으며 눈을 감았다. 마음이 편안하고 따듯했다. 이제야 진정으로 은파에 돌아온 것 같다.

처음으로 그의 눈물을 보았고 애틋한 눈빛도 보았다. 흉터를 감싸던 손은 너무도 따듯했다. 그러나 그것이 한순간의 환각처럼 사라져 버릴 것이라는 걸 안다. 유현란을 보는 순간 천강은 모든 것을 잊을 것이다. 잠시 그를 흔들었던 감울란의 가엾은 흉터도, 그 흉터에 대한 동정도, 연민도 유현란의 이름 앞에서 형체도 없이 사라져 버릴 것이다.

웅크려 잠이 든 몸 위에 호피를 덮어주며 감울란은 그의 얼굴을 들여다보았다.

천강…….

나이가 들어도 여전히 그녀의 눈에는 아름다운 청년, 천강이 보인다. 한 번쯤 만져 보고 싶었던 그 얼굴을 향해 다가가던 떨리는 손은 그러나 볼 위에서 멈춰 버렸다.

당신이 원망스러워…….

유현란을 마음에 품은 채 천강은 감울란의 선택을 받아들였고, 사내의 허기를 이기지 못해 그녀를 안았다. 뜨거움을 이기지 못해 헐떡이던 그 순간에도 그의 눈앞에 아른거린 여인은 가슴에 매달려 울고 있는 감울란이 아니라 그의 배신에 눈 흘기는 유현란이었을 것이다.

감울란은 주먹을 가만 그러쥐었다.

그런 남자를 사랑하고, 사랑하고, 또 사랑했던 자신의 바보스러움에 화가 난다. 지금도 여전히…… 눈물이 나는 이 사랑에 참을 수 없이 화가 난다.

아기가 죽었어, 천강.

감울란의 눈에 눈물이 고였다.

현명하지 못한 어미, 사랑에 눈이 멀어 아기의 위험을 감지하지 못한 자신이 바보였다. 그 바보는 여전히 그 사랑에 눈이 멀어 눈물을 흘리고 앉아 있다. 아기에게 죄책감이 들었다. 그래서 더 이상 천강을 사랑해서는 안 될 것 같다.

사랑할 수 없을 것 같다.

사랑하고 싶지 않다.

눈앞에 감울란이 없었다. 여전히 몽롱한 눈을 두어 번 깜빡여 잠을 털어낸 후 다시 앞을 응시했다. 역시나 없다. 그제야 그는 화들짝 놀라 일어났다. 어깨 위에서 호피가 스륵, 떨어진다. 감울란의 잠자리에 깔아주었던 호피다. 그녀가 누웠던 잠자리는 깨끗하다. 어제의 만남이 마치 꿈이었던 듯…….

그는 재빠르게 호피를 걸쳐 입고 밖으로 뛰어나갔다. 이미 해가 중천에 떠 있었다.

"감울란!"

애통한 외침은 일순간 바람에 흩어져 버린다.

밤새 자다 깨다 하는 토막 잠을 자며 유한은 내내 은현의 환영에 시달렸다. 처음 만나던 날 달빛 아래에서 고개를 갸웃하며 바라보던 귀엽고 신비스런 은현도 보였고, 모화촌에서 보냈던 짧지만 아름다운 날들이 그림처럼 눈앞을 스쳐 갔다. 콧날이 시큰하고 가슴이 터질 것처럼 아팠다. 내내 꿋꿋하던 그의 마음에 불안이 스며들고 있는 것이다.

단우를 쫓은 지 사흘이 지나고 나흘이 되었다. 꼬리를 놓치지 않고 끊임없이 쫓고 있지만 마주친 것은 언제나 미지근하게 남은 재 속의 온기뿐이었다. 그들은 분명 계곡 어딘가를 헤매고 있는 것이다. 이렇게 재빠르게, 끊임없이 장소를 이동해 가려면 체력 소모도 엄청날 것이다. 은현이 어떤 상태로, 어떤 마음으로 그들에게 끌려다니고 있을까를 생각할 때마다 유한은 피가 거꾸로 치솟을 것 같은 분노와 불안을 느낀다.

불안을 떨치기 위해 그는 달렸다. 어떤 모습이어도 좋다. 살아만 있다면, 자신을 향한 마음만 온전하다면 아무것도 상관없다.

우거진 나무 사이로 얼어붙은 계곡이 보였다. 간간이 물 흐르는 소리가 들리는 것으로 보아 얼음이 녹고 있는 모양이었다. 휙휙 스쳐 가는 침엽수 사이로 무언가 낯선 것이 지나갔다. 까마득한 아래에 폭포수가 얼어붙은 장대한 얼음벽이 보이고, 그 아래에는 천상연만큼이나 큰 호수의 얼음판이 펼쳐져 있다. 얼음벽 속에서 폭포수 떨어지는 소리가 요란하게 들렸다.

눈을 스쳐 간 낯선 것이 뭘까, 살피던 유한의 눈이 커졌다. 폭포수 아래 얼음판 위를 조심조심 걷고 있는 사람은 은현이다.

은현……!

유한은 미끄러지듯 벼랑을 굴러 내리며 은현을 불렀다.

"은현!"

그러나 은현은 듣지 못한 듯했다. 벼랑을 구르고 미끄러지고, 나무 사이를 날 듯이 건너뛰며 유한은 정신없이 달렸다. 아래 숲 사이에서 은현을 향해 달려가는 봉족군이 보였다. 그리고 맞은편 숲에서 걸어나오고 있는 단우의 모습도 보였다. 은현은 그들 사이에 완전히 에워싸였다.

안 돼!

눈 위를 미끄러져 내린 유한의 몸이 커다란 나무에 걸려 휘청 흔들렸다. 봉족군의 눈이 일제히 유한에게로 향했다. 은현의 눈도 유한에게로 향했다.

"유한!"

짧은 외침과 함께 걸음을 내딛던 은현의 몸이 휘청 흔들리며 얼음판 속으로 빨려들었다. 서슴없이 얼음판으로 뛰어내려 달려가는 유한의 눈에 은현이 빨려든 곳으로 뛰어드는 단우의 모습이 보였다. 앞을 가로막는 봉족군의 칼을 쳐내며 유한은 달렸다. 그러나 몇 걸음 달리지도 못한 채 봉족군에게 완전히 에워싸였다. 은현과 단우가 빨려 들어간 얼음판 근처에서 어쩔 줄 몰라 허둥대는 봉족군의 모습도 보였다. 유한은 자신을 에워싸고 있는 봉족군을 뛰어넘을 요량으로 칼을 휘두르며 몸을 날렸다. 순간, 약속이나 한 듯 얼음판 위로 화살이 날아들었다.

캄캄한 어둠 속을 응시하며 은현은 주먹을 가만 그러쥐었다.

유한이 다가오고 있다.

그것이 당주가 지닌 특별한 능력에서 나오는 것인지 아닌지는 모른다. 다만 느껴졌다. 객잔의 정원에서 달을 구경하다 유한을 처음 만났던 그날처럼 마음이 불안하게 두근거렸다. 그래서 유한이 가까이 와 있다는 걸 직감했다.

은현은 숨을 죽이며 돌아누웠다. 가물거리는 모닥불 너머 단우의 얼굴이 보였다. 그는 언제나처럼 은현을 감시하듯 팔짱을 낀 채 옆으로 누워 잠이 들어 있다. 그녀는 소리나지 않게 몸을 일으켜 굴 안을 살폈다. 단우의 너머에 또 하나의 모닥불이 가물거리고 있고 그 주위로 십여 명의 봉족군이 어깨를 맞대고 잠이 들어 있다. 그런 식으로 두어 무더기가 더 있고 굴 입구 쪽에는 보초를 서는 병사 서너 명이 꾸벅꾸벅 졸고 있다. 모두 마흔 명 남짓 되는 것 같다.

푸르스름한 빛이 돌고 있는 굴 입구를 바라보는데 다시 가슴이 두근거렸다. 그녀는 눈을 돌려 잠든 단우를 물끄러미 바라보았다. 처음 은허당을 찾아왔을 때 보여준 고요한 모습은 다 거짓이었다고 느껴질 만큼 그는 도무지 다음을 예측할 수 없는 불안정한 사람이다. 그녀를 바라보는 눈도 시시각각 변하는 것 같다. 지금의 모든 상황을 은현의 탓으로 돌리며 분기를 참지 못해 으르렁거리다가도 애틋한 눈이 되어 그녀를 훔쳐보기도 한다. 그리고 간간이 드러내는 음흉한 사내의 눈빛, 은현을 가장 두렵게 하는 것은 그것이다. 이렇게 끌려다니다가 저자에게 무슨 짓을 당할지 모른다는 생각이 들었다. 유한이 아닌 다른 사내의 몸이 제 몸에 닿는다는 생각이 들자 온몸에 소름이 돋을 것 같았다. 정말 그런 일이 일어난다면 아마…… 살 수 없을 거다.

은현은 입술을 깨물며 주먹을 가만 그러쥐었다. 유한의 부름을 듣기라도 한 것처럼 가슴은 여전히 터질 듯이 두근거렸고 마음마저 울컥해졌다. 단우를 살피며 자리에서 일어난 은현은 조심조심 그곳을 빠져나왔다. 며칠 정신없이 쫓겨 다닌 탓에 보초를 서는 병사들마저 곯아떨어져 있었다.

얼어붙은 계곡을 따라 아래로 아래로 내려오다 눈앞을 병풍처럼 가로막고 있는 거대한 얼음벽을 만났다. 까마득한 절벽에서부터 얼어붙은 장방폭포다. 태대산 초성단의 큰한샘에서부터 시작된 물이 계곡을 따라 수십 갈래로 내려오는 물줄기들과 만나 드디어 거대한 폭포를 만들어낸 것이다. 얼음벽 속에서는 폭포물이 떨어지는 소리가 요란하게 들렸다. 그 아래 얼어붙은 거대한 웅덩이는 은허신들이 하늘에서 내려와 목욕을 즐기던 곳이다. 여름이면 은현도 간간이 올라와 목욕을 하던 곳이다. 하늘 아래 이곳에 몸을 담글 수 있는 사람은 오직 신과 인간의 경계에 있는 은허당의 당주뿐이다.

은현은 조심조심 얼음판을 걸었다. 이곳만 건너면 천수봉을 지나 하늘길까지 일사천리로 달아날 수 있다. 그러나 얼음판 가운데쯤에 이르렀을 때 은현은 다시 봉족군에 포위되어 버렸다. 맞은편 숲에서 걸어나오는 단우의 얼굴을 본 순간 은현은 처음으로 그에게 두려움을 느꼈다. 한 걸음, 두 걸음 물러나는 은현을 따라 얼음판 위로 걸어 들어오는 단우의 눈이 핏빛을 띠고 있었다. 어디로든 달아나야겠다고 생각하는 순간, 건너편 숲 쪽에서 강하게 끌어당기는 어떤 기운이 느껴졌다.

모화촌 강둑을 미끄러지며 달려오던 절박한 눈빛의 유한이다. 세상에 존재하는 것은 오직 은현뿐인 듯 발아래 강물도, 돌들도 무시한 채 그녀만을 바라보며 달려오던 절박한 얼굴. 은허당을 내려온 은현이 아래세상에서 보았던 전부, 그녀의 또 다른 세상, 유한이다.

"유한!"

핏빛을 띤 단우의 존재조차 잊은 채 성큼 걸음을 내딛는 순간, 발아래가 흔들리며 은현의 몸은 순식간에 갈라진 얼음 속으로 빨려들었다.

눈앞에서 사라지는 순간 보았던 공포에 질린 은현의 얼굴에서 단우는 누이 설하의 모습을 보았다. 더러운 노예를 향해 칼을 뽑아 드는 그의 앞을 가로막던 공포에 질린 그 모습이었다. 단우는 무작정 얼음 속으로 뛰어들었다. 은현을 구하기 위해선지, 달아나는 누이를 잡기 위해선지…… 누구를 붙잡기 위해 뛰어든 것인지는 모른다.

재빠르게 뛰어들어 은현의 몸을 잡아채는 순간 그들의 몸은 무엇에 빨려가듯 쏜살같이 얼음판 아래를 지나 얼음 속의 또 다른 폭포 아래로 떨어졌다.

아래쪽의 폭포를 빠져나온 단우는 늘어진 은현을 업고 뛰었다. 위쪽에서 칼 부딪치는 소리가 요란하게 들렸다. 밤새 머물렀던 토굴로 돌아와서도 은현은 깨어나지 않았다. 온몸이 얼음처럼 딱딱하게 굳어 있었다. 단우는 정신없이 은현의 몸을 흔들었다.

"일어나라, 일어나! 눈을 뜨란 말이다!"

가슴을 두드리며 소리치던 단우는 그녀의 입술에 숨을 불어넣었다. 다시 두드리고, 누르고, 숨을 불어넣고, 정신없이 몸을 주물렀다. 은현이 이대로 죽을까 봐 무서웠다. 커다란 손이 은현의 조그만 몸을 울컥울컥 내려 누르고 거친 숨을 불어넣는다.

"눈을 떠라, 눈을 떠! 넌 신의 여인이라고 했잖아!"

정말 신이 있다면 은현을 죽게 해서는 안 된다. 저를 모시는 여인 하나 살려내지 못하는 그것이 무슨 신이냐! 살아나지 않으면 은허당을 찾아가 그 전각들을 다 불로 싸질러 버리겠다! 거칠게 숨을 불어넣으며 단우는 소리쳤다. 그 소리에 반응하듯 은현의 고개가 움찔하며 입에서 물을 쏟아내었다.

"음……."

"정신이 드느냐? 내 말이 들려?"

보일 듯 말 듯 고개를 끄덕이던 은현이 온몸을 떨기 시작했다. 정신이 들면서 한기가 몰려온 모양이었다. 이리저리 흩어져 있는 모포들을 긁어모아 들고 온 단우는 잠깐 망설이다가 은현의 젖은 옷을 벗겨내었다. 착 달라붙은 옷가지를 뜯어내듯 팔에서 걷어내었다. 은현이 너무도 떨고 있었기에 순식간에 드러나는 하얀 속살들도 눈에 들어오지 않았다. 치마도 속곳도 거침없이 걷어내고 모포로 온몸을 감쌌다. 그리고 그 위에 다시 몇 겹의 모포를 덮어주고 꺼져 버린 모닥불을 지폈다. 은현에게서 가녀린 신음 소리가 들려왔다.

단우는 바짝 다가가 들여다보았다. 은현의 입술은 새파랗게 얼어 있었고, 여전히 안타까울 만큼 온몸을 떨고 있었다. 가만 내려다보던 그는 젖은 옷을 벗어 던지고 남은 모포 하나를 제 몸에 감쌌다. 그리고 그녀의 몸을 돌려 안으며 그 곁에 누웠다. 더 이상 떨지 못하도록 온몸을 바싹 당겨 안았다. 얼음 같은 살결이 가슴에 닿았다.

죽지 마라…….

마음이 터질 것처럼 아파서 눈물이 날 것 같았다. 그녀가 자신에게서 도망치려 했다는 사실도 순식간에 다 용서가 되었다. 남광에 데려가면 정말 잘해줄 참이다. 세상 어떤 여자보다 행복하게 해주겠다. 그러니 죽지 마라.

뜨거운 마음으로 눈을 뜨는 그의 코앞에 무언가 툭 떨어진다. 은현의 목에서 흘러내린 목걸이다. 세월의 때가 낀 둥근달 속에 반짝이는 초승달……!

얼음판을 반쯤 깨고 수십 명의 매화대가 들락거리고도 물속에서는 아무것도 찾지 못했다. 어둠이 내리면서 감울란은 계곡 안쪽에 있는 매화대의 훈련터에 움막을 설치했다. 물속에 뛰어들었던 매화대원들의 상태를 살피고 유한이 머물고 있는 움막으로 향했다.

눈앞에서 은현을 놓쳐 버렸다. 아무리 생각해도 분이 가라앉지 않는다. 자신의 행동이 조금만 더 빨랐더라면 은현을 그렇게 허무하게 놓치지는 않았을 거란 생각에 자괴감을 감당할 수가 없다.

유한은 말리던 젖은 옷을 신경질적으로 던졌다. 그것이 거적을 걷고 들어서던 감울란의 가슴으로 날아왔다. 맨살을 드러낸 채 앉아 있는 유한을 보고 움찔하던 감울란은 이내 무심한 눈으로 들어섰다.

감울란이 건네주는 옷을 다시 받아 들고 불에 말리는 유한의 얼굴이 붉게 상기되어 있다. 그는 제 분을 이기지 못하는 듯했다.

"당주님은 무사하실 거다. 신께서 지켜주시는 분이시니."

그것은 유한을 안심시키기 위한 말이기도 했지만 스스로를 안심시키기 위한 말이기도 했다.

"그렇게 샅샅이 훑었는데도 흔적을 찾지 못했다면 이미 그곳을 빠져나갔다는 뜻이야. 아마도 그곳과 연결된 아래 폭포로 떨어지셨거나 다른 곳으로 빠져나가셨을 수도…….”

“그자가 뛰어들었습니다.”

흔들리는 유한의 눈빛을 보며 감울란은 그제야 유한의 분노를 이해할 것 같았다. 은현을 구하기 위해 뛰어든 사람이 자신이 아니라 단우였다는 것이 견딜 수 없는 것이다. 은현을 향한 단우의 마음이 두렵기도 할 것이다. 감울란은 그 느낌을 안다.

“그자가 가까이 있었기 때문이다.”

그래, 그는 가까이 있었고 자신은 멀리 있었다. 그러나 감울란의 위로는 조금도 도움이 되지 않는다. 정말 자신이 은현의 또 다른 세상이라면 그녀를 구하기 위해 뛰어들어야 할 사람 또한 자신이어야 했다.

“새로운 매족 부대가 올라왔다는 걸 아느냐?”

옷을 말리던 유한의 손이 멈칫했다. 미루나 가한이 올라온 것일까?

매족의 소식을 전하며 감울란은 유한을 살폈다. 부르튼 입술과 검은 얼굴, 피곤에 지친 눈동자가 금방이라도 쓰러질 것 같다. 왠지 그 모습이 안타까웠다. 쉽지 않은 사랑이다. 당주를 찾는다고 하더라도 결코 평탄치 못할 사랑이다. 욕심낼 수 있는 사랑이 아니다. 그래서 말리고 싶었다.

“그만 부대를 찾아 내려가는 것이 어떠냐?”

조심스럽게 건네는 말에 유한은 단호히 머리를 흔들었다.

“은현을 찾기 전에는 내려갈 수 없습니다.”

“당주님은 너의 짝이 될 수 없다. 아직도 모르겠느냐?”

모두가 똑같은 말을 한다. 그러나 유한은 그 말에 동조할 수 없다. 당주가 평생 신의 여인으로만 남아야 한다는 것은 신의 이름에 기대어 행해지는 은허당의 이기적 폭력이고, 깨뜨려야 할 관습일 뿐이다. 누가 은현의 진심을 보았던가!

제 뜻이 이루어질 것을 자신하는 듯 유한의 얼굴은 단호하다. 그러나 감울란의 눈엔 유한의 상처가 먼저 보인다. 당주의 사내가 된다는 것은 평생 당주의 그림자를 품으며 살아야 할 운명을 말한다. 은허당은 당주를 놓아주지 않을 것이고, 은현 또한 당주 자리를 포기하지 못할 것이다.

"상처 입을 거다, 유한. 언젠간 후회하고 말 거야."

감울란의 진심 어린 말에 유한은 마음이 따듯해졌다. 눈앞에서 은현을 놓쳐 버리고 터질 듯 아프고 불안하던 마음이 조금 안정되는 것 같다.

"저는 모르겠습니다. 왜 미리 두려워하고 포기해야 하는지 말입니다. 미리 계산하고 판단하여 지금 은현을 놓아버린다면 전 평생 치유할 수 없는 상처에 시달리고 후회하며 살 겁니다. 어느 쪽이든 상처를 입을 거라면 후회하지 않을 상처를 입는 것이 낫습니다."

단호한 선택을 할 줄 아는 유한이 왠지 부럽다는 생각이 든다. 자신은 다시 상처 입는 것이 두려워 천강에게서 도망쳐 왔다. 오랜 시간이 흐른 후, 이 선택은 어떤 상처로 남을까?

어쩌면 유한의 선택이 옳은 건지도 모른다. 그러나 걱정이 되기는 마찬가지다. 그저 스쳐 지나고 말 인연의 이 청년이 왜 이렇게 걱정이 되는 것일까?

짧은 밤을 보내고 푸릇한 새벽빛이 계곡으로 스며들 무렵, 그들은 다시 은현의 흔적을 쫓기 시작했다.

감울란을 찾아 산을 헤매던 천강은 방향을 바꿔 은허당으로 향했다. 그곳에 가면 감울란의 행적을 좀 더 자세히 알 수 있을 것이다. 아기의 일도, 어두운 얼굴과 섬뜩한 흉터도, 그리고 왜 자신에게서 달아나고 싶어하는지도.

은허당은 여전히 신비롭고 아름다운 모습이다. 한때는 이곳의 풍경이 유현란을 닮았다고 생각한 적이 있다. 사시사철 안개에 싸여 제 모습을 숨기고 있는 은허당처럼 천강 앞에서 한번도 제 모든 것을 드러내지 않았던 유현란, 그래서 더 안달을 내었던 건지도 모른다.

천상연 앞에 서서 선원당과 매화원림, 그리고 눈앞에 펼쳐진 아름다운 전각들을 둘러보던 천강은 매족 병사들이 머물고 있는 건평원으로 향했다.

봉족군이 떠난 건평원을 매족군이 차지하고 들어앉았다. 사혜는 지팡이를 짚고 코를 땅에 박은 채 바쁜 걸음으로 건평원을 드나들었다. 부상자도 돌보아야 했고, 당주와 감울란이 없는 은허당도 지켜야 했다.

선원당녀 금영란이 당주를 대신해 이런저런 지시를 내리지만 미덥지가 않았고 사낸지 계집인지 분간이 가지 않는 매량이 년도 믿음이 가지 않는다. 어서 은현이 돌아와야 늙은 몸을 좀 누일 텐데 생각하며 지팡이를 짚고 뒤뚱뒤뚱 걷는 걸음이 바쁘다.

감울란이 올라갔으니 은현을 구해 내려오는 일은 이제 시간문제다. 감울란이 나서서 처리 못한 일이 어디 있었던가? 암!

불끈한 마음으로 콩콩 걷고 있는데 커다란 그림자 하나가 앞을 가로막았다.

"잘 계셨습니까?"

묵직한 음성에 고개를 드니 웬 장대한 사내가 앞을 막고 섰다.

"누구냐?"

사혜는 손으로 이마를 짚으며 시야를 방해하는 해를 가렸다. 사내는 입가에 설핏 미소를 지으며 고개를 숙였다.

이놈은 또 누구냐? 귀신이냐, 사람이냐?

스무 해도 훨씬 전에 은파와 은허당을 오르내리며 수많은 당녀들의 가슴을 벌렁거리게 하던 천강이란 놈이다. 그토록 엄하시던 부란님마저 이놈에게만은 참으로 관대하셨지. 대전쟁에 패하고 갈왕산을 넘다가 얼음에 파묻혀 죽은 줄 알았는데 멀쩡히 살아 눈앞에 서 있는 모습이 믿기지 않는다.

"많이 늙으셨습니다."

굽은 허리와 듬성듬성 빠진 이를 보며 천강의 눈이 아련해졌다. 사혜는 여전히 믿을 수 없는 눈으로 천강을 살폈다. 사람을 녹일 듯 바라보는 저 눈을 보니 천강이 맞긴 맞는 모양이다.

"그러는 네놈은 뭐, 멀쩡한 줄 아느냐?"

퉁명하게 쏘아붙이며 사혜는 천강의 아래위를 살폈다. 나이는 먹었어도 여전히 헌헌장부다. 감울란이 혼을 다 내어준 이유를 알겠다.

등신 같은 년, 있는 것 없는 것 다 내어주고 혼자만 병이 들었지!

흉측하게 변해 버린 감울란의 얼굴에 비해 여전히 헌헌장부인 천강을 보고 있자니 속이 뒤틀려 사혜는 입을 비쭉 내밀었다. 이놈이 무슨 염치로 이곳에 왔을까, 싶다.

다친 병사들을 돌보기 위해 건평원에 들어와 있는 의당녀들의 얼굴도, 건평원 밖을 둘러싸고 있는 매화대들도 고요하지만 불안해 보이는 얼굴들이다. 사혜의 늙은 얼굴에도 불안의 그림자가 일렁인다. 이곳 사람들은 늙으나 젊으나 당주를 잃는 순간 모두가 어린아이 같은 불안에 휩싸이는 것 같다.

"당주님은 무사하실 것입니다. 매화대도 있고 우리 매족 군사들도 올라갔으니……."

"당연하지! 우리 매화대가 어떤 군사들인데 당주님을 잃어? 네놈들이 아무리 난다 긴다 한들 우리 매화대에 비하겠느냐? 그리고 우리 당주님 또한 보통 분이 아니시니 걱정할 필요 없다. 중간마을을 덮친 봉족놈들이 당주님 한마디에 똥줄을 빼고 달아난 걸 모르느냐?"

잔뜩 큰소리로 허풍을 떨어대던 사혜의 눈이 문득 반짝였다.

"감울란이 올라갔으니 금세 당주님을 모시고 내려올 것이다."

짐짓 감울란의 이름을 말해보지만 예상대로 천강의 표정은 별 변화가 없다.

"감울란이…… 감울란이 있어서 우리 은허당이 지금껏 거뜬히 버텨왔다."

다시 감울란의 이름을 말하며 사혜의 음성이 떨렸다. 아무리 마음이 없고 무심해도 산지옥을 살아온 감울란의 지난날을 천강은 알아야 한다. 그래서 감울란의 썩은 저 속을 달래주어야 한다. 그래야 사람일 것이다. 그러나 천강의 입에서는 다른 사람의 이름이 흘러나온다.

"유현란은 잘 있습니까?"

자신에게 감울란과 아기의 소식을 전하며 함께 떠날 것을 제안했던 사람이 유현란이니 그녀를 만나면 그날의 모든 진실을 알 수 있을 것 같아 물은 것인데 그것이 사혜의 부아를 돋우었다.

"네놈이 오매불망 보고 싶어하는 유현란은 유천궁에 갇혀 있으니 죽은 뒤에나 볼 수 있을 것이다!"

은허당의 유천궁은 죽을 만큼 큰 죄를 지은 중죄인들이 갇히는 곳으로 알고 있다. 그런 곳에 유현란이 왜 갇혔을까. 천강은 의문 가득한 눈으로 물었다.

감추고 싶은 은허당의 부끄러운 과오를 제 입으로 떠들어야 한다는 것이 용납되지 않았지만 사혜는 말을 멈출 수 없었다. 감울란, 그 가엾은 것이 또다시 상처 입는 꼴을 두 눈 멀거니 뜨고 볼 수는 없다. 부란의 함구령으로 어느 누구도 입 밖으로 꺼내지 못했던 얘기다. 자신이 죽고 선원들이 죽고, 감울란마저 죽고 나면 더 이상 기억하는 이조차 없을 이야기, 잊고 싶었던 이야기, 처음부터 존재치 않았던 것이 되어버릴 그때의 일을 제 입으로 다시 꺼낼 줄은 몰랐다. 오래 산 것이 죄다.

비원에서 날아온 꽃잎이 나풀거리며 바닥으로 내려앉았다.

“떨어지는 꽃잎을 손으로 잡으면 사랑하는 사람을 더 사랑할 수 있게 된답니다. 천강도 한 번 해보세요.”

수줍은 미소를 지으며 감울란은 하늘하늘 떨어지는 꽃잎을 따라다녔다.

선택을 받아들여 그녀를 안고 두 번째 맞는 봄날이었다. 하늘하늘 떨어지는 꽃잎을 바라보며 천강은 여전히 유현란을 떠올리고 있었다.

여전히 아름답고 여전히 도도한 유현란. 그리고 여전히 그에게 사랑을 속삭이며 사내는 거부하는 유현란. 그녀는 천강이 영원히 그림자 같은 사내로 살아주기를 바란다. 자신은 신의 여인으로 신을 섬기며 살고, 천강은 자신을 바라보며 황홀하게 사랑을 속삭여 주기를 바라는 것이다. 천강은 신에게 질투가 났다.

“천강.”

달려온 감울란이 그의 손바닥 위에 꽃잎을 한 움큼 쥐어주고 다시 떨어지는 꽃잎을 따라다닌다. 잡은 꽃잎의 수만큼 사랑받을 수 있어서 행복한 것이 아니라 그만큼 더 사랑할 수 있어서 행복하다고 말하는 감울란.

바보…… 저 여자는 정말이지 바보 같다. 그래서 마음이 아프다.

천강은 떨어지는 꽃잎을 향해 손을 뻗었다. 하늘하늘 흩날리던 꽃잎이 손바닥 위에 가만히 내려앉는다. 사랑하는 사람을 더 사랑할 수 있게 해주는 꽃잎이다. 그것을 가만히 들여다보던 천강의 눈에 눈물이 고였다.

남은 세월이 얼마나 될까? 저 꽃잎을 다 받아도 마음에 찰 것 같지 않은데…….

"감울란을 저리 두지 마라. 네놈 맘속에 있는 유현란이 아무리 크다 한들 감울란의 맘속에 들어 있는 너만은 못할 거다. 내가 그 년을 잘 안다. 제 속이 다 썩어 문드러져도 네놈을 보면 또 제 사랑에 겨워 눈물을 흘릴 게다. 속도 밸도 없는 년! 그 험한 얼굴로는 네 앞에 서지도 못할 년이 그년이다. 네놈이 이리 온 걸 알면 도망가고 싶을 게야, 멀리멀리……."

사혜의 음성이 이명처럼 울린다.

19. 상처 입은 어린 영혼

상처 입은 어린 영혼
상처 입은 어린 영혼

꿈에 유한의 음성을 들은 듯하다. 따듯하게 품어주던 손길도 유한 같았다. 그래서 안심이 되었다.

다시 눈을 떴을 때 주위는 어두웠고 타닥타닥, 모닥불만 타오르고 있었다. 덥다는 생각을 하며 모포를 걷어내던 은현은 화들짝 놀라 몸을 일으켰다. 스륵, 떨어져 내리는 모포들 사이로 찬 기운이 살갗에 닿았다. 모포에 감싸인 그녀의 몸은 실오라기 하나 걸치지 않은 알몸이다. 은현은 재빨리 흘러내리는 모포를 당겨 드러난 몸을 가렸다. 가슴이 쿵쾅거리고 머리가 아찔했다. 한참 만에 정신을 차리고 둘러보니 모닥불 옆에 곱게 개켜진 옷이 있었다.

유한이 다가오고 있음을 감지하며 흔들리는 마음을 주체하지 못하고 굴을 빠져나갔었다. 아래로, 아래로 걸어 장방폭포에 닿았던 것 같은데 그다음은 기억이 없다. 유한을 잠깐 보았던 듯도 하고, 아닌 듯도 하고……? 어떻게 다시 이 굴로 돌아왔는지, 어째서 나신의 몸으로 누워 있는지……?

생각하던 은현은 화끈 달아오른 얼굴을 무릎에 묻어버렸다. 도대체 자신에게 무슨 일이 일어난 것인지 상상할 수 없었다.

꿈속에서 따듯하게 품어주던 사내가 단우였을까, 설마?

은현은 고개를 흔들었다. 아무리 정신이 없었다지만 유한이 아닌 다른 사내의 품이 그렇게 따듯하고 편했을 리 없다. 어쩌면 정말 유한이 온 건지도 모른다. 은현은 눈을 반짝이며 재빠르게 옷을 챙겨 입었다. 막 굴 밖으로 나서려는 순간, 가슴을 울컥 밀치고 들어서는 그림자가 있었다. 단우였다. 은현은 그 자리에 주저앉아 버렸다. 꿈이 정말 꿈일 뿐이었으면 좋겠다.

밖으로 나가려던 은현을 울컥 밀치며 안으로 들어선 단우는 칼에 꽂힌 토끼 고기를 모닥불에 구웠다. 지글지글 구워지는 고깃덩이에서 기름이 뚝뚝 떨어졌다. 그가 들어서는 모습을 보며 노랗게 질린 얼굴로 주저앉은 은현은 고기가 다 구워지도록 무릎에 묻은 얼굴을 들지 않았다.

단우는 구워진 고기를 은현에게 권하지도 않은 채 우걱우걱 씹었다. 무슨 이유인지 그는 몹시도 화가 나 있었고, 참을 수 없는 분기를 토끼 고기와 함께 꾸역꾸역 밀어 넣는 것 같았다.

"먹을 텐가?"

문득 들리는 소리에 고개를 드니 구워진 고기 한 점이 눈앞으로 불쑥 들어왔다. 은현은 그것을 노려보다가 다시 무릎에 얼굴을 묻었다. 눈앞이 캄캄해졌다. 이 상황을 어떻게 대처해야 할지 방법이 떠오르지 않았다.

“먹어. 몹시도 허기가 졌을 테니.”

다시 들리는 소리에 고개를 든 은현은 코앞에 다가와 있는 고깃덩이를 손으로 밀쳐 내었다. 건네던 고깃덩이가 바닥으로 떨어져 굴렀다. 순간, 단우의 얼굴이 험악하게 일그러졌다.

“무슨 짓이냐!”

당장 뺨이라도 후려칠 듯 다가서는 그의 코앞으로 은현의 젖은 눈이 다가왔다.

“널 용서하지 않겠어.”

젖은 눈에는 새파란 불똥이 담겨 있었다. 금방이라도 눈물을 쏟을 듯 그렁이는 눈과 분기 어린 음성이 어이가 없다. 정말 울고 싶고 화가 나서 미칠 것 같은 사람은 자신인데 은현이 오히려 화를 내고 있었다. 목이라도 졸라 버릴 것 같은 분노를 참아 넘기며 물러나는데 다시 은현의 소리 죽인 외침이 들렸다.

“널 용서하지 않겠어!”

볼을 타고 흘러내리는 눈물을 무심한 눈으로 바라보던 그는 다시 고깃덩이를 입안으로 밀어 넣었다. 얼굴을 떠나지 않는 은현의 새파란 눈길을 느끼며 그는 목젖까지 올라온 울컥한 덩어리를 꿀꺽 삼켰다. 다시 무슨 말인가를 하려고 은현의 입이 달싹이자 그는 순식간에 칼을 뽑아 은현의 가슴을 겨누었다. 가슴을 타고 천천히 올라온 새파란 칼끝이 바르르 떨고 있는 그녀의 턱을 들어 올렸다.

"살고 싶은가?"

은현은 침을 꼴깍 삼켰다. 얼굴을 스륵 살피던 그의 눈이 은현의 눈과 마주쳤다. 은현의 눈에 이글거리는 새파란 불똥에 비해 그의 눈은 몹시도 흔들리고 있었다. 그것이 분노 탓인지, 쫓기는 자의 불안 때문인지 알 수 없었다. 한참을 노려보던 그는 문득 은현의 눈을 피하며 신경질적으로 칼을 내렸다.

"살고 싶으면 입 다물어!"

한마디만 더 했다가는 정말 목이라도 베어버릴 듯 서슬이 푸르다. 은현은 주먹을 터질 듯 그러쥐었다. 내게 무슨 짓을 한 거냐고, 네가 저지른 짓이 어떤 것인지 아느냐고 울부짖고 싶은데 숨이 막혀서 말조차 나오지 않는다.

어릴 적부터 고결한 신의 여인으로 살 것을 교육받으며 자랐다. 그래서 선원당녀들이 그렇듯 순결을 목숨처럼 생각하는 은현이다. 다만 유한은 예외였다. 처음부터 그에게는 모든 것이 예외였다. 손을 잡는 것도 어깨에 기대는 것도 스스럼이 없었다. 두려운 마음으로 그를 안고도 순결을 잃었다는 생각은 들지 않았다. 자신들의 관계를 알고 있는 향에게도 감울란에게도 부끄럽지 않았다. 신이 두렵지도 않았다. 그는 유한이니까…… 모든 것이 다 받아들여졌다.

그런데 나신의 몸으로 누워 있는 자신을 발견하고, 함께 있었던 자가 단우라는 것을 깨달은 순간, 은현은 자신이 드디어 목숨 같은 순결을 잃었으며 신에게 씻지 못할 죄를 지었다는 생각이 들었다. 허락도 없이 비열한 방법으로 그런 일을 저지른 그를 용서할 수 없었다.

모닥불을 비벼 끄고 흙으로 덮은 그가 칼을 들고 일어났다.

"산을 넘어 호족 마을로 가는 길을 안내해라."

그리고 거친 손으로 은현의 옷자락을 잡아 일으켰다. 온통 화다. 손끝에서까지 화가 묻어났다. 몸을 비틀며 손을 뿌리치자 다시 거친 손이 은현의 턱을 들어 올렸다. 잡아먹을 듯 이글거리는 눈이 코앞으로 다가왔다.

"너 때문에 남은 군사들마저 다 잃었다. 허튼짓을 하면 용서치 않겠다."

왜 자신 때문에 군사들을 다 잃었는지 모르겠지만 목숨 같은 순결을 훔친 자가 뻔뻔하기 이를 데 없다. 노려보는 은현의 눈을 그는 다시 피했다. 울컥 밀려 나가며 은현은 생각했다. 매화대의 소굴로 데리고 가버릴 거라고.

마치 길을 알기라도 하는 사람처럼 조금이라도 다른 길로 접어들라 치면 그의 칼이 옆구리를 찔러왔다. 덕분에 매화대가 있을 것으로 짐작되는 계곡에서 한참이나 벗어나 버렸다. 곧 봄이라도 올 것 같았던 은허당에 비해 위는 아직도 혹한의 겨울이다. 짙은 침엽수 사이로 불어오는 살을 에는 바람에 볼이 떨어져 나갈 것 같다. 거센 눈바람에 잠깐 걸음을 멈추었던 은현이 다시 앞으로 나아가려는 순간 그가 불러 세웠다.

빨갛게 얼어붙은 은현의 볼과 코를 무심히 바라보던 그는 어깨에 두르고 있던 모포를 벗어 은현에게 다가왔다. 그가 뭘 하려는지 눈치 챈 은현이 거부하듯 물러나자 팔을 울컥 당겼다.

"쓸데없는 고집 부리지 마라."

그리고 모포를 은현의 어깨에 두르고 한쪽 끝을 올려 목에 두르고, 다시 눈만 남겨둔 채 얼굴까지 꽁꽁 감싸주었다. 손끝이 야무지고 어이없게도 따듯하다는 느낌이 들었다.

"호족 마을까지 안내해 주기 전에 얼어 죽기라도 한다면 나만 손해니까."

이렇게 모포로 꽁꽁 싸매주는 이유가 그것이라는 듯 퉁명스럽게 말했다.

동그란 눈이 여전히 분기를 품고 그를 노려본다. 건드리면 금방이라도 눈물을 쏟을 듯 설움이 복받쳐 있다. 모포를 감싸는 그의 손이 볼이라도 스칠라 치면 소스라치듯 놀라며 치를 떨었다. 그제야 단우는 은현이 화가 난 이유를 알아차렸다. 기껏 살려주었더니 자신을 그런 비열한 인간으로 오해하고 있다는 것에 화가 났다. 아니, 실은 그런 비열한 인간이 되어버리지 못한 이유에 대해 더 화가 치민다. 그는 은현의 멱살을 울컥 잡아당기며 속삭였다.

"젖은 옷을 벗겨주었을 뿐이야. 너의 신에게 벌받을 짓은 하지 않았으니까 걱정 마."

그 말이 자신을 건드리지 않았다는 뜻인지 확인하려는 듯 은현은 까만 눈으로 그를 올려다보았다.

칠흑같이 까만 눈…… 묵옥. 묵옥 중에서도 전묵.

보타산 광산에서 캐낸 검고 검은 그 옥을 아버지는 '설하의 눈' 이라고 불렀다. 제기랄!

그는 신경질적으로 잡고 있던 턱을 밀쳤다.

"사내가 뭔지도 모르고 신에게 목숨 거는 목석같은 계집 따위, 애초부터 관심없었어."

죽을 것 같던 숨막힘이 허무하게 뚫리면서 울컥 밀린 은현의 눈에 눈물이 고였다. 그제야 폭포 아래에서 얼음 속으로 빨려 들어갔던 순간을 떠올렸다. 그리고 그가 자신을 구해주었음을 알았다.

밤이 되자 그들은 다시 굴을 찾아들었다. 겨우 비바람이나 피할 수 있는 아주 작은 굴이었다. 온통 눈으로 덮여 있어 아무것도 구할 수 없을 것 같았는데 그는 어디선가 나무토막들을 구해와 불을 지폈다. 그리고 아침에 먹다 남은 고깃덩이를 찾아 불쑥 내밀었다. 거부할 힘조차 없을 만큼 허기가 졌기에 은현은 얼른 그것을 받았다. 한참 먹다가 문득 고개를 들어보니 그는 팔짱을 낀 채 눈을 감고 바위에 기대어 있었다. 자신에게 건넨 것이 마지막 남은 고깃덩이였던 모양이다. 순간, 은현은 입맛이 싹 달아나 버렸다. 그는 눈을 감은 채 참을 수 없는 화를 제 속으로 삭이고 있는 듯 보였다. 단우가 점점 알 수 없는 사람으로 느껴졌다.

대전쟁 때의 그가 악귀 같았다는 말이 진실 같기도 하고 거짓 같기도 하다. 비열하고 냉정하고 제멋대로인 사람인 줄 알았는데 간간이 따듯한 면도 있다. 잠깐 망설이던 은현은 남은 고기를 마저 뜯어먹었다. 그걸 건넸다가는 또 불처럼 화를 낼 것 같아서다.

"날 기어이 남광으로 데려가려는 이유가 뭐야?"

애초에 관심조차 없었다면서 왜 납치를 하고 병사들을 모두 잃으면서까지 자신을 구해주었는지, 그리고 왜 기어이 남광으로 끌고 가려는지 궁금했다.

처음에는 무작정 가지고 싶어서였고, 나중에는 은허당에 묶인 그녀가 가련했고, 또 그다음에는 유한과 함께 자신을 능멸한 그녀에게 화가 났고, 지금은…… 매족의 땅에 그녀를 둘 수 없어 데리고 가려는 거다.

"이곳이 매족의 땅이니까."

단우는 눈을 감은 채 대답했다. 그의 말을 이해할 수 없었다.

"왜 그렇게 매족을 싫어해?"

단우는 묵옥 같은 은현의 까만 눈을 건너다보았다. 가슴 밑바닥에서 뭉클, 뜨거운 기운이 밀려 올라왔다. 그는 다시 은현의 눈을 피하듯 고개를 돌려 버렸다.

"매족이 내 어머니를 죽였다."

어린아이처럼 앙금이 가득한 음성이 그에게서 흘러나왔다.

"아주 오래전, 내가 다섯 살 때였다. 남광으로 쳐들어온 매족이 궁까지 들어와 약탈을 하고 내 어머니를 칼로 베었다. 난도질을 하듯…… 마지막 숨이 끊어지는 순간까지 베고, 베고, 또 베었다. 피가 사방으로 튀었지."

굵은 사내의 음성이 아이의 울먹임처럼 떨렸다.

"난 누이와 함께 침상 밑에 숨어서 그 모습을 다 지켜보았다. 하나도 빠뜨리지 않고 다……."

그의 얼굴은 어느새 붉게 달아올라 있었고 눈에는 핏발이 섰다.

"그래서…… 매족들을 그렇게 죽인 거야?"

은현의 물음에 그는 아무 대답이 없었다. 대전쟁 당시 그의 부대가 지나간 자리에는 살아남은 생명이 없었다고 했다. 상대가 숨이 끊어지는 마지막 순간까지 칼을 멈추지 않았다는 열다섯 살의 악귀 같은 소년, 그가 단우였다.

은현은 측은한 눈으로 단우를 바라보았다.

침상 아래에 숨어 어머니의 죽음을 지켜보는 어린아이.

악귀처럼 칼을 휘둘러 대는 상처 입은 소년.

지금 이 순간 은현의 눈에 비치는 단우의 모습은 그것뿐이었다. 그래서 마음이 아팠다. 이들은 왜 서로를 죽이고 죽고, 죽고 죽이기를 반복하는 것일까? 단우를 잡기 위해 산을 치달아 올라오는 매족군들 또한 그처럼 봉족군의 손에 어머니를 잃었고 아버지를 잃었다. 또 얼마나 많은 그들이 단우처럼 봉족을 향해 분노의 칼을 휘두를 것인가!

"그렇게 죽인다고 하여…… 그것이 당신의 분노를 치유해 주지는 못해. 피는 피를 부를 뿐이야."

겨우 스무 살짜리 꼬맹이 주제에 제까짓 게 뭘 안다고 흘러나오는 말이 발칙하다.

"그때 매족을 멸족시키지 못한 것을 아직도 후회해!"

단우의 분기 어린 음성이 조그만 굴을 쩌렁, 울렸다.

그때 매족을 멸족시켜 버렸더라면 은파를 다시 잃고 이렇게 비참하게 쫓기는 일도 없었을 것이고, 누이를 잃는 일도 없었을 것이고, 그랬다면 너란 여자 또한 세상에 존재하지 않았을 테니 만나지도 않았을 것이고…… 이렇게 화가 나고 마음이 아플 일도 없었겠지.

감정을 주체하지 못하는 듯 단우의 입술이 파르르 떨렸다.

"매족 노예가 내 누이를 훔쳐 갔다!"

더러운 노예는 누이의 마음을 훔치고, 눈을 훔치고, 몸마저 훔쳐 홀연히 사라져 버렸다. 사그라질까, 멍이 들까, 귀히 귀히 여기며 보석처럼 지켰던 그 누이를!

뚫어질 듯 바라보는 단우의 눈 속에 수많은 말이 들어 있었지만 은현은 그의 마음을 다 헤아릴 수 없었다. 다만 누이가 그에게 어떤 존재였는지는 느껴졌다. 그에게 누이는 어머니의 처참한 죽음을 함께 지켜보았던 상처의 동지이자 어머니를 대신한 존재였을 테고, 전쟁에서 악귀처럼 변하는 자신의 모습을 진정으로 이해해 주는 유일한 사람이었을 것이다.

은현은 진심으로 그를 위로해 주고 싶었다. 따듯이 품어 다독여 주고 싶었다. 자신은 세상의 어머니, 은허당의 당주니까.

그러나 여전히 뚫어질 듯 바라보는 단우의 눈이 은현을 멈칫거리게 했다. 그 눈은 섣부른 위로는 금물이라고 경고하는 듯하다. 괜한 측은지심이 사내의 마음을 흔들어놓을 수도 있다는 것을 잠깐 잊었다. 은현은 경계하듯 몸을 움츠렸다. 순간, 단우의 입가에 빈들, 웃음이 스친다. 오랜만에 보는 그의 빈들거리는 미소다.

"내 얘길 해줬으니 이젠 네 얘길 해봐. 어떻게 은허당에서 살게 되었는지."

격한 감정이 가라앉은 듯 그의 목소리는 한결 편안해졌다. 은현은 자신에 대해 생각해 보았다. 그런데 아무리 생각해도 해줄 얘기가 없다. 그곳에서 태어났고 그곳에서 자란 것이 다다.

"그냥…… 은허당에서 태어났고 쭉 그곳에서 살았어."

"그리고?"

"일곱 살 때 하늘의 선택을 받아 당주가 되었어."

더 이상 할 말이 없다는 듯 은현은 동그란 눈으로 단우를 바라보았다.

"그게 다야?"

은현은 고개를 까딱까딱했다. 정말 그게 다일 수도 있다. 그게 다이기를 바랐다. 그녀에게서 더 들을 말이 없었으면 좋겠다. 어미가 누구인지, 아비가 누구인지. 그런 것 따위 아무 상관 없다고, 아닐 거라고 스스로에게 끊임없이 되뇌어보지만 은현의 얼굴에 드리워진 누이 설하의 그림자를 거둬낼 수가 없다.

그는 소맷자락에서 무언가를 꺼내어 은현의 눈앞에 보였다.

"이게 뭔지 알아?"

눈앞에서 달랑거리는 것은 비원에서 유한이 걸어주었던 자신의 목걸이다.

둥근달 속의 반짝이는 초승달, 초승달을 품은 둥근달.

"돌려줘!"

은현은 새파랗게 질린 얼굴로 목걸이를 향해 손을 뻗었다. 그러나 그것을 빼내어가는 단우의 행동이 먼저다.

"이걸 왜 네가 갖고 있는지 말해봐."

"돌려줘, 내 거야!"

은현은 울음을 터뜨릴 듯 다급한 얼굴이 되어 목걸이를 향해 덤벼들었다. 자신을 세상에 존재케 해준 소중한 목걸이다. 은허당에서 나고 자라 은허당에 뿌리를 내린 당녀들처럼 은현에겐 그런 뿌리가 없다. 그것이 늘 은현을 슬프게 하는 것이었다. 언제나 그녀를 고뇌에 빠뜨렸고, 달아나고 싶게 했고, 당주의 자질마저 의심케 하여 선원들로부터 인정받지 못한 이유 또한 그것이다. 모두들 하나의 뿌리에서 뻗어 나와 같은 꿈을 안고 살아가는데 오로지 자신만 어디에서 날아온 것인지도 모르는 천상연에 부유하는 먼지처럼 낯설고 외로운 이방인 같은 존재였다.

은현에게 목걸이는 뿌리 같은 물건이다. 자신을 세상에 존재케 한 뿌리가 어딘가에 있다는 증거, 사랑받아 태어났다는 증거, 언젠가는 찾아야 할 제 뿌리. 흔적을 남긴 것은 찾아오겠다는 뜻일 거다. 찾아올 것이다. 그래서 늘 기다려 왔다.

"돌려줘! 내겐 소중한 거야."

애원하듯 매달리는 손을 밀쳐 내고 단우는 은현을 구석으로 밀어붙였다.

"왜 네가 이걸 가지고 있는지부터 말해."

다시 손을 뻗어보지만 저만큼 높이 들린 목걸이에는 도무지 닿지 않는다.

"어서 말해!"

단우는 팔을 높이 뻗은 채 다시 다그쳤다.

주운 것이라고 말해! 얻은 것이라고, 빼앗은 것이라고 말해!

제 속에서 종용하는 소리들이 귓전을 울렸다. 정말 은현의 입에서 그런 말이 나오기를 바랐다. 몇 번이나 달싹이다 멈추던 은현의 입이 열리면서 울음 섞인 음성이 들렸다.

"내 어머니의 유품이야. 돌려줘."

까치발을 한 채 팔에 매달려 목걸이를 달라고 애원하는 은현의 모습을 단우는 고통스럽게 내려다보았다. 아무리 거두어내려고 해도 거둬지지 않는 누이의 흔적들이 얼굴 곳곳에 드러나 있다.

왜 진작 알아보지 못했을까? 처음부터 누이의 냄새가 났었는데…… 그래, 처음 보던 그 순간부터 한눈에 박혀왔던 것은 누이의 흔적 때문이었던가 보다. 그래서 마음이 가고 눈이 갔던 거다. 간간이…… 마음이 아팠던 거다.

단우는 붉어진 눈으로 목걸이를 움켜쥔 채 다시 물었다.

"네 어머닌…… 언제 죽었지?"

은현은 대답 대신 다시 목걸이를 향해 손을 뻗었다. 그러나 훌쩍 뻗어 올린 단우의 손은 역시나 닿을 수가 없다. 속이 상해 눈물이 날 것 같았다.

"어서 말해! 네 어머닌 어떻게 되었는지!"

출생의 비밀을 누군가에게 말한다는 것은 언제나 상처다. 팔을 움켜잡고 흔드는 단우를 향해 은현도 소리쳤다.

"몰라! 난 탯줄도 끊어지지 않은 채 사천문 앞에 버려져 있었어!"

탯줄도 끊어지지 않은 채 버려진 아이 은현, 그 아이가 자라 은허당의 주인이 되었다. 선원들에게 인정받지 못한 채 유현란의 치맛자락에 숨어 눈물만 흘리던 그 아이가 선원들을 장악하고, 매화대를 장악하고, 이제야말로 진정한 당주가 되려는 찰나에 이자가 나타나 모든 것을 망쳐 놓았다.

스무 해 전, 단우가 보낸 호위군은 누이와 노예를 쫓고 있었다. 세상 끝까지라도 쫓아가서 그들의 목을 가져오라고 명을 내린 상태였다. 그러나 호위군이 가져온 것은 소금에 절인 노예의 목뿐이었다. 쫓기던 그들이 어떻게 헤어졌으며 누이는 또 어떻게 은허당까지 흘러들어 왔던 것일까?

아이를 가진 몸으로 쫓겨 다녔을 누이를 생각하니 가슴이 터질 것처럼 아프다. 힘이 들면 찾아올 수도 있었을 텐데, 탯줄도 안 끊은 아기를 버리면서까지 돌아오지 못할 만큼 그렇게도 두려웠던 것일까?

바보…… 살려달라고 한 번만 매달렸으면 되었을 텐데. 꽃같이 예뻐하며 존경하며 귀히 귀히 대해주었을 텐데.

그러나 누이는 그러지 않았다. 더러운 노예의 자존심이 누이를 그리 만들었다. 그자는 미개한 매족 노예 주제에 봉족 왕에게 머리를 숙여 목숨을 구걸할 줄을 몰랐다. 누이조차 그를 닮아갔다.

은현은 목걸이를 빼앗는 것도 잊은 채 무엇이 서러운지 모닥불 곁에 쪼그리고 앉아 소리없이 울고 있었다.

나는 누굴까? 어디에서 왔으며 왜 이곳에서 살고 있을까?

어릴 적부터 늘 그것이 의문이었다. 그 끝없는 의문과 고뇌가 그녀를 은파로 이끌었고 유한을 만나게 해주었다. 유한을 만난 후, 어느 순간부턴가 그런 의문들이 사라졌다. 그것은 끝없이 떠돌던 그녀의 마음이 드디어 정착할 곳을 찾았다는 뜻이었다.

유한이 보고 싶었다. 지금 이 순간 그가 곁에 있다면 눈물을 닦아주고 따듯한 눈으로 상처 입은 마음을 다독여 주었을 것이다.

"흑, 유한……."

무릎에 얼굴을 묻으며 유한을 부르는 소리에 다가서던 단우의 눈이 발끈했다. 은현도 누이처럼 더러운 매족 사내의 이름을 입에 달고 있다. 끙, 실룩 비틀어진 입술 사이로 분노 섞인 신음 소리가 새 나온다.

은현의 눈물 어린 애원에도 단우는 기어이 목걸이를 돌려주지 않은 채 잠이 들어버렸다. 숨소리가 고르게 들리는 것을 확인한 은현은 조심스럽게 일어나 살금살금 다가갔다. 그는 팔짱을 끼고 웅크린 채 옆으로 누워 잠이 들어 있었다. 목걸이를 숨기던 소맷자락을 들춰보려고 손을 뻗던 은현의 눈에 그의 목에 걸린 목걸이가 언뜻 보였다. 옷깃을 살짝 들추어 목걸이를 살피던 은현의 동공이 멈추었다.

목걸이는 초승달을 품은 둥근달, 둥근달 속에 반짝이는 초승달이다.

은현은 숨소리를 죽인 채 엉덩이를 뒤로 뺐다. 분명 소맷자락에 숨기고 잠이 드는 걸 보았다. 내내 그에게서 눈을 떼지 않았었다. 목에 거는 것을 보지 못했다. 은현은 모닥불 곁에 쪼그리고 앉아 잠든 단우의 뒤통수를 노려보았다. 그가 왜 그 목걸이를 가지고 있는지, 그리고 자신도 모르는 어머니의 행방에 대해 왜 그토록 집요하게 추궁했는지에 대해 생각했다.

당신은…… 누구지?

잠이 깬 단우는 모닥불 곁에 쪼그리고 앉은 은현을 의아한 눈으로 바라보았다. 밤새 저러고 앉아 있었는지 얼굴이 검은 빛을 띠며 초췌하다. 단우는 무엇을 직감한 사람처럼 재빠르게 소매 속을 뒤적이더니 목걸이가 있는 것을 확인하고 안도했다. 은현은 그 모습을 빤히 바라보았다. 그는 은현의 눈이 성가시다는 듯 이마를 찌푸리며 중얼거렸다.

"이건 남광에 도착하면 돌려줄 테니까 걱정 마."

그들은 다시 호족 마을로 넘어가는 길목인 초성단을 향해 걸음을 옮겼다. 가끔 목에 칼을 들이대고 울컥 밀 때도 있었지만 단우는 내내 은현에게 조심했다. 미끄러지거나 넘어질라 치면 재빠르게 손을 뻗어 잡아주었고, 바람이 스며들지 않는지 몇 번이나 목에 감은 모포를 확인하기까지 했다.

단우가 왜 자신의 것과 같은 목걸이를 차고 있었는지를 내내 생각하던 은현은 매족 노예와 도망쳤다는 그의 누이가 어쩌면 자신을 낳은 어머니일지 모른다는 생각에 결론을 내렸다. 겨우 찾은 자신의 뿌리가 봉족과 연관되어 있다는 사실이 쉽게 받아들여지지 않는다. 그것이 사실이라면 매족과 봉족, 서로를 증오하는 두 피가 자신의 몸속에 흐르고 있는 것이다.

다시 어둠이 내려 찾아든 굴속에서 은현은 조심스럽게 물었다.

"매족 노예와 당신의 누이는 영영 못 찾았어?"

단우는 잡아먹을 듯 험악한 눈으로 은현을 빤히 바라볼 뿐 끝내 아무 대답도 해주지 않았다.

누이 설하는 그가 보낸 호위군들이 노예의 목을 잘라 소금에 절인 채 남광으로 보냈다는 사실을 알았을까? 아기를 가진 몸으로 추격군을 따돌리며 혼자 떠돌다가 은허당으로 올랐던 것일까? 그곳에 가면 일단 살아 있는 모든 생명은 받아주니까. 그러나 차마 안으로는 들어가지 못했겠지. 아니, 어쩌면 일부러 들어가지 않았는지도 모른다. 아기를 낳아 그곳에 던져 두고 그녀는 추격군을 다른 곳으로 유인했을 것이다. 누구보다 단우를 잘 아는 설하다. 이성을 잃은 동생의 눈엔 아기도 그저 매족의 씨앗으로밖에 보이지 않는다는 것을, 그래서 절대로 살려두지 않을 것이라는 걸 알았던 것이리라. 달아난 누이는 살았을까, 죽었을까? 아기의 그림자를 찾아 은허당 주변을 떠돌았을까?

돌아누운 그의 눈에서 한줄기 눈물이 흘러내렸다.

"그 사람을 사랑해, 단우야."

설하의 음성이 귓전에 울리자 단우는 입술을 꽉 깨물었다. 아무리 세월이 흘러도 그 말만은 도저히 용서가 되지 않는다. 어떻게 눈앞에서 어머니를 죽이던 자들의 동족을 사랑할 수 있단 말인가.

은현은 모닥불 건너편에 누워 단우의 소리없는 울음을 지켜보았다. 소리도 들리지 않고 어깨를 들썩이지도 않았지만 그는 분명 울고 있었다.

"이곳을 무사히 빠져나갈 길을 찾아줄 테니까 날 보내줘."

아침에 눈을 뜨자마자 은현이 한 말이다.

"허튼수작 부리지 마. 넌 나와 함께 남광으로 가야 해!"

"둘이 함께 움직이면 절대로 이곳을 빠져나가지 못해. 매화대의 그물에 걸리고 말 거야."

단우가 멱살을 울컥 잡아당겼다.

"무슨 속셈이냐?"

"당신을 살려주고 싶어."

울컥 다가온 눈이 왜냐고 물었다.

"난 전쟁을 원하지 않아."

"내가 남광으로 돌아가면 무슨 일을 벌일지 몰라서 그딴 소릴 해? 이번에 돌아가면 난 대전쟁 때 하지 못한 일을 마무리 지을 작정이다. 매족을 멸족시키는 일 말이다."

"아니! 당신은 화해의 손을 내밀 거야. 그래야 해!"

왜냐면 당신의 누이가 이 땅 어딘가에 살고 있을지도 모르니까. 그리고 그 누이의 딸이 은허당에 살고 있으니까.

"화해? 차라리 저 남쪽 나라의 미개한 족속에게 가서 절을 하라고 그래! 매족은 내 어머니를 죽였어!"

"당신들은 그들의 부모 형제를 죽였잖아?"

"매족이 먼저……!"

"누가 먼저고 나중이 어딨어? 지난번엔 당신들이 복수를 했고, 이번엔 저들이 복수를 했으니 이제 다음번엔 당신이 복수를 할 차례네? 죽고 죽이고, 죽이고 또 죽고! 언제까지 그런 어리석은 삶을 반복할 거야?"

묵옥 같은 까만 눈이 삼킬 듯 그를 바라본다. 단우는 그 눈을 견디지 못하고 잡고 있던 멱살을 신경질적으로 놓아버렸다. 참으로 꿈같은 소리를 늘어놓는다. 이해할 수 없는 여인들의 집단에서 자란 탓이라 여기겠다.

단우는 은현의 제의를 무시한 채 다시 울컥 밀었다. 초성단까지는 이제 얼마 남지 않았지만 가장 오르기 힘든 험한 지형이고 곳곳에 은신처가 많은 곳이라 어느 곳에서 매복군이 나올지 몰라 위험하기도 했다. 은현은 오르기 힘들지만 가장 안전하다 싶은 길을 택했다.

그의 누이는 어떤 사람이었을까? 이 사람처럼 키가 컸을까? 얼굴은 아름다웠을까? 마음은……?

모든 것이 궁금했다. 그러나 산을 오르며 은현이 스쳐 가듯 묻는 누이에 대한 질문에 그는 전혀 대답을 해주지 않았다. 일그러진 얼굴을 보니 누이에 대한 질문 자체가 그에게는 상처가 되는 듯했다. 간간이 애잔한 눈이 은현을 스쳐 갔다. 은현은 숨어보듯 하는 그의 애잔한 눈길에 마음이 따듯해졌다. 얼굴도 모르는 어머니가 어딘가에서 자신을 지켜보았다면 아마 그와 비슷했을 것 같다.

은현은 오르던 길을 조금 비켜 아래가 훤히 내려다보이는 바위를 찾아 올랐다. 짙은 침엽수 숲 사이사이로 새카맣게 몰려 올라오는 매족군이 보인다. 아무리 생각해도 저들의 추격에서 달아날 길이 보이지 않는다. 천만다행으로 초성단에 무사히 오른다고 하더라도 호족 마을로 내려가는 중간에 잡히고 말 것이다. 그는 혼자고 저들은 수백 명이다. 돌아보니 단우도 두려움이 깃든 얼굴로 아래를 내려다보고 있었다.

"이쯤에서 날 놔줘. 내가 어떡하든 저들을 막아볼 테니까……."

"넌 나와 함께 남광으로 가야 해."

"난 이곳을 떠날 수 없어, 절대로."

단우의 눈이 험악해졌다. 기어이 가지 않겠다면 끌고라도 갈 참이다. 겨우 찾은 누이의 핏줄을 언젠간 자신의 칼로 무너뜨릴 이 땅에 남겨둘 순 없다.

"넌 가야 해! 왜냐면 넌…… 넌……!"

그러나 단호한 은현의 음성이 먼저 자신에 대한 정의를 내렸다.

"난 은허당의 당주야! 이곳은 내가 지켜야 할 땅이고 또 내가……."

……사랑하는 남자가 언젠가는 은파를 지배할 것이다. 그와 칼을 맞대어야 하는 당신을 내가 어떻게 따라갈 수 있겠는가.

단호히 거부하는 은현의 눈을 보며 단우는 누이 설하를 떠올렸다. 누이 또한 은현처럼 자신이 제공하는 모든 것을 단호히 거부했다. 봉족 최고의 무사와 남광 최고의 저택을 거부하고 더러운 매족 노예를 선택했다. 은현 또한 그 건방진 매족 유한이라는 녀석을 선택하겠지? 또다시 그런 꼴은 보고 싶지 않다. 단우는 무작정 은현의 손을 잡아끌었다.

바위에서 내려서서 두어 걸음 내딛는 순간, 눈앞으로 새파란 칼날이 꽂혀 들어왔다. 단우는 본능처럼 몸을 피하며 칼을 빼 들었다. 그는 바람처럼 칼을 휘두르며 순식간에 상대를 제압했다. 칼날이 휘청 꺾이며 무너지는 상대를 향해 칼을 내려치려는 순간 은현의 비명 소리가 들렸다.

"안 돼!"

뛰어드는 은현을 보았지만 이미 늦었다. 칼끝에 무언가 스륵, 스치는 것을 느끼며 단우의 숨도 멎었다. 무슨 일이 벌어진 것일까? 그는 아찔해지는 머리를 흔들며 눈앞을 살폈다.

"당주님! 당주님!"

소리치는 매화대원을 향해 은현이 고개를 흔들었다.

"난 괜찮아."

그리고 다시 칼을 들고 일어나려는 그녀의 손을 붙들었다.

"하지 마! 하지 마, 향아."

다행스럽게도 은현은 팔에 가벼운 부상을 입었을 뿐이다. 옷자락을 찢어 상처를 감싸는 단우의 얼굴이 일그러졌다. 은허당의 당주란 사람이 기껏 매화대원 하나를 구하기 위해 저 죽을 줄 모르고 뛰어들다니, 어이없었다.

"한심하군."

퉁명스런 단우의 핀잔에 은현은 뾰로통한 얼굴로 답했다.

"향은 내게 소중한 사람이야."

아무리 그래도 당주의 목숨에 비할까? 이러니 선원들에게 그런 수모를 당하며 살았겠지!

여리고 눈물 많던 설하였지만 사랑 앞에서는 너무도 용감하고 단호했던 설하, 결국 은현 또한 설하처럼 기어이 제 고집을 꺾지 않을 거란 생각이 든다. 상처를 치료한 그는 은현을 일으키며 향의 목에 칼을 겨누었다.

"부축해라."

그러나 은현은 팔을 잡는 향의 손을 뿌리치며 명을 내렸다.

"네가 저들을 유인해라."

향은 은현의 말을 이해하지 못한 채 멀뚱히 바라보았다.

"저 아래 올라오는 매족군과 매화대 말이다. 네가 나인 척, 저들을 유인해라. 우리가 초성단에 오를 때까지만 시간을 벌어."

"당주님!"

"명이다!"

"따를 수 없습니다! 저는 당주님의 명을 따르지 않겠습니다!"

바보처럼 은현의 명을 거부하지 못하다가 이 지경에 이르렀다. 또다시 그런 실수를 할 수는 없었다. 미친 듯이 따라붙어 겨우 만난 은현을 다시 놓칠 수는 없었다. 향은 다시 단우에게 덤비기라도 하겠다는 듯 은현을 제 등 뒤로 숨기며 칼을 고쳐 잡았다. 조그맣게 한숨을 쉬던 은현이 단우를 돌아보며 말했다.

"잠깐 둘만 얘기할 시간을 줘. 잠깐이면 돼."

은현은 향을 데리고 조금 떨어진 나무 뒤편으로 갔다. 며칠 사이 향의 얼굴은 반쪽이 되었고 눈에는 핏발이 섰다. 왼팔의 움직임조차 시원찮아 보인다. 자신을 잃고 얼마나 자책을 하며 따라왔을지 상상이 갔다. 마음이 아프고 안타까웠지만 애틋한 마음을 표현하는 것은 다음으로 미루기로 했다. 은현은 자신 속에 들어앉은 차갑고 근엄한 부란의 음성과 눈을 빌어 향에게 단호한 명을 내렸다.

20. 두 어머니

어느 순간부턴가 달아나는 속도가 빨라졌다. 그리고 방향도 초성단으로 가는 길을 정확하게 잡고 있었다. 이렇게 눈 덮인 산길을 정확하게 짚어간다는 것은 오랫동안 그곳을 오르내린 사람이 아니고서는 불가능한 일이다.

감울란은 고개를 갸웃했다. 매화대가 잠복해 있던 길목마저 피해 초성단으로 오르고 있다는 것은 은현이 그를 안내하고 있다는 뜻이다. 은현의 심경에 무슨 변화가 온 것일까, 아니면 위험이 닥친 것일까?

막무가내로 따라붙을 수 없었던 것은 순전히 은현의 신변에 대한 불안 때문이었다. 막다른 상황으로 몰아붙일 경우 가늠할 수 없는 단우의 난해한 성격과 잔인성이 어떤 일을 저지를지 몰라 조심스럽게 압박하고 있었던 것이다.

희뿌연 안개에 갇힌 태대산 정상을 바라보며 감울란은 상황을 가늠했다. 아래에서는 수백의 매족군이 단우를 잡기 위해 올라오고 있다. 그들이 오르기 전에 매화대가 먼저 은현을 찾아 빠져나와야 한다. 두 부족의 싸움에 은허당이 끼어서는 안 된다는 판단이 섰다.

"서둘러라! 지금부터 직진으로 초성단으로 오른다. 아무것도 상관하지 마라. 우리의 목표는 오직 당주님을 온전히 구하는 것뿐이다."

얼음처럼 차가운 음성이다. 감울란의 얼굴은 어느 때보다 냉정해 보였다.

매화대를 다그쳐 올라오다 보니 앞서 보냈던 선발대가 길이 갈라진 지점에서 더 이상 진격을 못한 채 기다리고 있었다. 흔적이 갑자기 두 방향으로 나뉘었다. 감울란은 군사를 둘로 나누어 동시에 좇았다. 그러나 얼마 오르지 않아 흔적은 다시 합쳐졌다. 그리고 그 흔적의 가운데에서 매화대를 기다리고 있는 사람은 금방이라도 쓰러질 듯한 초췌한 얼굴의 향이었다.

단우는 은현의 뒤를 따라 오르며 그녀의 뒷모습을 살폈다. 그리고 보면 볼수록 누이를 닮은 은현의 모습에 흠칫흠칫 놀라곤 했다. 그는 가슴을 움켜쥐며 목에 걸린 목걸이를 꼭 쥐었다. 매족의 칼에 돌아가신 어머니가 그들 남매에게 남긴 목걸이다.

설하는 일찍 친어머니를 여의고 단우 어머니의 손에 자랐다.

어머니에게 있어 설하는 진심으로 제 배 아파 낳은 자식이었다. 어머니는 설하는 단우에게, 그리고 단우는 설하에게, 서로에게 둥근달이 되어주라고 하셨다. 둥근달처럼 따듯하고 너른 마음으로 초승달처럼 뾰족하고 어린 동생을 품어주라고, 그리고 둥근달처럼 크고 너른 품으로 초승달처럼 예민하고 여린 누이를 지켜주라고 하셨다.

설하는 언제나 따듯하고 너른 마음으로 뾰족하고 어린 자신을 이해하고 품어주었지만 자신은 누이를 지켜주지 못했다. 지독한 분노와 배신감에 이성을 잃었었다.

"조금만 더 가면 초성단이다. 초성단에서 호족 마을까지는 오를 때보다 훨씬 험난한 길이지만 길이 복잡하지 않으니 찾아가기는 쉬울 거다."

은현은 끌고서라도 함께 남광으로 가겠다는 단우의 결심을 무시한 채 바쁘게 걸으며 길을 설명했다. 반발하는 향을 한순간에 휘어잡는 모습이나, 매화대를 유인하는 방법과 그 뒤 행동들을 설명하는 모습이나, 그리고 은허당에서 지켜보았던 은현의 모습까지 모두가 탐나도록 강렬하고 총명한 여자다. 예민하고 여리던 누이의 이면에도 은현과 같은 모습이 숨어 있었을까?

앞쪽에서 미끌, 하는 은현을 향해 그는 재빨리 손을 뻗었다. 휘청 넘어지려던 은현의 몸이 단우의 품속으로 빨려들었다. 한 팔에 안겨드는 따듯하고 여린 몸, 한껏 품어버리고 싶은 욕망이 다시금 꿈틀댄다.

은현은 단우의 뜨거운 눈길에 잠깐 움찔했지만 그의 팔을 뿌리치고 빠져나오진 않았다. 오히려 그의 눈을 빤히 올려다보았다. 수많은 질문들이 까만 눈동자 속에 들어 있었다. 순간 가슴이 싸늘해지며 차가운 이성이 그를 일깨운다. 그는 다시 신경질적으로 은현을 밀쳐 내었다.

"내게 이렇게 호의를 베푸는 이유가 뭐냐?"

어느 순간부턴가 그녀의 뾰족함이 사라졌다. 그를 안내하는 것도 적극적으로 변했다.

"말했잖아, 당신을 살려주고 싶다고."

하!

단우는 아니꼽다는 듯 조소를 흘렸다. 은허당의 당주로서 봉족 왕에게 자비를 베풀겠다는 건가? 그러나 그런 자비 따위는 필요없다. 지금 그가 원하는 것은 누이의 흔적이 가득한 이 여자를 데리고 남광으로 무사히 달아나는 것, 그것뿐이다.

"아무리 그래 봐야 내 마음은 변하지 않아. 난 널 반드시 남광으로 데리고 갈 거다."

그는 막무가내로 떼를 쓰는 아이 같다. 지켜주지 못한 누이에 대한 죄책감 때문일까? 아니면 은허당 당주를 여전히 여인으로 바라보고 있는 것일까? 생각하며 빤히 바라보던 은현이 문득 손을 내밀었다.

"이제 그만 목걸이를 돌려줘."

"그건 남광에 돌아가면 준다고 했잖아!"

"내가 따라가지 않을 거라는 건 당신도 알잖아? 기어이 끌고 가겠다면 나도 더 이상 당신을 도와주지 못해."

은현의 눈빛은 냉정했다. 그녀의 도움 없이는 이 산을 무사히 넘지 못할 것이라는 걸 단우의 이성도 빤히 알고 있다. 그런데도 여전히 은현이 포기가 되지 않는다. 누이 때문인지, 아니면 여전히 사내의 욕심이 남은 건지……?

'설하의 눈'을 닮은 까만 눈과 한껏 여려 보이는 얼굴, 그러나 그 속에 숨은 성숙하고 강인한 여인이 그의 마음을 사로잡는다. 떨고 있던 그녀의 나신을 품던 그 순간, 목걸이가 눈에 띄지 않았다면 그 밤에 그는 은현을 가졌을 것이다. 운명이란 참으로 장난 같은 것이다.

그는 은현의 손을 울컥 잡아당겼다. 운명이 어떤 장난을 쳤든, 어쨌든 남광으로는 함께 간다. 다음 일은 그곳에 가서 생각하자.

잡은 손이 너무도 단호하다. 은현은 그제야 두려움이 일었다. 그는 여러 가지로 종잡을 수 없는 사람이다. 열 살이 넘으면서부터 자라기 시작한 키가 열다섯에 이미 지금의 키로 자랐다고 들었다. 그러나 신체적으로는 빠르게 자랐는지 모르겠지만 은현이 보는 그는 어느 부분에서는 성장을 멈춘 듯한 느낌이 들곤 한다.

"당신 누이는 어떤 사람이었어?"

울컥울컥 딸려가던 은현이 물었다. 그의 가장 여린 부분을 건드리기 위해 한 질문이지만 실은 내내 묻고 싶었던 말이기도 했다. 단우는 대답 대신 잡고 있던 손을 아프도록 꽉 움켜잡았다.

몹시도 짓궂었던 어린 시절, 아버지가 기르던 새를 죽였다. 단지 너무 시끄러워서였다. 누이는 칼을 빼어 든 아버지의 다리에 매달려 동생을 살려줄 것을 눈물로 호소했다. 그 덕에 그는 목숨을 건졌다. 어머니가 죽어가던 모습이 밤마다 악몽으로 찾아왔을 때도 누이가 침상을 지켜주었다. 날마다 발광처럼 덮쳐 오던 광기에는 어떤 약도 의술도 소용없었다. 오직 누이만이 그의 마음 병을 고쳐 줄 수 있었다. 어떤 말썽을 피우든, 못난 짓을 하든 언제나 자신의 편이 되어주었던 설하. 누이가 있어서 그는 세상이 두렵지 않았다. 어머니를 죽인 원수 매족을 몰락시킨 제 칼로 지켜주고 싶었던 누이. 그러나 그 칼은 누이의 사랑을 베고 누이를 죽음의 길로 내몰았다.

"당신처럼 키가 컸어? 아니면……."

"조용히 해!"

울컥 딸려간 얼굴이 단우의 코앞에서 멈추었다. 아득 깨문 이 사이로 나직한 그의 음성이 새 나왔다.

"아무것도 묻지 마."

붉은 기가 도는 눈은 두려움이 일었다. 그러나 집어삼킬 듯 노려보는 그 눈을 바라보며 은현은 다시 말했다.

"아니, 난 알아야겠어."

은현의 까만 눈에 잠깐 흥분이 일었다. 그리고 떨리지만 확신에 찬 음성으로 말했다.

"당신이…… 왜 나랑 똑같은 목걸이를 걸고 있는지. 그리고 내 목걸이의 주인일 것이 분명한 당신 누이…… 내 어머니에 대해서 말이야."

살을 에는 바람을 타고 따가운 햇살이 눈을 아프도록 찔러왔다. 여리고 따듯한 누이의 눈이 검은 광채를 띠며 그에게 다가왔다.

"그 목걸이의 주인이 내 어머니야. 그렇지?"

단우는 고개를 흔들었다. 아니라고 말하고 싶었다. 그러나 입이 떨어지지 않는다. 그 간절한 눈을 바라보며 거짓말을 할 수 없었다.

계곡 구석구석으로 퍼져 수색하던 매화대가 한곳으로 집결하며 속도가 갑자기 빨라졌다. 은현의 흔적이 포착되었다는 뜻이다. 유한은 온 산으로 퍼져 있던 매족군을 집결시켰다. 그리고 매화대의 뒤를 따라 초성단으로 향했다. 가능하면 매화대를 앞서 초성단에 닿아야 한다. 매화대의 목적은 은현을 구하는 것뿐이지만, 매족군과 자신의 목적은 은현을 구하고 단우의 목숨도 끝을 내어주는 것이다.

짙은 침엽수 숲이 끝나고 더 이상 나무가 자라지 않는 바위투성이의 가파른 설산이 펼쳐졌다. 온 산을 휘감은 구름 사이로 매화대의 벽이 매족군을 기다리고 있었다. 그 벽의 한가운데에 감울란이 서 있었다. 유한은 손을 높이 들어 군사들을 세우고 감울란에게로 다가갔다. 의아함과 반가움이 교차된 얼굴로 다가서는 유한의 가슴으로 칼자루가 올라왔다.

"더 이상 진군할 수 없다, 유한."

느닷없는 감울란의 행동에 뒤에 서 있던 군사들이 울컥 밀려드는 것을 유한이 다시 손을 들어 제지했다.

"무슨 말씀이십니까?"

"모태산의 주인이신 은허당 당주님의 명이다. 여기서 멈춰라.

이 매화대의 벽을 넘는 자는 신의 이름으로 처단할 것이다."

감울란의 눈은 너무도 단호하여 살기마저 느껴진다.

유한은 감울란의 말을 이해할 수 없었다. 은현이 단우에게 끌려갔다. 그런데 어째서 멈추라는 것인가?

"무슨 말씀이신지 모르겠습니다. 그자가 달아나고 있습니다! 은현이…… 당주님이 끌려가고 있단 말입니다!"

유한은 벽을 치고 있는 매화대를 향해 소리쳤다. 당주를 지키는 것이 매화대의 첫 번째 존재 이유로 알고 있다. 그런 그들이 단우에게 끌려가는 당주를 등 뒤에 둔 채 길을 막고 있다는 것이 도무지 납득이 가지 않는다. 표정 변화조차 없는 매화대의 벽을 보다가 다시 구름에 갇힌 산꼭대기를 바라보던 유한의 얼굴이 일그러졌다.

"감울란님!"

당장이라도 밀치고 올라갈 듯 달려드는 유한의 가슴으로 내려졌던 칼집이 다시 올라왔다.

"당주님의 명이라 하지 않는가!"

유한의 동공이 멈추었다. 그러나 이내 어이없는 웃음이 흘러나왔다. 단우를 따라 남광으로 달아나겠다는 생각이 아니고서는 은현이 그런 명을 내릴 이유가 없지 않은가? 감울란이 자신에게 거짓말을 한다고 생각했다. 매화대가 봉족 편에 선 것이라고 생각했다. 감울란의 행동을 그렇게밖에 이해할 수 없었다.

"왜 이러십니까? 매화대가 봉족 편에 서는 일은 없을 것이라고 약조하지 않았습니까?"

"유한."

"기어이 막아선다면 우린 매화대와 싸울 수밖에 없습니다!"

그 말은 진심이었다. 은현을 구할 수만 있다면 매화대와도 싸울 수 있다. 유한의 얼굴은 터질 듯 상기되어 있다. 그러나 감울란의 마음은 꿈쩍도 하지 않았다.

매화대를 기다리고 있던 향이 감울란에게 전한 것은 은허당에서 대대로 물려오는 당주의 반지였다. 당주의 반지는 유사시 당주의 명을 대신하는 것이다. 직접 당주를 마주하고 내려받는 명보다도 더 강력한 명령권을 가지고 있는 것이 바로 그 반지다. 은허당의 누구도 그 명을 거역할 수는 없었다.

향이 멈추어 선 그 자리에 매화대의 벽을 칠 것이며 누구도 그 벽을 넘지 못하게 하라는 것이 반지와 함께 보내온 은현의 명이었다. 고개를 갸웃거리게 하는 명이었지만 감울란은 망설이지 않았다. 향이 그녀를 납득시킬 말을 다시 전했기 때문이다.

"나는 전쟁을 원치 않는다. 봉족 왕 단우의 목숨을 살려주는 것은 그 옛날 대전쟁 때 전 당주 부란이 봉족과 협상하여 매족의 멸족을 막았던 그 행보와 같은 맥락이다. 복수는 새로운 복수를 낳을 것이며 피는 피를 부를 뿐이다. 그러니 매족군은 그만 추격을 멈추어라."

감울란이 전하는 은현의 명을 유한은 이해했다. 그러나 받아들일 수는 없었다. 유한보다는 유한의 뒤에 선 매족군이 받아들이지 않을 것이다. 부모 형제를 죽인 철천지원수를 눈앞에 두고 추격을 멈출 자가 과연 몇이나 될까?

아래쪽에서 웅성대는 소리가 들렸다. 저들이 숨이 끊어질 듯한 추위를 뚫고 올라온 목적은 오직 한 가지다. 단우를 잡아 죽이는 것.

아래를 돌아보던 유한은 다시 감울란을 향해 단호히 말했다.

"제겐 저들을 멈추게 할 힘이 없습니다. 저 또한 멈출 생각이 없습니다."

정말 매화대에 칼을 겨누기라도 하겠다는 태세다. 감울란은 유한의 눈에 깃든 두려움을 읽었다. 그가 정작 받아들일 수 없는 것은 단우를 살려주는 것이 아니라 그런 명을 내린 은현의 행동 같다. 이렇게 벽을 친 매화대의 저 너머 구름 속에 갇힌 태대산, 그 정상을 향해 단우와 함께 오르고 있는 은현의 마음을 두려워하는 것이리라.

"당주님을 믿지 못하는 것이냐?"

예리하게 찔러오는 눈빛에 유한은 움찔했다. 그녀의 마음을 믿지 못하는 것이 아니라 단우가 가진 사내의 욕심이 두려울 뿐이다. 은현을 따라 거침없이 얼음 속으로 뛰어들던 그의 마음이 두려운 것이다. 그리고 단우를 감싸는 은현에 대해 야릇한 배신감도 느낀다.

유한은 그 마음을 숨기기 위해 입술을 질끈 깨물었다.

"저들은 그자에게 부모 형제를 잃었습니다. 저 또한 어머니를 잃었습니다!"

유한의 고함 소리와 함께 뒤편에서 군사들이 울컥 밀려들었다. 매족군과 매화대 사이에 긴장감이 고조되자 감울란이 한발 나서며 단호하게 유한을 막아섰다.

"군사를 물려라, 유한!"

그러나 가슴으로 올라오는 감울란의 칼보다 유한의 칼이 먼저 칼집을 빠져나왔다.

챙!

바람을 가르고 칼날이 부딪히는 소리가 들렸다. 맞부딪친 칼에 반사된 햇살에 눈이 시렸다. 유한의 칼에서 건너오는 강인한 힘을 느끼며 감울란의 볼의 흉터가 섬뜩하게 일그러졌다.

"칼을 내려라, 유한."

유한은 고개를 흔들었다. 이미 빼어 든 칼이다. 다시 집어넣고 물러날 마음은 없다. 두 사람은 팽팽한 힘으로 서로를 노려보았다. 칼이 휘둘러진다면 어느 쪽도 무사치 못하리라는 것이 느껴졌다.

"널 다치게 하고 싶지 않다."

"저 또한 감울란님을 상하게 하고 싶지 않습니다."

감울란은 유한의 어리고 불안한 사랑이 안타까웠고, 유한은 감울란의 어두운 눈빛이 마음 아팠다. 그러나 그것이 칼을 뽑아 든 마음까지 무디게 하지는 못했다.

그녀는 당주의 명을 받들어야 하는 매화대의 대장, 그 책무를 다하고 싶었다. 타인을 향한 섣부른 감정 따위, 여리고 착한 심성은 이미 오래전에 자신에게서 사라진 것들이다. 한 바퀴 휘리릭 돌리는 감울란의 칼에 유한의 칼이 순식간에 휩쓸렸다. 움직이는 것은 오직 손목뿐인데 칼끝에 전해지는 힘은 강력하다. 떨어져 내리는 칼을 간신히 움켜쥔 유한은 마찬가지로 손목 힘을 이용하여 칼자루를 재빠르게 흔들며 그녀의 칼을 되받았다. 강력하게 부딪히는 두 힘에 소름 돋는 칼의 울음이 흘러나왔다. 그러나 오십을 바라보는 감울란이 이십대 청년의 힘을 온전히 받아내기란 역시나 무리 같다. 그것을 감지한 듯 순식간에 빠져나간 칼이 유한의 목을 겨누는 순간, 유한의 칼도 감울란의 목에 닿았다.

날카로운 칼날을 서로의 목에 겨누고 두 사람은 마주 보았다. 서로를 바라보는 눈은 안타까웠지만 서로를 향한 칼날은 예리하다.

"이틀만 기다려라. 그럼 초성단에 오르게 해주겠다."

유한은 다시 고개를 흔들었다. 그 이틀 사이에 단우는 달아날 것이고 은현이 사라질 수도 있다. 단 한순간도 지체하고 싶지 않았다.

"당주님을 믿어라, 유한. 여리지만 강하신 분이다."

감울란에게서 건너오는 따듯한 음성이 유한의 감성을 건드렸다.

"전…… 그자의 마음이 두렵습니다."

또한 침엽수 같은 큰 키에서 뿜어져 나오던 그의 강인한 힘도 두렵다. 강하지만 여리고 눈물 많은, 아직은 어린 은현이 그 힘을 감당할 수는 없다. 그로 인해 은현이 상처를 입을까 봐 두렵다. 상처 입은 은현이 달아날까 봐 두렵다. 안개 속으로 숨을까 봐 두렵다.

유한의 손에 힘이 주어지는 것을 느끼며 감울란의 칼이 움찔하는 순간 유한의 칼이 먼저 그녀의 가슴으로 향했다. 그러나 미세한 틈을 사이에 두고 누군가의 고함 소리와 함께 칼이 하늘로 치솟았다.

"멈춰라!"

핑그르 날아간 칼이 벽을 치고 있는 매화대의 앞으로 떨어지며 눈 위에 꽂혔다. 다시 감울란의 칼이 핑그르 날아 매족군 앞에 꽂혔다.

"멈춰라, 유한! 감울란!"

거친 숨을 몰아쉬며 두 사람을 가로막은 사람은 천강이다.

감울란을 찾아 정신없이 달려 올라오던 그는 눈앞에 펼쳐진 광경에 경악했다.

아들을 향해, 그리고 어머니를 향해 칼을 맞대고 있는 두 사람!

유한의 칼이 감울란의 가슴을 찌르려는 순간 몸을 날려 그 칼을 쳐냈다. 그리고 여전히 유한을 향해 있는 감울란의 칼도 쳐냈다. 그는 이성을 잃은 사람처럼 칼을 휘두르며 소리를 쳤다.

"물러나라, 유한! 군사를 물려라!"

그의 외침에 치달아 오를 듯 부풀어 있던 매족군이 한 걸음 물러나는 것이 보였다.

"단우가 달아나고 있습니다!"

"진정해라, 유한! 이곳은 모태산이다. 매화대가 막아선 이상 우린 이 산을 오를 수가 없다. 그자는 호족 마을을 통해서도 얼마든지 쫓을 수 있어!"

"그자가 은현을…… 당주를 끌고 갔습니다."

유한의 간절한 눈을 바라보던 천강이 감울란을 돌아보았다.

자신을 찾아 서라연에 왔었을 때 감울란의 눈빛도 유한만큼이나 간절했었다. 아무 계산도 가늠도 없이 무작정 자신만을 바라보던 그 순백의 사랑. 그 사랑이 자신을 외면한 채 고개를 돌리고 서 있다. 볼의 흉터를 보이지 않으려 자꾸만 돌아가는 고개를 보며 천강의 가슴은 터질 것만 같다.

감울란…….

당장이라도 그 얼굴을 가슴에 품고 싶지만 수많은 매화대의 눈이 그의 행동을 막았다. 돌아보니 유한은 여전히 간절한 눈으로 그를 바라보고 있었다. 허락만 떨어진다면 당장이라도 군사를 몰고 올라갈 태세다. 그러나 당주의 일에 매족이 함부로 나설 수는 없다.

"유한, 당주에 관한 것은 우리의 소관이 아니다."

"아버님!"

어디선가 모진 바람이 몰아친 줄 알았다. 그 바람이 들려준 소린 줄 알았다. 그러나 주위는 바람 한 점 없이 고요하다. 감울란은 소리가 들린 쪽으로 힘겹게 고개를 돌렸다. 천강과 유한이 서로를 마주 보고 서 있었다. 무슨 얘기를 나누는 듯했지만 그녀의 귀에는 더 이상 아무 소리도 들리지 않았다. 다만 방금 전 자신의 귀에 들렸던 그 이상한 외침만 자꾸 울렸다.

아버님…… 아버님…… 아버님……!

유한이 천강의 아들이었나? 혼인을 했었던가? 그럴 수도 있겠다. 그 긴긴 세월 혼자 살았을 리는 없을 테니. 유한은 스물셋, 태어난 지 삼칠일 만에 매족군에게 어머니를 잃었다고 했다. 태어난 지 삼칠일 된 내 아기는 죽었는데…… 피 묻은 배내옷이 아직도 내 품에 있는데…… 내 아기가 불러야 할 그 이름을 당당히 부르는 유한…… 너는 누구냐?

저도 모를 신음 소리가 입 밖으로 새 나온다.

흐…… 허무인지, 분노인지, 자조인지, 천강을 향한 조소인지 모를 그 소리가 자꾸만 새 나온다. 눈앞을 가리는 장막을 떨치기 위해 그녀는 고개를 흔들었다. 무슨 소리를 들었는지 무슨 생각을 하고 있는지 아무것도 알 수 없었다. 한 걸음 두 걸음 물러나는 감울란을 따라 천강이 다가왔다.

"감울란……."

다가오는 그가 무서웠다. 그의 입에서 나오는 소리가 그녀를 죽을 것 같은 고통 속으로 몰고 갈 것만 같은 두려움마저 인다. 머리가 터질 것처럼 아팠고 참을 수 없는 울분이 가슴을 치고 올라왔다.

"할 말이 있소, 감울란."

감울란은 잡을 듯 뻗는 그의 손을 뿌리쳤다. 볼의 흉터가 흉측하게 일그러졌다. 그리고 고통스런 음성이 그녀의 입에서 새 나왔다.

"아기가…… 아기가 죽었어. 우리 아기가 죽었어요, 천강."

그를 만나, 그의 가슴에 안겨 이 말을 하고 싶었다.

'우리 아기가 죽었어요.'

그래서 자신도 아파 죽을 것 같다고. 그의 따듯한 손이 눈물을 닦아주고, 떨리는 몸을 안아주고, 손을 맞잡고 함께 울어주길 바랐다. 그러면…… 어쩌면…… 살고 싶어질지도 모르니까.

천강은 제 손을 뿌리치고 뒷걸음질치는 감울란에게 다시 다가갔다. 그리고 또다시 뿌리치는 그녀의 손을 잡고 울컥 당겼다. 천강은 딸려온 그녀의 어깨를 으스러질 듯 움켜잡은 채 그녀와 눈을 마주쳤다.

"감울란, 우리 아인 살아 있소. 살아 있다고!"

감울란은 넋을 놓은 사람처럼 고개를 흔들었다. 천강이 왜 제게 거짓말을 하는지 알 수 없었다. 아기는 수타계곡에서 죽었다. 피 묻은 배내옷이 그 증거다. 그녀는 떨리는 손으로 가슴에 품고 있던 배내옷을 꺼내어 보였다. 턱이 덜덜 떨려서 말도 제대로 나오지 않는다.

"……죽었어."

눈앞에서 펄럭이는 짙은 밤색의 배내옷을 보며 천강은 말문이 막혔다. 스물세 해 동안 그녀는 배내옷을 형벌처럼 품고 살았던 것이다. 옷에 밴 붉은 피가 짙은 밤색으로 변할 동안 그녀 속의 붉은 피도 검은빛으로 썩어갔겠지. 휘청 흔들리며 내려앉는 그녀의 어깨를 천강의 커다란 손이 다시 꽉 잡았다. 그리고 그 손은 다시 그녀의 볼을 감싸고 따듯한 입김을 뿜으며 속삭였다.

"죽지 않았어. 살아 있소. 여기 이렇게 살아 있소."

천강은 또다시 거짓말을 했다. 거짓말을 하면서 울기까지 했다. 고개를 흔드는 그녀의 눈에 유한이 보였다. 천강의 어깨 너머에서 매족 청년 유한이 혼란이 깃든 눈으로 그녀를 바라보고 있었다. 얼굴을 보고 싶은데…… 가득 고인 눈물이 자꾸만 눈앞을 방해한다. 점점 흐려지던 눈앞이 이내 캄캄해지며 유한의 얼굴이 가물해졌다.

천강의 명에 따라 매족군은 더 이상 오르지 못한 채 산을 내려갔다. 매화대는 추위와 어둠을 피해 곳곳으로 흩어져 은신처를 찾아 숨어들었다.

천강은 조그만 동굴에서 감울란을 안은 채 모닥불 곁에 앉아 있었다. 일렁이는 불빛의 음영이 드리워져 흉터는 더욱 깊어 보인다. 한쪽 볼이 움푹 들어간 비틀린 얼굴, 천강은 손으로 그 흉터를 만져 보았다. 수타계곡에서 아기를 찾아 헤매다 입은 상처라고 했다. 벌레가 설어 썩어 들어가는 얼굴로 은허당으로 찾아왔더라고, 은허당과 선원들에 대한 복수심 하나로 지금껏 버텨온 거라고. 사혜가 들려준 말이다. 가슴이 터질 듯이 아파서 숨이 잘 쉬어지지 않는다.

감울란의 몸이 무엇에 놀라듯 움찔하며 신음 소리가 흘러나왔다. 꿈을 꾸는 모양이었다. 움찔 놀라며 눈을 뜬 감울란은 자신을 내려다보고 있는 사내와 눈을 마주쳤다.

"정신이 드오?"

그는 부드러운 음성으로 물었다. 감울란은 여전히 꿈속처럼 고개를 끄덕였다. 천강의 팔에 안겨 있는 걸 보니 이건 꿈이 분명할 것이다. 그러니 바람 속에서 들었던 그 말들도 모두 꿈이었겠지? 그러나 꿈이라 하기엔 너무도 생생하다. 달막거리던 그녀의 입에서 마른 음성이 들렸다.

"천강……."

그러나 그녀는 아무것도 묻지 못한 채 그를 바라보았다. 무심하고 무심하던 천강의 눈이 따듯한 온기를 품은 채 그녀를 내려다보고 있다. 감울란의 눈 속에 가득한 혼란과 감출 수 없는 흥분을 보며 그는 천천히 입을 열었다.

"당신이 수타계곡을 통해 아기와 함께 천성계곡으로 오고 있다는 소리를 들었소. 난 곧장 수타계곡으로 달려갔소. 그리고 그곳에서 봉족군에게 쫓기고 있는 매화대를 만났지."

감울란은 아직도 어제처럼 생생한 그날을 떠올리며 떨리는 음성으로 말했다.

"전 작약산으로 갔어요. 매화대가 절 그곳으로 안내했어요."

감울란의 눈은 이미 흥건히 젖어 있었다.

"매화대의 품에 안겨 있던 건 피 묻은 배내옷을 입은 짚불인형이었소."

감울란은 계곡 바위틈에 아무렇게나 던져져 있던 배내옷을 떠올리며 드디어 눈물을 주룩 흘렸다. 그 옷 속에 분명 아기의 시신은 없었다.

"계곡을 헤매다가 죽은 매화대의 품에 안겨 있는 아기를 발견했소. 그 핏덩이가…… 가슴에 깊은 상처를 입었더군."

"아……."

천강은 견딜 수 없는 듯 눈물을 쏟는 감울란을 꼭 끌어안았다. 그리고 그녀의 귀에 다시 이야기를 들려주었다.

"아기를 품고 천성계곡에서 당신을 기다렸소. 그 하루의 지체로 우린 너무도 많은 용사를 잃었고, 당신은 끝내 오지 않았어."

"작약산을 반쯤 넘어서야 수타계곡으로 간 내 아기가 미끼였다는 걸 알았어요. 난 미친 듯 수타계곡으로 달렸어요. 그 핏덩이가 미끼로 사용될 줄도 모르고 바보 같은 난…… 난…….”

당신을 만난단 생각에 흥분하고 있었어!

그 순간의 감정이 너무도 화가 나서 그녀는 몸을 떨었다. 사랑에 눈이 멀어 아기의 위험도 알아차리지 못한 못난 어미. 그것이 지난 세월 내내 감울란을 미치도록 괴롭혔다. 천강은 떨리는 감울란의 몸을 더욱 꼭 끌어안았다. 슬픔도, 죄책감도 이제는 그녀의 가슴에서 모두 떠나기를 바랐다.

“유한…….”

가슴에 안겨 눈물을 쏟던 그녀는 유한을 찾았다. 어떻게 눈앞에 있는 자식을 알아보지 못했을까? 조금이라도 의심스러운 부분이 있었을 텐데? 이미 죽었다는 생각에 어떤 희망도 남겨두지 않아서였을 것이다.

굴 입구에서 인기척이 들리더니 땔감을 한 아름 안은 유한이 들어왔다. 감울란은 여전히 천강의 품에 안긴 것도 잊은 채 유한과 시선을 마주쳤다.

훤칠한 키와 탄탄한 몸은 천강을 닮았고 환하던 그 웃음은 생각해 보니 젊은 날의 자신을 닮은 듯하다.

“정신이 드셨습니까?”

환한 얼굴로 묻는 그를 향해 감울란은 손을 뻗었다.

“유한.”

유한은 안고 있던 땔감을 내리고 그녀 앞에 다가앉으며 손을 꼭 잡았다. 아버지를 통해 감울란이 자신의 어머니란 사실을 알고 받았던 충격이 아직도 가시지 않는다.

"아, 유한."

감울란은 떨리는 손으로 유한의 얼굴을 더듬었다. 오뚝한 콧날과 시원스런 이마, 짙은 눈썹. 아무리 만지고 또 만져도 다 자라 버린 아들의 지난날은 채워지지 않는다. 고물고물 가슴을 파고들던 어린것을 잃었다가 순식간에 훌쩍 커버린 청년으로 돌려받은 것이 아쉽고, 억울하고, 뿌듯하고, 벅차다.

떨리는 손으로 유한의 얼굴을 더듬는 감울란이 안쓰러워 천강은 자꾸만 오금이 저린다.

"유한, 한 번 안아드려라."

조금은 어색한 듯, 쑥스러운 듯 머뭇거리던 유한이 커다란 팔을 벌려 감울란을 안았다. 그녀는 생각보다 아주 작다. 갈왕산을 오르내리며 늘 까마득히 먼 이곳 태대산이 그리웠다. 그 산속 어딘가에 있을 숨은 언덕, 은허당이 그리웠었다. 꼭 한 번 가보리라…… 자신도 모르는 그리움은 아주 어릴 적부터 이곳에 닿아 있었다. 마음이 따듯해지고 팔에 조금씩 힘이 들어갔다. 드디어 감울란을 꼭 품어 안는 유한의 눈에 눈물이 고였다.

"어머니……."

한 가슴에도 다 들어올 것 같지 않던 조그만 핏덩이가 장대한 청년이 되어 그녀를 안고 있다. 마음껏 안아보는 것이 소원이었는데 이젠 안아주지도 못할 만큼 커버렸다. 감울란은 울지 않으려 안간힘을 썼다. 자꾸 울면 신이 노하여 이 행복을 빼앗아갈지도 모르니까.

단우와 은현은 드디어 태대산의 가장 높은 꼭대기 초성단에 올랐다. 눈앞에 보이는 것은 온통 짙은 회색 구름, 그 사이 바위처럼 뾰족뾰족 드러난 것은 산 아래에서 보았던 까마득한 봉우리들일 것이다. 단우는 아득한 마음으로 발아래 구름을 내려다보았다. 딛고 있는 그곳이 하늘인지 땅인지 분간이 되지 않는다. 단우는 길게 심호흡을 했다. 무엇이 한 움큼 제 속에서 빠져나가는 것 같다. 은현이 곁으로 다가왔다. 그리고 발아래 펼쳐진 구름을 내려다보며 말했다.

"일곱 살에 당주가 되어 이곳에 올라와 내가 처음으로 본 은허당의 바깥세상이다."

처음으로 보았던 세상은 온통 회색 구름으로 뒤덮여 있었다. 그곳은 때론 희고 뭉글뭉글 피어나는 구름이 되었다가 아주 가끔은 까마득히 먼 곳의 산 그림자들을 보여주기도 했다. 유현란은 '저 아래에 당주님의 백성들이 있습니다' 라고 했다.

단우는 고개를 돌려 은현을 바라보았다. 그녀는 두 손을 가슴에 모은 채 경건한 눈으로 회색빛 구름을 내려다보고 있었다. 그 모습이 단우의 눈에는 바깥세상과는 거리가 먼 고결한 신의 여인으로 비쳐졌다. 구름 속에 가려진 저 바깥이 얼마나 추하고 험악한 곳인지 모르는 듯 그녀의 눈에는 그리움이 가득하다.

"내려가고 싶은 것이냐?"

원한다면 당장 데려갈 참이다. 세상과는 단절된 이 깊은 곳에 숨어 눈에 보이는 그것이 세상의 전부인 양 살아가는 것이 은현에게 과연 행복할까? 단우는 그것을 가늠했다.

걱정이 가득한 단우의 눈을 보며 설핏 웃던 은현은 다시 아득한 눈으로 아래를 내려다보았다. 내려가고 싶은 것인지, 아닌지 아직도 모르겠다. 다만, 유한과 함께 했던 모화촌에서의 아름다웠던 날들이 떠올랐을 뿐이다. 자신의 생애 중 가장 행복했던 날들.

유한이…… 보고 싶다.

그의 누이가 목걸이의 주인임을 확인하고도 은현의 얼굴은 담담했다. 한 방울 눈물조차 흘리지 않았다. 바깥세상과의 인연은 애초부터 존재하지 않았던 먼 세상의 사람처럼 담담히 목걸이를 받아 드는 모습을 보며 단우는 그녀를 더 이상 막무가내로 끌고 갈 수 없다는 것을 깨달았다.

은현을 놓아주리라 마음먹었지만 단우의 한쪽 가슴에는 여전히 아쉬움이 남아 있다. 만약 누이가 살아 있다면 은현을 두고 떠나는 자신을 원망할까, 고마워할까?

"유한을 사랑하느냐?"

그는 다시 어린아이처럼 불룩한 음성으로 물었다. 은현은 대답하지 않았다. 그렇다고 말해 버릴 수 없는 건 아직도 단우에게 남아 있는 일말의 사내의 마음이 상처 입을 것 같아서다. 은현은 단우 속에 웅크린 상처 입은 어린아이를 가만 들여다보았다. 남광으로 돌아가면 누이처럼 그를 따듯이 감싸줄 여인을 꼭 만나기를 바란다.

"여기서부터 호족 마을까지는 아주 가파르고 험난한 길이지만 오래 걸리지는 않을 것이다."

은현은 마지막 작별을 고했다. 정말 가지 않겠느냐고 다시 묻는 그를 향해 단호히 고개를 흔들었다. 그리고 정중한 마지막 인사를 건넸다.

"조심하십시오."

등을 떠밀 듯 밀어내는 그 눈을 견디지 못하고 단우는 돌아섰다. 몇 걸음 걷던 그가 다시 돌아왔다. 그는 소맷자락 깊은 곳에서 무언가를 꺼내어 은현의 손에 쥐어주었다. 칠흑같이 검은 빛깔의 돌이다.

"보타산 광산에서 캐낸 묵옥이다. 남광에서는 이 옥을 '설하의 눈' 이라고 부른다."

"설하의 눈?"

"내 누이의 이름이 설하다."

그의 눈이 살짝 흔들리다가 이내 차분해졌다. 신의 여인으로든, 유한의 여인으로든 은현이 행복하게만 살았으면 좋겠다. 상처 없이 곱게 곱게, 그렇게 살았으면 좋겠다.

"부디 행복하십시오…… 당주님."

그는 머리를 숙여 예를 표하고 돌아섰다. 그리고 성큼성큼, 거칠 것 없는 걸음으로 호족 마을을 향해 달려 내려갔다. 은현은 손바닥에 놓인 '설하의 눈' 을 꼭 쥐었다.

어머니…….

그제야 은현의 어린 눈에 눈물이 고였다.

21. 나 스스로 날 구하는 것이 나의 운명이다

나 스스로 날 구하는 것이 나의 운명이다
나 스스로 날 구하는 것이 나의 운명이다

"당주님은 은허당을 버리지 못할 것이다, 유한."

감울란은 유한의 손을 꼭 쥐고 안타까운 눈으로 바라보았다. 은허당을 버리지 못하는 당주가 어떻게 한 사내의 여인으로 살아갈 수 있겠는가?

일생 단 한 번의 선택만이 허락된 당주, 그 당주의 남자.

그것은 곧 살아 있으나 살아 있지 못한 사내, 그림자로밖에 살 수 없는 사내를 의미한다. 권력을 가지고 부를 가질 수 있을진 모르겠지만 사내로서의 삶은 끝이다. 유한이 그런 삶을 살게 할 수는 없다.

"은현은 당주로서 은허당을 버리지 못하듯이 한 여인으로서도 저를 버리지 못할 것입니다."

"유한!"

"저 또한 은현을 떠나지 못합니다."

단호한 눈과 확신에 찬 음성이 감울란을 답답하게 했다. 유한의 사랑이 왜 하필 은현일까? 아들의 앞날을 생각하니 가슴이 먹먹할 뿐이다.

"은허당의 저 견고한 벽과 싸울 것입니다. 당주도 혼인을 하고 아이를 낳고 사랑을 나누며 살 권리가 있습니다."

수백 년을 내려온 그 벽을 어떻게 허물겠다는 것인지……?

"보내주십시오, 어머니."

간절한 유한의 눈을 마주할 수 없어 감울란은 고개를 돌려 버렸다. 아무리 당주를 아끼고 사랑한다 한들 자식의 불행을 두고 볼 어미가 어디 있겠는가? 스물세 해를 돌고 돌아 만난 목숨과도 같은 아들이다.

동굴로 들어서던 천강은 여전히 팽팽히 맞서고 있는 감울란과 유한을 바라보았다. 감울란은 누구보다 은허당 당주의 삶을 잘 알기에 저토록 반대하는 것이리라. 그러나 천강은 사랑하는 사람과 함께 있다는 것이 얼마나 커다란 축복인지 알았기에 더 이상 유한이 가는 길을 막고 싶지 않다.

"잠깐 나가 있거라, 유한."

유한을 내보내고 천강은 감울란과 마주 앉았다. 그녀는 여전히 흉터에 닿는 천강의 눈길을 피해 고개를 돌린다. 감울란이 언제쯤이면 부끄럼없이 자신을 당당히 마주 볼까, 생각하니 마음이 아프다. 그는 커다란 손바닥으로 그녀의 볼을 감싸고 얼굴을 돌렸다.

"유한을 그만 보내줍시다."

그녀는 단숨에 고개를 흔들었다.

"사랑을 잃는다는 것이 얼마나 고통스러운 건지 당신도 잘 알잖소?"

"사랑하는 사람을 멀리서 바라볼 수밖에 없는 것만큼 고통스럽진 않을 것입니다."

감울란의 말은 천강의 가슴을 찔렀다. 언제나 멀찍이 떨어져서 하염없이 바라보던 감울란을 자신은 한 번도 제대로 보아주지 않았다. 유현란 생각이 머리를 떠나지 않았고, 그 때문에 감울란과 눈을 마주칠 수 없었다. 그 착한 눈과 웃음을 마주하고 은파로 내려가면 며칠씩 체기에 시달리곤 했었으니까. 미안하다. 그러나 이제 와 그것을 사과하여 무엇 하랴. 다만 따듯이 안아 다독여 줄 뿐이다. 천강은 감울란의 손을 잡고 마주 보았다.

"갈왕산을 넘으며, 그리고 지난 세월 내내 내가 가장 후회한 것이 무언지 아시오?"

그의 눈은 진지하고 너무도 따듯하다. 감울란은 여전히 이런 천강이 어색하다. 세월이 그의 감정을 무디게 한 건지, 아니면 그들 사이에 존재하는 유한 때문인지, 천강은 그 옛날 유현란을 바라보던 그런 눈으로 자신을 바라보고 있다.

"서라연으로 당신이 찾아왔을 때 붙잡지 못한 것이오."

그를 후회스럽게 했다는 것이 자신을 붙잡지 못한 일이라는 소리에 감울란은 씁쓸한 미소를 지었다. 역시나 세월은 그를 많이도 나약하게 만든 모양이다. 그토록 무심하고 냉정하게 자신을 돌려세웠던 그날을 그는 까마득히 잊은 것일까? 자신을 붙들고 싶었다는 천강의 말이 진실로 믿어지지 않는다. 유현란에게 향하던 그 감당 못할 마음도 다 접은 채 그냥 무던히, 세월에 묻혀 살고 싶은 것일까?

"그렇게 모질게, 냉정히 돌려세우는 것이 당신을 위한 일이라 생각했소. 전쟁은 이미 패색이 짙었고, 날 기다리고 있는 건 죽음뿐이었으니까. 당신이 날 잊고 행복하게 살길 바랐었소."

날마다, 매 순간마다 눈물나게 보고 싶은 사람이었다. 어떻게 그런 사람을 잊고 행복하게 살 수 있을 거라고 생각했는지? 자신의 사랑을 그토록 가벼이 보았던 건지?

"당신이 떠나고 나서야 난 내가 얼마나 어리석은 선택을 했는지 깨달았소. 내게 남은 것이 오직 죽음 한 가지의 길만은 아니었을 텐데 왜 미리 두려워하고 당신을 놓아버렸을까?"

감울란의 입가에 조그만 전율이 인다. 그때의 슬픔이 다시 아릿하게 심장을 긁는다.

"난 비겁하고 못난 사내였소."

자괴감이 가득한 음성이다.

"떠나보낼 그 용기로 왜 당신을 붙잡지 못했을까? 사랑했는데…… 당신을 사랑하고 있었는데 왜 그 말을 해주지 못했을까? 날마다 후회했었소."

위로인 줄 뻔히 알면서도 사랑했었다는 천강의 말은 그녀를 떨리게 한다.

"난 유한이 나와 같은 후회를 하며 살지 않길 바라오. 당주의 사내로, 평생 그림자 같은 사내로 살아갈지 아니면 당당한 지아비로 살아갈지는 누구도 알 수 없는 일이오. 다만 유한은 나같이 사랑 앞에 우유부단하고 비겁하지 않다는 것은 분명하오. 잘 헤쳐 나갈 것이오. 그러니 선택은 유한에게 맡깁시다."

감울란은 유한의 고집과 천강의 설득을 이겨낼 수 없었다.

은현과 약속한 이틀이 지나고 드디어 매화대는 벽을 허물고 유한에게 길을 열어주었다. 감울란은 매화대를 올려 보내지 않았다. 초성단에서 은현이 기다리고 있을 사람은 유한일 거란 생각이 들어서다.

눈길을 성큼성큼 걸어 올라가는 유한을 바라보며 감울란은 쓰린 마음을 가눌 길이 없다. 부디 유한은 자신처럼 사랑에 상처 입는 일 없이 살아가길 바란다. 성큼성큼 걷는 저 걸음이 행복으로 가는 길이기를 바란다.

금방이라도 눈이 쏟아질 듯 발아래 펼쳐진 세상은 회색빛 구름으로 뒤덮였고, 하늘은 잔뜩 찌푸려 있었다. 은현은 오싹한 어깨를 움츠리며 그 모습을 바라보았다.

곧 매화대가 올라올 것이다. 그러면 다시 은허당으로 돌아가야 한다. 은허당의 당주로, 이 산의 주인으로, 신의 여인으로…… 그것을 떨치고 달아날 수가 없다. 은현은 조그맣게 한숨을 쉬었다.

설하가 왜 자신을 낳아 은허당에 버렸는지, 부란이 왜 자신을 당주로 낙점하고, 그리고 하늘이 왜 자신을 당주로 선택했는지 이제야 어렴풋이 알 것 같다. 자신에게 주어진 사명이 무엇인지 뚜렷이 인식된다.

은현은 걸음을 옮겨 난간 끝으로 걸어갔다. 아래는 온통 회색빛 구름, 그 아래에 무엇이 있는지 모른다.

직하하여 떨어지면 유한의 세상이 나올까?

순간, 세찬 바람에 휘청 흔들리는 몸을 은현은 가까스로 가누었다.

유한은 초성단 누각 끝에 아슬아슬하게 서 있는 은현을 발견했다. 부풀어 터질 것 같던 긴장이 한순간에 풀리며 헛바람 같은 한숨이 새 나온다.

인기척에 은현은 천천히 고개를 돌렸다. 단숨에 구름 아래로 떨어져 그의 세상으로 내닫고 싶을 만큼 그리웠던 유한이 서 있다.

유한…….

입술을 움직였지만 소리는 나오지 않았다. 은현은 천천히 다가오는 유한을 향해 달렸다. 유한은 허리를 꺾을 듯 은현을 품어 안았고 은현은 유한의 목에 매달렸다. 그를 만날 때마다 불안하게 두근대던 어린 심장 소리가 또다시 들린다. 방금 전까지 은허당을 걱정하고 세상을 걱정하며 자신의 사명을 떠올리던 어른스러운 당주는 한순간에 사라지고, 콩닥콩닥 뛰는 가슴을 주체하지 못해 눈물을 쏟고 마는 어린 은현만이 존재했다.

"괜찮아?"

뜨거운 음성이 귓전에 닿자 은현은 고개를 끄덕였다. 허리를 안은 유한의 팔에 힘이 주어지는 것을 느끼며 은현은 안심했다. 제 몸속 기운을 모두 불어넣었으니 유한이 거뜬히 일어나리라고 믿었었다.

은현은 고개를 들어 유한을 바라보았다. 매화대로 벽을 치고 매족의 추격을 막아버린 자신에게 유한은 화가 나지 않았을까, 걱정되었다. 그러나 그의 얼굴에 화는 보이지 않는다. 전쟁을 원치 않는다는 자신의 뜻을 이해한 것일까?

"걱정했어. 그리고 조금 두려웠어."

뭐가 두려웠느냐고 은현이 물었다. 유한은 쉽게 대답을 못했다. 은현이 초성단에 없을지도 모른다는 두려움에 숨도 쉬지 않고 달려왔다는 말을 할 수가 없다. 은현은 유한의 두려움을 이내 감지하고 어이없는 듯 조그맣게 웃었다.

"바보 같아. 내가 어떻게 없을 거란 생각을 다 해?"

"그러게? 어떻게 그런 바보 같은 생각을 다 했을까?"

유한도 어이없는 듯 피식 웃었다. 스스로도 가늠할 수 없을 만큼 유한을 향한 은현의 마음은 절대적이다. 그것이 유한을 벅차게 했다.

"당신을 내 힘으로 구하지 못해서 화가 나."

그 소리에 은현은 다시 웃었다. 그가 자신을 구하기 위해 최선을 다했다는 것을 안다. 그녀는 유한을 달래듯 속삭였다.

"유한이 모자라서가 아니야. 이게 내 운명이야. 나 스스로 날 구하고 유한을 기다리는 것."

바람이 불어 머리칼이 얼굴로 흩날렸다. 유한은 그것을 걷어 내고 헝클어진 머리칼을 쓰다듬었다. 잠시 못 본 사이 은현은 또 다시 성큼 자란 것 같다. 눈빛은 더욱 깊어졌고 얼굴에는 성숙하고 은은한 기운이 감돈다. 머리를 쓰다듬던 손이 귓불에 닿았다. 도톰한 귓불을 매만지던 그의 손이 다시 바람에 언 볼을 쓰다듬었다.

"당신은 이제 안개가 아닌 거지?"

모화촌 강둑에서 보았던 그 끝없는 안개, 온 세상을 뒤덮어 축축이 적시다가 해가 나면 한순간에 형체도 없이 사라져 버리던 그것처럼 한때는 잡을 수 없는 안개였던 은현. 이제 그녀는 온전히 제 모습을 드러내었다. 두 번 다시 안개 속으로 숨어들지 않을 거라 확신한다.

볼을 쓰다듬던 손이 보랏빛 입술에 닿았다. 손끝에 닿은 입술에서 까칠한 피로가 느껴진다. 유한의 입술이 다가와 그 피로를 걷어내었다. 한 번, 두 번, 부드럽게 제 존재를 전하던 입술은 마침내 불같은 뜨거움으로 그녀를 삼켰다. 은현의 입술은 간절하게 그를 맞으며 제 속 뜨거운 마음을 전했다.

뜨거운 입술 사이로 싸늘한 당주의 음성이 흘러나왔다.

"난 은허당을 떠나지 못해, 유한."

유한은 입술을 떼고 고개를 들어 그녀를 바라보았다. 그녀의 눈 속엔 여전히 뜨거운 입맞춤의 격정이 남아 있다.

"은허당을…… 버릴 수 없어."

유한은 떨리는 그 음성에 답했다.

"버리지 마."

버리지 마. 그리고 나 또한 버리지 마.

그의 입술은 다시 은현을 삼켰다. 칼 같은 붉은 혀가 입속을 파고들자 심장이 터질 듯 부풀어 올랐다. 천강과 감울란이 그토록 걱정하던 그림자 같은 사내의 삶이 자신에게 주어진대도 그녀를 놓을 수는 없을 것 같았다.

은현은 유한과 한순간도 떨어지고 싶지 않을 만큼 간절한 마음을 주체할 수 없었다. 오래오래 함께, 유한만 바라보며 살고 싶었다. 그러나 그러기엔 자신에게 주어진 사명이 너무도 무겁다. 해야 할 일이 너무도 많다. 은현은 그의 목을 꼭 껴안으며 속삭였다.

"태대산이 깎여 은파의 들판이 될 때까지 유한만 사랑할 거야."

"응."

"내 마지막 꿈은 여전히 날마다 당신만 바라보고, 당신의 아이를 낳고, 당신의 아내로 사는 거란 것도 알지?"

유한은 그 마음을 다 안다고 고개를 끄덕였다. 두 사람의 마음은 이미 하나의 꿈에 닿아 있다. 필요한 것은 세상의 벽과 싸워 이기려는 의지와 시간뿐이다.

"어쩌면 생각보다 더 많은 시간이 걸릴지도 몰라."

목에 매달린 팔을 풀고 은현은 약간 두려움이 깃든 눈으로 그를 올려다보았다. 그 시간을 유한이 잘 견뎌줄지, 상처 입지 않을지, 그녀는 두려운 심정으로 그것을 가늠했다.

"견딜 수 있겠어?"

두려운 질문에 유한은 답할 수 없었다. 어쩌면 견디지 못하고 은현에게서 은허당을 빼앗아 상처를 줄지도 모른다.

단번에 고개를 끄덕일 줄 알았던 유한이 아무 대답이 없자 은현의 눈이 어두워졌다. 유한에게 너무 큰 희생을 강요한 것일까? 자신의 행동이 이기적이라 생각 들었지만 그것 때문에 유한을 놓아버리고 싶은 마음은 없다. 제 사명을 버릴 생각도 없다.

은현은 주먹을 발끈 쥐었다. '은허당 당주의 명이니 따르라!' 그렇게 명령하고 싶었다. 그러나 어이없게도 눈이 먼저 그렁해져 버린다.

"기다려 줘. 나 떠나지 마, 유한?"

후둑, 떨어지는 눈물을 유한의 손이 거두어내었다.

"바보. 내가 어떻게 당신을 떠날 수 있을 거란 생각을 해?"

이럴 때 보면 은현은 정말 겁쟁이 같은 어린 여자다. 그 모습이 귀여워 빙긋 웃던 그는 한껏 진지한 표정이 되어 다시 말했다.

"당신이 부도덕한 당주가 되어준다면 견딜 수 있을 것 같아."

"부도덕한 당주?"

"내가 그리워 느닷없이 은파로 달려오기도 하고, 견딜 수 없어 은허당으로 올라간 나와 함께 비원의 숲으로 숨어들기도 하고, 또 가끔은 중간에서 부딪혀 동굴에서 밤을 새기도 하고……."

그렇게 가슴 두근거리며 사랑할 수 있다면 아무리 긴 세월도 견뎌낼 수 있을 것 같다.

은현의 입가에 미소가 번졌다. 지난여름 은파로 달아나 성년도 되기 전에 유한의 품에 안겼으니 부도덕한 당주는 이미 되었다. 선원들이 알면 기함을 할 것이고, 향이 고생을 하겠지만 아마도 자신이 유한보다 훨씬 자주 은파로 달려 내려갈 것 같다.

고개를 까딱까딱하는 은현의 얼굴이 빨갛게 달아올랐다.

유한은 달아오른 얼굴을 감싸고 다시 깊고 깊은 입맞춤을 했다.

어떤 무엇이 우리를 막아도 당신을 향한 내 걸음은 멈추지 않을 거라고 그의 입술이 말했다.

어떤 무엇이 발목을 잡아도 당신을 향한 내 걸음 또한 멈춰지지 않을 거라고 은현의 입술이 말했다.

은허당에 다시 눈이 내렸다. 새하얀 꽃눈이다.

천강은 천상연을 휘적휘적 돌아 매화원림 입구에 있는 전각에 올랐다. 사방이 탁 트인 전각에서 바라보는 은허당은 온통 흩날리는 꽃잎으로 그야말로 아름다움의 절정을 이루고 있었다.

손을 뻗어 꽃잎을 받던 천강은 인기척에 재빠르게 몸을 돌렸다. 언제나처럼 머리칼을 길게 드리우고 한쪽 얼굴을 가린 감울란이 전각으로 올라왔다. 천강은 반가움에 단숨에 울컥 다가섰다.

"잘 있었소?"

겨우 닷새 만에 보는 얼굴이건만 그의 눈 속엔 목마름이 가득하다.

은파를 정복하고 그곳을 정비하느라 눈코 뜰 새 없이 바쁜 나날을 보내면서도 천강은 하루가 멀다 하고 은허당으로 찾아왔다. 그 옛날 유현란을 찾아 은허당으로 오르내리던 그 열정이 다시 그를 찾아온 것이다. 그러나 이번엔 그때와는 다르다. 불안하고 설익었던 젊은 날의 사랑은 스무 해가 넘도록 가슴을 앓아온 농익은 사랑 앞에 작은 추억으로 스러졌다.

천강은 버릇처럼 길게 드리워진 머리칼을 걷고 섬뜩한 흉터 위에 손을 대었다. 잠깐 움찔했지만 이제 감울란은 달아나지 않는다. 그가 전하는 이 따듯함이 그저 연민이려니, 측은지심이려니 생각했었다. 제 아들의 어미에게 전하는 예의이거나 젊은 날의 외면에 대한 죄책감일 거라 생각했었다. 그러나 시간이 지날수록 천강의 진심이 조금씩 느껴진다. 자신의 조그만 외면에도 상처 입는 그의 눈이 보였고, 목마른 마음이 보였다.

사혜는 '네년의 얼굴에 때늦은 꽃이 피는구나!' 하면서 놀렸다. 그 소리에 가슴이 덜컥하며 얼굴이 붉어졌다. 언제나 먹장구름이 끼어 침울하던 얼굴에 저도 모르게 자꾸 미소가 번지니 매화대원들이 오히려 그녀를 어색해했다.

천강은 어느새 발개진 감울란의 얼굴을 지그시 바라보았다. 호랑이같이 매화대를 호령하고, 봉족의 등살 아래에서도 은허당을 굳건히 지켜낸 여장부지만 자신 앞에서는 여전히 얼굴이 발개지는 여리고 여린 여자일 뿐이다.

"생각해 봤소?"

그는 지금 감울란에게 함께 갈왕산을 넘어가자고 조르고 있는 중이다. 은파를 되찾았다고는 하나 갈왕산 너머에는 여전히 많은 매족이 뿌리를 내리고 살아가고 있다. 자신이 이끌었고, 자신이 갈고닦아 터전을 잡은 땅. 척박하지만 무한한 가능성이 있는 땅이다. 그리고 자신이 돌아오기만을 기다리는 수많은 사람들이 그곳에 있다.

감울란은 여전히 마음의 결정을 내리지 못했다. 은허당에서 나고 자란 당녀가 은허당을 떠나 파당을 결정한다는 것은 제 가슴 한쪽을 들어내는 것만큼 힘들고 어려운 결정이다. 아기를 가진 것을 알고 단번에 파당을 결정하고 천강을 찾아갔던 젊은 날의 그 용기가 지금도 남아 있을까, 모르겠다.

감울란은 고개를 들어 천강과 눈을 마주쳤다. 여전히 가슴이 덜컥하고 눈물나는 사람, 그러나 지금의 자신은 바보스럽게 착하기만 하던 그 감울란이 아니다. 천강은 여전히 그때의 환영에 사로잡혀 있는 것 같다.

"유현란을 만나보지 않겠어요?"

그녀를 만나고 나면 천강은 확실히 제 마음을 알지도 모른다. 그러나 천강은 단번에 고개를 저었다.

"유현란과의 인연은 당신을 마지막으로 안던 날 이미 끊어졌소. 그리고……."

유한을 미끼로 이용한 그 일을 용서하지 못하겠다. 그녀를 직접 대면한다면 자신이 어떤 행동을 할지 장담 못한다. 보지 않는 것이 서로를 위해 좋을 것이다. 그 긴 세월 유현란의 곁에서 그녀의 명을 받으며 함께 있었던 감울란의 인내가 존경스러울 따름이다.

"난 여령을 죽이고 양월을 죽였어요."

그녀가 양월을 얼마나 처참하게 죽였는지는 이미 들었다. 감울란의 가슴에도 그만큼의 상처가 생겼을 거라는 짐작을 했다. 천강은 그 상처를 다독이듯 감울란을 꼭 품었다.

"당신이 하지 않았으면 내가 했을 것이오."

"그 살인귀가 아직도 제 속에서 가끔 고개를 들곤 합니다."

상처는 오래오래, 깊이 감울란을 괴롭힐 것 같다. 천강은 따듯한 손으로 등을 다독였다. 그리고 그 상처 자신이 다 떠안을 테니 함께 떠나자고 했다.

"함께 갑시다, 감울란."

그러나 감울란은 여전히 대답이 없다. 또다시 흉터를 숨기듯 고개가 돌아갔다. 그 모습을 안타깝게 바라보던 천강은 문득 생각난 듯 감울란의 손을 잡아 펼쳤다.

"떨어지는 꽃잎을 손으로 잡으면 사랑하는 사람을 더 사랑할 수 있게 된다고 했소."

그리고 손바닥 위에 방금 받은 꽃잎을 올려주었다.

"그때는 용기가 없어 잡지 못했던 이 꽃잎을 난 이제야 마음껏 잡을 용기가 생겼소."

감울란은 손바닥에 놓인 꽃잎을 그렁한 눈으로 내려다보았다.

"감울란, 날 위해 다시 꽃잎을 잡을 용기를 내어주면 안 되겠소?"

따듯한 손이 볼을 쓰다듬는가 싶더니 따듯한 입김이 흉터 위를 스쳤다. 흠칫 달아나던 얼굴은 그의 간절한 손에 잡혀 버렸다. 천강의 뜨거운 입술이 오래도록 흉터 위에 머물렀다. 오금이 저리고 가슴이 뜨거워졌다. 입술 위로 촉촉하고 뜨거운 물기가 닿는 것을 느끼며 천강은 속삭였다.

"사랑하오, 감울란. 그때도 사랑했고 지금도 여전히 당신을 사랑해."

크고 강인한 팔이 그녀를 품어 안았다. 망설이던 감울란의 팔이 드디어 천강의 목을 끌어안았다.

"천강."

나 이제 마음껏 당신을 사랑해도 되는 거지요? 마음껏 안고, 마음껏 바라보아도 되는 거지요? 늙은 것이 주책없다 하여도 어쩔 수 없습니다.

흐린 눈앞으로 꽃잎이 흩날렸다.

꽃이 만개하면서 선택의 시기를 맞은 은허당은 어느 때보다 분주하였다. 더구나 올해는 당주의 선택을 받은 사내가 나타났으니 그 들뜬 분위기가 감당이 되지 않을 지경이다.

새 옷을 짓고 전각 안을 단장하느라 정신없는 은화원으로 감울란이 찾아왔다. 몰라볼 만큼 밝아진 감울란을 은현이 반가이 맞이했다.

"어서 오세요, 감울란."

감울란의 죽은 아들이 사실은 유한이었다는 것을 듣고 누구보다 기뻐한 사람은 은현이다. 그러나 유한을 만나 기쁨을 나누면서도 정작 그녀는 자신의 어머니를 찾았음은 말하지 못했다. 유한과 매족이 증오하는 봉족의 피가 제 몸속에 흐르고 있다는 것을 아직은 말할 용기가 나지 않아서다.

"갈왕산을 넘어간다고요?"

감울란이 천강을 따라 갈왕산을 넘어갈 거라는 소문이 이미 은현의 귀에도 들어간 모양이다. 감울란은 애틋한 마음으로 은현을 바라보았다.

"끝까지 지켜 드리지 못해 죄송합니다, 당주님."

은현은 고개를 흔들었다. 감울란은 행복을 찾아 은허당을 당당히 떠날 자격이 있는 사람이다.

"정말 잘됐어요, 감울란."

제 일처럼 행복해하면서도 은현의 마음 한구석은 무겁다. 여전히 어둡고 차가운 유천궁에 갇혀 있는 유현란 때문이다.

"감울란…… 이제 그만 대모님을 용서해 주세요."

은현은 진심으로 용서를 빌었다. 감울란은 흔쾌히 고개를 끄덕였다. 참으로 간사한 것이 사람의 마음이다. 언제 그랬냐는 듯 분노도 미움도 흔적 없이 사라져 버린 걸 보면.

감울란은 아름답게 단장된 은현의 방을 새삼스럽게 둘러보았다. 선택의 날, 당주는 이곳에서 유한을 맞을 것이라고 했다. 선원들의 불같은 반대도 막무가내로 꺾어버린 은현이다. 그만큼 유한을 향한 마음이 단호하다고 느껴지지만 여전히 걱정된다.

"유한을…… 유한이 외롭지 않았으면 합니다, 당주님."

유한을 잘 부탁한다는 말을 하려던 감울란은 다시 말을 바꿔 유한을 외롭게 만들지 말아달라고 부탁했다. 그림자 같은 사내로 살지 않게 해달라고 부탁했다.

말똥한 눈으로 감울란을 바라보던 은현의 입에서 상상 못한 말이 흘러나왔다.

"난 부도덕한 당주가 될 거예요, 감울란."

무슨 말인지 묻는 감울란의 눈을 보며 다시 생긋 웃었다.

"나는 원래 모자란 당주예요. 그러니 완벽해지려고 노력하지 않을 겁니다. 언제든 유한이 그리우면 은파로 달려갈 것이고, 은허당으로 찾아 올라온 유한을 내치지도 않을 겁니다. 당주의 그런 부도덕을 견뎌내지 못한다면 선원들이 무언가 결단을 내려주겠죠. 당주를 내치든, 법도를 바꾸든."

당돌하고 철없게까지 들리는 말을 은현은 아무렇지 않은 얼굴로 했다.

"제가 선원들을 이겨내지 못할 거라고는 생각하지 마세요."

선원들에게 내쳐지기 전에 은허당의 법도를 바꾸어놓겠다는 뜻이다. 감울란은 조그맣게 한숨을 내쉬었다.

저 당돌하고 거침없는 어린 당주를 어찌하나?

유현란과 선원들의 속이 많이 썩을 것 같다. 게다가 향의 속은 또 얼마나 썩어날지? 그 모습을 지켜보지 않고 떠나는 것이 천만다행이다. 감울란의 입가에 기분 좋은 미소가 지어졌다.

은현은 마지막 인사를 건네는 감울란의 손을 꼭 잡고 말했다.

"행복하셔야 해요, 감울란. 꼭 행복하셔야 해요."

선택의 날을 이틀 앞두고 감울란이 은허당을 떠났다. 철권으로 은허당을 다스리던 부란의 부재를 딛고 은허당을 굳건히 지켜왔던 매화대 대장 감울란. 그녀가 떠나는 길을 따라 전 매화대원이 도열을 하여 칼을 높이 들어 그녀를 배웅했다.

다시 찾은 아들을 한껏 안아보지 못한 채 떠나는 것은 슬펐지만 천강이 있으니 괜찮았다. 유한의 눈과 마음은 이미 은현에게 박혀 자신을 향한 감울란의 애틋함을 잘 모르는 것 같다. 아마, 평생 아들은 어미의 그 마음을 다 알아채지 못할 것이다.

작별의 인사를 나누던 유한이 감울란을 울컥 안았다. 그리고 오래오래, 숨이 막히도록 꼭 끌어안아 주었다.

은허당으로 올라온 중간마을의 당녀들이 하늘연못 천상연에서 성년식을 치르고 다시 제단으로 올라 은허신께 성년이 되었음을 고하는 제를 올렸다. 은현은 성년이 된 당녀들에게 신께 부끄럽지 않은 삶을 살 것이며 세상을 사랑하라는 당주의 말씀을 내렸다. 당주가 내려주는 아리따운 옷을 하사받고 그들은 다시 중간마을로 내려갔다. 내일이면 수십 씽의 아름다운 연인이 탄생할 것이다. 그중에 누구는 사내를 버릴 수 없어 눈물을 흘릴 것이고, 또 누구는 신을 떠날 수 없어 눈물을 흘릴 것이다. 은현은 주먹을 꼭 그러쥐었다.

내가 너희들에게 자유를 줄게.

당돌한 눈으로 떠나는 당녀들을 내려다보던 은현의 눈이 다시 건평원 쪽으로 향했다. 느린 걸음으로 건평원을 걸어나와 비원으로 향하는 유한의 모습이 보였다. 은현의 눈이 반짝 빛났다.

매량은 바쁜 걸음으로 은화원을 휘돌아 천풍루에 올랐다가 다시 선원당을 지나 천상연으로 향했다. 유천궁에 갇힌 유현란과 선원들을 풀어줄 것이란 말을 흘린 은현이 그다음 명을 내리지 않자 답답해진 선원들이 매화대를 찾아와 당주님을 모셔오라고 매량을 달달 볶았던 것이다.

흔적도 없이 사라진 걸 보니 또 유한을 만나러 간 것이 분명하다. 매량은 한숨을 푹 내쉬었다. 향은 도대체 무얼 하는 사람인지 모르겠다. 조금만 참으면 선택의 날이 밝을 터인데 그새를 못 참고 또 달려가시는 걸 두고 보다니, 자신 같았으면 단호히 앞을 가로막았을 것이다. 다른 모든 일에서는 무섭도록 철저하고 단호한 은현이 유한만 만나면 체면도 위신도 잊어먹고 막무가내 어린아이 같아지니 알다가도 모를 일이다.

휘적휘적 걸어 내려오니 역시나 향이 천상연 주변을 어슬렁거리고 있었다. 매량을 발견하고 흠칫하던 향은 이내 태연한 얼굴로 그녀를 맞았다.

"어쩐 일이야, 바쁘신 매화대 대장님께서?"

새로 매화대를 맡아 대장이 된 매량에게 건네는 축하 인사다. 생글생글 웃는 그 얼굴을 보며 매량은 버럭 화를 내었다.

"넌 도대체 당주님을 어찌 모시고 있는 거니!"

"내가 뭘?"

"또 그분을 만나러 가신 거잖아! 하루만 참으시면 선택의 날인데 막았어야지! 선원들이 알면 가만있겠어?"

그 소리에 향이 능청스런 얼굴로 대답했다.

"내가 할 일은 당주님의 신변을 보호하고 그 명을 따르는 것, 네가 할 일은 불측한 무리로부터 은허당과 당녀들을 지켜내는 것, 그리고 선원들과 싸우는 일은 당주님의 몫! 잊었니?"

감울란이 매화대를 두 사람에게 맡기며 내린 명이다. 빤히 바라보며 하는 향의 말에 매량은 할 말이 없다. 떠나며 '향의 속이 많이 썩을 것이니 네가 다독여 줘라' 하던 감울란의 말은 다 틀렸다. 정작 속이 썩어나는 사람은 향이 아니라 바로 매량 자신 같다.

향을 무시하고 당장 비원으로 들어가 은현을 찾아 나오고 싶지만 들어갈 용기가 나지 않는다. 저 미로 같은 숲에서 두 사람이 무슨 일을 벌이고 있을지는 아무도 모르는 일이니까.

거룩한 신조차도…….

종장(終章). 이단의 길을 선택하다

이단의 길을 선택하다
이단의 길을 선택하다

휘릭휘릭휘릭…… 바쁘게 걷는 발걸음에 바람이 인다.

행여나 놓칠까, 그 걸음을 쫓는 호위들의 발걸음도 다급하다.

오늘은 그들의 당주가 또 어디로 숨어들까? 어디로 숨어들어 애틋한 사랑을 나누게 될까?

마음을 졸이며 따르는 사이 어느새 어둠이 내리고 있었다.

화려한 불빛에 출렁이던 은파의 밤거리는 이제 고요하고 적막하다. 그러나 그것이 죽은 적막은 결코 아니다. 고요함 속에 따듯함이 번져 나오고, 어둠 속에서도 활기가 느껴진다. 간간이 웃음소리가 흘러나오는 살림집들이 즐비한 골목을 지나 대로로 막 나서는 순간 어디선가 달려나온 검은 그림자가 당주의 손목을 잡아채어 달아났다.

번개처럼 튀어나오던 호위들의 행동이 갑자기 느려지더니 달아나는 두 사람과 일정한 거리를 두고 따라붙었다.

손목을 잡아챈 손이 불처럼 뜨겁다. 그가 머무는 관저인 월영관까지 내쳐 달릴 인내가 있을까 싶을 만큼. 그것은 두근대는 그녀의 심장도 마찬가지다. 달리듯 걷는 걸음이 잠시 느려지는가 싶더니 은현의 몸이 길가의 어느 집으로 느닷없이 울컥 딸려 들어갔다. 그리고 어느새 캄캄한 방 안까지 딸려 들어간 몸이 반동을 못 이기고 벽으로 울컥 밀렸다.

"아!"

그러나 고통의 소리는 거친 입술에 삼켜졌다. 거칠고 뜨거운 입술과 함께 다급한 손이 어깨를 감싸 안았다. 그와 함께 갈급한 신음 소리가 새 나온다.

태대산 너머에 있는 호족 마을을 복속시키고 석 달 만에 돌아온 길이다. 서라연을 거쳐 장연을 지나며 은허당으로 수하를 보내 자신이 돌아가고 있음을 알렸었다. 그리고 막 은파 외곽으로 들어설 무렵 은현이 은파로 내려오고 있다는 소식이 은밀히 전해졌다. 어둠이 내리는 시각이었다.

유한은 승리의 진군나팔을 멈추었다. 호족을 복속시킨 것을 자축하는 대잔치도 잠시 미루었다. 따라붙는 호위군을 떨쳐 내고 그는 은파로 말을 달렸다. 요란한 말발굽 소리만큼이나 그의 심장도 거칠게 요동쳤다. 은파 대로로 들어서며 그의 눈은 대로의 끝자락 골목으로 향했다. 말에서 뛰어내린 그는 곧장 그곳을 향해 달렸다. 그리고 약속이나 한 듯 성큼 걸어나오는 검은 그림자를 향해 손을 뻗었다.

지켜보는 눈이 많은 월영관은 싫다. 오로지 은현과 자신, 둘만 존재하는 공간. 지금은 그런 곳이 필요하다. 그래서 은현을 위해 비밀스럽게 마련해 둔 거처인 이곳으로 뛰어든 것이다.

여전히 입술을 부딪친 채 옷고름을 풀어헤치는 손이 다급하다. 백 일 가까이 전쟁터를 누빈 유한의 몸에서는 거칠고 비린 사내의 냄새가 물씬 풍긴다. 그 거친 뜨거움이 감당되지 않아 잠깐 밀어내 보지만 굶주린 짐승처럼 덤벼오는 그를 어쩌지 못하겠다.

단숨에 옷자락을 거두어낸 유한은 수줍게 달구어진 여린 몸을 안고 침상으로 무너졌다.

밖은 칠흑 같은 어둠이 내리고 호위들이 소리없이 집을 에워쌌다.

"당주께서는 또 은파로 가셨는가?"

아무 대답도 않은 채 무뚝뚝한 얼굴로 서 있는 매량을 보다가 유현란은 조그맣게 한숨을 내쉬며 눈을 감아버렸다. 은현의 행동을 감당할 수가 없다. 신탁에 의한 공식적인 선택은 단 한 번이었지만 은현은 여전히 유한을 만나고 있고, 그것은 어느새 공공연한 사실로 굳어지고 있다. 당주로서 결코 해서는 안 될 일을 스스럼없이 저지르고 있는 은현의 행동들을 어떻게 받아들여야 할까?

선원회의를 개최하여 부도덕한 당주를 끌어내리고 파당을 시켜 아래세상으로 쫓아내려야 하는 것이 당연한 일이겠지만 어느 누구도 그 일을 언급하지 않고 있다.

매화대를 완벽하게 장악하고 있는 당주를, 중간마을 당녀들의 마음을 완벽하게 차지하고 있는 당주를 감히 끌어내릴 용기를 가진 선원이 있겠는가? 그래도 가장 큰 목소리를 낼 수 있는 사람은 선원회의를 주관하며 선원들을 이끌고 있는 당주의 대모 유현란 자신인데, 자신의 마음속에 과연 은현을 내칠 생각이 있을까? 의문이 든다.

유한이 올라왔다는 전갈에 두 눈을 반짝이며 뛰어나가던 은현이 떠오르자 마음이 찌릿 아프다. 당주로서 알지 말아야 할 마음을 알아버린 것이다. 욕심내어서는 안 될 것을 욕심내는 것이다. 그러니 은현은 당주로서의 자격이 없다. 그러나…… 그러나 은현을 버릴 수가 없다.

피 같고 살 같은 자식이라서가 아니다. 두 눈 부릅뜨고 지키고 있는 매화대가 무서워서도 아니다. 은현은 당녀들의 마음을 사로잡고 있다. 봉족의 왕 단우가 중간마을을 장악했을 때, 은현은 은허당 대신 당녀들을 선택했다. 그것이 그들의 마음을 뒤흔들어 버린 것이다. 당연히 희생될 줄 알았던 자신들을 대신해 희생을 하고자 나선 당주의 모습이 생소한 감동을 주었던 모양이다. 그러나 그것 역시 두렵지는 않다. 흔들린 당녀들의 마음쯤, 한순간이면 뒤집어 버릴 수 있다. 평생 은허신의 이름에 기대어 산 당녀들이다. 신의 이름을 빌어 못해낼 일이 뭐겠는가? 어리석은 그들을 상대로 은허신의 신력을 보이는 것쯤, 아무것도 아니다. 무지몽매한 것들을 다루는 일쯤이야…….

흠, 헛기침을 흘리며 유현란은 자리에서 일어났다. 선원들의 생각을 한 번쯤 들어보는 것도 나쁘진 않으리라.

처소를 나와 마당을 가로질러 회의실로 걸어가는 그녀의 머리 위로 가을햇살이 따갑도록 내리쬔다. 문득 올려다본 하늘은 그 푸르름이 두려울 지경이다. 무언가 마음을 찔러오는 느낌에 그녀는 눈을 찌푸렸다.

바로 저런 것이다. 은현을 버릴 수 없는 이유가.

당녀들을 대하는 은현의 마음은 이 햇살 같고, 저 하늘 같다. 있는 대로 느끼는 대로 다 보여 버리는, 감출 줄도 계산할 줄도 모르는 바보스러운 순진함. 완벽한 진실만이 그 앞에서 당당할 수 있는. 그래서 어릴 적처럼 은현의 눈을 바라보며 은허당의 고귀한 전설들을 얘기해 줄 수가 없다. 저도 모르게 불쑥불쑥 고개를 드는 부끄러움 때문이다.

그동안 은허당은 얼마나 고귀한 땅이었는지…… 과연 은현의 부도덕을 단죄할 자격이 자신들에게 있는 것인지? 그런 의문들이 불쑥불쑥 고개를 든다.

쓸데없는…… 쯧.

유현란은 이마를 찌푸리며 다시 걸음을 옮겼다. 자신의 사명은 여전히 은허당을 세상에서 가장 고결하고 아름다운 여인의 땅으로 만드는 것이다. 그것을 위해 모든 죄를 떠안을 생각도 있었다. 그런데 20년 심혈을 기울여 가르친 은현이 그녀를 배신하고 있다.

은파를 되찾은 지 어느새 한 해가 지나고 다시 반년이 지나, 가을을 맞고 있었다.

은파를 장악한 매족은 가한과 유한으로 대표되는 두 집단 사이의 힘겨루기로 한차례의 혼란을 겪은 후 서서히 유한에게로 힘이 쏠렸다. 그리고 서라연으로 나가 있던 가한의 세력이 마지막으로 평정되며 매족은 마침내 태대산 아래의 모든 부족을 통틀어 가장 강력한 부족으로 부상을 하게 되었다. 그 힘의 원천에는 유한이 '은허당 당주의 선택을 받은 자' 라는 사실이 깔려 있었다. 그리고 천강이 갈왕산을 넘어온 매족 부대를 유한에게 고스란히 남겨주고 간 덕도 컸다.

매족은 기마부대를 이끌고 일 년 만에 태대산 아래의 모든 부족을 매족의 깃발 아래 하나로 묶었다. 그렇게 태대산을 둘러싼 모든 땅이 매족 땅이 되어버렸다. 이제 태대산은 온전히 매족의 품 안에 들어와 버린 셈이다.

매족 내에서 미묘한 기류가 감돌고 있었다. 그들은 더 이상 은허당의 그늘에 매여 있는 것을 원치 않는다. 매족이 은허당의 영향력 아래에 있는 것이 아니라 은허당이 매족의 영향력 안에 들어왔다고 생각했다. 그 생각의 중심에 가한이 있었다.

월영관을 샅샅이 돌아다녀도 유한이 보이지 않는다. 또다시 당주를 찾아 은허당으로 올라간 것일까?

가한은 가벼운 한숨을 내쉬며 이마를 찌푸렸다. 그렇게 당주가 그리우면 은허당을 차지해 버리면 될 일을 왜 저대로 두는지

도무지 유한을 이해할 수가 없다.

태대산 아래의 수십 갈래로 뻗은 부족들은 모두 매족에게 복속되었다. 태대산을 중심으로 하나의 땅이 형성된 것이다. 하나의 땅에 두 권력이 공존할 수는 없다. 그것이 바로 매족이 은허당을 장악해야 하는 이유다. 매족에게는 충분히 그럴 능력이 있고, 자격도 있다고 생각한다. 매족은 더 이상 조그만 부족에 머물러서는 안 된다. 강력한 군대를 바탕으로 흩어진 부족들을 하나로 묶어 국가를 형성하는 것, 그것이 매족이 할 일이다. 모화촌 매족군을 이끌고 서라연으로 나가 갈왕산 매족군과 대치하던 그가 유한에게 굽혀 들어온 이유도 그것이었다. 유한을 도와 이 땅에 강력한 매족의 나라를 세우는 것! 유한이 매족의 뜻에 가장 부합하는 사람이라는 생각 때문에 굽혀 들어온 것이다. 그러나 은허당을 대하는 유한의 태도는 불만이다. 은허당을 향한 백성들의 맹목적인 믿음을 언제까지 저대로 두고만 볼 것인지?

휘적휘적 걸어 대로로 막 나서는데 눈에 익은 옷자락이 골목으로 숨어드는 것이 보였다. 은허당 당주를 호위하는 매화대의 복장이다. 가한은 발끈한 눈이 되어 골목으로 성큼성큼 걸어갔다. 성큼 들어서는 골목은 그러나 텅 비어 있다. 그저 고만고만한 살림집들이 즐비한 골목을 유심히 살피다 돌아서는데 서늘한 칼날이 목전으로 들어왔다. 매화대의 세검이다. 발끈하며 칼을 쳐내려는 순간, 카랑한 음성이 먼저 들렸다.

"칼을 치워라."

눈앞으로 다가온 여자는 당주의 호위대장 향이다. 그녀는 고개를 까딱하며 인사를 건넸다.

"무슨 일이십니까?"

"부족장을 찾고 있소."

"나오시면 전해 드리지요."

호위들이 가로막고 선 대문을 돌아보며 그녀가 말했다. 그곳에 유한이 있는 모양이었다.

"급한 일이오. 당장 뵈어야겠소."

성큼 걸음을 떼는 가한의 앞을 향이 다시 막아섰다.

"들어가실 수 없습니다. 가서 기다리시오."

나직하지만 단호한, 아무리 급한 일이라도 당주의 유희를 가로막는 일은 허락하지 않겠다는 뜻이다.

"급한 일이라 하지 않소!"

발끈하며 밀치려 하자 다시 세검이 목전으로 들어왔다. 그리고 똑같은 말만 반복했다.

"돌아가서 기다리시오."

도무지 말이 통하지 않는 여자들이다. 그는 분을 가라앉히며 돌아섰다. 향은 휑한 바람을 일으키며 골목 끝으로 사라지는 가한을 물끄러미 바라보았다. 문득 갈왕산을 넘어간 미루가 떠올랐다. 감울란이 떠나던 날, 넌지시 다가온 미루가 지나가는 말처럼 함께 가지 않겠느냐고 물었었다.

은현을 두고 함께 갈왕산을 넘어가자니, 무슨 말 같잖은 소린가 싶었다. 농담을 과하게도 한다 싶어 눈까지 흘겼었다. 그 후, 그를 한 번도 보지 못했다. 정말 갈왕산을 넘어가 버린 것이다.

향은 저도 모르게 입술을 삐죽 내밀었다.

쳇! 저런 불같은 성미도 없으면서 무슨……?

물론, 미루가 아무리 불같은 성미로 다그쳤다 하더라도 자신이 따라나설 일은 없었겠지만.

어느새 스물아홉, 그러나 여전히 처녀인 향의 얼굴에 쓸쓸한 저녁노을이 깔린다. 유한과 함께 집으로 들어간 은현은 이틀째 나오지 않고 있다.

유한의 손에 이끌려 들어온 집은 건물이라고 해보아야 조그만 전각 하나가 전부인 집이다. 그 집을 온통 차지하고 있는 것은 비원을 흉내 낸 커다란 정원이었다. 천상연 모양을 닮은 조그만 연못과 그 뒤로 펼쳐진 신비로운 숲. 나직나직한 나무들이 자라고 있고 수십 갈래의 길이 거미줄처럼 뻗어 있다. 유한은 은현의 손을 잡고 정원으로 들어갔다. 은현은 신기한 듯 정원을 살폈다. 은허당의 비원이 자리를 옮겨 앉은 듯 착각을 불러일으킬 지경이다.

눈을 반짝이며 숲을 살피던 은현의 얼굴이 문득 어두워졌다. 손을 잡고 앞서 걷는 유한의 뒷모습이 마음 아프다. 이 숲을 만들어 보여주는 그의 속내를 알기에. 그러나 그녀는 아직도 유한의 마음에 대답해 줄 답이 없다.

유한…….

은현은 유한의 손을 꼭 잡았다. 돌아보던 유한은 은현의 눈에 가득한 안타까움을 발견하고 오히려 그녀를 달래주듯 손을 더욱 꼭 잡아주었다. 두 사람은 여전히 은허당과 은파에 떨어져 살고 있지만 행복하지 않은 것은 절대 아니다. 다만 느닷없는 시간에 찾아드는 참을 수 없는 그리움이 조금 힘들 뿐이다. 헤어져야 하는 이런 순간들이 조금 힘들 뿐이다.

은현은 말없이 유한의 허리를 꼭 껴안았다. 곧장 태대산으로 올라 오늘 밤은 중간마을에서 묵을 참이다. 그리고 내일 아침 일찍 은허당으로 오를 계획이다. 유현란이 몹시도 화가 나 있을 테니.

"며칠 있다 내가 올라갈게."

"응."

은현은 가슴에 얼굴을 기댄 채 고개를 끄덕였다. 유한에게서 건너오는 그만의 냄새가 좋다.

매화대가 당주를 데리고 떠나고도 한참이 지나도록 유한은 나오지 않았다. 기다리다 못한 가한은 문을 빼꼼히 열고 집으로 들어갔다. 어슬렁어슬렁 걸어 들어간 숲 한가운데 조그만 바위 위에 유한이 앉아 있었다. 말을 달려 범처럼 적진으로 뛰어들던 매족의 젊은 부족장이 세상을 다 잃어버린 사람처럼 허망한 얼굴로 앉아 있는 모습이 그의 화를 돋우었다.

인기척을 느끼고 돌아보던 유한은 이내 다시 고개를 돌리고 제 생각에 빠져들었다. 그러나 가한은 잠깐의 일탈도 허락하지 않겠다는 듯 재빠르게 입을 열었다.

"전쟁의 공과를 나누고 호족 땅으로 보낼 관리를 선출하셔야 합니다."

"은파에서 파견되는 관리는 없을 것이다. 잊었나? 우린 그곳을 정복한 것이 아니라 벗으로서 손을 잡은 것뿐이다."

"정복이 아니라면 왜 그 땅을 차지하기 위해 그토록 많은 피를 흘린 겁니까?"

발끈하는 가한을 유한은 지긋한 눈으로 바라보았다. 가한의 심정을 모르는 바는 아니지만 그의 생각을 지지할 수는 없다. 유한은 매족이 좀 더 너른 시각으로 세상을 바라보았으면 한다.

"가한, 난 피의 대가를 바라고 칼을 빼어 든 게 아니다. 우린 그들의 정복자도 아니고 지배자도 아니야. 같은 목표 아래 같은 꿈을 꾸는 동반자로서 그들을 품은 것뿐이다."

"그들도 과연 그렇게 생각할까요?"

어림없는 소리다. 권력을 빼앗지 않는다면 그들은 끝없이 반란을 꿈꾸며 골머리를 썩일 것이다.

"설득해야지."

그는 정말 그것이 가능하다는 표정으로 말했다. 가끔, 유한의 뜻을 좇아가기가 힘들 때가 있다. 무슨 말인가 더 하려던 가한은 그만 입을 다물어 버렸다. 언제나 유한의 뜻은 옳았고 결국은 승리했다. 그러나 은허당에 대해서만은 반드시 짚고 넘어가야 할 것 같아 망설임없이 물었다.

"은허당은 계속 저대로 두실 생각이십니까?"

"무슨 소린가?"

"태대산 아래 땅을 온전히 차지한 것은 우리 매족인데 그 아래 백성들을 다스리는 것은 여전히 은허당 같으니 답답해서 드리는 말씀입니다."

가한의 얼굴에 가득한 불만은 곧 젊은 용사들의 불만이기도 할 것이다. 그러나 그 어떤 불만도 은현에 관한 것이라면 용납할 마음이 없다.

"우린 곧 매족의 깃발 아래 하나의 나라를 세울 것입니다."

그래, 곧 그렇게 될 것이다. 세상이 우러러보는 매족의 나라를 세우는 것, 그것은 이제 유한의 새로운 꿈이 되었다.

"한 나라에 두 권력이 존재할 수는 없습니다. 은허당을 해체하십시오! 이렇게 숨어서 당주를 만나는 일도 그만두십시오! 당주를 산 아래로 끌어내려 당당히 품으십시오! 우리에겐 이미 그럴 힘이 있지 않습니까!"

가한의 말은 거침없다. 그러나 유한은 차분한 음성으로 답했다.

"은허당은 무력으로 정복할 권력집단이 아니다."

"그럼 백성들의 마음을 좌지우지하도록 저대로 두시겠다는 말입니까?"

유한은 발끈하는 가한에게로 다가갔다.

"신을 믿나, 가한?"

"믿지 않습니다."

가한은 단숨에 대답했다. 한 번도 신이 자신들을 보호해 준다는 생각은 해본 적이 없다. 아마 은파의 모든 젊은이들이 가한과 비슷한 생각을 가지고 있을 것이다. 어른들처럼 맹목적인 믿음이 그들에겐 없다. 유한은 안다는 듯 고개를 끄덕이며 말했다.

"나도 믿지 않아."

뒷짐을 진 채 잠깐 서성이던 그가 다시 가까이 다가왔다. 그리고 나직한 음성으로 말했다.

"신은 믿지 않지만 당주는 믿어. 상처 입은 백성들의 마음을 위로해 줄 사람은 그 사람뿐이란 걸 말이다."

"속고 계신 겁니다! 당주의 속셈은 매족의 힘을 빌어 제 권세를 유지하려는 것뿐……!"

순간, 가한의 몸이 울컥 밀렸다. 멱살이 잡힌 채 밀린 몸이 나무에 부딪치며 눈앞이 아찔했다. 그리고 채 정신을 추스를 틈도 없이 불꽃이 일렁이는 유한의 눈이 다가왔다.

"무슨 말을 하던 다 받아주겠다. 하지만 당주에 대해서만은 함부로 말하지 마라!"

붉은 불꽃이, 그것보다 더 뜨거운 음성이 얼굴에 후끈 끼쳐 왔다.

"용서는…… 이번 한 번뿐이다."

울컥 밀린 가한의 몸은 내던져지듯 정원 바깥으로 밀려 나왔다. 가한은 여전히 통증이 느껴지는 목을 움켜쥐며 주춤주춤 물러나 그곳을 빠져나왔다. 처음으로 유한이 두렵다는 생각이 들었다.

달아나듯 사라지는 가한을 물끄러미 바라보던 유한은 다시 바위 위에 걸터앉았다. 이건 시작에 불과하다. 은허당을 해체하자는 요구는 끊임없이 올라올 것이다. 그러나 유한은 은현의 세상을 무력으로 정복할 생각이 추호도 없다. 지켜주리라, 넓고 넓은 세상이 되어 그녀의 모든 것을 품어주리라 결심했었다. 그 생각엔 조금도 변함이 없다.

"가한이 심기를 건드렸다고요?"

문득 들리는 소리에 돌아보니 사현이 절룩이며 어두운 숲으로 들어오고 있었다. 유한은 얼른 자리에서 일어나 목례를 하며 그를 맞았다. 부족장은 유한이지만 사현은 여전히 은파의 최고 어른이다. 그는 은파의 매족이지만 갈왕산의 매족을 너른 마음으로 품어 안았다. 서라연으로 나가 저항하던 가한을 설득해 데리고 온 사람도 그였다. 그의 현명함이 없었다면 매족 사이에 유혈 전투가 벌어졌을지도 모른다.

"가한의 말에도 일리가 있습니다. 강력한 나라를 만들자면 우선 은허당을……."

유한은 그의 얘기를 다 듣지 않은 채 숲 밖으로 성큼 걸어나왔다. 아직도 밝은 빛이 남은 하늘에 성급한 초승달이 얼굴을 내밀고 있다. 달을 보면 언제나 은현이 먼저 떠오른다. 처음 만났던 달빛 아래에서의 두근거림은 평생 그를 따라다닐 모양이다.

"걱정 마십시오. 언젠가 은파와 은허당은 하나가 될 것입니다. 그것이 당주와 제가 가장 바라는 바입니다."

그리고 깊은숨을 내쉬며 처음으로 사현에게 속마음을 드러내었다.

"기다리고 있습니다. 시간이 조금 걸리더라도 당주 스스로 세상 밖으로 걸어나오기를 말입니다. 스스로 걸어나와 은파의 힘이 되어줄 날을 말입니다. 그러니 기다려 주십시오. 촌장님께서 저들을 잘 설득해 주셨으면 합니다. 은허당과 은파가 하나가 되었을 때, 태대산 아래의 모든 부족은 비로소 진정으로 하나가 될 수 있을 것입니다."

촌장은 유한의 말에 고개를 끄덕였다. 유한은 자신이 생각하는 것보다 더 큰 세상을 꿈꾸고 있는 것 같다. 그러니 매족의 왕이 되기에 손색이 없다. 그의 늙은 얼굴에 환한 미소가 지어졌다.

고물거리는 아기를 안은 당녀 하나가 죽을죄를 지은 사람마냥 선원당 마당에 꿇어앉아 있다. 열 달을 품어 낳은 아기가 남아인 것을 안 순간, 그녀는 죄인이 되었다. 아기를 안고 은허당을 떠나는 것은 신에 대한 죄고, 은허당에 남고자 아기를 떠나보내는 것은 인간에 대한 죄다. 선원당 마당에 꿇어앉은 당녀는 인간에게 죄를 짓는 쪽을 택했다.

아기가 칭얼거릴 때마다 그녀는 어찌할 바를 모른 채 눈물만 글썽거렸다. 나이 지긋한 당녀 하나가 선원들의 눈치를 살피며 다가가 아기를 받아 안았다. 오래전, 젖 한 번 물려보지 못한 채 아비에게로 떠나보낸 제 아이가 떠오르는 듯 그녀의 눈에도 눈물이 고였다.

은현은 그 모습을 묵묵히 바라보았다. 열 달 동안 태로써 연결되어 있던 두 사람이 남남이 되어 떨어졌다. 그러나 태를 끊었다 하여 어찌 저들을 남남이라 할 것인가? 고물거리는 아기의 저 피와 살들이 어찌 남의 것이겠는가? 피눈물을 흘리고 앉은 저 어린 당녀에게는 여전히 제 피와 살일 것이다. 생살을 칼로 저민들 자식을 떼어내는 그 마음의 아픔만은 못하리라.

은현은 울고 앉은 어린 당녀의 아픔이 고스란히 느껴졌다. 숨을 쉴 수 없을 것 같은 통증에 머리가 아찔했다.

약간의 재물과 함께 아기는 다시 매화대의 품으로 옮겨졌다. 이제 아기는 중간마을에서 기다리고 있을 아비의 품으로 전해질 것이다. 무엇을 안 것인지 고요하던 아기가 울음을 터뜨리는 순간, 어린 당녀에게서 통곡 소리가 터져 나왔다. 그것은 하늘을 찌를 듯 치솟은 태대산에서 내리꽂히는 바람 소리보다, 그 바람을 가르는 천둥소리보다 더 큰 소리로 은현의 가슴에 울려 퍼졌다.

이건 야만이다!

은현은 그렇게 생각했다. 당녀로서 살려면 자식마저 떠나보내라 가르치는 이것이 무슨 신의 가르침이란 말인가!

은현은 아기를 안고 돌아서는 매화대를 향해 소리쳤다.

"멈춰라!"

성큼성큼 다가오는 은현의 얼굴에 노기가 서려 있다. 울고 있는 당녀 앞에 우뚝 선 은현은 주위를 둘러선 당녀들을 잠깐 돌아보다가 다시 땅바닥에 엎드려 울고 있는 당녀를 내려다보며 말했다.

"고개를 들어라."

느닷없는 당주의 음성에 놀란 당녀는 울음을 멈추기 위해 안간힘을 쓰며 고개를 들었다. 당주의 얼굴에 가득 서린 노기가 제 울음 탓이란 생각이 들자 그녀의 얼굴에 두려움이 일었다. 신께서 노할 것이다.

노랗게 질린 당녀의 얼굴을 보며 은현이 물었다.

"이것이 네가 진심으로 원하는 것이냐?"

"……?"

"아기를 떠나보내고 은허당에 사는 것이 옳은 선택이냐고 묻는 것이다. 네 마음이 진심으로 원하는 일이냐?"

당녀는 눈물만 머금은 채 아무 말을 하지 못했다. 은현은 화가 난 듯 발을 쾅 굴리며 다시 소리쳤다.

"네 진실한 속마음을 얘기해 보란 말이다!"

'응애, 응애' 우는 아기의 울음소리가 선원당 마당을 가득 채웠다. 어린 당녀의 눈에 가득 고여 있던 눈물이 후두둑 떨어져 내렸다.

"보, 보내고 싶지 않습니다. 제 아깁니다. 제 아들입니다. 심장이 떨어져 나갈 것 같습니다, 당주님. 으흐흐흑……."

당녀는 은현의 다리를 부여잡고 어린아이처럼 울음을 터뜨렸다. 이토록 고통스러워하면서 왜 아기를 안고 떠나지 않는 것일까? 은현의 속마음에 답하듯 당녀는 울먹이며 말했다.

"저는…… 무섭습니다. 은허당을 떠나는 것이 두렵습니다, 당주님."

다리에 매달린 그 손의 무게가 하늘로 치솟은 태대산만큼이다. 은허당은 저 당녀가 태어나 지금껏 보아온 세상의 전부일 것이다. 전부인 세상을 버리고 또 다른 세상으로 나간다는 것이 얼마나 어려운 일인지 은현은 안다. 그러나 이렇게 상처 입은 마음으로 신을 섬긴들 그것이 무슨 소용일까? 진실이라 할 수 없다.

"아기를 데려오너라."

머뭇거리던 매화대원이 아기를 안고 다가왔다. 은현은 손을 뻗어 아기를 받아 안았다. 생각보다 아기는 너무 작다. 조그만 눈과 입, 코, 그리고 지어지는 조그만 미소. 그것이 마음을 아프게 했다. 죄를 짓기엔 너무 나약한 존재다. 은현은 울고 있는 당녀에게 아기를 건넸다.

"함께 떠나거라."

"당주님!"

당황한 선원들이 다가왔다. 떠나고 떠나지 않고는 당녀 스스로 판단할 일이지 당주가 관여할 일이 아니다. 그러나 은현은 선원들을 무시한 채 다시 아기를 건넸다. 당녀는 두려운 얼굴로 아기를 받아 안았다. 아기의 얼굴을 들여다보던 그녀는 천천히 품어 안았다. 그리고 아기를 떠나보내느니 차라리 신을 버려 스스로 죄인이 되는 편을 택했다. 당녀는 아기를 안고 일어나 은현에게 예를 올렸다.

"내일 제단에 올라 신께 죄를 고하겠나이다. 파당을…… 하겠습니다."

굵은 눈물방울이 발아래로 툭 떨어졌다. 깊은 예를 올리고 돌아서는 그녀의 귀에 다시 당주의 음성이 들렸다.

"파당은 허락하지 않겠다!"

마당에 나와 있던 모든 사람들의 눈이 일제히 은현에게로 향했다. 분명 아기를 안고 떠나라고 했으면서 파당을 허락하지 않겠다니, 무슨 소린가 싶은 것이다. 당녀들을 둘러보던 은현은 또랑또랑한 음성으로 다시 말했다.

"산을 내려가거라. 그러나 파당은 허락하지 않겠다. 네 마음이 슬프고 외로울 때는 언제든 올라오너라. 신은 몸으로 모시는 것이 아니라 마음으로 모시는 것이다. 네 마음이 신께 닿아 있으면 신은 언제나 널 지켜주실 것이다. 그러니 두려워하지 마라."

상상치도 못한 말이 은현의 입에서 흘러나오자 선원당 마당에 찬물을 끼얹은 듯 싸늘한 냉기가 흘렀다. 어느 누구도 은현의 말을 이해하지 못했다. 아기를 안은 당녀조차도 이해할 수 없다는 표정으로 은현을 바라보았다. 어떻게 신의 땅을 떠나, 인간의 세상에 섞여 신을 모실 수 있단 말인가?

적막을 깨는 유현란의 음성이 들렸다.

"무슨 말씀입니까? 사내와 아기를 따라 아래세상으로 내려간 당녀를 파당시키지 않겠다니요! 그건 신을 능멸하는 일입니다!"

새파란 얼굴의 유현란이 은현의 앞을 막아섰다. 은현의 눈에 눈물이 고여 있었다. 아무 이유도 모른 채 어미의 품을 떠나야 하는 아기의 운명이 슬펐다. 심장이 떨어져 나갈 것 같다며 통곡하는 당녀의 모습도 슬펐다. 그 모습을 감흥없이 바라보는 수많은 당녀들의 모습도 은현의 마음을 슬프게 하는 그림이다.

마음이 아파요, 대모님.

그러나 은현은 그 말을 입 밖으로 꺼내지 못했다. 아픔을 아픔인 줄 모르고, 슬픔을 슬픔인 줄 모르는 저들에게 무슨 말을 할 것인가. 다만 신의 이름으로 자행되는 이 잔인한 폭력 앞에 굴복하는 당주는 되고 싶지 않다. 설령 이것이 저들이 말하는 신을 능멸하는 죄라 하더라도!

"아래세상에 내려가더라도 마음이 신께 닿아 있으면 신을 버리는 것이 아닙니다. 몸과 마음을 다 바쳐 신을 경배하면서 한편으로는 인간에게 죄를 짓는 그대들보다 오히려 낫습니다! 당신을 경배하려면 자식마저 버리라 가르치는 그것이 진정 은허신의 뜻입니까? 그렇다면 전 은허신의 뜻을 거부하겠습니다!"

"당주님!"

범 같은 선원들의 눈이 순식간에 은현을 에워쌌다. 그와 동시에 호위들이 은현을 감쌌다. 은현을 노려보는 유현란의 눈동자에 무서운 불꽃이 일었다.

은허당을 위해 목숨을 걸고 지켜왔던 당주가 실은 은허당을 잡아먹을 범 새끼였다. 일 년이 넘도록 부도덕을 저지르고 다녔던 것은 용서할 수 있지만 수백 년 이어져 온 은허당의 법도를 한순간에 부정하고, 신을 능멸하는 거침없는 말들을 내뱉은 것은 용서할 수가 없다. 그것은 이단이다. 은현은 은허당의 이단자다!

"매화대 대장은 어디 있느냐!"

불같은 호령 소리가 선원당 마당에 울려 퍼졌다. 마당을 에워싼 매화대들과 함께 끝자락에 서 있던 매량이 천천히 다가왔다. 그녀는 분을 이기지 못한 채 부들부들 떨고 있는 유현란을 바라보다가 다시 향과 호위대에 둘러싸인 은현을 바라보았다. 도무지 자신의 사고로는 이해할 수 없는 당주다.

"신을 능멸하고 은허당을 배반한 저 이단자를 낭장 포박해라!"

분노가 서린 유현란의 음성이 온 마당을 울렸다.

"매량, 앞뒤 꽉 막힌 저 늙은 것들을 당장 잡아들여라!"

조용하지만 분노가 서린 은현의 음성도 들렸다. 매량은 칼을 뽑아 들었다. 한발 성큼 다가서자 향도 칼을 뽑아 들었다. 매량을 바라보는 은현의 까만 눈에 슬픈 빛이 감돌았다. 두 사람의 가운데에서 걸음을 멈춘 매량은 잠깐의 망설임도 없이 유현란의 목에 칼을 겨누었다. 그리고 단호한 음성으로 매화대에게 명을 내렸다.

"선원들을 포박하라! 한 사람도 놓쳐서는 안 된다!"

이리저리 달아나는 선원들과 그들을 쫓는 매화대, 그리고 어쩔 줄 몰라 우왕좌왕하고 있는 당녀들로 선원당 마당은 순식간에 아수라장이 되었다.

선원들은 선원당 대회의실에 꼼짝없이 감금되었다. 회의실 안은 은현을 성토하는 목소리들로 시끄러웠다. 이제 은허당의 운명은 끝이 났다며 통곡하는 이들도 있었다. 유현란은 입술을 깨문 채 의자에 몸을 기댔다.

도대체 어디서부터 잘못된 것일까?

최선을 다해 키웠다고 생각했는데 은현은 자신의 가르침과는 너무도 먼 곳으로 달려가 버렸다. 죽은 양월의 주장처럼 정말 처음부터 당주의 선택이 잘못되었던 것은 아니었을까? 처음부터 은현은 뿌리를 알 수 없는 아이였다. 어쩌면 은현은 뿌리에서부터 이단의 피가 흘렀던 건지도 모른다. 그런데 어찌하여 부란은 은현을 선택했던 것일까?

은현의 명에 따라 선원들을 가두고 매화대에게 선원당을 지키라는 명을 내린 매량은 느린 걸음으로 은화원으로 향했다. 어떤 얼굴로 은현을 대해야 할지 모르겠다. 은현의 입에서 신의 뜻을 거부한다는 말이 나왔다. 세 살 먹은 어린 당녀도 하지 않을 말을 당주가 한 것이다. 칼을 빼어 든 그 순간, 매량의 마음은 유현란의 주장에 훨씬 기울어 있었다. 그러면서도 은현의 명을 따른 것은 매화대는 은허당 이전에 당주의 군대라는 것과, 당주의 목숨을 지키는 것을 최우선으로 교육받은 탓이다. 그리고 선원당 마당에서 피를 볼 수는 없었다.

은화원으로 들어서니 향이 마당에서 기다리고 있었다. 무언가 할 말이 있는 듯 다가왔지만 매량은 그녀를 무시한 채 당주의 집무실로 들어갔다.

은현은 주먹을 꼭 쥔 채 의자에 앉아 있었다. 얼굴에는 여전히 노기가 흐른다. 좀처럼 화가 가라앉지 않는다. 그러나 그 화의 근원을 찾지 못하겠다. 유현란과 선원들을 향한 화인지, 어쩔 줄 모르고 울고 있던 그 당녀를 향한 화인지, 그런 제도를 만들어놓은 은허당에 대한 화인지, 아니면 스스로에 대한 화인지, 그것도 아니면 정말 신에 대한 화인지?

"아기와 그 당녀는 무사히 내려보냈느냐?"

은현은 선원들 대신 아래세상으로 내려간 당녀 소식을 먼저 물었다. 매량의 얼굴이 일순 어두워졌다. 눈을 똑바로 마주치지 못하는 것으로 보아 그녀의 마음이 몹시도 혼란에 빠져 있다는 것이 느껴졌다. 아마도 많은 매화대들이 매량과 같은 생각일 것이다.

"너도 내가 잘못하고 있다고 생각하느냐?"

"저는…… 잘 모르겠습니다."

은현은 매량의 눈 속에 가득한 혼란에 답해줄 말이 떠오르지 않았다.

매량이 나가고 다시 향이 들어왔다.

"괜찮을까요?"

향은 매량을 걱정했다. 매량이 유현란의 뜻에 동조하고 나서는 날에는 은현이 위험해진다.

"제가 은파에 다녀올까요? 가서 그분께……."

"되었다."

유한의 힘을 빌리고 싶진 않았다. 은허당이 매족에게 정복당한 모습이 되면 유한에게도 큰 부담이 될 것이다. 은허당 스스로, 당주 스스로 매족의 왕을 선택해 아래세상으로 내려가야 한다. 유한을 세상의 왕으로 우뚝 세우기 위해.

선원들을 가둔 지 이틀째 되는 날, 유한이 올라왔다는 보고가 올라왔다. 은현은 다급한 걸음으로 은화원을 나와 비원으로 숨어들었다.

숲으로 숨어들자마자 유한은 은현을 꼭 품어 안았다. 이곳에 도착해 향으로부터 그간의 얘기를 모두 들었다. 은현이 또다시 선원들과 전쟁을 치를 모양인데 아무리 보아도 만만찮아 보인다.

"난 이단자야."

말하는 은현의 얼굴에 씁쓸한 웃음이 지어졌다. 그것은 자괴감 같은 것이기도 하다. 자신의 행동이 옳다고 생각하면서도 그것이 결국은 자신의 이기에서 비롯된 행동이었다는 사실을 부정할 수는 없다.

정녕 나만을 위해 이단의 길을 택한 것일까? 그건 아니다. 절대로!

그것이 옳기 때문에, 진정 당녀들을 위한 길이기 때문에 택한 것이다. 그들 스스로는 절대로 벗어날 수 없는 굴레이기에 당주인 자신이 벗겨주려는 것이다.

흘러내린 귀밑머리를 넘겨주며 유한은 단호히 말했다.

"당신이 옳아."

그러니 자책하지도 수그러들지도 말라고 했다. 당당해지라고 말했다. 은현은 고개를 끄덕였다. 흐리던 마음이 순식간에 투명해졌다. 자신이 지금껏 무엇을 위해 선원들과 싸웠는지 선명하게 깨달아졌다. 유한은 정말이지 신비한 힘을 지녔다. 그와 함께 있으면 아무리 혼란스러운 생각이라도 한순간에 선명해진다. 망설임도 두려움도 사라진다. 이 모든 것이 자신에게서 나온다는 걸 유한은 모를 거다. 어리고 눈물 많던 은현이 어떻게 변하고 성장했는지, 유현란이 그토록 단단히 덧씌워 놓았던 부란의 껍질을 어떻게 깨뜨릴 수 있었는지……. 은현을 키웠던 수많은 밤들의 고뇌들, 그 고뇌들의 단초는 바로 유한이었다.

은현은 경이로운 눈으로 유한을 바라보았다. 평생 안개 속에 갇혀 살았을지도 모를 자신이 어떻게 산을 내려가고 그를 만나 사랑을 하게 되었는지, 은현은 이 모두가 신의 뜻이라고 생각했다. 은허신이 우리 인간에게 주신 가장 아름다운 감정인 '사랑', 그것은 이렇게 사람을 바꾸고 세상을 바꿀 수도 있는 것이었다.

"놀라운 소식이 있어."

무슨 소식일까, 고개를 갸웃하는 은현을 보며 유한은 쿡쿡 웃음을 흘렸다.

갈왕산을 넘어갔던 미루가 놀라운 소식을 들고 돌아왔다. 그것은 바로 감울란의 임신 소식이었다. 동생이라니! 상상하지도 못했던 일이다. 천강과 감울란의 나이를 생각했을 때 정말 놀라운 일이 아닐 수 없다. 두 사람의 뜨거운 사랑이 놀라운 기적을 만든 것이리라.

미루의 말이 어머니는 아버지 앞에서 마치 어린아이 같다고 했다. 범처럼 매화대를 호령하던 분으로서는 상상이 가지 않는 모습이다. 더 놀라운 것은 그것이 다 아버지, 천강 탓이라는 것이다.

"천강님은 감울란님이 원하시는 일은 뭐든 다 해주신다. 아마 원하시면 하늘의 별이라도 따다 주실걸? 하하하."

미루의 웃음 속에 두 사람의 행복이 보였다.

"나한테 곧 동생이 생길 것 같아."

"동생?"

"응."

의아하게 바라보던 은현의 눈이 순간 반짝였다.

"그러니까, 유한의 말은……."

"그래. 어머니께서 아기를 가지셨대. 어제 미루가 소식을 들고 왔어."

"세상에……!"

오십을 바라보는 감울란이 아기를 가졌다는 것이 믿어지지 않는 한편, 그녀의 행복한 모습이 상상되어서 기뻤다. 사시사철 먹구름이 끼어 어둡던 그녀의 얼굴에 활짝 피어 있을 웃음꽃이 보고 싶기도 했다. 유한은 어느새 은현의 마음을 읽고 이렇게 말했다.

"나중에 한번 뵈러 가자."

그녀가 은허당을 벗어나 자유로운 몸이 되면 꼭 한 번 데리고 갈 참이다. 유한의 따듯한 음성을 들으며 은현의 마음에 그늘이 졌다. 만약 자신이 아기를 가지면 어떻게 될까, 더럭 겁이 났다. 심장이 떨어져 나갈 것 같다며 울던 당녀가 떠올랐다. 정말 아기를 가지게 된다면…… 그땐 은허당을 버려야 할지도 모른다. 아무리 법을 바꾸고, 당녀들에게 자유를 준다 한들 당주의 부도덕을 온전히 이해해 줄 당녀가 몇이나 될까?

유현란과 선원들을 풀어달라는 구명 소리가 밤새 은화원 마당을 울렸다. 그들이 당주에 의해 감금되었다는 소식을 듣고 올라온 늙은 당녀들의 소리였다. 유현란에게 이미 이단자라는 말까지 들은 터라 은현의 입장은 난감했다. 은현의 눈에는 뙤약볕에 꿇어앉아 선원들의 구명을 요구하는 늙은 당녀들이 가련해 보이고, 그들의 눈에는 선원들을 가둔 어린 당주가 철없어 보일 터이니 말이다. 고심에 고심을 거듭하던 은현은 유현란을 은허당 소유의 땅을 관리하는 선원으로 은파에 내려보내는 것으로 사건을 일단락 지었다. 유현란은 펄펄 뛰었지만 어쩔 도리가 없었다. 매화대도, 은허당 소유의 넓은 땅도, 그리고 당녀들의 마음도 모두 차지하고 있는 은현이니 맞설 방법이 없다.

은파에 내려가기 전 유현란이 물었다.

"정녕 이단의 길을 걸으실 참이십니까?"

"그 길이 이단인지 아닌지 전 모르겠어요. 저는 다만 당녀들이 행복하기만 바랄 뿐이에요."

내가 잘못 키웠다.

너무도 말짱한 얼굴로 대답하는 은현을 보며 유현란은 그렇게 생각했다.

은파는 너무도 변했다. 아니다, 은파가 변한 것이 아니라 사람들이 변했다고 하는 것이 옳겠다. 그들은 더 이상 은허당을 경외하지 않는다. 대로 한복판에서 선원당녀인 유현란을 보고도 놀라워하지 않는다. 허리조차 굽히지 않는다. 그저 가벼운 눈웃음을 건네는 것이 전부다. 범접하기 어려운 신성한 땅이었던 은허당이 마치 친근한 제 동무가 사는 땅인 양 가볍게 얘기하고 가볍게 오르내렸다. 은허당의 존재가 어찌 이리도 가벼워졌을까, 통탄스러울 지경이다. 이것이 다 은현 탓이다. 당주의 부도덕을 보고 은허당마저 가벼이 보는 것이리라. 어떡하든 은현의 행보를 막아야겠지만 유현란에게는 아무 힘이 없다.

어쩌다가 이토록 허무한 존재가 되어버렸는지…… 사랑도 버리고, 양심도 버리고, 오로지 은현 하나만을 바라보며 살았는데 은현은 삐뚤어져도 어찌 저렇게 삐뚤어지게 자랐을까? 죽어서도 부란의 얼굴을 제대로 볼 수 없을 것 같다.

어느 날 매족의 젊은 부족장이 찾아왔다. 처음 보았을 때의 날

렵함은 어디 가고 그는 어느새 건장한 체구의 사내가 되어 있었다. 살이 조금 붙으면서 키는 훨씬 커 보였고, 얼굴에서는 진중한 무게가 느껴졌다. 그 옛날 오매불망 자신만 바라보던 아름다운 청년, 천강의 그림자가 짙게 드리운 유한의 얼굴을 마주하는 것이 왠지 불편하다.

은파에서 봉족을 몰아낸 지 두 해 만에 태대산을 둘러싼 모든 땅을 차지해 버린 자다. '은허당의 일곱 번째 당주의 선택을 받은 자가 이 땅의 왕이 되리라' 던 부란의 신탁은 정확하게 맞아떨어졌다. 왕이라는 이름을 달지 않았을 뿐, 유한은 이미 이 땅의 왕이다. 그러나 그의 얼굴에는 왕으로서의 거만이 느껴지지 않는다. 함부로 힘을 드러내지도 않는다. 고요하고 무서운 자다.

유현란은 그제야 유한의 힘이 인식되었다. 그의 힘이라면 못할 것이 없을 것이다. 은허당마저도……. 순간, 유현란은 등골이 오싹했다.

"불편한 일은 없습니까?"

유한이 정중히 물었다. 그것은 주인이 손님에게 할 수 있는 말이었다. 예전의 은파는 은허당의 땅이기도 했는데 어느새 완벽한 매족의 땅이 되어 있다. 유한은 찻잔을 내리며 느긋한 얼굴로 말을 이었다.

"이제 우리 매족이 태대산의 사방을 감쌌으니 은허당을 넘볼 세력은 없을 것입니다."

정중하게 흘리는 말이 마치 협박처럼 들리는 걸 보니 겁이 나는 모양이다.

늙은 건가?

유현란은 스스로에게 자문했다. 그녀는 속내를 들키지 않으려 고개를 꼿꼿이 들었다.

"다행이군요. 덕분에 우리 은허당은 신을 모시는 데 더욱 충실할 수 있게 되었습니다. 당주님도 선대의 당주들 못지않은 훌륭한 당주가 될 수 있을 것입니다."

유한은 팔짱을 낀 채 유현란을 지그시 건너다보았다. 그녀의 사고를 온통 차지하고 있는 것은 은허당과 은허신이란 존재뿐인 것 같다. 그것 외에는 아무것도 들여놓지 못하는, 생각도 마음도 꽁꽁 막혀 버린 여자. 은현이 이 여자를 뛰어넘지 못한다면 은파로 내려오지 못하리란 생각이 들었다.

한참 동안 물끄러미 바라보던 유한의 얼굴이 딱딱하게 굳었다.

"당주님을 그만 놓아주시지요?"

흘러나오는 목소리 또한 위압적이다. 놓아주지 않으면 은허당을 치기라도 하겠다는 것인가? 발끈 오기가 생긴다.

"협박하시는 겁니까?"

"이런! 제가 어찌 고결하신 선원당녀께 협박을 하겠습니까? 당주께서 진심으로 원하는 것이 무엇인가, 알아주십사 부탁드리는 겁니다."

정중하고 진심이 묻어나는 목소리다. 문득 은현에 대한 유한의 마음은 어떤 걸까, 궁금했다. 태대산 아래의 모든 땅을 차지한 것처럼 당주의 힘을 업고 세상의 마음마저 사로잡으려는 속셈은 아닌지?

"싫다면 은허당을 치기라도 하실 겁니까?"

유한의 입가가 바르르 떨리는 것이 보였다. 정말 말이 씨가 되도록 만들어 버릴 수도 있다.

"매족군 이천이면 너무 적은가요? 거룩한 신의 군대를 평정하려면 적어도 오천은 되어야겠지요? 젊고 아리따운 당녀들은 용사들에게 전리품으로 나눠주고, 나이 든 당녀들은 노예로 삼을까요? 그리고 아름다운 전각들에 불을 지르고 비원과 천상연도 흔적없이 흙으로 덮어버려야겠지요. 아, 제단과 초성단 또한 흔적없이 없애 버려야겠군요? 남겨두면 두고두고 골칫거리가 될 테니까 말입니다."

새파랗게 질린 유현란을 내려다보는 유한의 눈에는 측은함이 깃들어 있다. 평생 제 세상에 갇혀 있는 그녀가 가엾었고, 은현을 옭아맨 그 세상의 법도에도 화가 났다. 긴장하며 주춤 물러나는 유현란을 보며 유한은 다시 말했다.

"하지만 그런 짓은 안 합니다. 왜냐……?"

유한은 뒷짐을 지고 천천히 걸어 유현란의 곁으로 다가왔다. 그리고 나직한 음성으로 말했다.

"그리하면 은현이 슬퍼할 거니까……. 은현이 슬퍼할 일은 아무것도 안 합니다. 설사 그것이 세상을 다 가질 수 있는 일이라도 말입니다."

은허당을 무너뜨리겠다고 무섭게 공격하던 앞선 말보다 나직이 읊조리는 뒤의 이 말들이 더 무섭게 들리는 것은 무슨 이유일까?

"아, 아무리 그러셔도 당주님은 안 됩니다. 다른 여인을 찾아

보심이…….”

순간, 불꽃이 이는 유한의 눈이 코앞으로 울컥 다가왔다.

“차라리 역사에 이리 기록되겠습니다! 매족의 첫 번째 왕 유한은 은허당의 일곱 번째 당주 은현의 선택을 받아 왕이 되었으나, 평생 당주의 그림자 같은 사내로 살다가 고고히 늙어 죽은 못난 왕이었다!”

울컥 밀린 유현란은 그 자리에 주저앉았다. 서늘한 기운을 건네며 사라진 유한의 눈에서 본 것은 처절한 슬픔에 잠겨 있던 감울란의 눈빛이다. 천강을 닮은 줄 알았더니 바보 같은 감울란을 닮았다. 천강 이외에는 앞도 뒤도 옆도 볼 줄 모르던 감울란의 그 섬뜩하고 바보 같던 사랑.

유한은 달리는 말을 향해 채찍을 휘둘렀다. 치밀어 오르는 화를 참을 수가 없다. 당장 군사를 몰아 은허당으로 치닫고 싶었다. 한나절이면 끝나 버릴 은허당이 아니던가! 언제까지나 기다리겠다고 약속했지만 벽 같은 유현란을 만나고 나오는 지금은, 정말이지 참을 수가 없다.

가파른 길을 내쳐 몰아온 말이 하얀 거품을 물고 쓰러졌다. 말에서 뛰어내린 유한은 숲을 헤치며 달렸다. 산에는 어느새 가을이 번지고 있었다. 은현을 찾아 무작정 달려 올라왔던 그날이 떠오른다. 당장 은현을 보지 않으면 숨이 멎을 것 같았던 그 어린 절박함이 다시금 그를 덮쳤다.

선녀바위 근처에 다다랐을 때 숲이 흔들리며 마치 약속이라도 한 것처럼 은현이 나타났다. 언제나처럼 그녀 주위엔 매화대가 둘러싸고 있다. 유한은 손을 뻗어 그녀의 손목을 움켜잡았다. 그리고 다짜고짜 그녀를 이끌고 바위굴로 달렸다. 둘러싼 매화대도 상관하지 않았다.

뜨겁게 건너오는 열기 속에 화가 묻어난다. 은현은 그것을 달래듯 유한의 머리를 쓰다듬었다. 말하지 않아도 그의 화가 다 이해되었다. 언제까지 이렇게 숨어서만 사랑을 해야 하는지, 언제까지 기다려야 하는지, 은현은 아직도 그것에 대한 답을 줄 수가 없다. 아무리 달래주고 안아주어도 미안함이 가시지 않는다.

"미안해, 유한."

올려다보는 까만 눈에 눈물이 흥건하다. 유한은 그녀의 눈물이 보고 싶지 않아 다시 거칠게 입술을 부딪쳤다. 다시 어린 녀석처럼 모든 것을 다 버리고 갈왕산을 넘자고 매달리고 싶었다. 매족의 왕도 은허당의 당주도 벗어던지고, 갈왕산을 넘고 척박한 들을 지나, 망망하게 펼쳐진 바다를 건너 미지의 세계에 닿으면 자신들이 그토록 갈망하던 자유가 있지 않을까?

어느새 젖어버린 유한의 눈을 보며 은현이 말했다.

"나 혼자 도망칠 순 없어, 유한."

심장이 떨어져 나가는 것 같은 아픔을 견디며 자식을 떼어내고, 그 고통을 안고도 지켜내어야 할 만큼 은허당이 대단한 곳이란 걸 인정할 수 없다. 죄가 죄인 줄 모르고, 슬픔이 슬픔인 줄 모르고, 제가 딛고 있는 그 땅이 세상의 진리이고 전부인 양 살아가는, 그렇게 살 수밖에 없는 당녀들을 함께 데리고 내려갈 참이다. 그것이 정말 이단의 길이라면 은현은 스스로 이단자가 되겠다고 했다.

스스로 은허당을 부정하는 그 말이 비수가 되어 은현의 가슴에 꽂히고 있었다. 태어나 지금껏 유현란에게 배운 것은 고결한 신녀로서의 삶인데 은현의 가슴을 차지한 것은 지극히 인간적인 삶이다. 어쩌다가 지독한 아픔인 이것에 눈을 떠버린 것일까? 그러나 또한 지독한 희열이기에 눈을 뜰 수밖에 없었으리란 생각도 든다. 그 지독한 희열의 정점, 터질 것 같은 불덩이가 머리를 화끈 달구었다. 뜨거운 유한이 은현의 속에 가득 들어와 있었다.

목까지 차오른 아픈 희열과 감당되지 않는 흥분에 어지럼증이 일었다. 반짝이며 올려다보는 은현의 까만 눈에도 붉은 기가 가득 찼다.

"유한……."

은현의 간절한 부름을 따라 유한은 천천히 몸을 움직였다.

난 괜찮아.

이해한다고, 기다릴 수 있다고, 속삭이듯 달래듯 은현을 안는 유한의 손길이 애틋하다.

태대산은 또다시 눈 속에 갇혔다. 유난히 일찍 시작된 눈이었다. 선녀바위 근처 바위굴에서 만난 후 두어 번 더 만날 수 있으리라 생각했었는데 은현을 다시 보지 못한 채 겨울을 맞고 말았다. 그것이 은현에게도 유한에게도 감당할 수 없는 그리움을 남기며 병으로 덮쳐 왔다.

유한은 내내 태대산을 바라보며 마음 병을 앓고 있었다. 눈이 쏟아지기 전에 한 번 더 다녀오지 못한 것이 두고두고 후회스럽다.

이렇게 마음 병을 앓느니 차라리 가한의 말처럼 무력으로 은허당을 굴복시키고 은현을 옆에 두는 것이 좋지 않을까 하는 유혹을 끊임없이 느낀다. 그럴 때마다 유한은 비원에서의 은현의 다짐을 상기하곤 한다. 힘센 당주가 되어 당녀들에게 자유를 주겠다던 은현의 그 말.

그녀는 혼자서는 결코 은허당을 내려오지 않을 것이다. 설사 매족의 칼이 턱밑에 다가올지라도 말이다.

은현은 그런 여자다.

당녀들의 목숨을 제 목숨처럼 여기며 그들의 슬픔에 분노하고 저항할 줄 아는, 누가 뭐라 해도 세상의 어머니인 은허당의 당주일 수밖에 없는 여자. 그래서 더더욱 사랑한다. 그 마음을 존경도 한다. 그러나 자신 앞에서는 언제나 여리고 눈물 많은 작고 작은 여자일 뿐인 은현…… 그 여자가 미칠 것처럼 그립다.

이 그리움을 안고 얼마나 견딜 수 있을까? 어쩌면 내일이든 모레든 저 눈을 뚫고 달려 올라갈지도 모르겠다.

고뿔로 고생하면서도 내내 의당녀를 거부하던 은현은 참을 수 없는 지경에 이르러서야 사혜를 불러들였다. 사혜는 이미 죽을 날을 받아놓은 사람처럼 걸음마저 어둔했다. 은현이 젊고 유능한 의당녀들을 모두 제쳐 두고 사혜를 불러들인 데에는 이유가 있었다.

몸에 변화가 왔다는 것을 감지한 것은 태대산이 눈 속에 갇힌 후였다. 매달 비치던 붉은 꽃이 보이지 않았고, 아침이면 기운을 차릴 수 없었다. 누가 가르쳐 준 것도 아닌데 은현은 제 몸속에 새 생명이 들어섰음을 단번에 알아차렸다.

향의 부축을 받으며 들어온 사혜는 힘겨운 듯 의자에 털썩 앉았다. 버릇처럼 흘러나오던 욕지거리도 하지 않는다. 이미 저승문이 그녀 앞에 활짝 열려 있는 듯 보였다. 향을 내보낸 은현은 아무 말을 못한 채 사혜만 물끄러미 바라보았다.

"무슨 말씀이시던 다 들어드릴 터이니 해보십시오, 당주님."

사혜는 인자한 웃음을 건네며 말했다. 은현이 자신을 불러들인 것은 고뿔 때문이 아니라는 것을 알고 있다. 몸은 이미 저승을 오락가락하지만 정신은 아직 맑았다.

"사혜."

"예."

"전 은허신께 벌을 받을 거예요."

"어찌 그런 말씀을 하십니까?"

은현은 대답 대신 손목을 내밀었다. 맥을 짚어보라는 뜻이었다. 뼈가 앙상한 늙은 손가락이 은현의 손목을 잡았다. 손끝으로 전해지는 새 생명의 두근거림…… 사혜는 아주 짧은 시간에 자신의 당주가 드디어 은허당을 버릴지도 모른다는 것을 알아차렸다.

"죄송해요, 사혜."

검버섯이 가득한 사혜의 얼굴을 바라보며 은현은 그렇게 말했다. 은허당의 누구에게도 부끄럽거나 미안하지 않은데 사혜에게만은 미안했다. 그녀가 그토록 바라던 훌륭한 당주가 되어주지 못했다.

사혜는 고개를 흔들었다. 은허당의 법도대로 살아온 제 삶이 온전히 행복했다고는 말할 수 없다. 아들을 버린 죄는 그간 느꼈던 모든 행복을 다 삼키고도 남을 만큼 크나큰 아픔이었다. 신을 떠나 아들을 따라갔더라면 또 그만큼 아픔을 느꼈으리라. 어떤 삶이 옳은지는 모른다. 다만 자신이 가장 바라는 삶을 살 자유는 누구에게나 주어져야 한다고 생각한다. 아무리 당주라 하더라도 말이다.

"이 또한 신의 뜻이겠지요."

사혜의 인자한 말에 눈물이 날 것 같았다. 아주 조그맣고 외로운 이해지만 그것은 은현에게 태산과도 같은 큰 힘이 되었다.

의당청으로 돌아간 사혜가 자신을 대신해 당주를 돌볼 중년의 의당녀를 보내주었다. 그녀는 사혜만큼 이해심이 많아 금세 친해질 수 있었다. 은현에게 올려지는 모든 음식과 약제들은 그녀의 손을 거쳐서만 올려졌다. 수발을 들던 당녀들과 호위대장 향조차도 은현의 몸에 변화가 온 것을 눈치 채지 못했다.

온 세상이 눈으로 덮이니 할 일이 없어졌다. 유한이 그립다고 하여 은파로 달려내려 갈 수도 없었고, 그러니 당연히 선원들과 싸울 일도 없었다. 은현은 천풍루에 올라 눈으로 뒤덮인 태대산을 바라보며 자신의 생모를 떠올렸다.

사랑을 지키기 위해 동생에게서 도망쳐야 했던, 그리고 갓 낳은 자식을 지키기 위해 또다시 도망쳐야 했던 그 기구한 운명의 여인이 아파서 견딜 수가 없다. 은현은 단우가 주고 간 '설하의 눈'을 꼭 움켜쥐었다.

사랑도 아이도 잃고 싶지 않다.

눈이 쏟아지기 전 은허당으로 잠깐 올라왔던 유현란은 그 길로 발이 묶여 은파에 내려가지 못했다. 비원에 눈이 두어 번 쌓였다 녹았다 할 동안에도 그녀는 은현을 보지 않았다. 모든 당녀들의 눈이 은현과 유현란에게 쏠려 있었다. 이미 제 입으로 이단자라 규정지어 버린 은현을 새삼스럽게 만나 힘을 보태주고 싶지는 않았다. 그런데 은현이 먼저 손을 내밀어왔다. 은화원에서 차나 한잔하자는 전갈이었다.

두 달 만에 다시 만난 은현은 몹시도 말랐다. 핼쑥한 모습이 안쓰러울 지경이다. 마음고생이 심했던가? 유현란은 저도 모르게 마음이 울컥해진다.

"몸이 편치 않으십니까?"

"아닙니다."

말은 그렇게 하지만 여전히 어딘가 불편해 보인다. 백지장처럼 창백한 얼굴과 퀭한 눈을 빤히 건너다보는 유현란을 의식하며 은현은 찻잔을 들었다. 은은하게 풍겨오는 차향이 또다시 역하다. 그녀는 얼른 찻잔을 내리고 급하게 방을 나갔다. 모든 냄새가 이리도 역하니 도무지 뭘 넘기지를 못하겠다. 의당녀는 이런 증상이 두어 달은 계속될 것이라고 했다. 얼굴이 노래지도록 헛구역질을 하고 돌아오니 유현란이 의아한 눈으로 바라보았다.

은현은 무슨 말부터 꺼낼까 고민했다. 이 자리에서 유현란에게 모든 걸 털어놓을 작정이다. 자신의 말이 유현란에게 어떤 고통을 안겨줄지 잘 안다. 그러나 머뭇거리지 않을 것이다. 이제 새 생명을 품은 어미가 되었으니까.

잠깐 고민하던 은현은 천천히 입을 열었다.

"눈이 녹으면 은파로 내려갈 작정입니다."

남몰래 은파에 내려간 것이 어디 한두 번인가? 무슨 새삼스런 말인가 싶어 유현란은 빙긋 조소를 흘렸다.

"은허당의 근거지를 은파로 옮기겠다, 이 말입니다."

입으로 가져가던 찻잔이 멈추었다. 찻잔을 든 유현란의 손이 바들바들 떨리는 것을 보며 은현은 말을 이었다.

"이제 은허당은 안개 속에 숨은 인덕의 땅이 아니라 누구나 쉽게 찾아와 기댈 수 있는 언덕이 되어야 합니다."

도대체 무슨 소리를 하고 있는가? 거룩하고 고결한 은허신을 아래세상으로 끌어내리겠다니, 이것은 명백히 신을 능멸하는 말이다. 저 무지하고도 몽매한 아래세상 사람들이 신을 어떤 식으로 짓밟고 능멸할지는 보지 않아도 뻔하다.

"기어이 파당을 당하고 싶으신 겁니까!"

땅! 탁자를 내려치는 서슬에 찻잔이 엎질러졌다. 은현은 말똥한 눈으로 그 모습을 바라보았다. 수백 년을 내려온 너무도 견고한 은허당의 벽, 그 벽을 단숨에 허물려는 자신의 행동이 무모하다는 걸 안다. 이것이 이단으로 비칠 거라는 것도 안다. 아니, 어쩌면 정말 이단일지 모른다. 그것도 지극히 이기적인 마음에서 나오는. 은현은 제 이기를 인정했다.

"설마 절 파당시키고도 은허당이 온전하리라 여기시는 건 아니겠지요?"

나직한 음성이 너무도 당돌하다. 그도 그럴 것이 매화대도, 땅도, 당녀들의 마음도 모두 가진 은현이니 어찌 당당하지 않을 수 있겠는가. 양월이 그리 죽은 것이 한이로다! 유현란의 주먹이 탁자 위에서 감당 못하도록 떨리고 있었다.

"차라리 절 죽이시지요! 그전에는 못 내려가십니다!"

파르르 떨리는 눈동자가 무서웠다. 정말 유현란의 목숨을 빼앗지 않고는 이곳을 떠나지 못할지도 모른다는 두려운 생각이 들었다. 그러고 싶지 않았다. 그럴 수는 없다. 은현에게 유현란은 여전히 무섭고 어려운, 그리고 너무도 사랑하는 어머니다.

은현은 목에 걸고 있던 목걸이를 벗겨내었다. 둥근달 속에 든 초승달은 세월을 잊은 듯 여전히 반짝인다.

"이것이 무언지 아시겠습니까?"

은현이 내민 것은 사천문 앞에 버려져 있던 은현의 목에 걸려 있던 목걸이다. 분명 버리라고 했는데 왜 가지고 있었을까?

"이 목걸이의 주인을 찾았습니다."

유현란의 놀란 눈을 외면한 채 은현은 말을 이었다.

"그 목걸이의 주인은 어미를 죽인 원수의 부족과 사랑에 빠졌습니다. 그 사랑을 지키기 위해 동생을 배반하고 달아났지요. 그리고 아기를 지키기 위해 다시 아기를 버리고 달아났습니다. 목걸이의 주인과 아기의 인연은 그것으로 끝이었습니다. 아기에겐 새로운 어머니가 생겼고, 그 어머니는 몹시도 다정한 분이셨지요. 그 아기가 자라…… 은허당의 당주가 되었습니다."

은현은 아무도 몰랐던 제 출생의 비밀을 들려주었다.

"그런데 그 당주는 자라는 내내 슬펐습니다. 아니, 당주가 되는 그 순간부터 슬펐습니다."

유현란은 은현의 말을 이해할 수 없었다. 세상을 한 가슴에 안겨주었는데 왜 슬펐다는 것인지?

"당주로 지목받던 그 순간, 저는 세상에서 가장 사랑하던 어머니를 잃었으니까요."

은현의 눈에 눈물이 고였다. 너무도 그립고 애틋했던, 지금도 간간이 어린아이처럼 그 마음을 그리워한다는 걸 유현란은 조금도 모르는 것 같다. 유현란에게 자신은 정녕 '은허당의 당주' 그 의미 외에는 아무것도 아니었던 것일까?

"저는 제 아이를 그리 키우고 싶지 않습니다."

찌르르 아파오던 심장이 덜컥 멈추었다. 은현이 말을 잘못한 것이기를 바랐다. 그러나 은현의 차분한 음성은 그런 바람을 여지없이 무너뜨렸다.

"이 아이에게서 어미를 뺏을까요, 아비를 뺏을까요?"

배를 감싼 채 절망적인 눈으로 울고 앉은 은현은 더 이상 당주가 아니었다.

"도와주세요, 어머니."

드디어 은현은 무너지듯 탁자에 엎드리며 울음을 터뜨렸다. 그와 함께 유현란이 꿈꾸던 세상도 무너져 내렸다.

그 겨울의 마지막 눈이 쏟아지던 날, 사혜가 죽었다. 여든여덟 해를 산 그 육신은 연기로 화하여 부란의 곁에 묻혔다. 사혜는 임종을 눈앞에 두고 유현란에게 은현을 그만 놓아줄 것을 부탁했다.

"진심으로, 단 한 번만이라도 당주님의 진정한 어미가 되어보아라."

그 말이 겨울 내내 유현란을 괴롭혔다. 은현을 진정으로 사랑한다고 생각했으나 자신이 정작 사랑했던 것은 은허당의 당주였다. 은현의 말처럼 자신 또한 은현이 당주로 지목된 순간 사랑하는 딸을 잃어버렸다.

진정한 어미라면 어떤 결단을 내려줄까?

떠오르는 한 가지 생각에 머리가 아찔하다.

선원회의는 사흘에 걸쳐 계속되었다. 고성이 오가고 선원당 마당에 매화대가 집결했다. 다섯 명의 선원이 선원의 지위를 내놓았다. 그리고 드디어 선원회의의 결과가 발표되었다.

그것은 은허당의 일곱 번째 당주 은현은 신탁을 받아 사내를 선택했으니 이제 아래세상으로 내려가 은허신의 뜻을 널리 전파하라는 내용이었다.

회의 결과를 보고하러 온 유현란은 은현이 보는 앞에서 굵은 눈물을 뚝뚝 흘렸다.

"당주님을 평생 용서치 못할 것입니다. 하지만 내 아기…… 은현만은 행복하게 살기를 빕니다."

그런 이유로 자신은 오늘의 이 크나큰 죄를 짓는다고 했다. 모든 결정은 유현란이 내렸으니 이 죄는 당주 은현의 죄가 아니라 선원당녀 유현란이 짓는 죄라고 말했다.

그 옛날 부란의 목숨을 구하기 위해 감울란에게 평생 씻지 못할 죄를 지었듯이, 유현란은 또다시 은현을 위해 신께 용서받지 못할 무거운 죄를 짓고 말았다. 죽어 영혼이 되어서도 결코 좋은 곳으로는 가지 못하리라.

수많은 당녀들이 가는 길을 막아서며 통곡을 했고, 또 수많은 당녀들이 흥분한 얼굴로 은현의 뒤를 따르고 있었다. 언제든 당주가 그리우면 은파로 내려오고, 은허당이 그리우면 태대산으로 올라오면 된다는 것이 은현이 그들에게 해줄 수 있는 유일한 위로의 말이었다.

눈이 녹아 길이 완전히 열리려면 아직도 한참이나 남은, 날씨는 아직도 겨울의 한가운데에 있었다.

향은 은현을 따랐고, 매량은 은허당에 남았다. 함께 떠나자는 말에 매량은 고개를 흔들었다.

"난 세상 밖에서는 살 수 없는 사람이야, 너도 알잖아?"

사내처럼 굵직한 음성이 쓸쓸하게 들렸다. 어느 날 술을 잔뜩 먹은 매량이 자신의 병을 들려주며 울던 모습이 아직도 생생히 떠오른다.

소화는 이곳에 남았을까, 행렬을 따르고 있을까?

궁금했지만 향은 돌아보지 않았다. 행여나 행렬 속에서 소화를 발견하게 된다면 마음이 너무 아플 것 같아서다.

중간마을을 지나 선녀바위 근처에서 걸음을 멈춘 은현은 안개에 갇힌 태대산을 잠깐 돌아보다가 다시 걸음을 옮겼다.

신녀로서의 본분을 어기고 사내를 품어 아이까지 가진 부도덕한 당주.

그리고 제 이기를 채우기 위해 당녀들을 아래세상으로 이끈 은허당의 이단자.

이것은 지독한 이기지만, 또한 처음부터 은현에게 주어진 소명이었는지도 모른다.

어쨌든 은허당은 드디어 세상 밖으로 걸음을 떼고 있다.

은허신의 말씀으로 좀 더 아름답고 따듯한 세상을 만들 수 있기를 바라며…….

저 아래에서 눈을 뚫고 올라오는 한 사람이 보였다.

유한…….

『은허당』 終

작가 후기

작가 후기
작가 후기

처음 글을 쓰고, 책을 내면서 내 이름의 책을 다섯 권만 가졌으면 좋겠다, 생각했었는데 드디어 다섯 번째 책입니다.

그런데 마음이 무겁습니다.

제게 조금은 생소했던 '로맨스' 라는 장르의 글을 쓰기 시작하면서 늘 부딪혔던 부분이 제가 생각하는 '로맨스' 와 독자들이 바라는 '로맨스' 에 대한 괴리였던 것 같습니다. 그래서 독자들과 좀 더 가까워질 수 있는 로맨스를 쓰기 위해 나름대로 노력했는데 다섯 번째 책을 내고서도 그 괴리를 여전히 좁히지 못한 듯한 느낌 때문입니다.

외유내강(外柔內剛)형의 주인공을 그려보고 싶었는데 일정 부분 성공한 듯하지만 두 사람의 사랑이 주가 되어야 할 글이 은현의 성장기처럼 변해 버렸습니다. 은현에게 지워진 현실적 무게가 너무도 무거웠던 탓 같습니다.

저는 개인적으로 지나치게 이기적이거나 비상식적인, 비도덕적인 사랑은 로맨스가 아니라고 생각합니다. 그것은 사랑이라는 이름으로 포장된 욕심일 뿐입니다. 로맨스가 진정 로맨스다워지려면 '아름다운 사랑' 을 전제로 깔아야 한다는 것이 제 생각입니다.

그런 의미에서 은현과 유한의 사랑을 좀 덜 이기적이고, 좀 덜 비도덕적으로 그리려다 보니 감정의 자제가 필요했던 거라고…… 이상은 로맨스 부족 부분에 대한 제 변명입니다.

책장을 덮으며 아직은 어리고 여물지 못한, 그래서 조금은 어설퍼 보였던 은현과 유한의 사랑보다 감울란과 천강의 사랑에 더 공감이 갔고 절절했다, 라고 느끼실 것 같습니다. 쓰는 저도 그랬으니까요. 중반부 이후부터 쓰는 내내 감울란이 너무도 안타까웠고, 감울란을 행복하게 만들어주는 것이 중요한 일이 되어버렸습니다. 그래서 주인공들보다 오히려 더 비중이 커져 버리는 우를 범했습니다. 쓸 때마다 늘 느끼는 제 글의 문제는 조연들에 대한 애착입니다. 다음 글을 쓸 때는 좀 더 신경 써서 생각해 봐야 할 문제점 같습니다.

두 사람 외에도 이 글에는 너무나 많은 조연들이 나옵니다. 그 한 사람 한 사람 모두가 제겐 그냥 스쳐 보낼 수 없는 주인공들이었습니다. 마지막까지 선원당녀로서 중심을 잃지 않았던 유현란과 양월, 욕쟁이 사혜, 매화대원 향이와 매량, 감찰당녀 율란, 봉족 왕 단우와 누이 설하, 촌장 사현과 가한, 미루…….

'은허당' 이라는 거대한 권력, 혹은 그 틀 속에 갇혀 스스로의 존재가 망각되어 버린 사람들. 권력 유지의 도구로 전락되어 희생된 인간존엄에 대해서도 얘기해 보고 싶었다면 너무 거창할 것 같고…… 어쨌든, 그 비슷한 느낌을 쫓았는데 제대로 간 건지, 길을 잃은 건지는 잘 모르겠습니다.

이상하게도 은허당은 쓰면 쓸수록 이야기가 끝없이 솟아나는 신기한 글이었습니다.

지금이라도 이 책만 한 분량의 이야기를 더 뽑아낼 수 있을 정도로 숨은 이야기가 너무도 많은 글입니다. 그 이야기들은 독자 여러분들의 상상 속에서 아름다운 모습으로 그려지기를 바라봅니다.

비록 로맨스로써 썩 만족스런 글은 아니지만 글 속에 나왔던 많은 인물들의 삶과 사랑이 읽는 이들의 공감을 받을 수 있는 '재미있는 이야기' 였기를 바랍니다.

목표했던 다섯 권의 책이 나왔으니 이쯤에서 다시 한 번 글을 쓴다는 것에 대해 고민해 봅니다.

읽는 이를 웃게 하고, 아프게 하고, 움직이게 만드는 글.

그것은 잘 쓰고 못 쓰고의 문제가 아니라 내 생각과 마음을 얼마나 진실하게 담았느냐, 내가 그 속에 얼마나 녹아 있느냐의 문제가 아닐까, 그런 생각이

듭니다.

이렇게 한바탕 허물고 나면 갑자기 텅 비어버린 듯한 느낌에 불안이 엄습하기도 합니다. 그 불안을 달래기 위해 다시 자판을 두드리겠죠. 다음에는 더 발전할 수 있으리라는 희망을 품고 말입니다.

항상 고맙습니다.

—2009년 여름, 김인숙